告白

……MY LOVE

魅丽文化
花火工作室

被迫成为武林爱豆

八千桂酒/著

江苏凤凰文艺出版社
JIANGSU PHOENIX LITERATURE AND ART PUBLISHING, LTD

图书在版编目（CIP）数据

被迫成为武林爱豆 / 八千桂酒著. -- 南京 : 江苏凤凰文艺出版社, 2019.3

ISBN 978-7-5594-3109-7

Ⅰ. ①被… Ⅱ. ①八… Ⅲ. ①长篇小说－中国－当代Ⅳ. ①I247.5

中国版本图书馆CIP数据核字（2018）第292170号

书　　名	被迫成为武林爱豆
著　　者	八千桂酒
选题策划	吴小波　马　叛
责任编辑	张　倩　王　青
文字编辑	周　晶
封面设计	阿　和
出版发行	江苏凤凰文艺出版社
出版社地址	南京市中央路165号，邮编：210009
出版社网址	http://www.jswenyi.com
印　　刷	湖南关山美印有限公司
开　　本	880×1230毫米　1/32
字　　数	259千字
印　　张	10
版　　次	2019年3月第1版，2019年3月第1次印刷
标准书号	ISBN 978-7-5594-3109-7
定　　价	36.80元

（江苏凤凰文艺版图书凡印刷、装订错误可随时向承印厂调换）

目 录

C O N T E N T S

目 录

C O N T E N T S

第一章　天池

腊月三十，大雪。

海上氤氲了一层薄雾，海边的土地上皆是松软的清雪，从高处看去，宛如幻境。海边零星漂着几艘游船，上面的小旗子被海风吹得猎猎作响。

静与闹从一串脚印起有了分隔，海风被喧闹的谈笑声掩盖，三层高的酒楼在还未彻底入夜时就已经点起灯火，把四周的白雪照出一片闪耀的金黄色来。

如果是平时，这酒楼肯定不会这样生意兴隆，只是入了年关，大家手里有了余钱，为了慰藉自己一年以来的辛劳，难免呼朋唤友多喝几杯。

一楼已经人满为患，热气透过门窗钻出，飘到空中幻化出一股又一股缥缈的白烟。

“好香啊——”一个红衣服姑娘深深吸了一口气，朗声说，“谁点了螃蟹？”

她对面坐着个白衣少年，剑眉星目，清瘦挺拔，整个人都透着新竹一般的意气风发，听她这么说，也没有什么表示，反而垂下头，假装喝茶，低声道：“你到底想干什么？”

姑娘冲他笑，笑得十分美艳，又透出一股蛮不讲理的劲儿来，“吃顿好的咯。”

“我身上最后的那点钱都被你抢走买了魇教教主的写真集子和糖葫芦！”少年放下茶杯，瞪着一双亮而澄澈的眼睛。

“哎呀，我知道了！”姑娘敲了敲桌子，“我谢谢你，谢谢你还不行吗？这不是带你吃顿好的补偿你么，再说那是最后一本魇教教主的画集子了，你知道有多珍贵吗……哎，我听说这里的清蒸鱼和油爆虾那叫一绝，又鲜又嫩，别的地方还吃不到呢！”

少年终于忍无可忍，咬牙切齿地低声道：“我们又没钱。”

“啊！”那姑娘拿起茶杯一饮而尽，一只脚踩着凳子，“吃你的吧，姑奶奶又不能让你去给别人刷盘子抵债，再说你笨手笨脚的，刷一百年也不够还债的。”

“你是不是又要——”少年左右看看，英俊的脸因为紧张紧紧绷着，可是还没等他把接下来的话说出口，小二就端着一摞托盘过来，那托盘几乎有八九层高，却十分稳当，丝毫没有摇晃。

“清蒸鱼、油爆虾、呛三宝、翡翠白玉汤、宝塔肉——”小二报了菜名，一盘一盘往桌上放，红衣服姑娘的眼珠子都要掉下来，毫不掩饰地吸了下口水，耳朵上戴着的小鸟样子的装饰品摇摇晃晃，似乎要随着她的兴奋展翅而飞。

“吃！”她一拍桌子，“虽然我们俩才认识——我算一算，一二三四五六七天，哎呀，算不明白，饿得我都糊涂了，总而言之，相遇即是缘，先吃顿饱的再说，快快快快快。我们俩到时候一起去参加武林大会，倒卖门票，还能大赚一笔，到时候想吃什么没有啊，快，为了美好的明天，吃!”

她吃相不大好，可以说是狼吞虎咽，对面的少年虽然也饿得不行，却比她斯文许多，只挑了些素菜就着米饭吃，那姑娘面前堆了两摊比碗还要高的虾壳，干脆拿筷子斩了半段鱼来，三下五除二吃掉，将一小撮鱼刺吐在桌上。

少年显然是没有见识过这等绝技，看得呆了，那姑娘又拿起一只虾，十根纤细的手指头上下翻飞，几乎要翻出花来，只片刻工夫，那只虾就被剥好，进了她的嘴里。

“好吃！”她舔舔手指头，“钱没有白花。”

“你还没付钱呢你……”少年左右看看，“小点声儿。”

哪知道对方没听见一样，拍拍手，叫小二再上一盘白灼虾。

也许是人太多，声音过于嘈杂，小二在二楼没听见，又或许是听见了，只是脱不开身，小二半天不来，姑娘气呼呼地站起来往楼梯处去了。

人实在是多，二楼雅间倒是宽敞，一楼的大堂却加了三桌，姑娘这一走，免不得与别人磕磕碰碰，惹了别人不快。

“乱走什么？”一个穿金戴银的中年男人回头瞪她，“没规矩。”

“我出来吃饭，还要守你家的规矩吗？”姑娘翻了个硕大无比的白眼，“多管什么闲事！”

她虽然是个姑娘，但丝毫不显得柔弱，相反的，她身形高瘦，动作利落，中气十足，身上肌肉紧实，很明显是个练家子，而仔细观察也不难发现，姑娘的手虽然纤细，却有很多疤痕，大概是耍刀或者练剑留下的印记。

那中年男人却也不是个好惹的，瞪着一双虎目狠狠推了她一把，好在她动作麻利，闪身躲过，却因为猛地向前一扑而差点倒在那中年男人身上，她咬牙切齿的，“晦气晦气！”

和她一桌的少年赶紧过来把她拉开，又给对方道歉，周围的食客都劝那男人不要和小姑娘计较，这才避免了一场纷争。

等加菜的白灼虾也被姑娘吃光了，她终于是吃不动了，满足地拍拍手，冲着对面的少年说：“你吃饱没？”

“吃饱了。”少年微微皱眉看她，“你想怎么办？”

“什么怎么办呀？”她攥着拳头伸到他面前，将拳头转了个弯，打开。

白花花一把银子，被酒楼的烛火映出一点可爱的光芒。

少年惊讶地看她，她笑嘻嘻地喊了小二过来结账。

“你哪里来的钱？”少年低声问她，“是不是又去……这里人这么多，被抓到了怎么办？”

“嘘——”她从袖子里扯出来一个金黄色的钱袋子，食指伸进那空袋子里打了个转，嫌弃地说，“穿得那么好，出门就带这么一点钱，好丢人哦！”

她这么说着，回头看刚刚和自己吵架的中年男人，少年一手捂着额头，小声说：“快溜快溜。”

也不知道是否和自己的钱袋子心有灵犀，两人刚刚走出去，那中年男人就鬼使神差地回头看了一眼，透过层层热气，透过攒动的人头和飞舞的筷子，一眼就看到了那个嚣张的丫头拿着自己的钱袋。

“别走！”中年男人一拍桌子站起来，“站住！”

红衣少女吓了一跳，身体倒比脑袋反应得快，迈着两条大长腿奔跑起来，一只手不忘紧紧抓着少年的手腕，后面追兵不退，倒是越来越多，也不知那中年男人到底叫了多少亲友过来吃饭，两个人在冷风中发足狂奔，肺都要跑疼了，将好好的一片雪地踩出了乱七八糟的脚印。

“等……等一下，他们顺着脚印就能找到我们了……”少年气喘吁吁道，“换个方向跑。”

“往这边走！”姑娘眼尖地看准了一片有人踩过的雪地，那边是片杂乱的草丛，不远处就是渔民的家，又恰好有个巨石作为掩体，如果一直在雪地上跑，早晚会被人捉住，还不如赌一把，他们也许不会追到这边来。

两个人跑到那边，回头一看，他们的脚印早就模糊不清，倒也托了大风的福，将碎雪吹到上面加以掩盖，而这会儿太阳落山，更是难以辨认，两个人蹲在巨石后面，小心翼翼地打量周围。那边的雪中午化了晚上又冻，地面满是滑滑的冰，姑娘低着头拿脚在上面不住滑动，差点儿一屁股坐在冰上。

好不容易把气喘匀了，那姑娘恨恨道："赵殿池，都怪你！"

"我叫赵天池，天地的天，瑶池的池，请你不要再记错了，药蛮。"少年无奈道，"而且，怎么又怪我了？"

他跑得累了，额前碎发凌乱，坐在地上喘着粗气，两条长腿分开，流露出一点痞气来。

"我说怪你就怪你，切，顶什么嘴。"名叫药蛮的姑娘蛮不讲理道，"闭嘴啦，让我安静一会儿。"

赵天池翻了个白眼，不再看她，倒是她自己忍不住话多，没一会儿就指着地上和赵天池搭话，"这是什么东西？"

地上放着的是一个普普通通的小杯子，瓷做的，并不出奇，和他们刚刚吃饭时的酒楼里放着的杯子一样，只有普通女子的两个指节长，上面画着一朵小小的白色菊花。赵天池说："大概是谁不小心遗忘在这里的吧，你别乱动啊，小心人家来碰瓷儿。"

"你猜这里面是水还是酒？"药蛮拿起来，"要不要舔舔看。"

赵天池看她一眼，"你这人……快放下。"

然而药蛮也不知是手滑还是手冻僵了，一不小心将杯子摔在冰面上，也不知是他俩倒霉还是对方走运，风声突然停了，"当啷"一声十分刺耳，传出去老远，二人静了片刻，药蛮当机立断抓着赵天池说："快跑！"

赵天池跑得急了，左右看看，竟是有些晕头转向，还是药蛮眼尖，离了老远就看见一队缓缓驶来的运货马车，她像是觉得逃跑这事儿很刺激一样，笑嘻嘻道："快走快走，看见最后边那辆了吗？我们俩偷偷钻进去。"

赵天池点点头，因为呛了风而不住咳嗽，眼看着后面的追兵要逼近了，药蛮突然打了个响指，赵天池心领神会，提着她使出轻功，悄无声息地撩开了马车那硕大车厢的棉布帘子，钻了进去。被偷了钱袋的人见了自然是气得要命，然而任凭他在后面大喊大叫，马车也未停下片刻，在被压得紧实的雪地上快速滑过了。

药蛮似乎觉得十分刺激，捂着嘴哧哧笑起来，赵天池总算是松了一口气，一巴掌捂着她的嘴，低声道："别出声。"

二人所处的车厢放着几个大大的木头箱子，里面不知装的是什么。药蛮也怕被车夫听到，摆摆手，示意赵天池拿开手，过了会儿也小声小气地说："你要不要睡一会儿？我看你精神不大好呢！"

赵天池确实是有点精神不振，便点点头，真的那样蹲坐在箱子上睡了过去。

也不知马车跑了多久，他睡得天昏地暗，突然觉得被人推了几下，睁开眼睛时，竟然已经天黑，药蛮小声说："我们……我们下车吧？"

马车还在走，只是越来越慢，大概过不了多久就要停下休息，到时候肯定会被人发现，赵天池迅速清醒过来，二人一起蹲在了出口，赵天池小声数："三、二、一……"

哪知他刚刚数完，马车就停了，二人滚下来，纷纷吃了满嘴的雪，车夫察觉到不对劲儿，下车来看，大声喊："什么人！"

这里也不知道是哪儿，看上去已经偏了官路不知多远，路又窄又奇怪，二人没头苍蝇一样乱跑，本以为能够借着夜色逃脱，却还是在跑了很久之后着了道儿——二人都一脚踏空，从一个极高的斜坡上滚了下去。

赵天池摔得是天昏地暗，清醒时，却被眼前的景象惊呆了。

全世界的风雪似乎都在此处消融了，他眼前是一处巨大的湖泊，湖泊周围青草丛生，湖水清澈见底，里面竟然还有几条巨大的金鱼，看上去竟然有他半个身体长，正在水底缓缓游动，不时甩一甩丝绸一般的长尾。

然而就在他发现金鱼的同时，那金鱼也发现了他，几条金鱼躁动不安地动了起来，搅弄得湖底一片混乱，其中一条竟还有力气将水远远甩上了岸，赵天池被水打个正着，眼前一花，脚底打滑，竟就这样掉到了湖里去。

可还没等他呛几口水，就觉得后颈一疼，一只冰凉的手紧紧捏着他的脖子，只一瞬就将他拽上了岸，刚刚还在动荡的一切突然静止，几条金鱼平静下来，继续优哉优哉地在水中游动。

“你是谁？”抓着他衣服的男人微微皱着眉头，“怎么闯进来的？”

对方看上去只二十岁上下，长相英俊，却英俊得十分富有攻击性，皱眉时似乎有些戾气要冒出来了。

赵天池刚刚只是惊讶，并不害怕，他使了个巧劲，甩脱了对方抓着他衣服的手，不卑不亢道：“我们不是故意闯进来的，抱歉。”

提起我们，他才想起了药蛮，赵天池往湖里看去，并没见到药蛮的身影。

“你在找谁？”

“……没有谁。”赵天池下意识地撒了谎。

那年轻男子收敛了自己的戾气，听赵天池说完前因后果，冷笑一声，说道：“别人的地盘，是你能够乱闯的吗？”

他鼻孔朝天，看也没多看一眼，攥着赵天池的手腕就要带他走，赵天池挣脱开来，语气已然有些不耐烦，“这位公子，误闯宝地是我不对，我走就是，你这是什么意思？”

那男子脾气不大好，不耐烦的样子和那些仗势欺人的权贵公子有些相似，“让你跟我走就跟我走，哪来那么多废话？”

他这样说着，拿剑鞘狠狠打了一下赵天池的后背，哪知赵天池面无表情地挨了这一下，突然从袖口抖出一把柔韧至极的长剑，锋利细长，反射出冰雪般的光芒来，两剑相遇，发出一声令人耳鸣的尖锐响声。

赵天池年纪虽小，却武功高超，也不知道练的是哪门哪派的功夫，一张俊俏的脸紧绷着，身形如新竹般挺拔，又十分柔软伶俐，惊险地躲过了十几次危险的攻击，那男子虽然气势逼人，却到底是输了一头，竟然被一个少年逼得节节败退，赵天池步步紧逼，终于在他心神不稳之时将他逼到绝境。

“唰”的一声，长剑划破空气，紧紧贴在那男子脖子上，赵天池额前的碎发凌乱，一双灿若星辰的眸子盯着那男子。

“现在我可以走了吗？”他低声问道，“出口在哪里？”

那男子略微惊讶地挑了挑眉，似乎是对自己落于下风这件事并未想到，可听了赵天池的话，他又嗤笑一声，“出口？”

赵天池手上未继续用力，反而将剑拿得远了一点，“我不知道这是哪里，也没有兴趣知道，出去后更没兴趣乱说，你少用那种看贼的眼神看我。”

那男子突然笑了一下，他轻声说：“哦。”

说完了，他吹了个长长的口哨。

赵天池只觉得眼前一片漆黑，像是突然入了夜，远处有光传来，一点一点，十分微弱，似乎是几只落单的萤火虫，而不一会儿，它们就聚成一簇，赵天池不敢在黑暗中乱走，谨慎地看着那光冲自己飞来，他提剑砍去，那簇光毫发无损。

他猛地转身，拔腿就跑，却觉得自己的右手手腕被什么东西缠住了，回头去看，竟然是一条发光的大蛇，那大蛇瞪着一双精明又阴冷的眼睛，猛地在他身上缠了几圈，将他死死裹住。

赵天池竟是无法挣脱。

就这样被那大蛇紧紧裹着，拖拽着，在黑暗里缓慢前行。

赵天池与药蛮在红叶镇相识。

红叶镇位处边陲，热闹而混乱，三教九流，什么人都有，两个人第一次见面时，赵天池捧着一包肉饼往家里走，在半路遇到了倒在地上的药蛮。

那条小路很少有人去，至少他经过的时候只有他们两个人，赵天池见到她时被她吓了一跳，还以为这姑娘被人害死了。

毕竟这里乱得很，偶尔有无名尸体被衙门的人拉上车带走再无下文，也不是什么奇事。

他只装没看见，哪知道路过药蛮身边的时候，药蛮猛地坐了起来，盯着他手里的肉饼咽口水。

赵天池吓了一跳，后退两步，谨慎地盯着她看。

“你拿的是肉饼吗？”药蛮气若游丝地说，“好香……”

赵天池站在原地想了片刻，看了看药蛮，又看了看肉饼，来回看了几圈，他拿出一个肉饼扔给对方，然后转身就走，像是身后有狗追。

回了家，赵天池拿出自己的本子在上面写：今天是八月初三，天气晴，拿着我辛苦劳动赚来的钱去买了四个肉饼，倍儿香，半路上碰到一个女的，大发善心把饼分给她一个，她十分感动，问我叫什么，我说你不用记住我的名字，叫我大侠。她哭了，我走了，深藏功与名。真是完美的一天，如果有朝一日《武林日报》的人可以采访我，我一定要把这件事说出来——一个完美的少侠偶像，是没有任何黑历史的，我的过去必定充满了真善美，是全武林的少侠学习的典范。

写完了日记，赵天池把它放在了灶台边，因为民间传说，灶王爷每年都要在正月的时候前往天庭，禀报这一家的善行恶为，赵天池心想自己不能临时抱佛脚，平时写点掺水的日记，给灶王爷一个好印象，也许明年还能走运。

每到这种时候，他就会选择性失忆，忘记自己其实是个骗子，根本没机会上《武林日报》的头版头条，更不可能去接受专访。

虽然是个骗子，但是他上不骗穷老，下不骗孤小，其余的人只要有钱，他一律都要想找点机会去骗骗，他很小的时候就发现，自己在行骗方面十分有天赋，反正他一个人吃饱全家不饿，倒不怕人打击报复。

他在街上扔给药蛮肉饼的前一天，其实已经穷途末路，因为赵天池发现自己的骗技在这里已经失灵，再想不出新招数来，即使是在人口流动这样大的边陲小镇，也有很多人眼熟他，“和那个小骗子打交道的时候小心点”这种话，一传十，十传百，就差把骗子二字贴在他的脑门上昭告天下。

他一向奉行今朝有酒今朝醉的信条，剩下那一点钱也没有想省着花，坐在地上将钱凑一凑，连犄角旮旯的铜板都摸出来，上街买肉饼吃了。

这也是他的人生经验之一，因为他发现每次山穷水尽的时候都会有一笔意外之财，所以他从不担心自己饿死。

但是如果他知道这笔意外之财就是药蛮的话，他绝对不会把钱都花了买肉饼的。

那一天送了个肉饼之后，赵天池就被药蛮缠上了。

药蛮也不知怎么摸到了赵天池家里，堵在他家门口喊饿，有人经过，她就说自己是赵天池小时候订的娃娃亲，现在家里遭了灾，她就跑来投奔他。赵天池吓得不行，还以为被人看上了自己的美色，隔着门喊：“你别乱说啊你！我好端端的一个少侠，从来没有这种桃色绯闻的！再说我们江湖中人都是自由恋爱，订个屁的娃娃亲啊！”

药蛮哭着说：“你这个忘恩负义的王八蛋，小心我去《武林日报》曝光你。”

赵天池虽然不干好事，却总有个大侠梦，这种影响前途的事情万万不敢冒险，把门打开了一条缝，低声问：“你你你你到底想干什么你？”

“我我我我我饿了！”

她实在是难缠，赵天池只好放她进屋，看她狼吞虎咽地吃了自己最后半个肉饼，喝了三碗水。

“水饱也是饱。”药蛮说，“好了，明人不说暗话，你很有前途，要不要和我合作？”

原来她早就听闻赵天池的大名，觉得此人年纪轻轻一派少侠风范，却是个骗子，如此不要脸，肯定是个人物，她是小偷，对方是骗子，强强联手，蛇鼠一窝，岂不美哉？

两个人就这样结识。

赵天池和药蛮发誓，要冲破自己职业生涯的瓶颈，干一票大的，苦于没有机会，药蛮也觉得最近手气不好，都找不到那种看起来就很有钱的人偷，还差点被官差抓住好几次，两个人凑在一起长吁短叹，叹了一夜，双双感冒，涕流不止。

去抓药，药铺关门，去菜市场买姜熬姜汤，卖菜的又眼熟他们，知道这对少男少女没一个好东西，借口不卖，赵天池自己怎样都可以，看着女孩子受苦还是于心不忍的，凭着自己有限的药理知识去采了点薄荷、菊花、紫苏，熬了一锅药给两个人喝，没想到喝完了之后呕吐个不停，最后虽然还是好了，但是药蛮坚持肯定和他的药有关系，恨恨地一边刷锅一边道：“要不是你的药我们早就好了！我就说煮点热水喝就好了，你偏偏要搞幺蛾子。”

赵天池猛翻白眼，将药渣捡起来放在手心，一个个地给药蛮看，“这是菊花，这是薄荷，这是紫苏……你看看，这都是散热祛湿解毒的好药，你去看大夫，大夫也要开这些的，吃了没好肯定和我的药没关系，是你自己体质有问题。”

药蛮的性格最是泼辣，无理也要辩三分，这会儿有了理更是不饶人，拔剑就要打，赵天池鼻涕拖了老长，伸着胳膊要往她身上抹，药蛮嫌弃地踹了他一脚，走到一边去刷煮药的小砂锅了，过了一会儿突然尖叫道：“赵天池，你这个猪脑子，这哪里是紫苏，这是彩叶草！”

赵天池吓了一跳，走过去看，药蛮捏着药渣，拿手指头抹平了放在手心，果不其然，赵天池采错药了。紫苏和彩叶草长得很像，赵天池又头晕眼花的，采药的时候看见那一片彩叶草，还以为自己今天运气好，赶上了紫苏扎堆，薅了一把拿回来就扔到锅里煮了。

“猪脑子！”药蛮收拾好了砂锅,坐在地上骂人,“等老娘病好了，看我怎么收拾你。”

赵天池坐在地上不说话，鼻涕都要流到嘴里去，药蛮还以为自己骂重了，吸吸鼻涕，不自在地说：“喂，你生气了？大男人不要这么小心眼嘛……”

话音刚落，赵天池猛地站起来，抓着她的手腕就往外走，药蛮吓了一跳，以为赵天池失心疯了，紧张道：“喂，喂，你干什么你！”

“你想不想去京城买房子，顺便包养魔教教主？”赵天池回头看她，“你要是想，就和我出去，把这一片所有的彩叶草都给采干净，一根也不要留下。”

赵天池想到了一个绝妙的主意。

他和药蛮一起采光了镇子附近所有的彩叶草，足足采了七天，两个人破破烂烂的家里满是彩叶草味儿。把所有的彩叶草晾晒好以后，赵天池不知道从哪里找了个高壮汉子，那汉子看上去沉默又精明，穿一身略旧但是料子很好的短打衣衫，和大药铺那些走南闯北四处收药的伙计没什么区别。赵天池叫他站在自家门前，把自己与药蛮为数不多的钱交给他。

“去药铺，收彩叶草，有多少要多少，如果他们说没有，你就让伙计多进一些，说愿意花高价收，如果伙计问你为什么要这么多的彩叶草，你就说，南边的永城有个神医，最近研究出了一种神药，管跌打损伤头疼脑热小儿夜啼产妇下奶，总而言之，这个药怎么神怎么吹。彩叶草就是做药的材料，现在药卖得太火，永城的彩叶草已经不够了，所以就来周边镇子收药，听懂了吗？”

那汉子看上去憨厚老实，骗起人来却十分得心应手，没过几天，镇上所有的药铺都知道彩叶草现在身价水涨船高，纷纷派人去采，可是各药铺派出去的人都无精打采地回来了，说现在根本就采不到彩叶草，不知道被谁给捷足先登了，只剩下一些没拔干净的根儿。

赵天池这会儿感冒也好得差不多，有精神继续自己的行骗大业，他把鼻涕擦干净，打起精神去推销彩叶草了。

为了不做得太显眼，他还拿了许多别的草药一起去卖，药铺的人本来是知道他品行不端，不爱搭理，可看见货真价实的彩叶草，也顾不上许多，赶紧掏钱去买，赵天池假装不知情，价格比那汉子报的低，药铺的伙计最开始还有疑心，问他在哪里采的药，赵天池说药都是之前采的，最近生病了才没出来卖，如果他们要，自己还可以再采一些来。

伙计嘲笑道："你呀，还是别想了，现在哪儿还能采得到呢？"

赵天池假装着急地说："我往远处走走，肯定有。"

就这样，赵天池赚得盆满钵满，如果事情可以不败露，药蛮大概能提早包养魔教教主，赵天池大概能早点在京城二环买房，双双成功走上人生巅峰。

可也不知道是不是他坏事做得多了，折损了一部分运气，被赵天池骗了最多钱的药铺掌柜恰好有个永城的亲戚，又恰好赶在这个时候来探亲。

亲戚来后，掌柜一家自然是盛情款待。酒过三巡，闲聊时掌柜的就说起了那个神乎其神的药来，还问亲戚，到底是永城的哪位老神医研究出来的神药？

亲戚听了，惊讶道："什么神医，什么神药？我怎么没听过？"

掌柜的与他仔细说了彩叶草的事情，亲戚仍然是大摇其头，"我一直在永城，还真的没听过这件事，要是真的有这么神的药，来买的人还不把永城挤破了，我怎么可能不知道呢？"

掌柜的瞬间醒酒，知道自己上了大当，气得一拍桌子，"好个小兔崽子，骗得老子好苦！"

他集合了所有的药铺掌柜，提着灯笼，一行几十人，气势汹汹地去找赵天池算账。赵天池正在和药蛮坐在地上数钱，两个人嘴都要合不拢，突然，赵天池觉得腿疼，是地上凉，他坐到抽筋了，他一手扶着地跳起来，拿一条腿蹦到了外面去活动筋骨，一边儿吹口哨一边儿压腿，刚刚压完，他就听到了一阵脚步声，似乎是很多人一起朝着他家走来了，他下意识地觉得不对劲，蹦到门口，顺着门缝一看，果不其然，看见一群人远远地走了过来，带头的几个都是药铺掌柜。

赵天池惊了，“这是来找我算账了！”

他风一样窜进屋，拉起还在数钱的药蛮，急道：“事情败露了，快走快走！”

药蛮反应奇快，脱了外衣往地上一铺，一阵风似的将钱全部都卷在里头，两只手飞速打了个结，抓着赵天池的肩膀说：“跳墙走！”

他们俩遇到的时候一个赛一个穷，好房子是住不起的，这间房子是镇里出了名的鬼屋，荒凉破败，但二人年轻气盛，自然不怕。老屋墙矮，还缺了个角，要跳出去很容易，眼见着人就要追过来，赵天池急了，托着药蛮先出去，可他自己的腿又抽筋了，无论如何也跳不上去，药蛮也急了，抱着一包袱钱在外面小声说：“你快爬！爬上来以后往下跳就是，我接着你。”

那带头的药铺掌柜已经走到家门口，踹了门，赵天池情急之下真的爬了上去，身体一跃，扑通一声摔在地上，药蛮捂着他的嘴，两个人大气也不敢喘，仔细听着墙对面的动静。

“给我搜！”掌柜的举着灯笼坐在了院子中间的石凳上，“搜着了就打，往死里打！”

鬼屋虽然破，却着实不小，众人去搜了一圈，也花费不少时间，可是搜完了，一无所获，有人看到院子里剩下的一堆彩叶草，显然是早就采好晾干的，众人更是生气，就在这时，门被打开了，那个精壮汉子推开门，“我说那个钱——”

院子里刹那间鸦雀无声，汉子与提着灯笼的掌柜对视一会儿，突然转身，拔腿就跑！

他跑，众人就追，汉子面无表情，跑得脚下生风，一身腱子肉在夜里因为汗水显得亮晶晶的，他不是镇子上的人，根本不认识路，见着胡同就拐，若是死胡同就敏捷地攀着墙沿跳上去，没过多久就把药铺的众人甩脱了，还因为跑蒙了而跑到他们后面一次，可是还没等众人发现，他又跑走了。

小镇建筑紧密，道路并非横平竖直，十分杂乱，如果不是本地人很难跑出去，那汉子也跑累了，木着一张憨厚老实的脸一边跑一边寻找栖身之所，远远地看到两大坨用来烧火的干草，汉子深吸一口气，几乎像羚羊一般边跑边跳，到了那干草边，一弯腰钻了进去。

“啊——”赵天池叫。

“啊——”药蛮也叫。

“嘘——”那汉子气喘吁吁道，“闭嘴。”

他跑了一圈，又跑回了赵天池家的后面。

第二章 被迫

三个人挤在一起，鬼鬼祟祟，都不敢大声说话，赵天池压低了声音，对那汉子耳语道："你前几天不是走了吗？怎么又回来了？"

"钱花没了。"汉子也小声说，"我想着你这次赚了不少，就走回来准备和你再要点银子。"

他倒是老实，只是老实不客气，一边说一边看药蛮手里的包袱，药蛮转转眼珠，小声说："出去再给，这会儿动外面肯定会看到的，大哥，你要不要换个草垛藏？这也太显眼了吧。"

药蛮想，这汉子看上去傻乎乎的，肯定没有他们两个机灵，趁他睡着了自己拉着赵天池就跑，等他醒了早就找不到他们了。

她刚想到这里，就听到外面有人说话，显然是要追查到这边了，三个人不约而同地闭了嘴，只听见外面的脚步声越来越近，药蛮要吓死了，那汉子伸手在她的包袱里掏了一块碎银，药蛮直瞪他，心想这都什么时候了还想着要钱，没想到汉子拿两根手指夹着碎银，随手一挥，只听不远处有什么东西响了一下，药铺众人赶紧过去看。等他们都走远，那汉子抬起草垛前的一块大石，深吸一口气，将大石往远处一扔！

只听嘭的一声巨响，似乎有什么极重的东西倒了，众人都吓了一跳，喧哗起来，可是喧哗声响了一会儿，有个人说了句什么，所有人似乎都沉默了，药蛮紧张得要命，可是没过多久，他们居然走了。

外面安静下来以后，那汉子先有了动作，他弯腰钻出了草垛，赵天池和药蛮也跟着钻了出来。

二人终于看清是什么东西倒了，原来是那个石观音。

石观音并非真的观音像，而是一块状似观音像的奇石，据说是被一个老农在垦荒的时候挖出来的，众人觉得很吉利，将它立起来，还会时常过来祈愿求福，有时候也会扔一点铜钱到石观音前，可是自从赵天池和药蛮这两个热爱偷鸡摸狗坑蒙拐骗的家伙住到附近的宅子里，镇里的人就不再往观音前面扔钱了。

刚刚那汉子拿了块碎银一打，发出声音来吸引众人注意，等众人走过去看的时候，又拿大石将观音像砸倒了，石观音周围很多碎石，天色又暗，谁也没注意一块石头从头顶飞过，只是听见一声巨响，石观音就倒了，众人很惊讶，惊讶之余就是害怕，觉得这不是个吉利的兆头，这里离鬼屋这样近，大晚上的指不定会出什么事情，商议一会儿以后，大家决定先回家，明天早上直接去报官，反正那两个兔崽子又没有马匹驴车，跑也跑不了多远。

那石观音将近两人高，从它刚刚倒地时发出的声音也知道有多重，能将它砸倒，显然此人已经不是普通的力气大，药蛮最会见风使舵，缩着肩膀主动将包袱里的碎银和银票抓了一小半出来，诚恳道："大哥，这次如果没有你，我们肯定也赚不到这样多的钱，现在事情败露，这里我们是决计不能留了，我准备去魔教见见我男神魔教教主，了却心愿，说不定还能和他生个一儿半女的，你也知道魔教在苗疆一带，虫子多，又湿热，我买杀虫药和酸梅汤都要钱的，所以给自己留了一些，剩下的都给你，祝愿大哥你前程似锦，新年大吉。”

汉子接过钱，面无表情道：“小姑娘这样客气，但是我劝你还是别去魔教了，听说魔教教主的未婚妻心思歹毒得很，最喜欢捉年轻女子杀了放血泡澡，你有命去，没命回，可不是什么好买卖。”

赵天池说：“那我们就去峨眉派，听说那边风景好，峨眉的侠女们又爱露大腿，我最喜欢不过，啊哈哈，大哥，时候不早，我们该走了，再晚几天峨眉派就封山不让游客参观了，就此别过！”

“峨眉派也不好。”汉子说，“像你这样眉清目秀的小伙子，听说是要被捉起来祭天的。”

赵天池：“……”

“你们可以往东南去，那里很好，人有钱又好骗。”汉子认真道，“好了，就此别过，一路顺风，我叫廖元武，一点小礼物送给你们，不成敬意。”

他掏出两个小小的玉质葫芦挂件递给二人。

“赵小猫。”赵天池说。

“赵小狗。”药蛮谨慎地冲他摆摆手。

三人在小镇的边缘分开，赵天池和药蛮紧挨着快步走，两个人越走越快，腿都要倒腾不过来，等到走出廖元武的视线，二人发足狂奔起来，药蛮气喘吁吁，恨声道：“赵天池，你从哪里找了这么个杀星出来，你是不是要死了你！”

“我那天出去看他在铁匠铺旁边站着问路……”赵天池气喘吁吁道，“我就想随便找个面生的装外地人，也没想那么多，和他说帮个忙，他也痛快，答应了以后就跟着我回家拿钱帮咱们骗人去了。”

“我的钱啊！”药蛮心痛地翻着小包袱，“不行，我好心疼，我要窒息了，跑不动了。”

跑不动也得跑，天一亮，肯定就会有人追他们，两个人一直跑到天蒙蒙亮，实在是腿上一点力气也没了，找了个隐蔽的地方数钱，又商量下一站去哪里。

“你和我去魔教吧，好不好？”药蛮说，“我们去魔教以后，我肯定会当上教主夫人的，到时候就赏你个管事的当当，听说魔教里面特别棒，超刺激的——你看没看过《武林日报》的卧底专访？还有活人祭祀哎！你肯定会喜欢的。”

赵天池不为所动，拿手捧了点山泉水喝了解渴，擦擦嘴，大大咧咧道：“你想去就去，我不拦你，咱们就此别过，钱就对半分，这事儿呢，点子是我想的，帮手是我找的，对半分，你绝对算不上吃亏，怎样？”

药蛮苦着脸纠结一会儿，突然叹气道：“哎，其实我也不太喜欢苗疆的，虫子好多啊，又潮潮的，听说冬天他们也穿短裤，还是那种花花绿绿的短裤，好土的，我去了岂不是要冻出风湿病来，就先不去了吧……”

赵天池说：“那就去峨眉，怎样？我听说峨眉的侠女都露大腿……哎哟，你别打我啊！”

药蛮嫌弃他一脸花痴，打了他一顿以后，二人暂时握手言和，折中一下，不去魔教也不去峨眉，听从廖元武的建议，往东南走。

两个人一路上吃吃喝喝玩玩闹闹，没走几天，银子却流水一样地花，腊月天寒，两个人身无分文，实在是又累又饿，药蛮直嚷嚷着找个酒楼要两碗粥。

哪想到会一路被人追到这步田地，还被人绑了呢？

赵天池在一片黑暗里与那条眼睛会发光的大蛇对视着，龇牙咧嘴地做了个怪相。

在黑暗里，人对时间的感知就会变慢，赵天池不知今夕何夕，也许只过了半个时辰，也许过去了一两天，他眼前终于有了一点光，似乎是谁拿了个即将熄灭的灯笼照着他的脸。

那条会发光的大蛇窸窸窣窣地退去了，赵天池定睛一看，自己竟被个麻绳捆绑着上半身，黑暗一点点褪去，他终于看清了身前的人，还是昨天那个男人，换了身衣服，带着满脸困意看他。

“死了没？”男人不耐烦道，“没死就站起来跟我走。”

赵天池站起来，低声骂了几句，那男人猛地回头，拿剑鞘打向赵天池肩膀，被他闪身避过，虽然手被捆着，居然也能将身体弯成一个柔韧至极的铁板桥，顺势还在对方腿上踹了一脚。

“……X的。”对方怒气冲冲骂了他一句，又不知想到什么，神色缓和一些，问他，“你哪里学的功夫？”

赵天池仍然保持着刚才的动作，听他这么说，猛地直起身来，差点闪了腰，不屑道：“干什么？我天赋异禀，娘胎里生出来就会打拳，三岁会耍剑，五岁会用刀，用不着学。”

“我看你三岁会耍贱！”男子与他说不通，抓着麻绳的一端，将他狠狠一扯，牵着狗一样，带他往前走。

二人出了门，眼前的景色瞬间开阔明朗起来。

昨天还山青水绿的景象竟然不复存在，天地之间一片冰冷的霜色，雪雾弥漫在空中，树枝上满是长长的冰挂，晶莹剔透，那片湖泊也被冻住，像是一片光滑的巨镜，里面的金鱼还维持着游动的潇洒的姿态，头颅微微抬起，柔软得犹如绸缎一般的尾巴在冰层中凝固了。

二人往前走了一会儿，景色突至，一座云雾缭绕的高山出现在眼前，赵天池站在原地仰望片刻，颤声道：“不会让我爬山吧？”

那男子说：“要你爬你就爬，哪里来的那么多废话？”

山看着高，爬起来更高，赵天池被绑了一晚，本来就腰腿酸痛，这样活动起来，更觉得崩溃不已，赵天池回头偷偷看那男子，对方却比他强上许多，脚下生风一般，只顾顺着陡峭的石阶往上攀爬。

好不容易爬到了山顶，又是另外一番景象。

上面地势开阔，建筑错落有致，左右对称，美观大气，前面一个巨大的练武场，摆放着木人和武器架子，几个女弟子穿一身白底黑边的短打，正在切磋。

赵天池吹了个口哨，惯常似的要招猫逗狗，哪知道几个人都没看见他似的，赵天池讨了个没趣儿，突然往前一倒，撞在那男子身上。

“做什么？”他猛地推开赵天池，“站好了！”

也许是不放心赵天池，他看了对方一会儿，从怀里掏出一张纸，在地上挖了一点湿漉漉的雪，让那纸也湿漉漉的，顺手拍在了赵天池的嘴上。

他带着赵天池走到了最中央的一座殿中。

二人刚刚走进去，赵天池就闻到了一股淡淡的檀香气味。

屋内极其宽阔明亮，装修得富丽堂皇，与外面的冰天雪地不同，里面显得十分温暖，又充满了活力与生机，角落里四个巨大的花盆，里面种着桃花树，几乎要顶破棚顶，开得茂盛又绚烂，而桌上和窗台上都摆放着花盆，里面种的是浓艳的牡丹。

赵天池觉得鼻子痒痒的，下意识地打了个喷嚏，将脸上的纸吹起来，他用力呼气，可算是把它吹在了地上。

与此同时，一阵清脆的铜铃声响起，那男子微微后退一步，恭敬道：“掌门师姐。”

一瞬间，所有的花朵仿佛被染上了更为浓烈的色彩，又被注入了无限的活力，浓墨重彩地盛开起来，仿佛是熟透的果实一般摇摇欲坠，散发出危险的香气。

一阵脚步声响起，而后越来越近，本来是有些急促的，到了转角处，就突然慢了下来，不知为何，赵天池觉得自己听到了对方的心跳，与衣服布料摩擦时发出的响声。

“是阿雀吗？”

说话之人是个妙龄女子，虽然声音不高，却因为房间里十分安静而吓了赵天池一跳。

“是。”那男子说，“我把人给你带过来了。”

脚步声再次响起，那女子终于现身，只见她穿一身素净的白色长裙，长发上插着一根玉簪，一张脸却美得十分浓艳。

像是窗边盛开着的花朵一样浓艳。

浓艳，却不显得娇贵，反而透着一种行走江湖的女子都有的爽利，她见了赵天池，脚步就急促了一些，很快就走到二人面前，对着已经看呆了的赵天池说："初次见面……"

"你你你！"赵天池惊慌道，"你是不是那个峨眉女团的——"

"放什么屁！"那男子猛地在他头上敲了一下，顺势将捆着他的绳子解开，"去那边坐着。"

"阿雀！"女子说，"不要这样粗鲁。"

赵天池还没从激动中缓过神来，哆哆嗦嗦道："你是不是峨眉去年出了写真集子的那个女侠？我买了十本呢，十本！"

"不是。"她似乎被赵天池的惊讶吓了一跳，回过神来，又觉得有些好笑，微微笑着说，"不是的，我不是峨眉的人。"

"哎，我认错了？"赵天池说，"不可能啊……那就是那个画师骗人！哼，肯定是了，反正是画出来的，他想怎么画就怎么画，奇也怪哉，我怎么之前就没想到？"

"我叫乔梓楠，是沱山派掌门，这位是我的师弟，余雀。"

"沱山派？"赵天池微微皱眉，似乎不知这是哪门哪派，突然，他似乎想起了什么，恍然大悟道，"就是那个修幻术的沱山派？"

若说有哪个门派曾经无限风光，现今没落，沦落为寂寂无闻之辈，只怕问十个人，九个人都会在思考一会儿之后回答你："那肯定是沱山派！"

江湖自有江湖的记忆。

沱山派最风光的那一年，正是乔梓楠的父亲当上掌门的第十年，武林大会上，乔掌门上台，对着他的对手恭敬地拱一拱手，二人便切磋起来。

虽说是切磋，可是为了夺得武林盟盟主的位子，众人自然都拼尽全力，乔掌门的对手也没有留情，步步紧逼，一把长刀使得又快又狠，咄咄逼人，眼看着就要把乔掌门打败。

哪知道乔掌门不急不慢地闪转腾挪，突然从袖子中抽出一根柳条，往地上一甩，那根柳条竟然变成了一条大蛇，跟着乔掌门的动作与那对手打斗。

台下观战的众人自然是吃惊不小，虽然也知道沱山派修幻术，但是光天化日突然看到一条大蛇凭空出现，到底是吓了一跳，那对手显然也是，他一边打一边说："老乔头儿，你这是作弊！一打一才是好汉，你找个帮手算什么？"

乔掌门哈哈大笑，"你也知道我这是幻术嘛！你就当看个戏法，不成吗？"

可虽然说是幻术，知道这不是真的，但总归是条看起来活生生的蛇，虎视眈眈地看着他。那对手只是手上功夫厉害，心神并不十分坚定，总觉得那蛇在伺机而动，随时随地就要扑过来咬自己一口，没一会儿就被影响得步调全乱，一败涂地。

众人刚要看个仔细，只见一阵风吹来，带起一阵沙土，迷了众人的眼睛，等那妖风过去，只见乔掌门拿着一根树枝站在原地，但笑不语。

虽然事后因为种种原因，乔掌门没有选择继续参加武林大会，但是当天令人惊掉了下巴的大变活蛇，还是一传十十传百，犹如神话故事一般传入了武林。

自此，沱山派名声大噪，一时间风光无二。

所有的江湖人士都挤破了头想去沱山派学艺，甚至江湖骗子拿着一本画册去骗小孩子的钱，找的说辞也是："这是从沱山派拿出来的书，二钱银子一本，秘不外传！"

而沱山派的人在江湖众人心中，也犹如谪仙人一般，但是时间久了，在众目睽睽下维持一个好名声就十分艰难。

当时有这样一件事十分出名：

南方某地大雨，洪灾泛滥，河堤根本挡不住暴涨的河水，短短不过半个月，来不及逃难的老弱病残死伤满地。

沱山派当时的大弟子，也就是乔掌门最为得意的干儿子——名叫七巧的少侠恰巧路过，他虽然也和别人一样将脚踩在泥地上，一双干干净净的白布鞋却毫无污损，而面色红润，精神状态高昂的他，也和遭了灾的百姓们十分不同。

于是有小孩子去找他要吃的，最开始只是一个，后来就围了一圈，大概有十几个，全都仰着脸望着他，眼睛里流露出极度的渴望来。

“你们想吃东西了？”七巧似乎有些为难，可是孩子们的脏手全都抓着他衣服的下摆，过了会儿，他脸上露出了狡黠的笑容，只是那笑容一闪而过，他答应下来，“好的。”

他蹲下身去，将泥土捏成一个球形，又慢慢拍打，以手指雕琢，居然逐渐弄出了一个猪的样子。

虽然体型不大，但是十分肥壮，而且神奇的是，在七巧照着猪的脸上吹了一口长气之后，那泥做的猪居然变成了真的。

肥胖粉嫩，会跑会跳的一只猪。

七巧把这只猪往孩子们身前轻轻一踢，说：“这只猪你们随便处置，我走了。”

话音刚落，他就离开了，脚步轻快，不过片刻就走出了众人的视线。

鞋上仍然是雪白的。

那只猪当然是被饥饿的孩子们宰杀后吃掉了，可是吃掉以后没多久，他们就觉得腹痛难忍，抑制不住地呕吐起来。

最开始他们还以为是因为没有烤熟，毕竟天气潮湿，能找到用作燃料的树枝十分不容易，他们找的那一点完全不够把一头小猪烤熟，只是去了血色而已。

令人没想到的是，有孩子呕吐出来的东西，居然是不能消化的泥土，就是刚刚那个沱山派的谪仙人从地上挖起的泥土，用来雕琢小猪的泥土。

有个孩子因为这件事当场死去，剩下的几个也因为泥土肮脏，连着生了很久的病，还是因为命大，才没有死去罢了。

这件事不知怎么被传开，乔掌门似乎也觉得七巧十分过分，但是毕竟是自己最为疼爱的大弟子，又是自己的干儿子，所以只是对外声称夺了他大弟子的名分，逐出师门，实际上只禁足两年，认真悔过，准备叫他改名换姓重出江湖。

就是这两年，风云突变，也不知是否是这件事带来的因果报应，沱山派出了很多大大小小的事情，而最大的，莫过于朝廷开始重视巫术这件事。

起因只是因为皇宫中有嫔妃偷偷用巫术对皇后下咒，还是那种十分狠毒的，要人性命的咒，那个妃嫔被处死，皇上却开始觉得害怕，如果也有人要害他呢？这种并不需要埋伏在自己身边就可以诅咒自己的法术实在是太狠毒可怕了。

于是民间开始肃清巫术，沱山派也没有逃过一劫。

实际上，沱山派所修的并非巫术，而是幻术一类，说白了，就是令人迷惑的障眼法而已，只不过沱山派的障眼法实在是太过神奇和强大，不仅仅是单纯的幻术，还结合了能够扰乱人心神的迷香和头脑暗示，以至于能够“平地起高楼，移山而填海”。能够在江湖上有一席之地，还是靠着众人的口口相传，和他们本门的精妙功夫。

而经过这些事情之后，沱山派终于是日渐式微，江河日下了。

最终就这样，悄无声息地消失在了众人的视线中。

一转眼已经十几年过去了。

“父亲他当年受到了很大的打击，最终决定去云游四方，把掌门的位置传给了我，而我就带着剩下的同门远走沱山，一直走到了这里。”

赵天池听完了前因后果，已经有些呆了。

“啊——”他回过神来，“那你们抓我做什么？”

“我们想请你帮个忙。”乔梓楠的脸上带了一点坚毅的表情，“你能不能代替我们沱山派，去参加武林大会？”

赵天池猛地被扔了这样一个重担，不禁觉得压力巨大，勉强抑制住自己嘴角抽动的笑容，说道：“过奖过奖，我只是一个无名小卒而已，哪里担负得起这样的重任呢？再说——再说我这个人其实没什么大志向，又怕麻烦，这种事做不来的。”

“哼。”那男子不屑地轻哼一声，“真把自己当盘菜了。”

赵天池做了个怪相，“略略略，你能奈我何啊？手下败将而已，昨天要不是你拿草绳装作大蛇吓唬我，我才不会上当被你给捆了去呢，你手下有几斤几两，自己不清楚吗？”

那男子十分生气，提剑便打，赵天池一脚踹在他手腕上，顺势将自己的身体向后翻转，拿起桌上的一把折扇当作武器，出手如电，在对方喉头敲了一下。

脖子是人身上最为脆弱的位置，赵天池虽然没有拼尽全力，却也力气不小，那男子躲了过去，恨恨地盯着赵天池，差一点拿剑捅穿他的手掌，赵天池上蹿下跳，且打且躲，不一会儿，那些花瓣就落了满地，被踩成了脏兮兮的污泥。

“余雀师弟，不要打了，花再落，师姐又要心疼了。”

一个好听的男声传来，声音不高，玉一样温润，赵天池回头看去，在心里哎哟了一声——那声音的主人也配得上温润如玉这四个字，眉目含情，天生一副好脾气的样貌。

听了他的话，那叫余雀的男子终于先停了手，仍然不服气地盯着赵天池看。

赵天池正骑在角落的大花瓶上，晃晃悠悠，十分危险，似乎随时都有栽倒在地的趋势。

四个人终于能坐下来，认真谈话。

“我真的做不来！”赵天池说，“功夫比我好的人那不是多了去了，实在不行你们去武馆找个师傅呀，靠我想在武林大会上夺得名次，也太异想天开了吧，小心我去《武林日报》曝光你们。”

“小兄弟，不是的。”后进来的那位，自我介绍为召尧的男子说，“我们想让你加入沱山派，并非为了让你教授弟子功夫。”

“那是为了什么？”赵天池说，“总不会是看上我年轻貌美，要轻薄我？！”

他捂紧了胸前的衣服，往后仰了仰，椅子翻转，只剩下两个点支撑，差一点就要倒在地上，好在他伸出一条长腿撑着，又将身体支撑回来。

“倒是看上你年轻貌美，但是——”余雀说，“谁要轻薄你啊，美得你。”

几个人把计划告诉了赵天池，他愣了一下，“哈？”

乔梓楠说：“我们不会强迫你做任何事，只是一个建议而已，毕竟强扭的瓜不甜，这件事你不配合，我们也没办法做，你好好想想，我们先出去。”

语毕，她带着余雀召尧二人出门，留下赵天池在房间里发呆。

过了半晌，赵天池猛地跳起来。

“要发达了！”

乔梓楠他们的计划非常复杂，且具有谁也不能企及的前瞻性。

当今武林，已经不是原来那个只知道打打杀杀，快意恩仇的武林了。

大侠们打打杀杀，快意恩仇了几十年之后突然发现，光顾着快意恩仇好像也没什么意思，每天吃不饱穿不暖，动不动就要经历着一文钱难倒英雄汉的窘境。

于是就要创收。

最开始，大侠们的想法十分朴实，创收，有很多种方法，可以种地！养猪！

于是当时的武林盟盟主石磊，就带着一群大侠去种地养猪。

力大无穷者犁地，那武当吴勇使一把铁锤，重达百斤，力大无穷，每天吭哧吭哧地在地里挥洒汗水，将地犁得完美有型，粮食长势喜人。

剑术高超者割草收麦子，那剑宗柳乘风，使得一手好剑，曾经大战魔教教主于白云山，竟然撑过了全场，虽然也身负重伤，但是魔教教主也没讨到便宜。就是这样一个传奇人物，春种秋收，按时劳动，唰唰唰唰唰唰唰，只见剑花缭乱，杂草和麦子就被收割好，堆了满地。

从前忙于打打杀杀的少侠女侠们也纷纷撸起袖子喂猪。

非常不浪漫，不刺激，不快意恩仇。

挣得也不多。

毕竟从没人通过辛勤劳动而一夜暴富，辛苦钱向来是很少很少的。

于是群情激奋，武林盟盟主头发都白了，坐在武林盟的大堂前吧嗒吧嗒抽烟袋，操着一口浓重的方言道："那你们说咋个办嘛！鹅地里的麦子还没收，你们不要瞎闹，再把猪饿瘦了么！"

"盟主！"当时担任武林盟副盟主的大侠痛心疾首道，"您不过去种了两年地，怎么还学会说方言了呢？您之前的普通话明明过了一甲的啊盟主！"

众大侠痛心疾首，觉得再这样下去武林盟的时髦值可能要跌入谷底，肯定会被魔教耻笑的！实际上已经被耻笑了！

魔教教主已经编了那么厚一本的笑话免费发送给武林中人了啊！

于是种地喂猪的创收方式宣告失败，只好另辟蹊径。

开始卖大侠写真。

最开始发现这个商机的人，还是副盟主。

他发现武林盟盟主自从不种地以后，时髦值噌噌噌地又涨了回来，脱下了破破烂烂的草鞋，换上了笔挺干净的长靴，放下了烟袋，拿起了剑，偶尔还会偷用盟主夫人的护肤品。

真是一个非常令人着迷的大侠。

“盟主,为何我们不卖一批你的画集子呢？”副盟主说,“你看你，这样英俊潇洒，丰神俊朗，若是将你画下来，多种姿势，多种造型，将画好之后的纸张精美装帧一番出售，赚得肯定比种地多啊！”

武林盟盟主说：“说得倒是容易，谁会买呢？”

副盟主但笑不语，坚持要尝试一番，武林盟盟主没有拧过他，只好同意，在画集子上市的前一夜，两人还给画集子起了个名。

叫《盟主の写真》。

因为画集子绝无作假，写得特别真。

武林盟盟主还担心成本打了水漂，哪知道画集子上市以后，卖得相当火爆，第一天还不到晚上就被抢购一空。

原来写真的主要购买力就是城里未出阁的小姐们，她们对江湖中人、江湖中事都十分好奇，可是苦于家教甚严，并没有机会和外界接触，有这样的一份武林盟盟主的写真，装帧精美，内容丰富，自然是毫不犹豫掏钱买下。

还有人买了十本分发给自己的姐妹，独乐乐不如众乐乐。

武林盟的创收大业可算是见到了一丝曙光，武林盟盟主更加卖力地卖写真集子，并且根据市场调研，在写真集里附加了一些武林趣事和武林盟盟主的日常，这样一来，销量更加火爆，城里未出阁的姑娘小姐谁手里没两本写真，都不好意思去找自己的小姐妹玩。

但是就在武林盟盟主的创收大业如日中天时，他遭到了一些阻力。

来自他夫人的阻力。

“我看你剑也不练了，碗也不刷了，正事也没心思做了，每天就知道脱了上衣去院子里卖骚！”

夫人出身于武林世家，武功并不在武林盟盟主之下，只是天生不爱抛头露面，是个十足的低调高手，刀枪剑戟斧钺钩叉，没有她不会使的，年轻时与武林盟盟主打架，盟主夫人拿两根铁筷子，硬生生打断了武林盟盟主的宝剑。

于是武林盟盟主十分害怕，再不敢出去卖骚。

但是这个思路给了众人启迪，武林盟盟主不出写真，还有别人可以出啊！江湖上敢出来混的大侠，哪个不是盘靓条顺，六块腹肌大长腿。

写真产业就这样发展起来，大侠们每天的日常就是锻炼身体以保持完美的体魄，然后约画师，画写真，卖钱，一条龙。

江湖上难得的平静，谁也没有心思打打杀杀了。

就这样一直持续到了今天。

“我们的计划，和这个有一点关系，但是要比这个复杂许多。”乔梓楠说，“你看你，年纪轻轻，武功就这样高超，长得又这样好——”

“光是卖写真，太浪费了。”

“未出阁的小姐们想看什么呢，想看的是传奇，是梦想，是她们向往又到不了的地方，只要你成了她们心中的传奇，别说是写真，区区写真算什么，你写个自传，写个日记，去下面巡演翻跟斗，哪怕是把你关在笼子里让她们看你睡觉，肯定也会有人来买账。”

“我相信你是个聪明人，所以话不多说，开门见山，对你，我们并没什么可隐瞒的，只要你肯加入我们沱山派，强强联手，我们得到了名声，能够重新振兴，你又得到了好处，前途无量，稳赚不亏。”

“下个月就是武林大会，我们沱山派决定派人去参加，只是余雀和召尧二人武功不佳，并没有机会能夺得名次，此时此刻你来到这里，于你和我们沱山派，都是一次极好的机会，只要你能在武林大会上崭露头角，我们会帮助你，把你打造成一代武林新秀。”

赵天池独自坐在桌前，看似沉静，实际上已经在计划着自己功成名就之后要去京城最好的地段买房了。

一栋两栋三栋，我今天睡这间明天睡那间，想睡哪间睡哪间。

我好事做尽，天天往本上记，本都用光了三四个，总算是有时来运转的一天！

想起了自己做的好事，他免不得又想起了药蛮，赶紧出去找那余雀了。

余雀正站在门口，看着远处练剑的姑娘发呆。

“她们也是假的？”赵天池紧张地看着她们，“这也太像了。”

“不，她们是真的。”余雀说，“沱山派修幻术，只是幻物，从不幻人。”

赵天池想起了自己的目的，一拍脑袋，“对了，我是想来问问你，和我一起的姑娘，她去了哪里？”

“什么姑娘？”余雀说，“我那天可只见到你一个人而已。”

“怎么可能？”赵天池说，“我们分明是两个人来的，你是不是把她藏起来了？”

“少放屁！”余雀不耐烦道，“我藏一个大活人做什么？”

“你这个人怎么讲话这么难听！”赵天池手痒，很想揍他一顿，又顾忌着在人家的地盘，到底是不好动手，于是和他一起倚在门边，看远处练剑的姑娘。

“那是谁？”赵天池问。

他指着的是个穿浅蓝色衣服的姑娘，看起来十分活泼可爱，只是好像有些心情不好，一直沉着脸，和眼前的木人有深仇大恨一样，差一点就要将木人砍得七零八落。

她突然扔了剑站在原地休息，四处看看，发现了站在门口的余雀，脸色又变得好看了点，挤出一个笑容来，将剑捡起插入剑鞘，提着剑走了过来。

“余师兄。”她说，“你什么时候回来的？”

“刚刚。”余雀说。

“哦——这位是？”她打量着赵天池。

“新加入我们沱山派的少侠，赵天池。”

赵天池一向对姑娘礼遇有加，漂亮姑娘更是，见了漂亮姑娘岂有不笑的道理，当即笑出了八颗牙，伸手与她交握。

姑娘看看他，也把手伸出来，浮皮潦草地握了一下，又转过去对余雀说话。

“余师兄，你看到召尧师兄了吗？”她说，“我有点东西想给他。”

“召尧师兄可能去后山捉兔子了吧。”

华露谢过他，转身离开了。

赵天池还要再问他药蛮的下落，余雀十分不耐烦地将他推开了，“去去去，哪儿来这么多废话。”

“余师兄，你真的很招人讨厌。”赵天池阴阳怪气，“怪不得你喜欢人家，人家不喜欢你，跑去找召尧师兄了。”

“……谁说我喜欢她了？！”余雀左右看看，神色紧张，“饭能乱吃，话不能乱说，你再胡乱讲话，被我师姐听到了，小心我一剑戳死你。”

赵天池没当一回事儿，余雀倒是很记仇，到了晚上吃饭时，余雀仍然对他没有一点好脸色。

外面冰天雪地，饭堂却很暖和，也许是因为面积不大，饭桌边的小炉子噼里啪啦地烧，炉子里面是金色与黑色，融融地映出了一团火光。

仍然是白天谈话时的四个人，凑在一起吃豆腐白菜，虽然菜十分简陋，滋味却不错，旁边一桌是几个少男少女，加在一起也就十几个人而已。

“他们年纪这样小，是家里给送来的吗？”赵天池小声问。

“是我捡回来的。”乔梓楠说，“沱山派最落魄的时候，只有我和余雀两个弟子而已。”

“我是被师父捡回来的。”召尧的脸在暖黄的烛火下显出一种温润的气质来，“只是比他们几个早几年捡回来而已。”

“老头子是个好人。”余雀说，“就是怪倒霉的，还护短，被七巧大师兄害了一遭，又被朝廷害了一遭，否则我看他武林盟盟主都当了几轮了。”

“是啊！”召尧笑着说，“师父是好人。”

“那个七巧去哪里了？”赵天池问。

“和师父一样，云游四方。”召尧说，“走了以后，就再没音信了。”

“好了，说点儿别的。”乔梓楠见众人吃完了，微微正色，她问赵天池，“少侠，你考虑得如何了？”

赵天池赚了钱以后在哪里买房都考虑好了，哪有不答应的道理，可是他一向想得多，这会儿脑袋飞转，觉得自己不能轻易答应。

上赶子不是买卖。

于是他拿起茶杯喝了一口，笑着说：“这毕竟是个大事，关系到我未来三四五六十年的人生发展，万万马虎不得。”

乔梓楠并未多说，表示理解。

于是四个人沉默地走出饭堂，余雀带着赵天池走了很久，带他去了客房。

“去吧。”余雀笑着把他推了进去，“早点睡。”

赵天池狐疑地看着他，倒在床上，闻着房间里淡淡的檀香气味，很快就睡着了。

也不知睡了多久，赵天池突然惊醒了。

他挠了挠脸，半梦半醒，昏昏沉沉地坐了起来，盯着虚空中的黑暗看。

突然，他觉得脸上湿润了，只一小块，一阵窸窸窣窣的脚步声响起，像是什么东西舔了他一下之后又跑开了。

“喵。”

赵天池瞬间清醒，不可置信地瞪大了眼睛，回头往声音来源处看去。

一只通体雪白的胖猫正蹲在矮桌上舔爪子，舔一舔，抬头看看他，温温柔柔地喵一声，十分可爱。

赵天池忍了又忍，还是没有忍住，叫了一声跳起来，顺着窗帘一直往上爬，爬到了顶，嘭的一声撞到了天花板。

“救命啊！”他扯着嗓子喊，“救命啊！”

赵天池埋藏在心里最深处的秘密有很多，其中最让他感到羞耻的一个是，他很怕老鼠，曾经因为老鼠作祟连着做了七天的噩梦，在捕鼠的时候过于紧张而一脚踩到了角落里的锄头，将自己锤晕了。

那是他人生中最羞耻的记忆，毕生难忘。

因为怕老鼠，所以怕和老鼠有关的一切东西，也包括猫，一看到猫他就会想到老鼠被它捕捉时尖叫挣扎的惨状，又想到了自己被锤晕的窘态，恨不得一掌将自己拍晕了算了。

于是此时此刻，他不得不对着那只肥胖的白猫怒目而视，企图将它吓走，可是那只白猫又好像很喜欢他，晃着尾巴朝他走过来。

“救命啊！”他绝望地扯着嗓子喊。

门突然被打开，一个挺拔的男人走了进来，看热闹似的看着这一幕。

“你喊什么？”

“那儿有个猫。”赵天池勉强冷静道，“你把它赶走，谢谢你！”

“哦——原来你怕猫。”

“我不是怕猫，我只是怕老鼠而已！”

他刚刚说完，床下就钻出来一只肥肥大大的灰老鼠，吱吱乱叫，在他鞋上转圈。

赵天池刚刚见了猫还要大喊大叫，此刻见了老鼠反而冷静下来，只是面色惨白，冷汗直流，仿佛随时有可能晕倒。

“假的假的！”赵天池也不知是在安抚自己还是在骗自己，“都是假的，不是真的，不是真的……”

“是不是真的，你摸摸不就知道了？”余雀抱起那只胖胖的白猫，递给赵天池，“来，你摸一摸。”

“拿走拿走！”他差点晕过去，“快拿走，你大人不记小人过宰相肚里能撑船，拿走！”

“原来你怕猫怕老鼠……拿走倒是可以，如果你是我的师弟，我很愿意帮这个忙。”

“我答应你。”赵天池飞快地说，“我答应你了！你把老鼠拿走。”

“少侠，我还没说我的条件呢！”

“我答应和你们合作！赚的钱我们五五分，可以立字据，好了吧好了吧？你可以去和你师姐交差了，但是你为了讨喜欢的姑娘欢心拿老鼠来吓唬我实在是太下作了，无耻之极！”

余雀的脸上这才流露出一丝惊讶之色，“你是怎么知道——”

“我怎么知道你喜欢你师姐？”赵天池说，“你眼珠子都快粘到她身上了，傻子才看不出来吧！”

余雀被戳中了心事，顿时冷下脸来，将猫往桌上一放，拍拍手道：“好了，赵师弟，既然事情已经谈成，今晚就先这样，你好好休息，明天见。”

“等等等等！”赵天池像是要闭过气去似的，“老鼠！”

“留着吧。”余雀假笑着说，“我派弟子最重要的就是要胆大，勇于突破自己的极限，畏首畏尾的，算什么男子汉大丈夫？懂了吗？”

说罢，余雀转身就走，留下一只吱吱乱叫的老鼠。

赵天池冷汗流了几波，像一只被追杀的猴子一样攀爬在窗帘上，脸色惨淡地盯着老鼠，一夜未眠。

第三章　药蛮

沱山派已经很久很久没有招收新的弟子了。

准确来说，在沱山派这座大山倾颓之前，它已经从内部四散崩离，留下来的弟子只有乔梓楠这个门派未来的继承人，还有从小就长在沱山派，与乔梓楠青梅竹马的余雀。

还有一个间接害了沱山派的七巧。

乔掌门这一生虽然也经历过许多风浪，但是在一无所有之际，他或许对自己的人生有了新的认识，关于过去的所作所为是否间接导致了现在的局面，乔掌门也许早就有了答案，因此一生都生活在幻象中的乔掌门选择了一种别人看来很蠢的方式平息心中的愧疚与不平，他带了一个无家可归的孩子来到沱山派，就是那几个年轻弟子口中的召尧师兄。

在召尧之后，又陆续有几个孩子进入沱山派，虽然他们因为体弱多病，纷纷死去了，只剩下召尧一个。

而乔掌门本人在尽了全力教授他们沱山的武功与幻术，并且留下了自己的笔记秘笈还有一大笔来路不明的钱财给乔梓楠之后，就在某个早晨离开了自己熟悉的沱山派，云游四方去了。

在那之后不久，七巧也默不作声地离开，再无消息。

于是沱山派只剩下几个半大的孩子，守着一个幻境，居然也算是安然无事地走到了今天。

但是赵天池觉得这个门派内部问题很大，因为他们每天都在无所事事地混日子。

不过赵天池也懒得管别人的闲事，他现在有更重要的事情要去做。

武林大会还有一个月就要来到，赵天池必须早做准备才是，于是他每天都要起很早，练习签名和假笑，以及和乔梓楠三人一起编造自己的传奇经历。

“做事要趁早。”乔梓楠说，“总不能等你功成名就之后再编，肯定会有破绽的。”

赵天池觉得所言极是。

“你觉得编一个什么样的背景才合适呢？”乔梓楠说。

“要神秘，要来头很大。”赵天池倒立在地上练习臂力，胸有成竹地说，“不能像一张白纸一样摊开任人查看，必须最大限度地利用人的好奇心。”

“你很有经验的样子——”召尧看着他。

“在下不才，混迹江湖时人称边塞骗王，曾经白手起家骗了一套房。”赵天池换了一手支撑身体，脸不红气不喘。

“那你的房子呢？”

“给别人住了。”他说，“我们江湖儿女就是这么随性。”

“废话少说。”余雀屈起一指敲了敲桌子，“到底想编个什么样的身世？”

“我是赵狂流的儿子，赵狂流死后，我被家仆暗算，差点被一剑捅死，家仆掳走了万贯家财，又要害我性命，我只好远走边塞，幸好我被好心人救下，养了我几年，好心人死后我在江湖上摸爬滚打了几年，又得到了沱山派掌门师姐的赏识，带我进入了沱山幻境——如何？”

此话一出，众人都安静了。

赵狂流是江湖上最负盛名的大侠。

侠之大者，为国为民，话虽是这么说，能做到一二分的却少之又少，而赵狂流就是那凤毛麟角。

能够得到许多人的敬重乃至崇拜，赵狂流为人如何，自然不必多说，他的事迹直至今天还被口口相传，教导年轻一代的侠客。

可就是这样一个堪称传奇的大侠，却死得蹊跷，十五年前的冬天，他突然暴毙于家中。

消息传出来时，他已经死了半月有余，家里的财产已经被人搬空，而他的妻子也不知所终，据说刚刚懂事的幼子也遇害了。

这件事到现在为止仍然是众人心中的一个悬案，因为赵狂流武功之高，江湖经验之丰富，会被人害死就十分蹊跷，更奇怪的是到现在都没有一点线索，这件事到底是何人所为。

“你这谎扯得太大了。”余雀说，“容易被识破。”

“错！”赵天池振振有词，“富贵险中求，听过吗？既然撒了谎，就要撒个大的，我说我是无名小卒，即使我在武林大会上拔得头筹，又有谁会在意，说不定还要说我搞黑幕，但是——如果我说自己是赵狂流的儿子，无论比武输赢，我都算赢了我们计划中最重要的一步，最重要的难道不是要让别人记住我吗？”

余下几人对视片刻，都觉得这话有理，算是默认了他的说法。

最重要的事情敲定，剩下的就是细节，赵天池编起瞎话来天花乱坠，细节丰富真实，自称当年他刚刚记事，只知道家里发生了大变故，父亲去世了，却不知是何人所为，而母亲也在混乱中不知所终，家里的仆人和闻风赶来的毛贼和强盗不到一夜就掳走了赵狂流的家财，为了灭口，连赵狂流的幼子也不放过，只是不知道贼人临时心软还是幼子命大，那一刀没有扎到致命的地方，他趁着夜色从家中狗洞爬出。

大雨倾盆，他在雨中不知爬了多久，又累又饿，却不敢停下，茫然四顾时，那个救了他一命，又带他去了边塞的恩人出现了。

对方只是个送货郎，年纪大了，妻子早逝，做了许多年的鳏夫，养了条狗跟着他南奔北走。看到雨中的赵天池，送货郎吓了一跳，因为见了血，他本能地怕惹麻烦，转身就走，可狗却不肯走，咬着他的裤腿求他停下，送货郎盯着狗的眼睛看了一会儿，大概是心软了，把赵天池藏在了装货的箱子里，带他走了。

后来送货郎和狗都老死了，赵天池也长大了，而他这么多年来从未停止练功，就是为了有朝一日，能够重新回到武林。

“就是这样，如何？！”他说。

“很好。”召尧笑着说，“不会显得很假，说出的细节又没办法求证，这样说最稳妥不过了。”

一转眼已经是傍晚，红霞满天，几个人似乎都被这样浪漫的红霞所感染，不约而同地抬头往外看。

“这样的红霞每天都有吗？”乔梓楠轻声说，“好像很少见呢！”

“要去外面看看吗？”余雀假装不在意地说，眼睛却不住地偷偷瞥向乔梓楠。

乔梓楠笑了一下，站起身来，余雀也跟着猛地站了起来，大腿磕到了桌子边缘，差点撞翻了一杯茶。

赵天池忍不住笑出了声，看余雀一脸恨不得抽死自己的表情，又赶快把笑憋了回去。

于是房间里只剩下他和召尧两个人。

召尧留给别人的印象一直是沉默而好脾气的，无论别人说什么，他都会安静地听着，即使观点不同，也不会和别人起冲突。

总之，是和余雀那种少爷脾气完全相反的性格。

“你和他不吵架吗？”赵天池问召尧，“你也受得了他。”

“没有吵过架。”召尧笑着给自己倒了一杯茶，又给赵天池倒了一杯，“你尝尝。”

赵天池喝了一口，喝不出什么滋味儿来。

“怎样？”召尧看着他，“这茶很贵，有价无市。”

一听说很贵，赵天池赶紧又喝了一口，可惜他一向对这些风雅之物毫无品位，依旧喝不出什么滋味来，只好硬着头皮撒谎道：“好喝好喝。”

召尧听到他这么一说，笑得开心了一些，随口说道：“其实我也不太懂它为什么这样贵，大概是物以稀为贵？”

赵天池转转眼珠，“这茶只有沱山才有？”

“大概是的，也许别的地方也有，但是无人发现。这种野生茶叶其实并不如种出来的茶好喝，只是产量太少，许多人争着要，像是长在悬崖上的奇花一样，既然长在哪里这样重要，花朵本身是什么样子的，倒是没人计较了。”

“这茶叶长在悬崖上？”

“不，倒没那么凶险，否则我们也不会采来喝，就在后山而已，要爬山，但只爬一会儿就能采到，只是它冬天也能生长，所以显得很宝贵而已。”

赵天池不住点头，又给自己倒了一杯。

“突然想起一件事来。”召尧说，“你身上有伤吗？”

“什么？”

“你刚刚不是说，假称赵狂流之子，被贼人所害，差一点丢了性命吗？”召尧说，“虽然已经过去这么多年，但是身上应该也留下伤疤了，如果别人到时候问起来，也是一个问题。”

“这种东西简单得很，我会一点易容术，弄个伤疤不成问题。”

“那就好。”召尧微微笑着看他，“好了，今天就谈到这里，我不多打扰了，你先休息，等会儿吃晚饭我来叫你。”

赵天池不住点头，看着他走远了，站起身来，关了门，回到座位上又给自己倒了杯茶，喝光了之后哼着小曲儿，起身从自己怀中掏出一块巴掌大的假人皮，“啪”的一声贴在胸口，拿手指头按按压压，满意地笑了，“天衣无缝！”

说罢，他得意地起身，冲着外面走去。

“余师兄——”赵天池扯着嗓子喊，“掌门师姐都走了，你就别在那儿傻站着看星星看月亮了，你来，我问你点儿事情，你们这儿的茶叶……”

赵天池此人，标准的无利不起早。

如果不是有人叫他，他能一觉睡到中午，若是没有睡够，吃完了午饭之后还能再睡一个时辰。

然而这天，他天还不亮就起了床，披星戴月地穿戴整齐，拿了包袱装了馒头和一袋水，神采奕奕，眼中冒出精光来。

他离开了自己的房间，站在原地四处张望一会儿，大概认清了方向，按照昨天从余雀口中套出的消息，往西南走去了。

这里很冷，冷得发干，似乎皮肤都要被冻裂，冷风直吹得人想要呕吐，赵天池忍着不适，将手放在嘴边往上呵气，看着越来越荒凉的景色，继续往前走着。

雪越来越厚，幸好他年轻体壮，又穿得多，倒是没觉得有多冷，只是赵天池觉得自己好像是迷路了。

按照昨天余雀给他指的方向，只要一直往西南走，看到一堵矮墙就翻过去，再走过一个石桥，穿过一片树林，前面就是那座冬天也能摘到茶叶的山了，山上有小路，顺着往上走就是。

可是赵天池始终没有见到那堵墙。

断桥和树林倒是见到了，试探着往树林外面走，却没有见到山。

眼前是一片更大的树林。

因为是冬天，树叶全部凋零，可因为树太多了，且栽种得密密麻麻，这片树林还是显得十分拥挤。

此时天已经亮了一点点，灰蓝色的天空漏出一丝光芒，赵天池站在原地，犹豫了一会儿，从怀里掏出一个铜板来。

若是正面就继续走，去找那座山采茶，赚点小钱花花，若是反面就打道回府，等着吃沱山派的热包子。

铜钱噗地一声掉进雪坑里，反面。

赵天池盯着那铜钱看了片刻，将它翻了个面，好了，正面！继续走。

这种方法屡试不爽，实际上在将铜钱抛进空中的一刹那，他就已经作出了决定——钱永远是不嫌多的。

踩着松软的雪一直走到了天光大亮，赵天池还是没有走出这片树林。

“他奶奶的……怎么回事儿？”赵天池一屁股坐在雪地上，背后倚靠着一棵大树。

此时他已经彻底找不到方向了，只能通过来时的脚印辨认出回去的路，而到底哪里是东北哪里是西南，他则根本分不清了。

回去算了，明天再来！

都走饿了，怀里的干粮肯定硬了，不好吃的，回去吃热包子。

想到这里，赵天池一个鲤鱼打挺跳起来，顺手在地上翻了个跟斗，然后扑通一声，从地面消失了。

赵天池不是第一次觉得自己倒霉且命大了。

他躺在地上，感受着自己腿上和胯骨上的剧痛，一个字也说不出来。

让你嘚瑟，让你嘚瑟！好好的翻什么跟斗！走回去不就得了吗？

他一边这么想着，一边撑起身体，让自己坐起来，却因为实在是太疼了，根本无法动弹。

他掉下来的地方是个不规则的洞口，洞口周围有枯草和积雪，像个非常隐蔽的陷阱，而周围的石壁上挂着个破破烂烂的网，已经快要烂了，大概是从前有人在这里捕猎留下的。

他没有浪费力气喊人来救自己——他走得也太远了，谁也听不到，而是在地上躺了好一会儿，等待疼痛消退一些之后，试探着将自己的手臂撑起来，缓缓坐起。

虽然还是很疼，但下半身能勉强活动了，骨头肯定是没有断。

想到这里，赵天池放下心来，拿出干粮和水开始吃喝，大概只吃了四分之一的分量，就又把它们放了回去。

石洞下虽然地面僵硬，却不是很冷，赵天池四处看看，觉得它似乎也不像是单纯的陷阱，若是单纯的陷阱，只挖个坑便是，可这里似乎更加类似一个地下洞窟，虽然十分窄小逼仄，却有一条小路可以通往其他地方。

下面空气虽然不太新鲜，但是并无窒息的危险，赵天池经过多方考虑，决定还是去他奶奶的，睡一觉再说。

他说睡就睡，绝不含糊，不一会儿就进入了梦乡。

也不知是不是因为起得太早，赵天池睡得不是很安稳，做了个毫无逻辑又乱七八糟的梦，惊醒时什么都不记得了，只记得有个男人在冲着自己笑。

今天下了雪，天一直都阴沉沉的，看不出过了多久，赵天池擦了擦嘴上的口水，伸了个懒腰，试探着动了动腿，扶着墙慢慢站起来。

他左腿其实不是很疼，右腿疼得厉害一些，但也不是一动不能动。

于是给他屈起右腿，拿左腿慢慢跳到了右侧的圆形孔洞旁，微微弯着腰蹭了进去——他得避一避，这里正对着风口，实在太冷。

里面十分狭窄昏暗，给人一种非常强的压迫感，好在暖和了许多，赵天池也不着急，就那样慢慢地往前走，终于走到了开阔的另一端。

这里很黑，伸手不见五指。

隧道太长，洞口照到下面来的那点光早就被吞噬掉了，也没有一点声音，只剩下赵天池自己的呼吸声。

还有他过快的心跳声。

他有些紧张，因为他闻到了一种不祥的味道。

腐臭的，带着灰尘和污渍，又夹杂着血腥气。

到底这种味道是因何而来，赵天池不太清楚，也不是很想往深处思考，他慢慢坐下去，脑海里浮现从小到大脑补过的所有女鬼形象。

啊，好想尿，但是尿在这里似乎不太好……

赵天池摸索着起身往外走，突然摸到了一个硬硬的东西，像个光滑的粗树枝，再仔细摸摸，似乎是个火把，他摸出随身带着的竹筒，从里面倒出火折子吹了几口气，拿着它凑近火把，将火把点燃了。

火光照亮了这一方天地，然后他就发现，就在他对面不足两步的地方，正躺着一个女子。

“啊啊啊啊啊啊！”赵天池吓了一跳。

“啊啊啊啊啊啊！”那女子虚弱地说，“啊你个死人脑袋，赵天池，你是不是要死！”

“……药蛮？！”赵天池瞪大了眼睛，“你怎么会在这里？”

“你先别说话……”药蛮眼冒绿光，“有没有吃的，快给我点儿，我都要饿死了，三天没吃饭了！”

赵天池到沱山幻境，正好过了三天。

他掏出剩下的干粮递给药蛮，药蛮狼吞虎咽地吃了，又喝了一大口水，才算是缓过来一些。

“水留着点儿喝，我们还不知道能不能出去呢……”赵天池看着药蛮。

药蛮瞪他一眼，又仰起头灌了一口，突然呆若木鸡地盯着赵天池身后的墙壁看，水顺着嘴角流了下来。

赵天池回头一看，角落里正躺着具骷髅。

“……”

“……”

两人沉默一会儿，赵天池说："你别喝了，都漏了。"

"你管我喝不喝。"药蛮留了一半的水，瞪着眼睛将水袋子盖好，"他在看着你呢！"

两个人都是习武之人，除却赵天池怕老鼠这一点，胆子一个赛一个的大，否则在边塞时也不敢合起伙来住那间闹鬼的房子，虽然都是第一次这样近距离地见到一具骷髅，可细算起来又都不是第一次见到死人了，所以都不显得多么惊慌，很快就接受了自己与一具骷髅同室相处的事实。

赵天池拿着火把靠近了去照那骷髅。

"它的姿势好奇怪啊！"赵天池说，"为什么两只手掐着自己的脖子，是自己把自己掐死的吗？"

"有可能是中毒而死啊！"药蛮凑近了看，"据我所知，有一种毒药，吃下去之后就会喉咙肿痛，腹泻呕吐不止，如果没有解药的话是会一直吐，吐到死的。"

"你什么时候把你做饭的菜谱卖给别人做毒药了？"赵天池说。

药蛮饿了三天，如果不是练过功夫身体好，可能早就晕倒了，这会儿想打他也打不动，只能翻了个惊天动地的白眼。

"不过你说的倒是有可能……他大概是吃了什么东西以后才死的，但不一定是下毒，若是下毒不应该捂着肚子吗？他捂着喉咙干什么？"

"这个倒是不知道，但是他好有钱啊，你看他的衣服。"

的确，虽然衣料已经氧化变黄，且沾满了大概是肉体腐烂时渗出来的不明液体，但仍然可以从复杂的花纹和款式中看得出来，这是件好衣服，更别提对方脚上那双一尘不染的白靴子上，还在鞋跟附近镶了两颗宝石。

药蛮狐疑地弯下腰去看那宝石，看了半天，作出结论："有钱！"

至于到底有多有钱，药蛮直白地说："这一个宝石就够买你三条命。"

赵天池不和她一般计较，又去观察骷髅的装饰穿戴。

“奇怪。”他小声说，“居然看不出他是什么人。”

“什么意思？”

“人的穿着打扮，大概能证明自己的身份吧，比如说衙门里的人要穿官服，佩刀；江湖上的人多是短打，穿得不会太好，但必定是结实耐用的衣服，身上带着暗器或者救命药；富商穿着华丽，配饰很多，但大多浮夸……你看这个人，穿得这样好，却很有品位，不像富商，再说富商哪有随身佩剑的呢？”

“佩剑的……”药蛮蹲下来，自言自语道，“佩剑的也不一定是江湖中人，你记不记得，在镇子里也有几个有钱人家的公子，一点儿功夫不会，还整天挂着剑到处闲逛啊！”

赵天池没有回答她，而是对着那双鞋发呆。

那鞋底居然都是干干净净的，虽然这么多年过去，已经泛黄了，但仍然看得出连一点泥土都没沾上。

“赵天池，你要盯着那具尸体看到什么时候，我饿了，你转过来，不许再看了，我们俩研究研究怎样出去啊——”药蛮在他肩膀上捶了几下，“喂！”

然而，赵天池却没有回答她，他的脑袋里突然冒出来这句话：“……转身就走了，靴子上依旧是干干净净，连一点泥土都没有沾到……”

“七巧……”

药蛮嗯了一声，“七巧是谁？”

赵天池没说话，兀自想着关于七巧的事情。

因为是以幻术闻名的沱山派大弟子，所以被外界认为不是凡人，而他自己显然也十分享受这种误解，喜欢抛头露面，出尽风头。谪仙人要穿什么呢？自然是穿白的。靴子也必须是白色的，要一尘不染，具体怎样做到，也许只有他自己知道，但大概只有他一个人才会有这种把自己伪装成仙人下凡的执念吧……手腕与脖子上的装饰品都十分名贵，却丝毫没有财主富商之流的浮夸，也很符合他对自己形象的要求。

“七巧是沱山派的大师兄。”赵天池轻声给药蛮解释，“就是那个曾经风光无二的沱山派。”

“你怎么知道他是沱山派的大师兄？”药蛮傻乎乎地看他，“好端端的，怎么突然想到了沱山派。”

“因为我们现在就在沱山派的地盘啊！”

“什么？！”

“就是这么回事儿——话说，你到底怎么回事？”赵天池说，“还没来得及问你，那天我们俩分开之后，你到底去哪里了？”

“那天我一直是蒙的……因为我吃撑了，又在车上坐了那么久，下了车就跑，跑得我头晕眼花，都快吐了，我都不知道和你什么时候分开的……”药蛮倒在地上虚弱地说，“我觉得我好像摔到了地上，周围冰天雪地的，还有一堆树，但是我还没看清楚呢就被人一棍子从后面敲晕了，再醒过来的时候我就被人给扔下来了，我冷啊，就爬到这儿来了。”

她说完了，又哭唧唧地抱怨：“敢情我和一具骷髅在一起呆了三天！”

“你不是很大胆的吗？”赵天池说，“不用怕。”

药蛮脸色变了几变，终于是稳住了自己的心神，小声说：“我怕什么，切，那么就是说，自从我们俩在幻境中失散之后，你就被沱山派的人带走了？”

赵天池点头称是，把这几天发生的事情与她说了，并无保留或者遗漏，药蛮听完了，也没有什么反应，过了半晌突然说：“不对。”

“什么不对？”

“沱山派的人为什么要选你去做这件事？”她说，“你好好想一想，是否有这个必要？余雀和召尧都是沱山派的弟子，知根知底，长得不比你丑，身材不比你差，他们说想要赚钱，想要名声，想要振兴沱山派，难不成就随便从路边捡个男的就上？你放心自己，他们还不放心你呢，赵天池，看你长得那么精明，没想到是个傻子，这事儿铁定有诈！”

赵天池一愣，沉默许久，看着药蛮说：“行啊你，之前还以为你就知道吃饭睡觉偷钱，没想到这么精明，失敬失敬。”

“少来！”药蛮狐疑地看着赵天池，“你更有问题，我就不信你看不出来？你这人沾上毛就是猴儿，谁能骗过你。”

“我真的不知道，也没兴趣知道，你看我真挚的眼神。”赵天池将火把对准了自己的脸，“我这个人胸无大志，赚点钱去京城买房，能买几套买几套，装修好了租出去收房租，一三五收租，二四六花钱，周末在床上躺着数钱，这不是很好嘛！他们选我也可能有很多理由啊！我身家清白，无门无派，武功又好，长得又帅，再说也许是余雀和召尧两个人不喜欢抛头露面呢？！”

“还有一种可能，你不要选择性忽略。”药蛮的脸在火光中显得阴气森森，“他们知道参加武林大会其实很危险，搞不好要被人一巴掌拍死，所以不想让自己人去冒这个险，就忽悠你这个大傻子进来，搞什么少侠养成，其实是想让你送命！”

赵天池说：“去武林大会上出个风头，又有什么危险的？武林大会，不就是点到即止，多少年没有出过人命了，若是遇到危险，我跪下求饶就是。”

药蛮想了想，拔下头上的发簪，猛地将他的胳膊拽住了，“万一你被别人打得说不出来话呢？我看你还是乖乖让我给你背上刺字，到时候一脱衣服别人就明白了，说，是‘大侠饶命’还是‘好汉别打’？要么你就干脆找个金主，一切有金主罩着，嘿嘿，我就当你的助手，怎样？”

“不要！”赵天池一手撑着地，翻了个身，“你少祸害我啊我警告你。”

“你给我过来吧你！”药蛮追着他跑，但是这里空间狭窄，到底是跑不出去多远，两人一个瘸腿一个体虚，没一会儿就累得双双倒地，与那具骷髅并排倒在一起。

“没想到——”赵天池似乎在自言自语，“他们还以为七巧活着呢！”

“你不要听风就是雨啊！你怎么就认定自己见到的就是七巧？你见过他的真容还是见过他临死前穿的衣服？我还说，这是西门吹雪呢！”

“……哎，你不要捣乱。”赵天池说，“回去之后还不知道要怎么和他们说。”

“说？！”药蛮看傻子似的看他，“当然是不说，多一事不如少一事。”

赵天池沉默了一会儿，突然盯着自己手上的火把看。

一个令人心惊的猜测从心头浮起。

第四章　合同

“这个火把虽然落了灰，但是还能用，对不对？”赵天池看着药蛮，将火把递给她，让她仔细查看。

“废话！”药蛮说，“怎么？”

“你说，这个火把会不会是别人带下来的？那个人隔三岔五就下来看看。”赵天池看着那具骷髅，“将七巧杀死的人，因为恨意久久无法消散，或者是觉得自己当初杀七巧杀得太容易，让他死得没有痛苦，所以就要经常偷偷溜进沱山来，看看他的尸体，以满足自己的变态心理……”

二人对视一眼，都觉得寒意从背后蹿起。

“我们还是走吧……”药蛮小声说，“你说得我好怕呢！”

“怎么走？你的轻功还能使吗？我是彻底出不去了，腿都要断了。”

“我要是能使轻功，我早就出去了，哪儿还用等到饿得动不了啊，这儿太高了。”

两个人对坐而视，两看相厌，差一点又要打起来。

“是不是真的要死在这里啊！”药蛮突然说，“我不想死！死也不要和你死在一起，人家会以为我和你一起殉情的！我男神他要误会我的！和你这个小垃圾一起殉情，太不酷了！”

她眼圈都红了，差一点就要流出眼泪来，似乎真的十分抵触和赵天池死在一起这件事。

“我就那么讨人厌吗？”赵天池觉得好笑，从包袱里拿出干粮和水递给她，“省着点力气，别哭了，你吃点东西喝点水，快。”

“你为什么不吃啊？”

“你把这些东西吃光了，我们就有办法出去了，真的。”赵天池说，“每次我走投无路时，就会出现转机，爱信不信。”

药蛮虽然觉得他这种不计后果的想法十分危险，但她确实是饿了，只好小块小块地掰着干粮往自己嘴边送，赵天池为了节省体力，靠在了骷髅旁边一动不动，一时之间只有火把燃烧时发出的一点点响声在这片狭小的空间里回荡。

“你在想什么呢？”药蛮很珍惜地将口中的干粮咽下去，“赵天池。”

“我在想，若是那个定律不灵了，我们真的死在这里，该怎么办呢？”他似乎在回答药蛮的问题，也似乎在喃喃自语，“我还……那个，我还没见过峨眉女侠的大腿……”

药蛮本来最恨他花痴，觉得又俗又没出息，但是如果二人真的要死在这里，她总不好对着赵天池恶语相向，想了又想，她扶着墙站起来，走到赵天池身边。

“还剩下一点干粮，我们烤了吃吧。”药蛮说，“你吃没吃过烤馒头片？”

“吃过。”赵天池说，“你把干粮稍微拿得远点，别烤煳了。”

因为无事可做，药蛮烤馒头烤得相当专心，一边烤一边轻轻吹气，虽然没有油，但是因为温度把握得好，并没有烤煳，反而很快就烤出了焦香味，麦子与火结合时发出的微响像什么古老神秘的咒语，和着两个人肚子饥饿时发出来的咕咕叫声回响在这片狭小的空间里。

“好了，来……”药蛮很仔细地把巴掌大的干粮掰成两半，“你一半，我一半。”

赵天池接过来，很珍惜地咬了一口，在咀嚼之前闻了闻空中回荡的余味，小声感叹：“真香啊！”

“是啊，真的很……香……”

她说话时，听到了一阵窸窸窣窣的声音由远及近地响起了，并且频率越来越快，声音越来越大，赵天池与药蛮对视片刻，下意识地站了起来，两个人一言不发地朝着来时的小路往回走，因为一个腿瘸一个体虚，跌跌撞撞的走不快，只能头晕脑胀地往前冲，药蛮哭唧唧地说：“什么东西呀！”

“不知道。”赵天池倒是镇定了许多，“这地方邪门得很。”

两个人终于见了光，那是掉下来时的洞正下方，前面没路，洞也上不去，药蛮听着越来越响的轰隆声，眼泪都要掉下来，尖叫道：“赵天池！”

赵天池猛地把她推到墙上，紧贴着石壁，自己则挨着她站好了，那声音越来越近，似乎已经到了他们刚刚藏身的石窟，却还在不断逼近。

药蛮吓得紧紧把眼睛闭上了，她几乎要腿软，站立不住，好在赵天池扶着她，她才没有倒下，地震似的震动冲击了这片狭小的陷阱，赵天池一言不发，死死盯着那洞口看。

突然之间，震动停止，万物寂静。

药蛮猛地松了一口气，脏兮兮的手指抓着石壁，小声说：“你看——”

她话音刚落，数块碎石突然飞了过来，那狭窄的通道出口被什么东西堵住了，并且还在不断往前顶，饶是赵天池胆大也被吓了一跳，从洞口中探出头来的，居然是个巨大无比的长鼻。

那鼻子比洞口还要大，乃至于对面不知名的怪物要不断地冲撞挤压才能将自己的嘴也露出来，尖尖的獠牙随即而来，只差一臂之差就能戳到二人身上。

药蛮眼里满是绝望，她张了张嘴，却被赵天池的手狠狠拍在了嘴上。

赵天池紧紧捂着药蛮的嘴，不让她出声，自己也死咬着嘴唇，连呼吸都放轻了许多，他转过头去看药蛮，拿牙齿在自己唇上咬了一下，暗示她安静会儿，药蛮点点头，赵天池才把手松开。

也许是知道自己被什么东西卡着，对面的怪物以蛮力撞了几下之后，发现无法破开这层桎梏之后，就延缓了动作，停在原地，呼哧呼哧地喘着粗气。

药蛮伸手捅了捅赵天池的腰，赵天池回头看她，只见她把嘴巴噘起来做了个口型，赵天池还以为她要亲自己，拿手把她的脸推开，药蛮翻了个大白眼，拿气声耳语道："猪！"

赵天池回头再看，恍然大悟，长鼻和獠牙，以及下面的嘴巴，的确是个野猪的形状，只是比普通的野猪大了六七倍，看起来十分可怖。

一时之间情况僵持不定，虽然这通道狭小，巨猪肯定无法快速闯入，但是它刚刚不知从哪里冲出来，搞得地面震动，还生生撞碎了藏着七巧尸体的洞窟与其他地方之间的阻隔，想要冲出来将他们挤成肉泥，也只是时间问题。

这片树林下并非完全平实的土地，且因为土质疏松，早年间沱山派弟子甚多的时候，有许多人都来这里挖个陷阱，捕点兔子烤了吃打打牙祭，陷阱越挖越多，虽然不至于将地面完全掏空，但是像那巨猪一样力气甚大的野兽要是一不小心踩空，还是很容易摔下来的。

这野猪已经在地下呆了几天，和刚刚的药蛮一样水米未进，然而因为皮糙肉厚，饿几天并不致死，只当冬眠。

药蛮和赵天池在隔壁叽叽喳喳地说话打闹，它也许是没听到，也许是听到了只当蚊子叫，并不在乎，它一直躺在地上休息以便节省体力，可是在药蛮烤干粮的时候，那些浓烈的香气被过滤了一部分之后依然钻进了它的鼻子里，于是它猛地惊醒，狂性大发起来。

赵天池看着它黑溜溜的眼睛，不敢轻举妄动，药蛮哭丧着脸无声地看着它，突然，赵天池拿着火把在山猪面前挥舞一下，那山猪下意识地往后退去了。两个人趁着它消失的工夫对视一眼，赵天池使了个脸色，示意药蛮走到洞口左边，而他自己则贴着墙壁往右走。

两个人都有功夫傍身，虽然都受了伤，又累又饿，但悄无声息地走几步，还是没有问题的。洞口的碎石和渣滓堆了薄薄一层，赵天池轻轻踩上去，无声地深呼吸一下，从怀里掏出还带着一点热气的烤干粮，往洞口一扔。

骚动的野猪安静刹那，突然发起狂来，低吼一声，向前冲了过来！

轰隆一声，洞口彻底被撞开，那野猪刚刚探出身来，赵天池就眼疾手快地跳到了它的身上去，顺手抓住药蛮也将她拉了过来。

赵天池紧紧攥着野猪生硬微热的耳朵，药蛮则紧紧抱着赵天池的腰，两个人在上面颠来倒去，额头上撞了数个大包。

“赵呃呃呃呃呃呃天池！”药蛮闷声闷气地喊，“你抓紧了啊你！”

不必她多嘱咐，赵天池攥得相当紧，两只手上都鼓出青筋来，那野猪背上骑了两个人，耳朵又被抓住，免不得狂性大发，东跑西撞起来，药蛮只听赵天池说：“干粮呢？”

“在怀里！”药蛮回答，“干什么？”

赵天池说：“给我！”

他反应快，药蛮更快，只不过片刻，药蛮就把干粮掏出来递给他，而赵天池一手死死抓着猪耳朵，两腿夹紧了猪的身体，一只长臂伸到野猪面前去，不住晃悠。

野猪张开大口，恨不得连赵天池的手一起吞吃下去，赵天池赶紧躲了一下，好歹是没被伤到手，他深吸一口气，将手往右边移动，上下晃悠，野猪转过身去，赵天池再往右移，终于成功让野猪转身，往来时的路去了。

他喊一声：“趴下！”放低了手腕，将手上的干粮扔出去很远，药蛮压着他趴倒在野猪背上，两个人只觉得胃里的东西都要被颠出来，却谁也不敢抬头，生怕自己的脖子撞歪了，就这样不知走了多久，野猪奔跑的速度减慢了，呼哧呼哧地喘着粗气，微微低下头去地上寻找那块干粮，赵天池抬头看看前方，心头一松，斜上方有个大洞，必定是野猪掉下来的入口，比他们掉下来的地方要矮得多，野猪虽然不能爬上去，但是他们努力一次，大概是可以的。

赵天池飞身下猪，药蛮也跟着跳下来，一边吐一边跟着他往前跑，两个人跑到出口边，赵天池猛地举起药蛮让她往上爬。

药蛮满脸的纠结，腿软手软，过了半天才爬到了上面，她刚要说话，就听见一阵属于野猪的不祥的闷哼声，瞬间打了鸡血一样跳上去，又回头把手递给赵天池：“快，上来！”

她手上全是汗水，还有刚刚按在地上时化开的雪水，赵天池的手也没好到哪里去，刚碰触到对方，就滑了下去。

只听一声闷响，赵天池就再没声音，只剩下野猪的哼哼声了，药蛮慌乱地两手撑着洞口往下看，里面黑咕隆咚，什么也看不清，她急了，“赵天池！”

没人回答她，反倒是这一声喊惊扰了野猪，只听一阵乱七八糟的脚步声，野猪似乎往洞口这边冲了，咣当一声闷响，药蛮听见赵天池叫了一声。她吓蒙了，控制不住自己想到了一些血肉模糊的场面，仰面倒在了地上。

下面沉静了片刻，突然伸上来一只沾满了土的脏手，药蛮听到声音坐起身来看，惊讶地叫了一声，“我还以为你被猪撞死了！”

赵天池吭哧吭哧地往上爬，一边动作一边说：“快拉我一把……”

野猪一声不吭，不知发生了什么，药蛮使了牛劲把赵天池拉上来，两个人躺在地上喘粗气。

“猪呢？”药蛮问他。

“它想撞我，我躲开了，它把自己撞晕了吧……”赵天池喘匀了气，“算我命大！”

“你乱喊什么你！”药蛮跳起来打他，“吓我一跳，还以为你被猪给顶了！”

赵天池摆摆手，过了会儿才说：“我是被它给吓了一跳才叫的，行了行了，别打了，说正事儿，我得回沱山派，你要去哪儿啊？”

药蛮觉得自己既然捡回一条命来，就算福大命大，坚决惜命，不能在这个是非之地久留，但是也不好离自己的搭档赵天池太远，就说在附近转转，吃吃喝喝玩玩乐乐，等赵天池去参加武林大会，自己就可以暗中助力。赵天池虽然一眼看穿了她想要混日子且期望不劳而获的本质，但由于两个人刚刚一起死里逃生，所以他并没发表什么意见，表示了默认。

两个人就此分道扬镳，走了两个方向，因为都怕掉坑里，走得十分谨慎，先伸出一条腿探探虚实再迈出下一步，故而浪费了好多时间才走出这片树林。

赵天池回到沱山时，已经快要天黑了，他狼狈不堪，形容猥琐，沱山几个弟子都在等他，余雀惊讶道：“你背着我们要饭去了？”

“我去后山，看看风景……”他说，“快，有没有吃的给我来一口……”

召尧赶紧给他拿了吃喝，看着他狼吞虎咽地吃，赶紧劝他：“慢点吃，别噎着。”

赵天池不住点头，很快就吃了一大碗，余雀在一边不屑地看着他，“饿死鬼投胎。”

赵天池吃饭的时候十分专心，吃饱了的时候心情又很好，所以这个架到底是没有吵起来。召尧叫来了乔梓楠，四个人坐在一起，商量正事。

“我们新得到了消息，”乔梓楠说，“今年武林大会，大概会有更多的人参加。”

“嗯？”赵天池说，“为什么。”

“今年的武林大会，有个好彩头。”乔梓楠说，“武林盟盟主可以得到一件宝贝——赵狂流的佩剑。”

“啊？”赵天池说，“赵狂流的家不是早就被人洗劫一空了，去哪儿找的这种东西？”

“是他的好朋友，灵雨派的掌门薛攀给的。”乔梓楠说，“两个人是至交好友，薛攀有这种东西也不奇怪，之前不还说，赵狂流最宝贵的佩剑就是薛攀赠送的吗？”

赵狂流的人格魅力不提，他的武功造诣绝对是冠绝武林的，只是生不逢时，死更不逢时——若是今天，他就是那个艳绝武林，写真销量一骑绝尘的第一侠客，《武林日报》的头版头条，每天都要被写一堆花边新闻小道消息，无数侠客赶着去找绯闻的。

当今武林，虽然已经不是之前的那个武林，但侠客们之前可以为了一个虚名或者一本秘笈刀剑相向，现在也可以为了《武林日报》的广告位以及写真销量火拼一把——上个月昆仑大师姐就因为崆峒掌门说自己和别人传绯闻炒热度而直接杀去崆峒砍人了！

而暗潮汹涌中，还有个不知从哪里传出来的流言。

似乎有人与外敌勾结，企图颠覆中原武林的格局。

流言到底从何而起，大家都不知道，到底谁才是那个和外敌勾结的人，倒是众说纷纭，但是其中到底几成真几成假，就说不好了，总之武林中稍微有点名气的大侠都没有逃过别人的猜测。

逐渐人心惶惶起来。

赵狂流的秘笈横空出世，肯定会有人为了绝世武功铤而走险，但这事儿有利有弊，刀只要锋利就是好刀，只看用刀的人到底是好是坏——大概薛攀也是这么想的，要等到武林盟盟主被选举出来，看看那个人的品行，再决定是否把秘笈相赠。

几人你看看我，我看看你，赵天池先打破了沉默，“我可不要这剑啊我和你们说，少侠我志不在此！”

“那你志在何处？”余雀说，“你可想好了，那是赵狂流的剑。”

赵天池说：“好啊，你们几个挖坑给我跳呢是吧？我就说你们没这么好心，敢情是想拿我当靶子，看上我一身武艺长得又帅，让我去抢那个剑，你们真是——比魔教还黑的黑心作坊！”

“你可是签了合同的，赵少侠。”余雀从怀里掏出合同来给他看，“看清楚了，沱山派作为你的代理门派，有权决定你的发展，我们说你能当武林盟盟主，你就一定要去当，我们要你参加武林大会，你就一定要去参加，否则你要赔偿本门派三十万两银子的违约金，瞧见没？不服啊，官府见！”

赵天池一拍桌子，“什么违约金，我怎么没看到？”

余雀将合同摊开给他仔细看，果不其然，密密麻麻的条款里，在夹缝中塞着几行小字，赵天池知道自己着了道，猛地黑了脸，揪着余雀的衣领说：“你害我！”

余雀得意地笑，同时又十分提防地将合同举了起来，手速极快地藏进了自己怀中，又非常警惕地往后退了几步，一脸“你奈我何”的表情。

“不要生气……不要生气。”召尧似乎是真心实意地想平息这场纷争，“私下修改了合同条款确实是我们的不对——”

“行了行了，别装好人了。”余雀说，“就是我一个人改的，你们不知情，又怎么样？我就是放心不下这个臭小子，怕你耍花招，再说，参加武林大会这事儿难不成你之前没答应过？”

“小爷想去，你不让我去我也会去，你们在这儿给我使绊子下阴招，就是打死我我也不去！”赵天池狠狠一拍桌子，一脸大不了鱼死网破的表情。

“赵天池，你小心明天包子里咬出来老鼠尾巴。”余雀阴森森地威胁，“你小心！”

“小爷走了总可以吧！”赵天池一甩手，转身就要走，可还没等他走出去，就看见脚下一只漂亮的小白猫来回打转。

赵天池敏捷地跳到了桌子上，余雀站在一边得意地笑，“你走啊，我不拦你。”

“一只破猫而已。”赵天池勉强冷静道，“别以为它能吓唬得住我，小心我一巴掌拍死它。”

“是呀，我明明白白告诉你，就是一只破猫，但是——”余雀施施然地坐在椅子上，“但是，你先有种出了这个门再说吧，要不要我再去捉几只老鼠过来，给你补补身体？”

赵天池想象了一下那个画面，差一点儿就晕厥过去，他颤抖着指向了余雀，“你！”

可到底是不敢下去。

“算了，师兄。”召尧打了个响指，让那只猫出去了，“有话好好说。”

这一晚的鸡飞狗跳到底是以赵天池的妥协而结束了，毕竟他是真的怕猫！而召尧又十分热切地拉架，乔梓楠似乎不太爱掺和少年们的战争，显得十分紧张。

“去就去！”赵天池拍着桌子，“等小爷做了武林盟盟主，你，你……”

他指着余雀，余雀却全然不在乎，“我怎么？我可不怕老鼠。”

赵天池撸起袖子要和他打架，被召尧给拉开了。

入了夜，万籁俱寂，赵天池与召尧坐在房顶喝酒。

天气虽冷，喝点酒却也能暖和过来，赵天池不说话，只喝酒，召尧似乎很怕他不高兴似的，将那碟盐水毛豆给他推了推。

赵天池看出来了，召尧是真的脾气好。

刚刚提起赵狂流的秘笈一事，召尧的反应再明显不过——他不知道这件事，余雀和乔梓楠瞒着他，虽然是一个门派的师兄师弟，但是他们把他当作和赵天池一样的外人。

“余雀师兄就是那个脾气，你不要多想。”召尧说，“他也是为了沱山派好，而且说实在的，那个也并不影响你什么。”

“你还有心思为了他说话啊？”赵天池嗤笑一声，“我看他们根本就没拿你当自己人。”

召尧尴尬地笑了一下，低声说：“毕竟我不是和他们一起长大的。”

“我来的那年，是十二岁，你知道，要是四五岁的小孩儿，会很好地玩在一起，毕竟大家都不懂事。要是十六七岁，大家也会相处得不错，毕竟都长大了，懂得人情与礼貌。但是十一二岁，是个很尴尬的年纪……我并不是说他们不好，他们都是很好的人，从没欺负过我，只是他们有他们的交情，年纪小一些的师弟师妹们又因为经历差不多而玩得比较近，所以——”

他说出这些，并不觉得很为难或者很不好意思，只是陈述事实，又觉得十分惋惜一般。

赵天池回头看看他，心不甘情不愿地做了评价：这是个脾气温和的好人。

“那你是怎么来到这里的呢？”

“被师父捡来的，家里没别的人了。”召尧说，“最开始是因为弟弟生了病，很蹊跷，没挺过几天就去了，后来——后来又出了点事儿，我就突然成了孤儿，师父人好，把我带回了沱山。”

赵天池无话可说，召尧笑了笑，“你呢？”

“我？”赵天池说，“我，哈哈哈哈，喝酒喝酒！”

两个人对饮到天明，都醉得不轻，差点双双冻死在屋顶，还是赵天池扶着召尧下去，挨着肩膀跌跌撞撞地往前走。召尧喝醉了也十分安静，赵天池却一直在高声唱歌，一边踢着雪一边说：“小爷我住在杭州的城边——”

武林大会卖门票的传统，已经持续了五年。

在大侠们卖写真出名前，是没有人愿意买票，也是没有人想到要买票的，大侠们聚在一起，打打杀杀一通，谁赢了谁做武林盟盟主，简单粗暴，合情合理。但是十几年前，情况就完全不同了，来看武林大会的姑娘把门槛都要踏破。是的，武林大会要武林中人才来参加，但是谁也没有规定没功夫就不能跟着看。姑娘们想来看，根本没有阻拦的道理，那一年的武林大会人山人海，梅花桩都要踩塌，而少侠段烈一上台，台下瞬间惊声尖叫一片，再加上天热，晕过去十几个姑娘，差点出了人命。

那一年人气很高的少侠段烈顶着姑娘们的尖叫声出场，衣袂飘飘，持剑而立，端的是一片好风采，要不是有人拦着，恐怕就要爬上台去把他衣服扒了留作纪念，而段烈不光长得好，功夫也很好，一举打败了石磊，夺得了武林盟盟主的位置，气定神闲，勾唇一笑，对着台下微微鞠了一躬，表示感谢。

“哥哥！”姑娘们喊，“我爱你！啊！命都给你啊！”

场面十分令人动容。

于是下一届的武林大会，为了限制非武林人士的入场数量，就开始卖了门票，姑娘小姐们天不亮就打发家里跑腿的去买，经常为了一张票打得一地鸡毛。

药蛮对瞻仰正道人士的风采兴致缺缺，她的男神是万年不变的魔教教主。

提起她与魔教教主的渊源，就扯得远了，总之，她对出现在武林大会上的一切少侠，无论长得高矮胖瘦帅丑，一律都没兴趣，但是对赚钱，她倒是很有兴趣的，且十分富有创造力——她是第一个倒卖武林大会门票的人。

十年前的武林大会召开时，药蛮才不到十岁，她就已经知道起个大早掏出身上的所有钱来买两张门票，然后跑回家睡了一觉，醒来之后饿着肚子跑到卖票的地方转了转，果不其然等到了两个还没买着票的富家小姐。富家小姐假笑着说：“小妹妹，你的票是哪儿来的呀？姐姐这里有冰糖葫芦，我们交换好不好呀？”

“美得你呀！”年纪尚小的药蛮叉着腰说，“五十两银子一张票不二价，想要就马上掏钱，一手交钱一手交货，不想要我回家吃饭去了。”

就这样，药蛮捏着一百两银票，买了二十串冰糖葫芦扛在肩上，假装没看见两个富家小姐的臭脸，转身回了家。

而今年的武林大会，药蛮准备再接再厉，干一票大的，她自己其实是有一点小小的积蓄的，用这点儿钱，买个一百张票不成问题，票买到手了，那么，想要翻几倍就全看她的意思了。

哪知道她赶在开始买票之前的晚上就来排队，前面却已经排了最少五十来个人，五十来个人！药蛮当即眼前一黑，强打着精神站稳了。

不行，站着傻等可不是那么回事儿，她左右看看，转身走了。没过一会儿，几个小孩儿笑嘻嘻地从远处跑过来，你看看我，我看看你，开始大声喊：“段烈来啦！段烈来啦！”

段烈喝过的茶杯卖了三百两，段烈坐过的凳子卖了一百五十两，段烈表演胸口碎大石碎出来的大石林林总总卖了一千多两，总之，段烈喘口气也能装袋子里卖钱，而且肯定有人愿意买，这是无本万利的买卖。有人问小孩儿：“你在哪里看到的段烈？”

“那边那边！”其中一个带头的小胖子指着南边的街，“他在那儿吃烧烤呢！”

轰的一声，众人转身就跑，段烈撸过的竹签子，怎么也得一根五十两吧！

见他们走了，药蛮笑嘻嘻地从藏身的柱子后面现身，伸手摸了摸小胖子的头，“不错，聪明！来来来，发钱了发钱了——”

她嬉皮笑脸地从怀里掏钱，突然听到了头顶有人轻轻地笑了一声。

药蛮抬头看，不大高的屋顶上坐着个男的。

“笑个屁呀！”她蛮不讲理地说，“小心我抽你。”

她恶形恶状地威胁完了，又狠狠瞪了对方一眼，伸手把钱给几个小孩子分了，把他们轰走，就倚在卖票的小房间前百无聊赖地玩自己的手指头。

“你怎么知道段烈在吃烧烤呢？”屋顶上的男人笑着问，“你见过他？”

“我哪儿有工夫见他啊！”药蛮头也不抬，“怎么？”

男人跳下来，身段潇洒极了，药蛮这才有心思打量他，长得挺帅，个子挺高，药蛮想，还可以，打个八分。

“在下段烈。”他说，“敢问姑娘尊姓大名？”

药蛮吓了一跳，像是见了捕快的蟊贼，但是又很快镇定起来，她干巴巴地笑：“啊哈哈哈，原来是段盟主啊，久仰久仰，我叫赵小猫。”

段烈并没有对这个毫无诚意的名字做出什么反应，仍然挂着得体的微笑，问药蛮：“你喜欢吃烧烤吗？想去的话，我请。”

药蛮看着他星辰般璀璨的双眼，心里对着远在千里之外的魔教教主说：男神，你要相信我，我说我爱你，我就要爱你一辈子，但是如果武林盟盟主约我吃烧烤，那爱不爱的就要再议了，请你不要说我见异思迁，朝廷也没规定只许爱你一个。

过了自己心里这关，药蛮就开开心心地跟着段烈一起去吃烧烤了。

两个人过五关斩六将，好不容易甩开了闻风而来的姑娘和二道贩子，气喘吁吁地坐在了烧烤店的小包间里，药蛮气喘吁吁的，感觉自己像是刚打了一场般疲累，她仍然心有余悸，点了好几串大腰子压压惊。

烧烤端上来，只有药蛮一个人在吃，由于长久的单身生活，她是从来不懂得保持自己的形象的，虽然因为太能吃了吓走了好几个对她有意思的少侠，但是她从头到尾都没察觉出来人家对她有意思，所以也没有产生什么心灵上的伤害，并且还保持着原来的饭量。

“你胃口真不错。”段烈仍然挂着笑，“女孩子多吃一点，很好，健康。”

药蛮咽下了嘴里的腰子，又开始嚼板筋，在她的心里，吃喝永远是比天还要大的事情，吃喝除外，穿好住好也很重要，至于风花雪月，她倒是分不出什么心思去研究，自然也就不知道应该如何应对。

段烈拿起勺子，将里面的葱花挑出来，慢悠悠地喝了一碗汤——药蛮身前已经有了十根竹签子了。

“味道还不错吧？”他说。

“不错！”药蛮说，“就是和你吃顿饭够费劲的，我刚才差点儿被人踩死。”

段烈英俊的脸上挂了一点歉意，“抱歉。”

“唔唔，没事儿，再来几个我都打得过，啊哈哈哈——”药蛮干笑着，迅速地啃了半个猪蹄。

段烈数次想找话题，但是数次都没有成功，因为药蛮实在是太能吃了，而且在吃猪蹄和凤爪这两种东西上相当的有技巧，段烈是一个涵养非常非常好的人，涵养好的意思就是无论他心里骂你什么，你都看不出他到底是介意或者不介意。他只是一个劲儿地给药蛮点东西吃，直到竹签子堆了一堆，药蛮终于擦擦嘴，打了个含蓄的饱嗝，“晚上不吃太饱，七分饱就成，咱走吧！”

她的思路非常简单，并不是装傻不知道对方对她有意思，只是她的感情经历实在是过于贫乏单调，并不懂得一些弯弯绕绕，而且思路十分简单，吃饭就要认真地吃饭，分出心思来干别的是对饭的不尊重。

吃得差不多了，她终于像个姑娘似的娇羞一笑，“谢谢款待呀！”

忽略她身前的竹签子，她娇俏的脸庞与灵动的眉眼还是十分的吸引人，而除去肉香气之外的，不知从何而来的香气也很令人着迷，段烈依旧笑得十分热情又得体，给她叫了一壶好茶。

“姑娘是哪门哪派呢？”段烈说，“看着眼生。”

“峨眉的。”药蛮挤出来一个笑。

段烈猛地变了脸色。

“原来——原来是峨眉的。”他勉强冷静道，“天色不早，姑娘住在哪里？我叫人送你回去。”

药蛮愣了一下，刚要说话，就听到隔壁传来摔东西的声音，稀里哗啦，吵得很，过了半天才止住。

可止住了摔东西的声音以后也没闲着，反而开始大吵大嚷，似乎发生了争执。

段烈显然也听到了，他示意药蛮不要出声，自己站起身来，悄无声息地走到了隔壁，想要听听对方在说什么。

药蛮拿起几个烤串也跟着走了过去，一边偷听一边吃，发出一点轻轻的嘎嘣嘎嘣声，过了半天，段烈才轻声说：“他们走了。”

药蛮很诚实地说：“我没听清他们说什么。”

“不是中原人。”段烈说，“是高丽人。”

“哦！”药蛮说，“高丽人也来参加武林大会？不都是我们中原的侠客去高丽发展吗？”

“他们不是来参加武林大会的。”段烈说，“我虽然不是完全听懂了，但是也听懂了一大半，这事儿不简单，姑娘，你先回，我要去办点正事。”

药蛮点点头，将最后一串烤虾吃下了肚子，“成，明天见！”

两人分开之前，段烈还送给了药蛮一串手链作为信物，药蛮收了，忍着没打嗝。

走到客栈边上她才想起来，坏了，忘了排队去买票了！

果不其然，她回去一看，又排了那么老长的队，药蛮吃撑了，昏昏欲睡，恨不得就地卧倒，实在是没有心思去和别的二道贩子斗智斗勇了，她只好哭丧着脸走到了武林大会指定承办单位悦来客栈去找赵天池。

第五章　狂流

悦来客栈是个很神秘的客栈。

你没办法查清楚它到底有多少家分号，也不知道它的总部在哪里，甚至不知道它的老板姓甚名谁，但是它就这样在武林形成之初就开始承接了所有初出茅庐的少侠或者名震四海的大侠的吃饭住宿工作，我们不得不承认，大概百分之八十的武林故事都是在这里发生。

而此时此刻，它十分安静，楼下一片漆黑，因为大家都睡下了。武林大会召开时，它总是和武林盟合作，免费为所有叫得上名号的大侠们提供住处，而赵天池所在的沱山派虽然现在没了名气，但是他们有钱，所以也能在这里入住，而且赵天池还能住单间。

两个人早就偷偷联系上了，药蛮虽然不太看好赵天池这次单挑武林拿到赵狂流佩剑的事情，但是总不好打击对方。

赵天池呢，觉得药蛮现在十分的形容猥琐，贼眉鼠眼，却也不是很方便说出口，两个人维持着一种表面的平和。刚见了面，赵天池就说：“药蛮，你今天怎么回事，不太对劲。”

“我怎么了？”

“你是不是吃坏东西了？”

药蛮十分害羞地笑了一下，到底是没有憋住话，把今晚的经历和他讲了一下，看赵天池似乎并不是很艳羡，当即翻脸，厉声质问：“你这是什么意思？朋友一场，我和武林盟盟主谈恋爱，你不开心吗？”

“这种第一次和你见面就约你去吃烧烤的男人到底有什么可开心的……”赵天池小声说，“不过他和你这种第一次吃饭就吃了人家一百多串烧烤的女人倒是很配。”

药蛮吃饱了有力气，当即放开手脚揍了他一顿，赵天池赶紧跑了，两个人你追我赶，因为屋里太暗，差点打翻了大堂的凳子。

“小点声儿！”赵天池说，“刚才还听见隔壁吵架，等会儿下来找我们麻烦，我们又打不过。”

药蛮嫌他没骨气，狠狠瞪了他一眼，不过却突然想起来什么似的，“啊，我刚才也听到别人吵架了，就在我们吃烧烤的隔壁，好像还不是中原人，是高丽人。”

“高丽人？”赵天池疑惑道，“武林大会马上就要开了，高丽人过来做什么。”

两个人对视一眼，都作恍然大悟状。

“那把剑！”

“易容术！”

“……什么易容术？”赵天池无语道，“你想哪儿去了。”

“就是易容术啊！”药蛮振振有词，“他们高丽人那么爱美，往脸上动刀动枪的，多危险啊，我们的易容术多好，又不疼，还能想变什么样变什么样儿。”

“肯定是为了佩剑而来。”赵天池说，“这事儿不简单，多加防备吧，对了，你来找我做什么？”

“我想让你去帮我买票，好不好？”药蛮掏出小算盘来，借着月光拨弄几下，“你看，我们的本钱是这些，按照每张票五钱银子的标准，我们能买……嗯一百多张，然后，我们再按照每张票二百两银子的价格卖出去……”

“二百两？！”赵天池惊讶道，“我看你是疯了！”

“撑死胆大的饿死胆小的！”药蛮不依不饶，“我到时候分给你两成还不行吗？我跟着段烈去吃烧烤，回去一看队都排上了，我都要困死了，懒得和他们周旋，我知道你肯定有办法把他们都给骗走的，啊——求求你，求求你——”

赵天池对于药蛮的恳求不为所动，他也对那两成银子不感兴趣，任凭药蛮怎么说，他都架子十足地摇头。

“我知道你肯定会去的！”药蛮说，“你说吧，开什么条件？”

“不，我不会去。”赵天池说，“你少来这套。”

“你帮帮我吧！”

“我说不就不。”赵天池抱着胳膊，冷静道，“黑灯瞎火的，你若害怕，就快点走。”

药蛮摇摇头道：“我才不怕呢，非把你劝走不可。”

她话音刚落，就听见上面一个房间门打开，咯吱一声轻响，药蛮吓得打了个哆嗦。

“你怕什么。”赵天池低声说，“我师兄。”

召尧从楼上下来，见到二人后愣了一下。

“这是我朋友药蛮，这是我师兄召尧。”赵天池做了介绍，召尧抱拳行了个礼。

“你师兄挺帅的嘛……”药蛮笑嘻嘻地看着召尧，“可有过婚嫁啊？”

赵天池狠狠捂着她的嘴，“你别丢人！”

药蛮说不出话，召尧似乎觉得好笑，却没有多看，而是小声说：“这么晚了，你下来做什么？”

“她找我有点事儿。”赵天池没撒谎，“好了，事情谈好了，药蛮，你快走吧，我和师兄回去睡觉了。”

药蛮狠狠瞪他，就在僵持的时候，楼上突然传出一阵尖叫声来！

三个人都是一愣，召尧突然推着赵天池与药蛮二人躲在楼梯下，低声说：“别出声。”

楼梯处狭窄肮脏，灰尘积了厚厚一层，药蛮无声地咳嗽，不住往一边躲去，伸手抓住了赵天池的胳膊。

楼上很快就乱了起来，灯被点亮，而后就是刺耳的桌椅和地面摩擦声与打斗声传来。

“抓贼！”有个人说，“别让他跑了！”

贼人穿着夜行衣跌跌撞撞地往下跑，也不知是没了力气还是脚滑，突然从楼梯上摔了下来，大概是摔到了胯骨，一动不动地躺在地上喘粗气。

“好汉饶命！”那贼也没往上看，只顾抱着头闷声闷气地喊，“我再也不敢了！”

楼上很快就下来许多人，刀枪剑戟斧钺钩叉，拿什么的都有，一群武林高手将他围在中间，带头的那个似乎是个峨眉的女弟子，眼角下一颗朱砂色的泪痣，十分娇俏妩媚，拿剑指着那男人，厉声道：“把东西拿出来！”

那贼哪知道客栈里住了这样多的武林高手，否则他死也不敢过来，看着一圈的剑指着自己喉咙，他尿都要吓出来，哆哆嗦嗦地求饶：“就拿了您一根簪子，银的！我这辈子就没偷过什么值钱东西，您大人不记小人过宰相肚里能撑船，放过小的吧！”

他倒是很聪明，知道姑娘的心比男人软，挑着一个面善的姑娘求，哪知道对方虽然面善，脾气倒是不太好，那姑娘接过了簪子，不耐烦道：“放了你呀？门儿都没有，我们不杀你，老板呢？报官这事儿归你管吧？我们江湖中人不爱和衙门打交道。”

“是是是……”老板点头哈腰地出来圆场，“我这就让我们伙计把这小子绑起来，明天一早送交官府，您众位快去休息，过几天还有大事儿，别耽误了。”

“阿清。”那个眼角有泪痣的姑娘说，“就听掌柜的吧，走，回去。”

赵天池几人早就混进了人群，假装和他们一起下来，在一边看热闹。

“就是就是。”赵天池说，“别生气了，你看你长那么漂亮，一生气就要生皱纹，多难看。”

他只是习惯性话多，又想在漂亮姑娘面前多说几句，哪知道阿清正有火没处撒，不耐烦道：“就你多嘴！”

赵天池没脸没皮，笑嘻嘻地盯着人家看。

“你看什么看？”阿清瞪着一双好看的丹凤眼，“你和他是一伙的？”

“大家伙儿作证啊，天地良心！”赵天池说，“我浓眉大眼剑眉星目的，哪儿能和这个贼眉鼠眼的家伙是一伙儿的呢？”

“我看你就不像好人！”阿清恨恨的，“你哪门哪派的？”

召尧听闻，赶紧开口道：“沱山派的。”

像个维护自己门生的掌门一样。

阿清也许是觉得召尧不像坏人，也许是觉得自己有些无理取闹，听召尧这样一说，也不知该说点什么，众人一起劝架，那眼角有泪痣的姑娘又拉着她走，她终于翻了个白眼，不情不愿地转身回房了。

赵天池逃过这番口舌之争，拍拍召尧肩膀道谢，哪知道那长泪痣的姑娘突然回头，冲他笑了一下，赵天池一愣。召尧笑着摇摇头，送药蛮出去，又跟着赵天池一起上了楼。

“好了，快早些休息，明天虽然没什么事情，但是总不好一直睡懒觉。”

“啊——知道了。”赵天池说，“那你也早点睡。”

他摸了个烧饼就着热茶吃了，摸着肚子回房睡觉，没一会儿就进入了梦乡。

也许是因为睡前吃得太饱，他睡得很香很沉，若不是那声尖叫，他大概要睡到日上三竿。

那声尖叫从二楼传来，绵长尖锐，似乎要将人的耳膜震碎。

赵天池一咕噜摔倒在地，茫然地左右看看，“怎么了怎么了！”

他一个人住，自然是没有人回答他，过了片刻才反应过来，穿好了鞋袜跑出门去。

阿清姑娘住的那间房已经被围得水泄不通，而尖叫终于平息下来，取而代之的是高高低低的哭叫声。

阿清死了。

她被人一剑戳中了胸口，死前仍紧紧抓着剑，两只手血肉模糊。

阿清的尸体由她的师妹阿湖——就是那个眼角有朱红色泪痣的姑娘发现，对方被吓得不轻，眼泪像是断了线的珠子一样落了下来，捂着胸口不住抽泣。

剑是阿清自己的剑，上面还有一簇嫩粉色的流苏，房间里十分整洁，并没有打斗过的迹象。

客栈中共住了十八个门派，四十余人，况且客栈开门做生意，并没日夜防贼，很难说到底都有谁来过。

众人乱成一片，都不知应该如何应对，还是灵雨派的掌门薛攀开口，决定主持局面。

其他人并无异议，灵雨派在江湖上地位甚高，薛攀也是一个素来以公正著称的人。

“阿清姑娘平时和谁关系最好，又结过什么仇家呢？”薛攀问阿清的师父。

峨眉掌门人称天青道人，平时虽然脾气古怪，此时却也因为爱徒遭遇不测而眼圈通红。

“她虽然脾气暴躁了一点，但是从未结过什么仇家。”天青道人说，“至于和谁关系最好，我也不太清楚，她和师姐妹都相处得不错。”

问了一圈下来，认识阿清的人都是这样说的——并无仇家，也无至交。

薛攀决定先派人将阿清姑娘的尸体送回峨眉，当天在客栈的人一一接受审问。在问到赵天池的时候，他实话实说："我跟着你们一起上楼，然后吃了个烧饼就睡觉了。"

薛攀与天青道人坐在他对面，一男一女，都面无表情，气氛十分压抑，赵天池虽然与阿清素不相识，昨天还平白无故挨了她一顿骂，但毕竟是一条鲜活的生命就这样消失了，心里总觉得像压着点什么似的。

所以面对两个人的审问，赵天池十分配合，他们问得很细，似乎觉得这个讨人厌的青年十分可疑，而他又是独自一人住，并没有人为他作证。

"你昨天上去以后，谁能证明你一直就呆在房间里呢？"

天青道人的眼袋很重，似乎要把赵天池吸进去一样，他下意识地往后仰，不敢与她的眼袋对视，挤眉弄眼，十分可疑。

"我师兄可以为我作证啊——"他说，"他就住我隔壁，我们俩昨天一起上去的。"

召尧虽然是他的师兄，但也许是因为看上去比他正直可靠许多，证词也更加可信。

"我和他确实是一起上去的。"召尧说。

又被问了几个问题，两个人被放走了。

余雀与乔梓楠早就在隔壁等着他们，见两个人回来，乔梓楠赶紧把门关上，紧张地问："没事吧？"

赵召二人将情况说了，众人都是沉默不语，虽然和阿清不熟，但是也都觉得惋惜。惋惜过后，又觉得可怖，阿清武功不算低，能被人这样悄无声息地杀了，对手肯定不简单。

问话的结果是一无所获，因为谁也没有作案的嫌疑，也似乎没有那么高的功夫，能够将一个功夫还算不错的峨眉弟子悄无声息地杀死。

这件事就这样被搁置下来，天青道人的眼袋似乎更大了，赵天池总担心它掉下来，并不敢与之对视。

而阿湖则很快冷静了下来，照常照顾天青道人的起居饮食，并没有再出什么岔子。

赵天池见了她总觉得怪不好意思的，因为她总是冲自己笑。

她笑，赵天池就不好意思不笑，并且十分自然地以为这姑娘对自己有意思，可是他想与对方说几句话，对方又很快躲开了。

“她肯定是喜欢我，还不好意思说。”赵天池信誓旦旦，“我和你说啊，你赶紧的，准备份儿红包，哥要娶媳妇了。”

“没出息！”药蛮拿指头戳他的额头，“瞧不起你。”

两个人正躲在烧烤店里吃喝，比着谁啃猪蹄啃得快，赵天池吃饱了，将手擦一擦，问药蛮：“这位姑娘，你和武林盟盟主又见面了吗？”

“没有啊！”药蛮说，“他忙得很，哪有时间见我。”

“肯定是你吃那么多烤串给人家吓跑了啊！”赵天池说，“前车之鉴那么多，你一点儿没学会？远的不说，就说峨眉的天青道人，你知道她当年为什么年纪轻轻就和相公闹掰了，来到峨眉了吗？还不是因为她太没有女人味儿，就知道打打杀杀的，她相公和灵雨派的女侠出去吃个饭，她就让她相公跪碎了三个搓衣板，髋骨股骨髌骨胫骨腓骨跗骨跖骨等等等等好几十块骨头粉碎性骨折，还有没有人性了！”

“那是她相公咎由自取！要是我，敢背着我和别的女人吃饭，别说髋骨股骨髌骨胫骨腓骨跗骨跖骨，其他骨头都一样！”

赵天池背后一凉，不敢多说，赶紧转移话题，聊起了武林大会。

“总觉得心里慌慌张张的，怕是要出事儿，我功夫虽然不错，但是也没信心拿到第一名，若是凭空生出枝节，又不知道要拖到哪年哪月才能正大光明地出道了。”

“唔。”药蛮说，“对自己有点儿信心，别瞎想，想太多也没用，后天就是武林大会，我和你说，就算你不能赢，你也不能出丑，听见没有？！这次来看的，我给你数数，京城金丞相家的二小姐，扬州柳知府家的小妾——这事儿保密啊！苏州郭员外家的三小姐，哎呀，算不清楚了，总之，这些姑娘都非富即贵，只要有谁看上你了，肯定就要力捧你！你输吧赢吧，也就那么一回事儿，就算是输了也要输得帅，输得我见犹怜，输得让人一见倾心——”

“我还输得玉树临风潇洒倜傥呢！”赵天池受不了了，“这都哪儿跟哪儿，你说得我瘆得慌，行了行了，我吧，也就卖这一张脸，喜欢就喜欢，不喜欢我也没辙，快吃，吃完走人。”

药蛮翻了个大白眼，跟着他一起走了。

武林大会这一天，天气好得出奇。

正是初秋时节，温度不高不低，天空犹如一块通透的冰，只零星飘着几丝云彩，客栈门口的两棵银杏叶子落了一些，发出一些唰拉唰拉的声响。

赵天池就在这个声响中吃了早餐，两根油条一碗豆浆，不是很饱，也没饿着自己。他狠狠伸了一个懒腰，将自己的骨头都伸展开来，发出嘎嘣嘎嘣的声响。

沱山派的三个人今天都对他十分好，似乎突然知道他是个武功很高，能够为沱山派带来荣誉的人，赵天池还有些不好意思，摆摆手道：“客气什么，快坐快坐。”

“这不是琢磨给你加油鼓劲吗？”余雀阴阳怪气道，“您老不再多吃点？”

“不吃了不吃了，吃多了容易吐。”

“出息！”

乔梓楠捅了捅余雀的肩膀，示意他不要讲话。

武林大会的第一天，很少有高手上场，多是一些虾兵蟹将互相缠斗，十分无趣，然而赵天池也看得津津有味——他最爱看热闹。

几大派的掌门和段烈都坐在台下观看，而沱山派一行四人则混迹在人群中，赵天池从兜里掏出一把瓜子，一边嗑一边说：“好拳好拳！哎呀——可惜，他再往上打三分，准能把对面的打趴下。”

瓜子壳扔了一地，周围的姑娘瞥他一眼，满是嫌弃。

余雀的耐心终于告罄，捏着他的脖子低声说："你不要再嗑瓜子了，听见没有？你是来这里看热闹的三姑六婆吗？！"

"疼疼疼！"赵天池苦着脸喊，"我不吃了，真不吃了，放了我吧。"

余雀放了他，他又开始嗑，嘴动得飞快，一边嗑一边躲，余雀竟是打他不着，掌掌落空，赵天池得意道："哈，来打我呀！"

召尧看着他，无奈地摇摇头，"天池，算了，不要再吃了。"

赵天池不好不给召尧面子，将瓜子放下，不情不愿地摸摸手，余雀突然袭击，赵天池往后仰，使了个铁板桥，还是把这一下躲过去了。

"打不着！"赵天池说，"气死你。"

台上两人终于分出胜负，那个高壮的男子赢了，众人纷纷鼓掌叫好，赵天池也跟着叫好，趁机又嗑了几粒瓜子。

高壮男子笑了一笑，走下台去。

又是二人上台，这次是两个女子，高矮胖瘦都差不多，一人穿白衣，一人穿红衣；一人使刀，一人使剑。

两个人上台以后一言不发地开始打斗，功夫都差不多，一时之间并不能分出高下来，赵天池靠在余雀身上看，余雀将他推开，他没脸没皮，又靠了过去。

"你看，她们俩不对。"赵天池指着两个人说，"刚上来的时候，这两个人就好像憋着一口气，要狠狠打一架似的——"

话音刚落，只见台上两人越打越凶，像是恨不得生吃了对方一样。余雀说："你又胡说，这两人一个是灵雨派的楚月，一个是她的好友白洋，哪有什么深仇大恨，大概是不小心抽签抽到了一场。"

"啊！是楚月姑娘吗？头一次见到真人，她上个月不还上了《武林日报》的封面，真是好美好美——比真人美。"

余雀懒得和他闲扯，认真看着台上，只见两人身形几乎化作一道残影，分不清谁是谁，哪像是朋友切磋。赵天池看得紧张极了，伸手去余雀怀里掏瓜子出来嗑。

“……你什么时候把瓜子放进我兜里的！”余雀冲他吼，“都给我拿出去！”

赵天池赶紧往外掏瓜子，窸窸窣窣掉得哪儿都是，一边掏一边说：“这不是你的口袋大，我的口袋小嘛！别喊别喊，小点儿声，为了点儿瓜子气成这样你丢人不丢人。”

“为了点瓜子费这么多心思你丢人不丢人！”余雀恨不得抽他一顿，“赵天池，你别逼我动手啊！”

赵天池赶紧把瓜子捞干净，想移动到召尧身后，就在此时，台上突然生了变化，那白衣女子突然扔了自己的剑，将脸死死捂住，嘴里发出尖锐的叫声来。

“怎么了怎么了！”赵天池吓得扔了手里的瓜子，“拿什么东西泼她了？”

“……难道是化尸水？”余雀也变了脸色，“这两人难不成有什么深仇大恨？下手也太狠了吧。”

赵天池与余雀挤在一起嗑瓜子，越嗑越紧张。

“白洋，你居然这么下作！”楚月颤抖着说，“枉我还当你是好友！”

白洋一言不发，突然将楚月的手扯了下来，让她的脸完全露了出来。

台下一片惊呼，赵天池也给吓了一跳。

“居然，居然给卸妆了！”他喃喃自语，“狠，太狠了……”

余雀也惊呆了，“我还以为她们化妆只是涂涂粉，没想到，没想到——这是易容吧？”

台上的两人很快就被请下台去，一边走一边打，十分不堪入目，午休时分，赵天池见到了药蛮，药蛮兴致勃勃地和他八卦，“你知不知道是因为楚月抢了白洋的《武林日报》封面哇！那个封面很难上的！楚月上了以后还在里面说白洋的坏话，说她双眼皮是假的，哇，简直太精彩了！”

赵天池忍不住笑倒在地，“精彩精彩！”

“好了好了，你不要笑了。”药蛮喝了口热茶，“说正事，今天不管轮不轮得到你上场，你都一定要好好地看着台上赢了的人招式身法，也许明天他们就是你的对手了！”

武林大会的规则一向十分简单，所有报名参加的人，都会被分成两两一组，全凭运气决定到底谁会是你的搭档，赢了的人被挑选出来，继续分组，直到打完最后一轮，胜者与武林盟盟主段烈打过最后一场，方能挑选出新的武林盟盟主来。

赵天池的第一个对手是个平平无奇的男子，赵天池并没用力就将他打下了台，而他的第二个对手实力则要强上许多，却也不是他的对手，不过十几招就被他打倒了。

此时此刻，台下已经议论纷纷，都不知道这个名不见经传的少年到底是什么人物。

打过两场，赵天池一点事儿都没有，跳下台去，继续嗑他的瓜子，召尧似乎很开心，笑得眼睛弯弯的，问他：“感觉如何？”

“热个身而已。”赵天池说，“我猜，我的下一个对手是阿湖姑娘，没想到她那样厉害呀！”

阿湖姑娘此刻离他不远不近，虽然听不到他在说什么，却能清清楚楚地看到他，赵天池下意识地往那边看去，阿湖突然冲他笑了一下，露出一点白白的小虎牙来。

“奇怪奇怪，她总冲我笑个什么劲儿？”赵天池低声对召尧说，“难不成我今天特别帅？”

“和平时一样。”召尧笑道，“不过你平时就很帅了。”

赵天池不禁飘飘然起来，阿湖的笑容更大了，眼角下的小痣微微发红。

阿湖也被几个峨眉的女弟子围着，笑嘻嘻不知道在谈论什么，伸手摸了摸自己的嘴角，又把手放下，舒舒服服地往后仰。

赵天池没敢再看，把脸转了回去。

第一天的比赛已经过半，参赛的人却已经少了一大半，剩下的还有二十几个人，被分成了十几组。

真正的武林大会，这才算是开始。

赵天池这次的对手是灵雨派的大师兄仇重。

仇重是现在江湖上少有的一心只钻研功夫的侠客，他视武如命，几乎把自己全部的精力都投入了练武当中，已经二十七岁，还没有婚嫁，拒绝了几十次的《武林日报》的采访和封面，和几百次的相亲，并且从不发行任何写真，还对所有热衷此道的侠客深恶痛绝——所以他人缘相当的不好，然而也因为人缘不好，他有了更多的时间去钻研功夫。

仇重使一套双刀，功夫大开大合，招式又快又狠，往往对手都会先被他的气场压迫，于是还没开始打就输了一筹，而仇重最知道抓住机会，对手越弱他越强，一套密不透风的刀法使出来，往往会起到事半功倍的效果。

赵天池使剑，讲究轻巧灵活，仇重使刀，注重力量，自古刀剑之争由来已久，到底花落谁家也不好说。

药蛮混在人群中，冲他吹了个长长的口哨，示意他不要担心，赵天池点点头，稍微往后退了一步，握紧了自己的剑。

仇重与他互相抱拳行礼，开始的一刹那，仇重就突然两手握刀朝他劈了过来，角度刁钻，力量奇大，赵天池心下一惊，下意识地仰倒在地，拿剑挡着刀刃，虎口被震得发麻。他使了个巧劲格开了仇重的刀，猛地翻身滚到了一边去，长腿横扫，仇重虎目圆睁，两手撑着地往后弯腰，翻了个筋斗避开了这一腿。

两人对视一会儿，仇重突然再次出招，赵天池这次决定先发制人，剑直往仇重的手臂上刺去，仇重没有避开，反倒是大喊一声，将刀直直往赵天池腰上砍去！

赵天池吃惊不小，剑在半空中转了个弯，猛地窜到了仇重身后，仇重转身，两个人你来我往，招招致命，打了数个回合仍然不见分晓，台下众人都紧张地盯着台上看，赵天池一改往日的嬉皮笑脸，表情严肃，一只手紧紧攥着剑，青筋都鼓出来。

然而仇重今天不知为何，特别狂躁，赵天池的手臂和小腿都因为被他打到而剧痛，虽然能忍，却也暗自心惊。

仇重越打越重，越打越狂，看准了机会将赵天池狠狠踩在脚下，一刀劈下！

赵天池骂了一声以剑格挡，又屈起一腿狠狠将对方踢开，仇重一时之间没有站稳，似乎没想到赵天池力气这样大，眼神有些疑惑。

赵天池弹跳起来，长腿一扫，将对方绊倒在地。

一击得手，赵天池也有些惊讶，因为对方似乎突然失去了警觉，完全没有反抗的意思，可是情况紧急，来不及让他多想，赵天池几乎是下意识进攻，而仇重在被逼近到台边的时候才突然清醒了一般，突然反应过来！

可惜他大势已去，赵天池愈战愈勇，最终是将他打到了台下！

赵天池气喘吁吁地半跪在地休息，台下的仇重突然站起来，大喊："你使诈！"

"啊？"赵天池一脸蒙，"我使什么诈了？"

"你用幻术迷惑我！"仇重咬牙切齿，"好小子，怪不得你们沱山派要没落，之前你们掌门使这阴招，现在你也学会了？"

每个人上台之前，都会有人介绍他们的门派与字号，众人早就知道赵天池来自沱山派，然而因为赵天池功夫甚好，所以谁也没有往他作弊那处想。

赵天池心里没鬼，也并没惊慌，坐在台上一笑，"说话要有证据，你说我使诈，拿幻术迷惑了你的心神，可有证据？"

"哼，你们的幻术无非是用香粉和咒语扰乱别人心神，你若心里没鬼，敢不敢让大家看看你衣服里藏没藏东西？"

药蛮在下面猛打手势，"脱脱脱！"

赵天池瞪了她一眼，起身大声道："没有问题，我身正不怕影子斜。"

他大大方方地脱了自己的外衣，抖了抖，里面空无一物。

“再脱！”仇重咬牙切齿。

赵天池迟疑片刻，将里衣解开，脱掉，将衣服攥在手里，厉声问：“怎样？”

他不嬉皮笑脸时，还是十分冷峻的，因为常年练武，他身材很好，宽肩窄腰，又生得手长脚长，无论从哪方面来看，都十分引人注目。

仇重发了狠，又要提着刀砍他，一边砍一边说：“你作弊，我们再打！”

赵天池躲过他毫无章法的攻击，咬着嘴唇不讲话，而仇重似乎完全不敢相信这个事实，以至于疯疯癫癫，毫无章法地攻击别人，灵雨派的几个人前来制止他，他沉默一会儿，突然砍向了自己的同门！

赵天池吓了一跳，好在那同门反应很快，虽然被砍到了手臂，伤口却不太深，众人一起制住了仇重，夺过他的刀，将他带走。

“这位小兄弟——”薛攀说，“留步。”

薛攀今年快要五十岁，看着却比实际年龄小上许多，他身材高瘦，头上不见一根白发。

“敢问小兄弟，是从沱山来的？”

“正是，在下沱山赵天池，薛掌门好。”

薛攀看不出喜怒，站起身来，对赵天池说：“看阁下出招路数，并不像沱山出身。”

“我并非从小长在沱山，事实上，我是这几年才到沱山的，学艺不精，见笑了。”

“那敢问一句，从前你师从何人？”

“我没有师傅，只是自己东学一点，西学一点，能够侥幸打败仇重先生，大概是运气好吧。”

“比武场上，真刀真枪，从没有运气这一说。”

“那大概是根骨好？”

“何出此言？”

“我的父亲，是赵狂流。”赵天池笑着说，“您大概认识。”

此言一出，满座皆惊。

“狂流……狂流？！”薛攀如遭雷击，“你——你是赵狂流的儿子？”

他虽怎样说着，却已经信了三分，眼睛里不知是因为欢喜还是激动，竟然要流下泪来。

赵天池说：“当年家中遭难，我也未能幸免，被人一剑刺中了胸口，但也许是父亲保佑，我很命大，竟然没有死掉，从狗洞中爬了出来，被一个好心老汉捡走，去了边塞。那老汉死后，我走南闯北，虽然没有饿死，却也遭过不少磨炼，前几年在走投无路时，幸好得到沱山派众人的帮助，才有机会代表沱山来参加武林大会。”

薛攀听完，久久不能言语。

“父亲当年最爱喝竹叶青。”赵天池轻声说，“而家中的竹叶青，我还记得，都是您给的。”

薛攀终于忍不住落下泪来，被周围的人劝了半天才好。

有了这个波折，武林大会虽然依旧继续举行，赵天池却平白吸引了许多目光，大概一半是因为他自曝的身世，另一半是因为他刚刚脱下衣服露出的那身白肉，还有他胸口那道足以以假乱真的疤。

他和余雀、召尧、乔梓楠三人站在一起，余雀回头看看他，又转回去。

“你怎么知道赵狂流爱喝竹叶青？”余雀轻声说。

“小道消息，这你就不知道了吧。”赵天池得意地一笑，“《武林日报》特别版——《最后的大侠赵狂流》第七段第二句话开始，非常详细地写了这件事，我读了四次，当然记得住，还有更多的细节，等有机会和薛攀谈话，我再和他说说，哈！”

余雀无语地看着他。

“好了，有什么话回客栈再说。”召尧说，“天池今天打得很好，虽然这么凶险，还是打赢了，就是不知道仇重为什么那样发疯？”

“技不如人，恼羞成怒呗！”余雀说。

“我觉得有古怪。”乔梓楠眨眨眼，青葱一般的手指抓着自己的袖口，“刚刚我看得很清楚，他是被天池一个横扫给绊倒的，可是按理来说，他没道理躲不过这一下，因为那时候他们两个体力都还有剩余，不至于顾不上，或是反应不过来。”

“其实我也觉得不太对劲。”赵天池说，“刚刚太紧张，没有多想，我后来拿着剑去与他打斗时，他好像确实是有点迷迷糊糊的样子。”

“是像喝醉了那样吗？”召尧微微皱眉，疑惑道，“但他刚刚上台的时候看着很清醒。”

“算了算了，别说了，别让人听见。”余雀看看周围，“回去再说。”

虽然赢了一场不容易的比赛，可几个人却看着都不是特别开心，总觉得这次赢得有些古怪，还是召尧不愿意看他们消沉，要了酒菜庆祝，还在一边劝赵天池：“赢了就是赢了，你又没有使阴招，怕什么呢？我听说仇重好像钻研武功太过，弄得自己痴痴傻傻，是他自己有问题也不一定。”

几人开始喝酒吃菜，赵天池只喝了两杯，剩下三人却都喝得酩酊大醉，乔梓楠不知为何，开始抱着余雀号啕大哭起来。

“丢丢啊——丢丢！”乔梓楠啜泣道，“娘亲只有你了——”

“丢丢是谁？”赵天池轻声问还算清醒的召尧。

“丢丢是她养的狗。”召尧说，“因为吃得太多，太胖了，大概是身体不大好，睡着的时候就死掉了。”

“丢丢啊——！”乔梓楠号啕大哭，“你一定要给娘亲争气，好不好？”

余雀被她哭得醒了酒，擦了一把脸，无奈道：“好的，娘。”

乔梓楠泪流满面地倒在了床上。

赵天池无语地摇摇头，觉得自己醒了酒，推开门出去方便，却看见楼下满满当当都是人，见他出来了，轰的一下围过来。

“干什么你们！”他赶紧往后退。

第六章　惊变

他还以为是仇重的朋友过来寻仇，哪知道这一群人全是和武林盟抢生意的小作坊，要赵天池给他们签卖身契，他们则替赵天池规划未来的发展，还要“把他打造为江湖上最闪亮的一颗星”。

赵天池怕他们活吃了自己，赶紧往屋里退，尿都给吓没了，缩在门口睡了一晚。

第二天，武林大会的比赛场地被围得水泄不通，连树上都坐满了人，不时有几个人压断了树枝从上面掉了下来，药蛮不知从哪里搞到几张票，坐地起价，随心所欲地狮子大开口，黑了好多银子，恨不得将下半辈子的老本都给赚出来。

她拿了个石榴靠在树边吃，因为不方便去和赵天池凑热闹，远远地看着对方。

赵天池身边围了许多人，不过他此时此刻表情放空，视周围人为无物，看着非常欠揍，可是药蛮知道，他是被吓怕了。

想到这里，药蛮开心地将几粒石榴送进嘴里，冲着赵天池吹了个口哨，赵天池听见了，回头瞥她一眼，紧张得大肆嗑起瓜子来。

这一场是峨眉的阿湖对绝刀派的胡一刀，那胡一刀虽然名字很粗狂，长得却十分阴柔。

“阿湖姑娘好。”胡一刀说，“请！”

阿湖不知为何，笑得十分开心，像是与朋友切磋玩闹一般打了过去，招式却十分狠辣，两把峨眉刺使得出神入化，有好几次都差点刺穿了胡一刀的脖子，胡一刀也不急，且战且退，仔细看着阿湖招式中的破绽，伺机而动。

阿湖打着打着，突然站在原地不动，高声笑了起来，她说：“胡一刀哥哥，你长得真好看。”

胡一刀愣了一下，阿湖又笑，“你愣什么呀？没人夸过你好看吗？”

天青道人似乎不知道阿湖发的是哪门子疯，微微皱眉看着她，阿湖笑够了，猛地跳起来，将峨眉刺朝着胡一刀的脸猛地戳去！

胡一刀避开了，阿湖却将手腕一转，那峨眉刺插进了胡一刀的肩膀，阿湖还在笑，露出一点尖尖的小虎牙，舌头红艳艳的，盯着那峨眉刺造成的伤口，似乎在用力克制着自己狠狠咬下去的欲望。

江湖规矩，只要不倒下或是掉到台下，就不算输，胡一刀长了一张小白脸，心智确实最为坚定，面不改色地将阿湖踢开，阿湖急急后退两步，没过一会儿，居然又用了同样的手法将胡一刀刺中！

“阿湖姑娘好厉害。”乔梓楠说，“她故意引导着胡一刀用和刚才一模一样的招式，又用同一招把胡一刀给捅了。”

果不其然，胡一刀也发现了这点，似乎是知道自己与阿湖的实力相距甚远，虽然有些疑惑这个峨眉派寂寂无闻的小姑娘到底为何有这等实力，但还是愿赌服输，白着脸捂着肩膀，对阿湖说：“是在下输了，不必再比。”

阿湖伸手拍了拍他的脸，笑嘻嘻道：“哦！”

她蹦蹦跳跳地下了台，随手提起裙子将自己的峨眉刺擦干净，又冲着胡一刀挤挤眼睛。

赵天池突然觉得后背发凉，自己莫不是要和阿湖对上？这丫头疯疯癫癫的，怕是不好对付。

然而，怕什么来什么，果不其然，赵天池在打败了武当的徐三图之后，被人带着去了后面，按照武林大会的规则抽签。

盒子里有四个薄薄的竹签子，上面分别画了两只白鹤与两朵白云，被摇匀之后，赵天池伸手抽出一根，是白鹤。

“那我也想抽一根白鹤！”阿湖笑嘻嘻地说，“和你一起哦！”

她虔诚地闭着眼睛，不知在给哪路神仙祈求，祈求完了，她伸手一摸，非常惊讶地看着自己的签。

“什么？”赵天池问她。

“是白鹤！”阿湖笑得眼睛都弯了起来，“天池哥哥，我要和你一起比试啦！”

赵天池：“……”

他对上阿湖，虽然不是一点把握也没有，却总觉得心里不太安生，毕竟对方实在是有些奇怪。

“哎呀，你不要觉得奇怪，我看你像我大哥，对你心生好感而已。”阿湖笑着说，“放轻松一点。”

段烈站在不远处，仍然是一派风流少侠的模样。

阿湖一看见他就笑，笑得他心里发毛，直到两个人正式上台，阿湖的笑容还挂在脸上，赵天池忍不住说：“你笑什么！”

“我就是爱笑，你管我！”阿湖说，“哼。”

“……”赵天池结结巴巴道，“好，好吧。”

两个人互相握拳施礼，阿湖故意将手指头动来动去，不得安生，小声说：“你放心啦，我会让着你的。”

“什么？”

赵天池还没问出下一句，阿湖就开始了动作，她动作凌厉地屈起膝盖踢向赵天池，赵天池下意识地回击，哪知道刚刚碰到她的身体，她就倒在了地上，且面色痛苦地从口中吐出鲜血来！

"……"赵天池大惊失色，"喂，你没事吧？"

阿湖两条长腿慢慢屈起，将自己的身体往后拖拽，她强撑着站起来，握紧峨眉刺，大声道："再来！"

赵天池迟疑地使剑刺向她的手臂，哪知道她突然转身，整个后背都被剑锋划过，鲜血淋漓，痛苦地喘息着说："好强的内力，啊！"

她擦擦嘴角的鲜血，若无其事地站起来，大声说："我输了，再见！"就跳下台去，很快就消失在人群中。

"……"

赵天池低头看看自己的手，觉得简直是莫名其妙。

可是周围的人看他的眼神都充满了恐惧与敬畏。

午饭时，赵天池与沱山派三人坐了一桌，周围空了一片，没人敢看他们，赵天池倒是胃口很好，不耽误吃饭，他一边吃一边说："饿死我了。"

"慢慢吃。"召尧拍拍他的肩膀，"大概要你去与段烈交手了。"

薛攀走来，带了一包卤牛肉放在桌上，笑道："天池，慢一点吃。"

见了薛攀，赵天池愣了一下，很快反应过来，冲着对方笑了笑。

好在薛攀也不多话，拍拍他的肩膀以示勉励，便转身走了。

召尧看看薛攀的背影，轻声说："没想到薛先生是这样的。"

"怎样？"赵天池说，"酱牛肉吃不吃？"

召尧摇摇头，喝了一杯酒。

他说得没错，赵天池这天如有神助，将自己唯一的对手打败，获得了与段烈交手的机会。

药蛮在台下不住鼓掌，笑得后槽牙都快露出来，因为明天段烈与赵天池交手，那么自己就又能看到段烈，说不定还能吃顿烧烤。

赵天池却一直觉得额头跳得厉害，甚至到最后有些肿胀之感，他下了台子，拿凉水狠狠洗了把脸才好，而他身边一直没有缺过人，众人都在围着他说笑，交谈，他却一句话也说不出口，只能脚步虚浮地摆出假笑来强撑。

最后还是回到客栈睡了一觉才好。

此时天色将晚，赵天池饿得不行，他坐了一会儿，觉得精神好了许多，换了身衣服准备下去吃饭，哪知道余雀过来叫他，说薛攀有请。

“去收红包啦！”余雀挠挠鼻子，“见你叔叔去。”

“滚蛋！”赵天池踢了他一脚，“我是你叔叔。”

本以为是寻常家宴，哪知道席上有许多人，江湖上有头有脸的大侠几乎全都会聚于此，赵天池倒没显得紧张，他被人领着入座，薛攀毫不避嫌，十分亲近地说：“这是小侄天池。”

他似乎完全相信了赵天池的话，也不知是看赵天池和赵狂流越来越像，还是因为竹叶青，赵天池虽然有些不适，却因为少见地沉默没有说错什么。一顿饭毕，众人闲谈一会儿，薛攀说：“天池，来，我有话要对你说。”

赵天池跟着他离席。

两个人一直走到了薛攀所住的房间中。

薛攀刚才一直挂在脸上的笑容逐渐消失了，他似乎想起了什么，低声说：“天池。”

赵天池看着他。

“其实我第一眼见到你的时候，我就认出来了，但是你一直没有说，我以为你有什么难言之隐。”薛攀似乎突然变得老了许多，靠在椅子边，轻声说，“你和你父亲，长得很像。”

赵天池舔舔嘴唇，不知道说什么好，他觉得薛攀突然有点儿奇怪，并不像白天在众人面前时那样，显得和蔼可亲了，而是有一种令人不适的疏离感。

“这次来参加武林大会，究竟是为了什么？”薛攀说，“其实我知道，你并不想做武林盟盟主。”

“叔叔这话从何说起？”赵天池笑道，“天下熙熙，皆为利来，天下攘攘，皆为利往，我若有这个本事，为什么不来追名逐利？”

“因为你的眼睛，和你父亲一样。”薛攀说，“你们是一样的。”

赵天池听完，心想这画风不对，一时之间不知道如何接话，挠挠脸说：“呵呵！”

薛攀沉默不语。

“太晚了，叔叔早点休息吧。”赵天池决定打退堂鼓，“今晚的饭菜真好吃，我好久没吃过这么好吃的菜了，谢谢叔叔的款待。”

“……等一等！”薛攀拦住了他，“你不能走。”

“啊？”赵天池傻了吧唧地回头看他，“叔叔还有话要对我说？”

薛攀的手用尽了全力握着剑，他似乎极力克制着自己的情绪，过了半晌才说：“你还记得多少？”

“那我可记得多了！”赵天池胸有成竹道，“你最喜欢吃的东西是酱牛肉，最喜欢的颜色是金黄色，因为你属狗，所以你不喜欢和属鸡的人打交道——”

“闭嘴！”薛攀说，“我不是问你这个！”

“……啊？”

“赵天池，你不要揣着明白装糊涂！”

“我怎么揣着明白装糊涂了？”赵天池快哭了，“难不成那些小报纸都是乱写的，你根本不喜欢金黄色？”

薛攀看着他，眼中似乎有千言万语，然而他还未说话，就听见有人笑了一声。

赵天池问：“谁？”

应答的声音伴随着利剑刺破薛攀身体的声音同时响起了。

赵天池瞪大了眼睛，看着一截剑从薛攀身体中刺出来，薛攀喉咙里挤出一点声音，而后直直倒在地上。

“亏你还和他说得进去话。”召尧抱着肩膀，站在他的对面看着他，“我还在等你动手呢，不过——都差不多。”

“……召尧？！”赵天池瞪大了眼睛，似乎一时之间无法接受这件事，他下意识地左右看看，呼吸都乱了。

“不要找了，嘘……”召尧轻声说，“不要找了，薛攀怕别人听到他的秘密，早就把这间房子周围的人给清走了，要不然，我也不会过来。”

他说完以后，轻轻笑了一下，突然快速后退两步，大喊：“来人啊！来人啊！”

赵天池呆立在原地——召尧杀死薛攀用的剑，居然是他的！

待他回过神来，小屋已经被人围得水泄不通了，众人见薛攀已经死去，惊讶得不知如何是好，段烈更是脸色惨白，“赵天池！”

“是他！”赵天池指着召尧说，“是他杀死薛攀的！”

召尧的脸色比段烈好不到哪里去，看赵天池指认自己，更是难看了几分，可他的眼神却丝毫不显慌乱。他后退几步，似乎随时提防着赵天池过来谋杀自己一样，颠三倒四，却又千真万确地说：“刚刚我看到天池回客栈取剑，不知发生了什么，总觉得不对劲，就跟下来看看，没想到，没想到——”

赵天池百口莫辩，却只能苍白无力地指着召尧说：“是你，明明是你不知从哪里冒出来杀了薛攀！”

召尧退了又退，脸色惨白，段烈回头看赵天池一眼，猛地抓着他的手腕将他压在墙上，随即有人一拥而上，将赵天池的手绑了，又将他的嘴堵住。

“你说，到底是怎么一回事？”段烈冷冷地看着召尧，“说实话，把你知道的都说出来！”

“我说，我说——”召尧闭着眼睛，似乎在让自己镇定下来，然而他一张嘴，赵天池就知道这一切都是他计划好的！

“我们不该找赵天池欺骗你们。”

“什么意思？！”

“赵天池他，根本不是赵狂流赵大侠的儿子，他只是一个江湖骗子而已，他来到沱山派，不过短短一个月。我们看他功夫好，就想让他代表我们沱山前来参加武林大会，即使不能夺得武林盟盟主，能够在这里露个脸，也是很好的，毕竟是我们沱山出去的人，也许能够利用他让沱山重出江湖。他还和我们商量好，如何撒谎才能一战成名，他说自己可以假扮成赵狂流的儿子，更能扬名立万，反正赵大侠的儿子大概早就死了，也没人知道他到底说的是真是假，我们一时鬼迷心窍，也就同意了。没想到他来了这里之后，就变得很不对劲，好像魔怔了，非要说薛攀大侠那里有什么宝贝，得到这个宝贝，下半辈子就能吃香喝辣——也不知是从哪里得到的消息，他信得很深。”

召尧喘了口气，看着赵天池的眼睛，继续说道：“其实他一直在武林大会上赢，我们一直都担心着，甚至几次想中断这个谎言，因为他实在是太不对劲了！没想到这个小子的功夫这样好，居然打到了这里，今晚我看薛攀掌门信以为真，真的以为他是赵狂流的儿子，还要带他出来吃饭，就怕他见财起意，对薛掌门不利，他回客栈拿剑时，我更是觉得不对，赶紧跟了出来，可是没想到还是——他见我来了，还要我帮忙一起找那个宝贝，只是我实在接受不了他的所作所为，才跑出去将大家找了过来。”

他说完这样多的话，似乎被悔恨和惊恐压得难以喘息，不敢再看赵天池，闭上了眼睛，后退一步，靠着墙，再说不出一句话来。

赵天池疯狂挣扎，他恨不得一剑戳死了召尧！

灵雨派的几个弟子眼睛都红了，似乎也恨不得一剑戳死赵天池给自己师傅报仇，段烈拦住了他们，“不要冲动！先把这两人都绑了去，还有沱山派剩下的两个人，灵雨派有谁能说得上话，跟我来。”

赵天池就这样在一句话也不能为自己辩解的情况下被带走，连眼睛都被蒙住，不知带去了哪里。

他被人捆在木头上，对方也许只是个打杂的小厮，并没多说话，也没有为难他，将他捆好以后，转身就走。

过了不知多久，赵天池眼前的黑布才被掀开，有个人站在他面前，赵天池一时之间有些恍惚，过了片刻才反应过来，这是昨天才与他打过一场的仇重。

仇重一言不发，先狠狠给了赵天池一个耳光。

拳头才是用来与敌人对战的，耳光是用来羞辱别人的，赵天池挨了这一下，只觉得眼冒金星，只想奋力将口中破布顶出，挣开绳索与他真刀真枪地打一场！

“你有什么话想说？！”仇重咬牙切齿，眼睛几乎要喷出血来，“你这个卑鄙无耻的——”

仇重似乎一时之间不知道找什么词来形容赵天池，他扯了赵天池嘴里的布，掐着他的脖子说：“要不是觉得太便宜你，我恨不得一刀捅死你！”

“是召尧杀的！”赵天池可算是能说话了，咳嗽着喊，“不是我！”

“你们两个都不是好东西！”

仇重说完这句话，赵天池就再没说出来一个字。

因为仇重掐着他的脖子，将他的头狠狠磕在柱子上。

赵天池一直没有机会说话，更别提为自己辩解，仇重已经完全忘记了所谓的招式技巧，只是发泄怒火一般殴打着赵天池，他奄奄一息，觉得自己大概是要被活活打死了。

若不是有绳子绑着，赵天池可能早就倒在了地上，可因为有东西支撑，他只能一直站着，也没有心思去想召尧到底为什么要做这件事，甚至忘记躲避仇重的殴打，虽然他躲或者不躲，都没什么影响。

也不知过了多久，赵天池觉得身上一轻，是身上的绳索被扯断，而后就觉得很热很热，大概是所有的伤口一起叫嚣着疼痛，那种火辣辣的痛感逼得他晕了又醒，醒了又晕。

最后一次醒来时，仇重掐着他的脖子，将他直直抵在墙上，眼珠血红，几乎要流下血泪来。

“为什么——为什么是你这样卑劣的——”他声嘶力竭，“你这样卑劣的骗子，贼！拿赵狂流的身份欺骗他！你死一万次也不足惜！”

仇重是个非常非常不会交际的人，他似乎与周围格格不入，每天都在为了自己武学的极致而钻研和痴狂着，无论什么样的东西都不足以打动他，甚至已经达到了“朝闻道，夕死可矣”的地步，所以，在他昨天被赵天池打败的时候，他觉得十分的不忿，因为他肯定自己当时的状态不对，可是赵天池又没有露出任何破绽来，而他自己也没有证据。更何况赵天池自曝是赵狂流的儿子，令他的师父——一直以来都对他十分支持与照顾的薛攀激动不已，他就更不能说什么，只好承认自己那个莫名其妙的失败。

然而，令他没有想到的是，赵天池居然是个冒名顶替的骗子！还因为贪图钱财将自己毫无防备的师父杀掉了！要不是他的同伙被他杀人的作为吓了一跳，狗咬狗将真相捅破，恐怕自己这辈子都会回想那个莫名其妙的失败吧！

想到这里，仇重的怒气达到了前所未有的地步，于是他将自己的刀拿了出来。

赵天池猛地睁大了眼睛。

“本来是想等到明天再光明正大地杀了你。”仇重说，“但是如果不是自己亲手杀了你，我肯定会后悔一辈子的，你去死吧！”

赵天池因为遭到了长时间的殴打，已经连一根手指都提不起来了，他眼神空洞地看着仇重，心想自己肯定是要丧命于此了……

然而仇重举着刀站在原地，竟然再没任何动作。

赵天池费力地睁开眼睛看他，他还是一动不动。

“哈！”阿湖突然从仇重身后探出头来，“天池哥哥，我来救你了。”

赵天池猛地松了一口气，却又不知道这口气到底该不该松，因为阿湖看起来也没有正常到哪里去，她甚至比仇重还要疯癫。

但是容不得赵天池反抗，阿湖像是扛着一个什么物件一样，轻而易举地把赵天池搬到了自己背上，颠了颠，左右看看，又在被点了穴的仇重脸上拍了两下，“今天我心情好，不杀你，算你走运啦！”然后，就身轻如燕地破窗而逃了。

赵天池觉得自己死里逃生，一瞬间什么也没有力气想了，当即昏昏沉沉，也不知是晕了还是睡了，趴在阿湖的身上失去了意识。

他再醒来时，已经不知道过了多久，他左右看看，环境陌生，更不知今夕何夕。

“天池哥哥，你真是很厉害啊！”阿湖的声音不知从哪里冒出来，“你居然只昏迷了半天就醒过来了，可以看出你的身体素质远在常人之上，我就是再晚去一会儿，你也肯定没事的。”

“你再晚去一会儿，我肯定会死了的……”赵天池哑着嗓子说，“这是哪里？你在哪？”

阿湖突然从天而降，赵天池吓了一跳——她居然挂在房梁上，像只蝙蝠一样瞪着眼睛看自己。

左看右看，赵天池觉得不太对劲儿。

“你——你怎么长胡子了？！”赵天池吃惊不小，“你……”

“……哎呀！”阿湖天真地瞪着眼睛，在桌上狠狠拍了一下，“忘记刮胡子了！”

她的声音居然也变了，本来是十分清脆幼嫩的女声，这会儿有些沙哑粗糙了。

“你是男的？！”赵天池觉得眼前发黑，甚至比昨天召尧带给他的打击还要大，“你居然是男的……”

“男的怎么啦！”阿湖干脆用回了本声，“男的我也要管你叫天池哥哥。”

赵天池身上一会儿凉一会儿热，像是打摆子，他难受得无法动弹，就连一口水也喝不进去。

“再这样下去你会死的。”阿湖摸摸自己的下巴，“再不刮胡子我也会死的，但是没有关系，不要怕，我带你回魔教。”

赵天池忍不住剧烈地咳嗽起来，“魔教？你不回峨眉吗？”

“不，不，不。”阿湖故作神秘，“我不是峨眉的人，我是魔教的妖女。”

他说完了，仰天长笑起来，又扭了扭脖子，给赵天池展示自己的喉结。

赵天池不敢细看，一时之间不知应该先问哪个问题好，镇定下来之后，他决定先问最重要的那个，“能不能带我回去？我不能就这样不明不白地走了，我没有杀薛攀！是召尧拿我的剑动的手，召尧在说谎。”

“我知道呀！”阿湖靠在床头，“但是你若回去，就更解释不清了，你知不知道，召尧已经把阿清的死也诬陷到你头上，你去了以后，就更解释不清了，肯定一句话都来不及说，就被咔嚓一刀。”

阿湖说着，拿手掌比了个刀的样子，龇牙咧嘴地吓唬赵天池。

“怎么会？”赵天池说，“阿清的死又和我有什么关系，怎么能诬陷到我身上？”

“他说你调戏阿清不成，痛下杀手呗，反正你是个能够为了钱一言不合就把薛攀杀死的人，又没脑子又冲动，也不是做不出来这种事儿，现在大家已经认定你是那种人啦，就算他说隔壁家的小狗被偷走煮了吃肉，那大家也会马上想，这就是你干的！”

赵天池沉默一会儿，勉强冷静下来，终于问出了关键的问题，“你怎么什么都知道？”

“因为我看见了，那天我睡得特别晚，因为我想等着大家都休息了以后去你的房间找你说说话——不要那么看着我！然后呢，我就一直在等外面没有声音，你知道的，我这个人武功特别好，所以五感灵敏，隔壁的人喘气声大一点我都能听到，所以我等了很久很久，等到了召尧来找阿清，我真的被吓一跳，阿清居然和召尧有一腿！”

赵天池也吓了一跳，“什么？！”

“好像是因为阿清是天青道人最宝贝的徒弟，天青道人又和薛攀关系很好，所以召尧以为能从阿清口中打探到什么武林盟的秘密吧？要我说，他真的很笨，又只知道迂回着来，他直接跑去找薛攀，拿剑指着他，他不说，就戳一刀，再不说就再戳，三戳两戳的，肯定就会说实话了！啊……我继续说，召尧去找阿清，问她：‘你那边有没有消息？’阿清说：‘也许薛攀改变了主意，怕多做多错，又生事端。’然后召尧突然就变了脸，把阿清给杀死了，像个神经病一样。”

“……他确实很不正常，太不正常了。”赵天池回想着平时的召尧，“他根本不是这个性格，别说杀人，我看他连猫狗都不会踢一脚，怎么会无缘无故地杀人？”

“知人知面不知心呀，天池哥哥。”阿湖跳过来，“你之前不还不知道我是个男的吗？”

赵天池：“……也对。”

阿湖虽然长得阴柔，可是说话做事从不拖泥带水，他怕迟则生变，万一有追兵来，他不一定能打得过，给赵天池塞了点吃的就带着他走了。

赵天池实在伤得太重，别说反抗，动动胳膊都疼得冷汗直流，他觉得阿湖虽然古怪，但是一时之间倒不会杀了自己，便一边想着这几天发生的事情，一边躺在马车里睡着了。

真正的阿湖正在悦来客栈的酒窖里，她这几天都滴水未进，若不是有功夫底子在，身体不错，大概早就一命呜呼了。

而那个假的阿湖，真名叫做罗玉，正如他所说，来自魔教。

他是魔教教主的亲弟弟。

罗玉不远万里从苗疆来到中原，具体为了什么，赵天池并不知道，也没有心情去打听。罗玉早就听说中原的武林大会高手如林，然而此次前来，并没有见到几个真正有实力的，要不是让着赵天池，他大概早就和段烈对打，然后在众目睽睽之下打败段烈，再高呼“魔教 is No.1”这句从西域学来的话以耀武扬威了。

想到这里，罗玉百无聊赖地往后仰了仰，又挑开了马车的帘子，看了看赵天池，对方正在睡觉。

“天池哥哥。”罗玉说，“你中午吃什么。”

赵天池被他吵醒，睡眼惺忪道：“吃馒头喝开水就行，别吵我。”

两个人已经走了一大半的路程，罗玉无聊透顶，若不是看赵天池身负重伤，玩一玩就会死，大概早就要缠着他和自己对决几十次了。

“天池哥哥，我们俩上《武林日报》的头版头条了！”罗玉很骄傲地说，“惊爆！武林新星手刃灵雨掌门！峨眉派弟子惊遭人假冒？”

“……你在开心些什么，这是什么好事儿吗？”赵天池头痛欲裂，“别念了别念了，把那个遭瘟的报纸拿走。”

“喂，你去了魔教以后，想没想好要做什么？”罗玉凑过去问他。

“我给你们普及普及法律常识，比如说拿人炼丹是不对的，而且也根本不能延年益寿……”

“啊哈哈哈，天池哥哥真是幽默，好了好了，不说了。”罗玉诡异地笑着，“等我们到了再说。”

赵天池身上的伤根本没有被好好治疗，只是他身体素质极好，才没有恶化，一点一点地好了起来，罗玉若是开心就缠着他聊聊天，若是不开心就把马车停下，坐在空地上看天打坐，每次都能打坐小半天，就这样拖拖拉拉，两个人终于在开春之前回到了苗疆。

魔教之所以选址在苗疆，一是因为远离中原武林，二是因为这里蛇虫鼠蚁甚多，生存环境优越。

第二点原因是魔教第一任教主提出来的，然而他忘记了一件事，那就是适合蛇虫鼠蚁生存，并不代表适合人类生存，对于人类来说，这里生存环境十分恶劣。

赵天池第无数次被蚊子咬醒，坐起来狠狠地挠自己的胳膊，决定去院子里打点水洗一洗。

也许是因为罗玉是偷偷溜走的，怕别人责怪他，所以回到魔教之后，两人一直都避开外人，从踏入魔教开始，赵天池就没有见到除了罗玉之外的人。

他这几天已经将事情从头到尾想了一次，觉得自己就这样莫名其妙地溜了，实在是不对，虽然十分感谢罗玉的救命之恩，但是总不能一直做缩头乌龟不出现，召尧还说不准会借着他的名头做什么事儿，他总要找到证据，去证明自己的清白。

想到这里，他又陷入了沉思，证据？到底是什么证据？召尧到底为什么要这么做，他想图财，为什么还要杀了薛攀，那样对他自己也没有好处啊！

一头乱麻，想不清楚，赵天池摇摇头，又给自己肩膀上泼了一瓢冷水，决定回去睡觉。

他突然看到一个影子从眼前闪过。

冷汗瞬间渗透了他的后背，因为他觉得自己看到的不是一个人影，更像是鬼影。

人在极度恐惧的情况下，是会一动也不敢动的，但是赵天池身体比脑袋动得更快，他哧溜一下钻进了院子中摆着的小桌子下面，哆哆嗦嗦道：“谁？站出来！”

无人应答。

赵天池走南闯北，见识多了，但是还没遇见过鬼——就算是和药蛮一起在鬼屋里住的时候也没有啊！想到这里，他突然停止了恐惧，疑惑道：“药蛮？！是你吗？别装神弄鬼的，出来！”

哪知道药蛮没有等来，反而等到了一缕头发从桌面滑下来。

那头发越滑越多，似乎是有个人倒吊着慢慢往下移动。

终于慢慢地露出来一张惨白惨白的脸，瞪着空洞的眼睛与红艳艳的嘴唇看着他。

“喂。”她说，“你给我出来。”

赵天池猛地站起来，将桌子都顶了起来，像个装了新壳的大王八一般晃晃悠悠，那女鬼坐不稳，矫健地跳下来，厉声道：“好，你有骨气！没收了你的零花钱你就要离家出走是不是？！老娘今天就要好好地立个规矩！”

赵天池不明所以，下意识地开始逃跑，那女鬼又开始猛追不止，两个人在罗玉的小院子里你追我赶，将桌椅板凳全部打翻，赵天池边跑边喊：“干什么啊？罗玉救我！”

“你还敢叫罗玉救你？”女鬼尖叫道，“罗玉自身还难保呢，我告诉你，别以为你是教主，我就不敢打你！老娘打得还少吗？”

赵天池实在是跑不动，倒在地上护着脸，“别打别打，什么教主啊？我不是教主啊！”

那女鬼扑过来拽着他的耳朵狠狠一拧，脸上的表情凝固了一下，“嗯？”

她放开赵天池，跨坐在他身上，一只纤细的手死死抓着他的脸左看右看，指甲都陷进了他的肉里。

“搞什么啊，是个假的。”她说：“你是谁？”

“好好好！教主夫人英明神武——”罗玉闻风而至，捧着瓜子狂嗑不止，“又在给我哥立规矩呢？”

“认错人了。”女鬼站起来，三下两下将头发梳好，“罗玉，你给我出来，哪里找来的冒牌货？”

赵天池这才听明白，这女鬼就是魔教教主的未婚妻苏妍，大概是与教主吵架，遍寻不着，看到自己和教主长得像，误以为自己是教主，才不分青红皂白就乱打一通。

三人在院中坐下，那女子一边吃茶一边狂骂魔教教主，“不就是没收了他一点零花钱吗？又搞三搞四的，不知道跑到哪里去了！”

“您说得对，这男人啊就是不能惯着，要打，狠狠地打！”罗玉狗腿地说，“男人不打不服管。”

赵天池瞥一眼罗玉，觉得这人奴颜媚骨，可惜了一身的好武功。

哪知道苏妍伸手握着茶杯，居然生生将茶杯握得稀碎，手上却一点皮都没有破，赵天池见此，当即冷汗直流，附和道："是是是，教主夫人说得对。"

"什么教主夫人呀，人家还没和他成亲呢！"苏妍娇羞道，"要等到下个月。"

她说完，又忍不住盯着赵天池看，"莫非你是他的兄弟？怎么长得这么像，没听说他爹在外面还有别的儿子啊！"

"我没有兄弟，大概是巧合吧。"赵天池说。

苏妍点点头，刚要说话，就听到外面有人叫她。

声音急促，满是惊慌。

"来了来了！"她起身走出去，摸着自己的头发，"干什么呀？"

"禀报夫人。"外面的人神色慌张，"有人在后山捡到了这个。"

那是教主随身携带，从不离手的钱袋。

第七章 魔教

苏妍的表情凝固了一下，很快就又恢复了刚才的淡定，她吹一吹指甲，“知道了，瞎叫唤什么，他不想用就丢了呗，别声张，滚回去睡觉吧。”

对面的人不敢多说，转身走了，苏妍把门狠狠拍上，转身对罗玉说：“明天你和我一起去趟后山，听到没？”

罗玉不住点头，苏妍又站在原地不知想了些什么，转身离开了。

罗玉跟着苏妍一起前往后山，两个人用的借口是捕蝴蝶。

苏妍穿得很好看，一身红色长裙，外套黑色长衫，腰间挎着自己的长刀，化了淡淡的嘴唇，似乎真的准备游山玩水一般。

她一直挂着笑容，带着身着女装的罗玉一起步行到后山，两个人说说笑笑，直到走出了别人的视线。

苏妍脸上的笑容一下子就掉了下来。

“那个死鬼怕是要出事。”她说，“他视财如命，哪里舍得丢下自己的钱袋。”

太阳正毒，此地又十分潮湿，十分不好受，但是苏妍面不改色，一路向着昨天发现钱袋的地点前进，两人拾级而上，终于找到了一只新靴子。

正是魔教教主离家出走时穿的那双。

苏妍脸色一白，差点晕死过去。

可是她仍然坚持着往前走，没有让罗玉搀扶自己，一直走到山中最隐蔽的地方，她远远地看到了一个人影挂在树上。

苏妍猛地捂住了眼睛。

“夫君！”她凄厉地哭喊着，“夫君！”

那具已经死透了的尸体，正属于魔教教主。

苏妍看见他的脸，只觉得无法承受，当即晕死过去。

过了半晌，苏妍悠悠醒转，哭着说：“罗玉，罗玉！”

罗玉也十分悲痛，毕竟死去的是自己亲哥，他眼泪已经流了满脸，巨大的悲伤压着他，又让他觉得十分恐惧，此刻不敢再往树上看一眼。

“他是被谁害了？”苏妍惨白着脸说，“罗玉，你知道吗？”

罗玉摇摇头，苏妍突然痛哭起来，“都是我不好，总是和他吵架，要不然他也不会走，也不会被人害死！”

“这哪能怪你！每次我哥离家出走不都去那几个固定的地方吃吃喝喝，玩够了就回家吗？”罗玉赶紧安慰她道，“不要这么想！”

苏妍哭了半晌，才从悲痛的情绪中挣脱出来，擦了把脸，正色道：“不行，现在不是哭的时候，他一死，魔教肯定会马上大乱，武林盟肯定会借机反攻，我是他的未亡人，我不能看着这种事发生。”

说到这里，苏妍的表情突然凝固一下，又想到了什么似的说：“你带回来的那个人，有没有带他去见过别人？”

“没有，我还没有带他在教中露过面。”

“好，好！”苏妍站起来，看着教主的尸体说，“那就让他来做魔教教主好了，总之无论如何，魔教不能乱！”

赵天池留在罗玉的小院子里招猫逗狗，好不快活，冷不丁从天而降一口大锅，居然叫他做魔教教主！

“我做不来啊！”赵天池赶紧拒绝，“我可是要做大侠的人，好吧？要冲击江湖写真销量排行榜的人，哪能有这种黑历史？”

“什么黑历史，要你做魔教教主很委屈你吗？”苏妍一拍桌子，桌子当即裂了一条缝，“我告诉你，这个魔教教主，你是做也得做，不做也得做！”

她突然起身，掐着赵天池的脸强迫他张开嘴，不知把什么东西塞进了他的嘴里，又用一只手托着他的下巴，一只手压着他的头顶，将他按在桌子上，拿膝盖在他喉咙处狠顶一下。

整个过程只用了片刻，赵天池还没反应过来就被喂了不知道什么药，吓得不行，指着她，话都说不出来。

“别指了，你吃下去就是中了我的蛊，若不一个月来我这里拿一次解药，蛊虫就会钻进你的脑子里，把你的脑仁吃干净，到时候你会死得很惨，虫子从你所有的洞里爬出来，你也不用想着杀了我，我是炼蛊的，我死了你也会死。”

“最毒妇人心！”赵天池猛拍桌子，“你真是个毒妇！”

“我只是一个刚刚死了夫君的可怜人而已啊……”苏妍变脸一样，突然又呜呜地哭着说，“我不能看着魔教乱了起来，否则我夫君死也死得不安详，他托梦给我怎么办？我有什么脸面对他？”

苏妍的眼泪和拳头都说来就来，赵天池对付个不讲理的药蛮还成，对付她还差点道行，被哭得没办法，只好抱拳求饶，“成成成，你别哭了啊，小爷就算帮你这个忙还不行吗？”

“好了，你识趣就好。”苏妍站起来擦擦眼泪，“挖坑挖得我浑身都痛，我现在去洗个澡休息休息，晚上你就假装刚刚从外面喝花酒回来，听见没？”

说到这里，她又忍不住哭了起来，“我的夫君啊！”

赵天池坐在椅子上，任凭罗玉给他梳妆打扮。

“我真的没想到，我哥居然就这么死掉了……”罗玉已经过了最初的巨大悲痛期，勉强打起精神来，“我还以为他会染上花柳病什么的。”

“啊？！”赵天池吓了一跳，“他怎么是这种人？”

“他就是这种人啊，要不然你以为为什么苏妍姐总是要打他，其实他们俩打打闹闹的都好多年了，苏妍姐心气那么高，早就受不了我哥的所作所为，但是又真的爱他——可能我哥给她下蛊了，两个人就走到了今天，还决定在下个月成亲，哪知道我哥居然就这么不明不白地死了，哎，也不知是不是因为和什么野男人争风吃醋。”

他一边讲话，一边给赵天池挑选衣服，最后选了一套恨不得开衩到肚脐眼的。

“这是什么衣服！骚唧唧的。”赵天池一脸嫌弃，“我是正经人家的男孩子，穿这个做什么，我不穿。”

“我哥平时穿的就是这种骚唧唧的衣服啊，你不穿不行，会被人看出来的。”罗玉又往下扯了扯。

“别扯了，毛都要露出来了！”赵天池捂着小腹，“我真的后悔被你救来，还不如被仇重一刀砍死来得痛快，没想到我堂堂一个武林新秀，一代少侠，还要受这种侮辱——哎，你别说，还怪凉快。”

罗玉又给他绑了个风骚的发型，使了拿手的易容术将他的脸和魔教教主的脸变得更加相似，站在远处看了看，满意地点头道：“不错，不愧是魔教第一风骚。”

赵天池的第一个考验，就是去吃晚饭。

晚上吃饭的人很多，魔教的兄弟们集聚一堂，赵天池与罗玉，还有苏妍坐在大堂中央的一桌，教主外出浪荡至今才归来，大家都以为免不了一顿好打，哪知道苏妍对他和颜悦色，还不断给他倒酒夹菜，都暗自惊讶。

“吃呀！”苏妍轻声说，“你再不吃，老娘就掰开你的嘴把这一盘子都倒进去。”

说完了，她捂着嘴，假装害羞地笑起来。

赵天池盯着盘里的虫子，实在是难以下咽，他小声说：“你们平时就吃这个？”

“这个很好吃的，又营养。”罗玉说，“你初来乍到，还没觉得不舒服，过几天就开始觉得水土不服了，还是要入乡随俗，吃点虫子，很快就能适应了。”

桌上有八盘菜，六盘都是各种各样的虫子，剩下一盘看上去很正常的肉和一盘青菜，赵天池在苏妍的注视下夹了条虫子吃掉，难过得脸都要皱起来。

吃过虫子，又有人过来，不断地给他敬酒，赵天池喝了一杯又一杯，不多时就醉倒了。

人生如一场大梦！

赵天池万万没想到自己一个月之前还是个好端端的少侠，一个月之后就做上了魔教教主。

还是个缺衣少食的魔教教主。

苏妍真的十分强势且抠门，魔教的财政收入被她一手牢牢把控，坚决不给赵天池一点多余的钱，最开始赵天池还觉得自己毕竟是个外人，对方防着他也是应该的，但是万万没想到，罗玉悄悄对赵天池说：“苏妍其实对我哥也是这样，因为怕他出去喝花酒，给得还没给你的多呢！”

赵天池就这样缺衣少食地过了半个多月，决心不能再这样下去了。

他开始琢磨如何给自己弄点零花钱。

魔教之中，几乎稍微有点功夫的人都会炼蛊，似乎炼蛊才是魔教的必修课，而赵天池决定派罗玉去卖一点情人蛊，赚到的钱二人五五分成。

“这……这不太好吧？”罗玉摸摸下巴，“毕竟是教里的东西，是不是？”

“我嘴里都要淡出个鸟来了。”赵天池说，“苏妍刚才还把我剩下的最后一点银子抢走了，那是我当了自己的玉佩换回来的啊！这个女人也太狠毒了，必须搞点副业了，这是广告费，你拿着它在《武林日报》上打点广告，去。”

罗玉照做，果然有一笔进账，两人拿着钱吃喝玩乐潇洒几天，得意不已，但是万万没想到，很快就有麻烦找上门来。

还是个很大的麻烦。

罗玉前往中原之后，就一直想找机会混进武林盟众人之中，奈何一直没有找到机会，还是在某天深夜，阿湖独自一人去客栈的厨房找吃的，落了单，才被罗玉绑架起来，以假换真。

而那天在武林大会上，罗玉将胡一刀打败之后，胡一刀就一直没有忘记对方，他本来是个十分内敛且木讷的人，从未表示过对哪个姑娘有过兴趣，很多人还以为他有断袖之癖，可是自从被那峨眉刺戳了几下之后，他的心思突然就活络开来，一夜之间坠入爱河。

虽然最后知道了那天和他交手的阿湖是假的，不知哪门哪派的妖女假扮的，但是他坚决认为，自己就是爱上阿湖了，如果是真的阿湖拿峨眉刺戳自己几下，那么自己也是一样会爱上对方的。

哪知道阿湖并不这么想，还觉得他简直有毛病——她受了大惊吓，最近精神状态十分不稳定。

胡一刀看了小广告上的情人蛊，一时之间鬼迷心窍，决定孤注一掷，买来试试。

他根本不知道卖家是谁，全程地下交易，把钱放在某地的一棵树下，魔教这边取了钱再把东西放在特定的地方，如此，便可以完成交易，谨慎程度堪比买卖人口。

然而胡一刀的大计还没有完成，就被拦腰斩断——正赶上武林盟扫黄打非，一切淫秽物品都要没收上缴，情人蛊虽然不属于淫秽物品，但是总归是歪门邪道，正撞在枪口上。

而也不知是不是胡一刀太倒霉，他想拿情人蛊用在阿湖姑娘身上这件事很快就传得沸沸扬扬，阿湖恼羞成怒，跑去抽了胡一刀一顿，又决心将卖这破烂东西的老窝都给铲除。

于是武林盟众人和她一起一路追查，居然摸到了魔教来。

魔教什么时候需要卖蛊来维持生计了？武林盟众人觉得蹊跷，连夜商讨一番之后，觉得这事儿不简单。

肯定是魔教教主吃喝嫖赌败光了家产，此时不打，更待何时？

于是就这样打过来了。

然而魔教并没有被败光家产，魔教还是那个魔教，高手如云，繁荣兴旺，且因为在京城囤地盖楼赚了不少钱，正是个蒸蒸日上的架势，虽然觉得武林盟这样突然过来打架很蹊跷，但是因为底气十足，没多过问就打了回去。

武林盟惨败。

魔教开了三天的宴席庆功。

苏妍知道事情原委之后搬来两块搓衣板，一言不发地指着地上，让赵天池与罗玉罚跪。

“你们两个！”苏妍咬牙切齿，“让我说你们点什么好，卖蛊赚钱，还被武林盟给知道了，你们说，你们说，丢脸不丢脸！”

两个人跪着搓衣板，又每人举了个榴莲，并不敢说话。

苏妍简直要被气死，“为什么卖蛊？赵天池，我知道就你鬼主意多，你说！”

“因为太穷了啊……”赵天池哭唧唧道，“人家武林盟盟主出门都带那么多钱，想买什么买什么，想吃什么吃什么，你知道有多风光吗？我呢？我连个冰糖肘子都买不起呀，别管真的假的，好歹我也是魔教教主，我想吃个肘子，过分吗？”

“过分！”罗玉举着榴莲说，“吃什么肘子，我看你就像肘子，妍姐不要生气，晚上回去我帮你揍他。”

罗玉因为过于奴颜媚骨免去了惩罚，只剩赵天池一个人跪搓衣板。

“我恨你。”赵天池说，“你这个卑鄙小人。”

“天池哥哥，不要生气。”罗玉小声说，“你吃榴莲吗？”

赵天池在魔教的第一次创业就以膝盖疼了三天惨败，无奈之下他只好开始坑蒙拐骗，凡是和他打过交道的人，都要被雁过拔毛，一时之间魔教之中一片怨声载道。

这条道很快也被堵死了，因为苏妍听到风声，又来骂他丢人。

“之前的魔教教主是怎么做的呢？”赵天池挠挠脸，“罗玉，我觉得你肯定知道。”

罗玉摇头，说自己不知道，赵天池觉得这里大有门道，开始翻之前魔教教主的日记。

教主他，肯定是一个内心深沉的人，一个不善于发泄情绪的人，因为苏妍发泄了，他就不敢发泄，所以他一定会写日记来排解内心的苦闷。

赵天池想得没错，魔教教主确实有一本日记，且怕自己的未婚妻发现，藏得十分隐蔽——他跪在地上敲了一晚上的地砖，才找到了一块中间是空心的，又费了老大的力气，才将里面的日记拿出来。

日记本已经写了厚厚的一大半，摘录如下：

（一）

今天天气真的很好，妍妍要拉着我上山采花，我就和她一起去了，到山上之后，妍妍问我，要是有一天，她和我的娘亲都掉到河里去，我会救谁？

我当时就不知道怎么办好了，因为我娘长在江边，游泳是一把好手，而妍妍和我娘是老乡，据说能一个猛子扎进江里，闭气半个时辰才上来，还能捞几条鱼炖汤。

我当时没有想明白她问这个问题的意图是什么，就说了实话，我对妍妍说：你和我娘都比我游得好，你俩就在河里游呗。妍妍笑得开心极了，抱着我的胳膊撒娇道：人家非要你救呢？我想了想，我娘好像还不能一个猛子扎进河里半个时辰不喘气，我就说：救我娘吧，她好像没你游得厉害。

哪想到话一说出口，我就被妍妍按着脖子压到了河里，当时我和死亡只有那么一点点的距离，我真的觉得我要死了，就在我临死的前一刻，妍妍终于放过了我，她说：你知道被淹死是什么感觉了吧？如果你不救我，我就会这样惨死！可是，我心里的疑问到底是没有说出来，因为我害怕，我只能这样记录在我的日记里。可是，妍妍，你回答我：我又不会游泳，我去救你，惨死的当然是我了，对不对？

（二）

今天我离家出走了，没有什么原因，就是想离家出走，寻找自由了，我是魔教教主，我知道有很多人迷恋我，喜欢我，尤其是一些涉世未深的年轻姑娘，可很多时候，我在夜里安静地回想自己的一生，我不得不承认，自己不是她们所幻想的那种教主。

我不会勾唇一笑，我也不会邪魅狂狷，我更不会杀人如麻，我的形象都是妍妍一手帮我打造的，她放出消息，说武林盟中排到前三的高手石闯是我杀的，还编造了很多逼真的细节，可真相是，石闯是妍妍杀的，杀得毫无压力，吓得我腿都软了！对我来说，妍妍是个谜，我永远也不知道她袅袅婷婷的身体里到底藏着一个怎样的灵魂，她到底喜欢我什么呢？曾经我这样问过她，妍妍盯着我的脸看了半天，笑着说：我就喜欢你这张小白脸。

苍天啊，我死去的父亲母亲啊，儿子难道要靠出卖色相才能活下去吗？先写到这里，我实在是过于难过了。

（三）

最近我认识了一个姑娘，是在春楼喝酒的时候认识的，那个姑娘是酒托，也就是行骗卖酒的人，最开始我并不知情，还以为遇到了红颜知己，但是见面之后，她一直拉着我去喝酒，我就全都明白了，虽然如此，我却一直没有找借口离开。

因为我犯了一点小小的错误，妍妍说要卸了我一条腿，为了保全性命，我不得不很没骨气地溜了——话说回来，我只在妍妍面前没有骨气，离开之后，我去赌了一场，每次妍妍将我赶出家门的时候，我的赌运都特别特别好，这次也是如此，我当场赢了一百多两银子，也就不在乎那酒托骗我的十几两了。喝过酒之后，我掏钱给她，她却没有要。

她说要给我唱歌，我点头说好，她就唱了一首在我们魔教很流行的《陆小凤》：

情与义值千金
刀山去地狱去
有何憾为知心
牺牲有何憾
为娇娃甘心剖寸心
血泪为情流
一死岂有恨
有谁人敢过问
尘世上
相识是缘分
敬杯酒千杯怎醉君
野鹤逐闲云
生死怎过问
笑由人
谁过问

一曲唱罢，我号啕大哭，悲从中来，因为我想到了妍妍，我说不清自己心里到底是什么感受，情与义，值千金，我的情义，妍妍又能明白几分呢？越想越心痛，越想越难过，我喝了很多的酒。

然后我就犯了一个很大的错误，妍妍，你原谅我……

赵天池看到这里，吓得“啪”一声合上了日记，将它藏进地砖里，不敢再看，若是被苏妍看见了，她肯定会把魔教教主的尸体挖出来暴晒并且鞭尸，说不定再看到这里这个高仿也觉得怒火攻心，一块撕吧撕吧弄死掉了。

然而在床上躺了一会儿，他又觉得不可思议，魔教教主居然过的是这样的生活，也太没尊严了吧！要是药蛮知道自己喜欢的居然是这种人，她肯定会伤心欲绝当场脱粉回踩的。

虽然知道了魔教教主赚钱的技巧是什么，但是赵天池没法复制，毕竟人家靠的是好运，他则知道自己一向赌运不佳，也就不敢冒险尝试，只好起身去下属身上搜刮油水。

然而他刚刚坐起来，罗玉就风风火火地跑进来，“赵天池，大事不好！”

他甩给赵天池一份《武林日报》，赵天池打了个哈欠，接过来看，“什么呀，神神秘秘的——什么？！召尧当上了武林盟盟主！”

他还以为自己眼花，重新看了一次，才确定自己没有看错，上面清清楚楚地写着：惊天逆转——武林盟盟主花落沱山派，召尧当选。

两个人对视一眼，都觉得毛骨悚然，再仔细一看内容，更觉得可怖。

原来那天赵天池和罗玉仓皇逃跑之后，召尧自然免不掉被人拷问，他倒是态度良好，积极配合，可是证词与乔梓楠和余雀的并没有分别，三个人被分开问了十几次，证词都是一样的，武林盟众人不得不承认，他们三个大概是不知情的。

而若是他们不知情，沱山派就没有什么罪责了，毕竟谁也没有规定武林大会之前不能招收新的弟子，新弟子有能耐夺得武林盟盟主，那是他的本事，有能耐让武林盟盟主加入你的门派，那是你的本事，于情于理，完全说得通，虽然动机不纯，但也可以理解。

沱山派三人被释放，仇重却发了疯似的阻拦。

仇重与薛攀最是感情深厚，他不觉得沱山的人是无辜的，如果没有沱山三人见财起意，想找个来路不明的人骗取武林盟盟主之位，也就根本不会出这么多事，总之，祸根在沱山，既然赵天池走了，那就必须要有人对薛攀的死负责。

召尧说："虽然我不是掌门，但是我年纪最大，是我鬼迷心窍，同意了这个乱来的计谋，才导致现在的局面，这样吧，薛掌门是被赵天池一剑刺死，那么我也可以替他承受这一剑，无论我死活，这件事到此为止，请你不要为难乔梓楠和余雀二人。"

他说完这番话，仇重反倒不愿意步步紧逼，而其他人也觉得这个人品格高尚，令人敬佩，于是仇重决定，两个人真刀真枪地比一场。

生死局。

召尧的功夫，其他人不知道，余雀和乔梓楠是很清楚的，并不十分出色，况且这么多年沱山就没有请过武师，也没有正经师父，靠着自己练功得来的实力，怕是经不住仇重一刀。

但是生死状已经签下，再没反悔的余地，他只能上台与仇重比试。

然而，令人意想不到的是，召尧在众目睽睽之下，居然赢了仇重。

具体是怎么赢的，《武林日报》没有细写，只说当时的场面"惊心动魄"。

余雀和乔梓楠也十分惊讶，但是无论如何，赢了就是赢了，沱山派的三个人死里逃生，喜不自胜，决定远离是非之地，然而那天被罗玉和赵天池打败的两个人见了此等高手，都心痒难耐，非要与其比试，没想到这两个人接连落败，召尧却还是一副游刃有余的样子。

事情就这样僵持下来。

因为按理来说，召尧相当于走到了赵天池当时的位置，只差和段烈比试最后一场，就可以坐上武林盟盟主的位子。

段烈本来能因为这件事，平稳无波地再做一届武林盟盟主，然而事情发展到这里，他已经是骑虎难下，不得不和召尧一比了。

据说最开始，召尧的赢面不大，但是他稳中求胜，一直没有露出破绽，也一直保存着实力，直拖得段烈体力尽失，召尧才使了一记绝杀。

于是乎，沱山派与召尧的命运就这样峰回路转，柳暗花明。

简直不可思议。

“这也太离谱了！”赵天池说，“还能这么玩儿？！召尧这家伙到底什么来头，安的是什么心啊？”

“没安好心。”罗玉看着赵天池，“你们俩相处的这段时间，你没有看出来点儿什么？”

赵天池想了又想，摇摇头，表示自己一无所获，过了半晌，他突然觉得周身一阵恶寒。

“他是计划好的。”赵天池说，“我知道仇重为什么会说我作弊了！因为当时我大概真的打不过仇重，肯定是因为召尧在台下捣鬼，让仇重出现了幻觉。”

他越想越心惊，若是这样的话，自己误入沱山派的第一天，是不是就被召尧给算计了？他到底想干什么？

“好了，天池哥哥，不要想了。”罗玉拍拍赵天池的肩膀，“以后你就在我们魔教吃香的喝辣的，总有一天会找到机会杀了召尧还你清白的。”

然而赵天池想了又想，觉得自己不能再坐以待毙，况且在魔教哪里能吃香的喝辣的，天天吃虫子喝药酒还差不多，他帮了苏妍一把，想来对方也不会对自己太过狠心，于是跑去找苏妍商量，能否放自己出去。

“放你出去，门都没有，万一你一去不回，别人还以为我夫君和什么不三不四的野女人跑了。”苏妍说，“你又想着出去做什么？”

赵天池自从看了魔教教主的日记之后，就对苏妍十分畏惧，不敢在她面前大呼小叫，可是又不想对她说出实情，只好说：“想出去放个风而已。”

可也不知是不是赵天池运气太好，天都帮他，没过几天，苏妍的生意就出了差错，据说她在京城的楼盘有了点问题。

拆迁的地方有个人，是武林盟中人，知道自己的房子被魔教买下，当即勃然大怒，说什么也不肯走，魔教的人来打，他就找了武林盟的人打回去，苏妍一听这还了得，当即收拾收拾行李奔赴京城火拼。

苏妍一走，赵天池马上称王称霸，叫厨房做了三天的烧鸡肘子，吃得要吐才勉强作罢。

本来是想吃够了就走，但是没想到做魔教教主的感觉这样舒爽，免不得又多呆了几天，与罗玉一起吃吃喝喝，又突然想到自己现在身中蛊毒，若能找到解药卷点银子一走了之，岂不美哉？

他怕多生事端，连罗玉也没有告诉，跑去了苏妍房中翻找解药。

苏妍的房间是魔教中朝向最好、面积最大的一间，很像悦来客栈高级套房的布置，外面是一间小小的客厅，中间有个小小的回廊，里面则是苏妍的芳闺，赵天池踌躇半天，觉得不太好意思就这样硬闯，又觉得自己大概是傻了，解药这么重要的东西，难不成就放在卧室里等着自己来偷吗？

可是起了这个念头，他就一直放不下，总觉得苏妍走得急，不一定把自己的解药也给带走了，想了又想，他想到了罗玉。

虽然从头到尾罗玉对他都很好，还一口一个天池哥哥地叫着，但是他毕竟和苏妍认识的时间更久，他们俩才是至交好友，罗玉肯定会帮着苏妍，且不会让赵天池随便逃走——他若一去不回，魔教必乱。

若去罗玉的房间里翻一翻，有没有可能找到蛊虫的解药呢？

赵天池决定试一试。

他现在住的，是魔教教主生前所住的地方，离刚刚来到魔教时，罗玉住的房间不算太近，赵天池在路上特意找人给打了半壶酒，若是碰到罗玉在家，那就假装吃酒，若是罗玉不在家，自己则正好翻找一番。

刚进罗玉家门，天上就开始落雨，赵天池冲着屋里喊：“罗玉，我来找你喝酒了！”

无人应答。

他心里一喜，故意大摇大摆地走了进去，果不其然，罗玉的家里空无一人。

罗玉的家装修简单，但是颜色暗淡，全是黑白灰三色，唯一的装饰就是墙上的一幅巨大的画，上面画着一只血淋淋的蝎子。

他东西又少，打开几个房间门之后，整间屋子几乎一目了然。

除了一些生活必备的被褥脸盆，以及一点少得可怜的餐具之外，这里什么都没有。

让人根本提不起寻找的欲望。

赵天池泄气地坐下来，将自己整个人都靠在墙上，捂着嘴打了个哈欠。

雨忽然小了一点，他觉得有点冷，又有点困。

空气中突然有哭泣的声音传来。

或许也不是哭泣，只是痛苦的呻吟，虽然细微，却因为没有嘈杂的人声而传进赵天池的耳朵，巧的是，赵天池刚刚听到，雨就停了。

于是他能更加清楚地听到那些声音。

虽然细微，却真实地存在着，赵天池猛地走了两步，突然发觉，东西在自己脚下。

“喂？”他跺了跺脚，“有人吗？”

下面很快给了他回应——更大的呻吟声。

地板都严丝合缝，看不出平时搬动的痕迹，床被放在卧室的正中央，没有帷幔，下面的地板也没有问题，赵天池甚至开始怀疑自己听错了。

雨又大了起来。

赵天池迷茫地左右看看，突然发现那个画着蝎子的画好像是歪的。因为怕自己看错了，他还特意退后几步再看，果不其然——真的是歪的。

他没再犹豫，起身将画挪开。

一个四方形的洞窟呈现在他的眼前。

里面是一片漆黑，赵天池点了火折子，将画放回原位，轻轻地走了下去。

里面的景象让他大惊失色，一点声音都发不出来。

下面囚禁了五个人。

都是被五花大绑，衣服破损，伤口就那样大大咧咧地被展示出来，其中一个男人伤得最重，肚子里不知有什么东西，还在不断动弹，可是那道伤口被人用黑线缝上了。

更令人毛骨悚然的是，他们每个人脚下都有一个桶，桶里是接近黑色的血水，血水中还有几条不断蠕动的蛇。

赵天池饶是再胆大，也半天没有发出一点声音来，他觉得自己手脚冰凉，空气里的血腥气味一直在往他鼻子里钻，简直令他作呕。

“救我……”那个肚子上被缝了针的男人说，“救我……”

他咬了一下自己的舌尖，强迫自己冷静下来，却觉得有些束手无策，他甚至不敢去碰对方。

五个人中，那个在最边上，一直没有动作的女人突然睁开眼睛，盯着赵天池看，她无声地哭，却也不是因为痛苦，好像被逼得要发疯一般，笑也不是正常的笑，倒像是随时要咬人了。

赵天池伸出手去，颤抖着解开了那个女人身上的绳索，可那绳子好像浸透了血水，无论如何都没办法解开，赵天池越是着急，就越是解不开，他微微皱眉回头看那女人，那女人也看着他，突然露出了满嘴带血的白牙。

第八章　神像

罗玉回到家里的时候雨还在下，只剩一点蒙蒙细雨，他没有带伞，倒觉得淋一点雨很舒服。

正巧碰到赵天池从他的房间里出来，拎着一坛酒。

“天池哥哥！”罗玉很开心地说，“你过来找我喝酒？”

赵天池面色如常，点点头道，“是啊，找你喝酒来了，你又不在，我蹲在里头等了好一会儿，都给我等困了，不喝了不喝了，改天再喝，我得回去睡一觉，下雨天就适合睡觉。”

“你今天话好多呀，你还没一次跟我说过这么多话呢！”罗玉走过来，拎起了他的酒坛子，“你在路上打的酒？是不是那个开黑店的？正好我去钓了条鱼，我给你做鱼吃。”

赵天池刚要拒绝，看到罗玉的脸，突然就噤了声，他点点头，“也成，走吧！”

阴天下雨时，天就黑得特别早，罗玉找出了菜板将鱼摔在上面，一刀剁掉了鱼头，赵天池瞥他一眼，“你用刀还挺利落。”

“哈，那是当然啦！”罗玉说，“我杀什么都很厉害，一条鱼而已，小意思。”

他熟练地将鱼开膛破肚去骨，拿热油炸了，又调好酱汁上锅蒸，“炸一下再蒸，口感比较好。”

空气里的血腥和鱼腥味道钻进赵天池的鼻子里去，让人有些作呕，他伸手将鱼的下水收拾好，罗玉客气道：“我来我来——哎，天池哥哥，你胳膊怎么了？”

赵天池的胳膊上渗出了一点血来。

“早上爬树摘桃吃，不小心给刮了一下，没事儿。”赵天池内心狂跳，脸上却不动声色，“就吃一条鱼啊？等会儿，我出去买点下酒菜。”

“等一等。”罗玉突然变了脸，“把你的胳膊给我，我给你上点药。”

赵天池哪敢让他给上药，“不用！小伤，你忙你的，我出去买点药就成。”

罗玉站在原地看他，一动不动。

赵天池冷汗直流，从额头一直流到了眼睛里，又顺着鼻梁流到下巴，吧嗒吧嗒滴在了地上，汇聚成一小滩。

“……啊哈哈哈哈哈哈，小玉，你家漏雨了。”赵天池笑得很僵硬，伸手指了指棚顶不断往下滴水的地方，“我出去找一点油布帮你铺铺好。”

罗玉仍然面无表情，过了半天才说：“去吧。”

赵天池松了一口气，心脏开始狂跳不止，可是他刚刚转身出去，罗玉就突然将他的手腕死死握住，不由分说地扯开了他的袖子！

上面是一片擦伤，大概有半个巴掌大，并不是很严重。

“怎么搞的呀，天池哥哥，真的把自己给摔坏了！”罗玉又恢复了平时的模样，笑嘻嘻道，“不用去买油布了，漏雨就漏雨吧，没关系，我们俩先喝点酒，鱼马上就好。”

两个人坐下喝酒，赵天池还觉得冷，喝了一会儿酒倒是暖和了不少，他瞥一眼罗玉，问他："苏妍说没说什么时候回来？"

"她没个十天半个月回不来的，肯定又要和别人打好久，拉都拉不住。"

罗玉起身盛鱼，香味扑鼻，赵天池不合时宜地饿了，他本来是不想吃，但是罗玉吃得很香，他也就没有饿着自己，小心翼翼地夹了块鱼肉送进嘴里。

为了不让罗玉看出破绽，赵天池表现得一直很正常，也逐渐放松下来，喝得越来越醉。

外面很快就黑了下去，罗玉找来了蜡烛点燃，又给赵天池倒了一杯酒，"喝，这种地方很潮的，一下雨更潮，不喝点酒驱寒，老了以后就会得很多病，风湿类风湿腰腿疼痛，很痛苦的。"

赵天池喝了一杯，猛地栽倒在桌面上，打起呼来。

罗玉不急不缓，将自己面前的酒喝干净，面无表情地盯着赵天池看。

赵天池醒来的时候天已经彻底黑了。

他醉得不是很厉害，睡一觉之后就觉得舒服许多，因为下意识地想去上厕所，他想站起来，却死活都站不起来。

赵天池低头一看，自己居然被牢牢绑在椅子上。

周围就是五个不知死活的人。

"你不应该出现在这里。"罗玉的声音在头顶响起来，"你难道不知道吗，很多人之所以死，就是管不住自己的好奇心。"

他一边说，一边拿着烛台往下走，一张白净的脸被火光照得忽明忽暗。

两个人终于对视了起来。

"你到底要做什么？"赵天池知道恳求无用，干脆问个明白，"这五个人都是谁？"

“我是魔教教主的弟弟，你是不是忘了？你现在在的地方是魔教，你是不是也忘了？难不成你以为我们魔教之所以被叫做魔教，只是因为隔三岔五地和武林盟那些老东西打打架吗？”

赵天池的心猛地坠了下去——他早该想到！

“你是不是在招魂？”他哆哆嗦嗦地说，“罗玉，是不是？”

招魂，是魔教被人诟病数年，以至于无法被正道武林接受的根本原因。

魔教在创立之初，和其他的门派没有什么不同，大家都是练练功夫养养猪，有的吃就吃，没的吃就回家种地。

初代魔教教主有一天结识了一个从身毒来的男人，两个人虽然语言不通，但是那个人教授了魔教教主一种非常神奇的法术——招魂术，能让死去多时的人从泥土中爬出来，并且当场实验给魔教教主看。

他的小儿子偷偷埋葬在院子里的小狗居然在众目睽睽之下破土而出，而它的尾巴已经腐烂得只剩下骨头了。

魔教教主激动不已，赠予了这个人很多钱财与马匹，让他继续自由自在地流浪生活，而他本人也一生都在追寻招魂术的奥义，虽说最后并没有做出什么结果来——他穷其一生也没办法让一具死尸复活，但是在研究的过程中，免不了滥杀无辜。

魔教就这样变成了魔教。

赵天池想到这件事，只觉得不寒而栗，他万万没想到看上去天真的罗玉居然这么疯狂。

“招魂根本就是骗人的！”赵天池说，“我们都知道那个人骗了他！谁知道用了什么障眼法，你怎么会信？”

“你们根本就不知道！”罗玉抓着他的衣领，“那只狗从土里钻了出来，有那么多人亲眼见到，那么多人亲眼见到，狗能复活，我的哥哥也能复活，你知道什么？你知道个屁！”

他一边说，一边状似疯狂地摇晃着赵天池的肩膀，一脚把他踹到了墙边。

两个人离得远了，赵天池才发现罗玉很高，长手长脚的。

他喘着粗气看赵天池，又回头看那几个被吊着的人，突然掏出自己的刀来，朝着赵天池走来。

他已经疯了。

赵天池这么想着，还有心思在心里反驳自己，也不能这么说，他大概是从来就没正常过，不是吗？第一次见面的时候他就疯疯癫癫的，因为自己像他的哥哥，他就能帮助自己在武林大会里作弊，说不定那个阿清也是他杀的，为了不让自己害怕才嫁祸给召尧——召尧根本没机会离开沱山，哪里会有时间和一个峨眉派的弟子产生私情？

“阿玉。”赵天池放轻了声音，“那个人是骗你们的。”

“他没有骗我们，我再说一次，没有！”罗玉说，“你知道为什么我一点也不关心到底是谁杀了我哥，我哥又是为什么死吗？因为我已经下定决心把他复活，我一定会成功的，那些幸灾乐祸的人，还有不怀好意的凶手，等着吧，总有一天我会——”

“从身毒来的人骗了你们，因为真正让死人复活的方法在沱山派手里！”赵天池说。

“骗人！沱山派只会一些障眼法而已，什么移山填海，不过是骗人的罢了，最大的本事也就是把柳条变成蛇，你以为我不知道吗？”

“七巧就是被乔梓楠她爹救活的。”赵天池坚决又冷静地说，“他当年已经死了，你不相信？大可以出去问问武林盟的人，谁都知道七巧惹了众怒，被一些早就看不惯他的人给弄死了，但是乔梓楠她爹最疼七巧，又偷偷利用沱山秘不外传的法术将他救活了，从那之后乔梓楠她爹才销声匿迹的，对不对？因为他不想被人看出蹊跷来！”

赵天池从来没觉得自己这么紧张过。

这套说辞当然是现编出来骗罗玉的，但是他不能露出一点心虚，否则罗玉肯定会看出来的，他必须毫不心虚地与他对视，并且一点声音都不再发出。

“你有什么证据证明？”罗玉的声音几乎有些虚无缥缈了，“我凭什么相信你？”

“我亲眼见到过，乔梓楠每天都会偷偷地看她爹留下的仪式和咒语，而且，我还把它背了下来。”赵天池看着他，小声开始念，“青青园中葵，朝露待日晞。阳春布德泽，万物生光辉。常恐秋节至，焜黄华叶衰。百川东到海，何时复西归？少壮不努力，老大徒伤悲……”

他刚刚念到这里，那个从头到尾一直没有动作的男人突然从喉咙里挤出一点声音来，并且挣扎了一下。

“你看。”赵天池微笑着说，“你看。”

罗玉眼里的癫狂褪去，只剩下无尽的伤悲，不用赵天池继续游说，他将赵天池身上的绳子解开，带着哭腔说：“你一定要把我哥给……”

他话还没说完，就被赵天池狠狠击中了后脑勺，栽倒在地。

赵天池放下了手里的烛台，将他踢开，不屑道：“多看点书，那是《长歌行》。”

他走到刚刚那个发出声音的男人身边，一边帮他把绳子解下来一边说：“谢了，兄弟。”

罗玉再醒过来时，已经是天光大亮，他坐在了自己家中，被赵天池捆得严严实实。

“呦，醒了？”赵天池站起来伸懒腰，身上的骨头直响，“等你好久了。”

“你骗我。”罗玉垂着头，“你骗我！”

“人不为己，天诛地灭，我不骗你，早晚死翘翘。”赵天池说，“罗玉啊罗玉，我真的没想到你居然是这种人，我一直以为你特别天真，特别单纯，我在你面前连脏话都不敢说，还在想怎么魇教出了你这种人，没想到不叫的狗才咬人，你草菅人命的本事一点不低，佩服佩服。”

“你杀了我吧，少说废话，是我自己脑袋坏了才会被你骗。”

“你杀别人，我就要杀你吗？我为什么因为一个变态让自己也变成变态啊？顺便一提，那五个人都没死。”

罗玉一言不发。

赵天池突然不知道说点什么好了，他长叹一声，感觉这会儿说什么都不对，“你说说你，何苦呢？你哥的命是命，别人的命就不是了？也没看出来你是个这么深情的人啊！”

“我不只是为了他活下来，你根本什么都不懂！”罗玉瞪着赵天池，“魔教已经要完了，你知不知道？”

“啊？”

“我说，魔教要完了！”

“怎么可能，上次武林盟那些人打过来的时候，你们不还吆五喝六地打回去了吗？少林方丈的胡子都被你们给揪掉了。”

“他们？乌合之众而已。”罗玉舔舔嘴唇，“武林盟里有人已经计划这件事很久了，那群只知道咋咋呼呼的人根本就不知道，而且魔教里有内鬼，我发现的时候已经晚了，他们——算了，不说也罢，要不然你以为为什么我们会急匆匆的要你假扮我哥？”

“你和我说这些干什么？是不是想诳我去干点儿什么事？少打这种主意啊我告诉你，我把蛊虫的解药找到，我就收拾收拾溜了。”

“你找不到的，苏妍姐又不是傻子，她怎么可能自己走了，把解药给你留下？你太异想天开了吧。”

“……”赵天池说，“哦，那你和我说这些干什么。”

“你帮我一个忙，我救你一条命。”罗玉说，“不亏吧？赵天池，我知道你心地善良，不想和我这种人同流合污，但是我让你做的也不是什么草菅人命的坏事儿，更何况你不是也说那五个人都没死吗？”

“什么事，你先说出来我再考虑答不答应你。”

“武林盟里有半个神像，巴掌大小，绀色琉璃，造型是一个人举着长刀，一脚抬起，你一看就知。将那半个神像找到，给我，我给你解药。顺道一提，这神像之前在赵狂流手里，他死了之后，应该在薛攀手里，现在薛攀死了，不知道武林盟里谁有资格保管，这就要你去找了。我给你的解药吃下去之后，你就完全没事了，在找到那神像之前，你还是要每个月都吃一次苏妍的解药。”

“这神像什么来头？”赵天池问他，可是罗玉闭嘴不说，赵天池威胁道，“你不说？小心我阉了你，你不是很爱假扮姑娘吗，我替你一劳永逸好了。”

罗玉看上去一点都没被威胁到，反而笑了，“我又没机会用，你阉了就阉了，真当这能威胁到我？”

“……为什么会没机会用？”赵天池没想到他会这么说，“你有什么难言之隐？”

“你想知道？答应我的条件，将那半尊神像拿回来我就告诉你。”

赵天池盯着他看了半天，貌似大脑在高速运转，实际上什么也没想，数了三十下之后，他点点头，“成交。”

起身割断了罗玉身上的绳子，赵天池提防着他突然暴起来打自己，看了半天，感觉他并没有这个打算才算放心。

“苏妍不知道这些事？”赵天池问他。

“苏妍姐知道，但是她坚持认为，只要我们揪出内鬼，好好安抚兄弟们，多赚点钱就能改变局面，但是根本就不可能。武林盟的人永远都视我们为眼中钉，灭了我们，就是他们能拿来吹嘘一辈子的资本，我和苏妍姐说过不止一次，但是根本没办法说服她，我也懒得多说了，告诉你也没什么，找到那半尊神像，就能得到这世间至宝，到时候武林盟那帮杂碎跳得再高也没用。”

“世间至宝？是钱还是天兵天将？”

罗玉闻言，冷淡地抬起眼睛，轻声说：“世间至宝，就是能让你心想事成的——无价之宝。”

赵天池在魔教多呆一天，就总是能想到那五个浑身鲜血的人，但是他又不得不承认自己下不去狠手杀了罗玉——怕惹怒了魔教没有解药自己只能等死是一方面，还有就是他这辈子还从未杀过人，总觉得不好开杀戒。

罗玉给了他两个月的解药，又收拾收拾东西，叫他快走，说完了，随手递给他一块绿色的糕点吃。

“你不怕苏妍回来了骂你？”赵天池将糕点塞进嘴里，含糊道，“你那么怕她。”

“苏妍姐舍不得骂我啊，而且你在这里只知道吃，像个猪一样。”罗玉说，“这次正大光明地送你走，魔教里的奸细也都知道教主又出去喝花酒，可能又溜出去一个多月不回来，又没耽误她的事儿，我怕什么？哦，话说回来，别想着耍花招，投诚武林盟，让别人救你什么的，他们杀你还来不及呢，别忘了召尧已经当上武林盟盟主了。”

赵天池知道罗玉暂时还用得着自己，不会让自己死，但是在这儿呆着终究不是那么回事儿，他赶早不赶晚，决定第二天就走人。

呆久了，他还真的觉得罗玉这人邪门，万一他又发起疯来杀了自己祭天也说不准，早走为妙。

临走的前一天，赵天池仍然住在魔教教主的房间里，他这几天一直提心吊胆的，这会儿也没了睡意，四处看看，想着有什么东西能够带走。

瞥到地面时，他突然想起了魔教教主的那本日记。

人的好奇心在偷看别人日记时达到顶峰——赵天池亲自证实了这一点，虽然觉得这样做不太地道，但是他并不是很能忍住，左看右看，还是撅着屁股将那地板撬开，将日记拿了出来，翻开了日记的第四页，只见上面写道：

今天是个阴雨连绵的日子，我的心情每次在下雨天时都是很低

落，不知为何，也许是这里不适合人居住吧，实在是太潮了。

但是比天气更让人烦心的是那个高丽人居然又找过来了。

我讨厌那个高丽人，他身上有一股谎言家的味道，虽然妍妍很喜欢他，因为他有一些糊弄姑娘用的双眼皮贴，但是我很清楚地能闻到他身上的那股臭味，阴谋论者，谎言家，都是一样的味道。

妍妍喜欢他，我很理解，我这样的帅哥看多了，总要换个口味，也许是恋丑癖也说不准，但是妍妍比我更清醒，妍妍是不会答应他的请求的，顶多与他调笑一会儿，戏弄几句罢了。

另一半永远也不会给他。

谁知道那个高丽人要拿它做什么，征服中原武林吗？想都别想，中原武林不管我的事儿，但是我永远也不会把它交给别人。阿玉和我想的不一样，我知道，我应该劝劝他，但是我实在劝不动，阿玉的固执超乎我的想象，我以为妍妍就够固执的了。

阿玉有时候让我很看不透，他曾经说过教主应该他来做，但是我没有回应。

他会带着所有人走向毁灭，即使我是他眼里的废物，我也不会把魔教交给他的。

父亲还在的时候，从未教导过我们什么，我觉得父亲把我们当成蛇一样，扔一点肉，其他的全看我们自己的意思，天性使然，我是这样，阿玉是那样，没什么道理可说。

下雨天，总会要说得多一点，这些话其实和妍妍说也可以，我知道妍妍会理解我，她虽然脾气很暴躁，但她的心是世界上最柔软的。只是我习惯不说而已。

赵天池看完了这篇，啧啧两声，果然男人都是大骗子。前几天还说做了对不起妍妍的事情，现在又在这里说这辈子最爱的人是她，又夸她温柔，也太不要脸了吧。

然而很快，赵天池就注意到了别的，高丽人，另一半，另一半什么？难不成是那尊神像？神像的另一半在魔教吗？

他又开始翻另外一篇：

今天仍然是下雨天。

高丽人又来了，现在我彻底知道他是个什么样的人了，如果说段烈这种废物是一壶茶，那他顶多是一个茶杯里的底而已，真是肤浅又可笑，他以为拿到另一半就能做什么，能得到很多钱吗？他只知道钱，大概是认为钱最重要，所以宝藏也是钱吧。

吃饭的时候，妍妍不是很高兴，突然问我什么时候成亲？

我和她从小就认识，但是我从没想过娶她，不是说不想对她负责的意思，而是我觉得成亲不成亲，都不能改变我和她的关系，但是她说想成亲，那就找个好日子去成亲吧，她开心是最重要的。

说不定开心了还能给我一点零花钱，这件事也很重要。

晚上的时候，阿玉过来找我，说他想去武林盟找那半尊神像，我没说好，也没说不好，我知道他过来找我商量也不是征得我的同意，他只是想我多透露一点消息给他，但是我什么也没说。

如果阿玉，高丽人，还有武林盟里那几个老东西知道自己所追逐的是什么，他们还会这样热情地去追逐吗？

他们真的知道自己想要的是什么吗？是金子，银子，珠宝，还是什么神兵利器？不过若是他们有这个本事把两半神像拼在一起，也就有机会知道自己到底想要什么了吧。

刚刚看到这里，窗外忽然打了一声惊雷，奇响无比。

有人和着雷声敲开了赵天池房间的门。

他下意识地把日记往枕头下面一藏，紧张地坐好，发现居然是苏妍回来了。

“你什么时候回来的！”赵天池紧张道，“你不在的时候教里一切都很好，鸡鸭鹅狗猪长势喜人，大家每天都在积极向上地生活，向着挫败武林盟前进。”

苏妍不回答，只那样眼里带悲地盯着他看，看着看着，突然哭了出来。

赵天池怕死怕穷怕疼，但最怕的还是姑娘哭，姑娘一哭，他就头皮发麻，抓耳挠腮的不知怎么办好，从前药蛮就爱用这招，百试百灵，更何况药蛮十有八九是装哭，苏妍可是真的哭到肝肠寸断。

她的眼泪犹如断了线的珠子，噼里啪啦地直打到地上去，哭了一会儿，她哭不出来再多，踉踉跄跄地走到了赵天池身前。

“我好后悔啊！”她摸着赵天池的脸，“你还在的时候，我每天都对你那么凶，要不是我总对你凶，你也不会总是走，如果你不走，就不会发生这种事，啊——！”

她嗓子都哭得劈了，说话时一股酒味扑面而来，赵天池急得就差给她跪下，抓耳挠腮了半天，他灵机一动。

“妍姐，你不要哭了！”他说，“你未婚夫出轨了。”

苏妍的眼泪马上就停了下来。

“你说什么？”她揪着赵天池的衣服，咣当一声把他撞到墙上，“你怎么知道？”

“……他给我托梦了！”赵天池急中生智，“就昨天，真的，我不骗你，我真的梦到他了，也许是因为我睡在他的床上，而你又没有回来吧。他说觉得特别对不起你，你一伤心，他也很伤心，为了不让你太伤心，他让我转告你，其实他出轨过，也不是因为你凶他他才走的，而是因为他去找那个相好的了。”

苏妍急急地喘息几下，突然一掌拍碎了桌子！

“好啊！罗南芥，你这个忘恩负义的狗东西，你敢给老娘戴绿帽子，是吧？你等着，我——”

“你干什么去！”赵天池紧张道，“你不会要……不要啊苏妍姐，不太吉利吧，死者为大啊！”

苏妍脸色变了几次，终于含恨咽下这口气，恨声道：“好，我看在他已经死了的面子上！”

可是说到这里，她又忍不住要落下泪来，“可他还是死了……”

赵天池瞥见窗台上几个铜钱，赶紧拉着她在椅子上坐好，“你别哭了，这样吧，我给你算个命，算一算你和教主下辈子还有没有机会在一起。”

苏妍哭着说：“你就拿铜钱算啊？这个不准的，我平时都算星座的。”

“星座很准吗？”赵天池问她，“你去年有没有算出教主今年的运势来？”

“没有。”苏妍擦了擦眼泪。

“但是我这个可以！”赵天池信誓旦旦道，“实不相瞒，在下正是神算子卜明的第十九代嫡系传人。”

他穷得吃不上饭的时候确实偷偷去看过街边的算命先生算过命，浮皮潦草地学了那么一点点东西，但是那算命先生因为口无遮拦被人揍了一顿，就再没出现过，所以他的那点东西，大概也是不灵的。

赵天池摆好铜钱，问了两人的生辰八字，开始给他们二人算命。

“凶！大凶！”赵天池拍大腿，“教主凶，他已经凶死了，但是现在你也很凶，你们俩这是凶到一块去了。”

苏妍哭过一场，气过一场，还喝了酒，早就有些累了，又被他忽悠得晕头转向，已经放弃了思考，当即信了八分，打了个哈欠道：“那怎么破解？”

“无需破解，虽然大凶，但是能逢凶化吉，只需要顺势而为即可，切记不要和周围的人发生冲突。”

苏妍看看他，“你唬我？”

“没有啊，我唬你干什么？我又不是街头骗子来骗你钱的。”

“那你也给你自己算算，若是准，我就信了你，若是不准——”苏妍阴森森地看着他，“你等着吧。”

赵天池只好硬着头皮给自己算。

铜钱落下，他摆弄了半天，想着当时和算命先生学到的那点东西，艰难地说：“哎？我——我今年也很凶啊……”

他给苏妍二人算的时候是瞎扯，这次可不一样，他看着卦象，只觉得背后冷汗直流，整个人都要不好了。

苏妍看他吓成那样，倒不觉得他在胡扯，反而安慰他道：“怕什么怕！信则有，不信则无。”

赵天池结结巴巴地说：“我……我可能是和魔教水土不服，大概换个风水就好了。”

“你要走？”苏妍撑着下巴，“往哪里走？”

赵天池这才想起了正事，他撒谎道：“我去找我朋友。”

“也好，我有正事要交给你办。”苏妍说，“你去常乐镇，将这封信交给管事的吴刚，他认得那个死鬼，你不要把事情办砸了，听见没？去了少说话，不要露出马脚来。”

第九章　筹备

药蛮正坐在常乐镇的一家小面摊前吃面。

她吃得很香，很不顾及形象，比她脸还要大一点的面碗，她已经吃了大半碗。

街上的人来来往往，谁也没有多看她一眼，面馆老板闲得无聊，和她搭话，“扛大包一个月能赚多少？”

药蛮喝一口面汤，脆生生地说：“我不是扛大包的。”

她穿一身灰扑扑的短打，满是补丁，脸上又脏，和码头边给人扛大包的没什么两样。

“那你做什么的？”

药蛮心想这老板挺烦人，又不好不答，只好说：“我给武林盟盟主召尧大人出来物色漂亮姑娘，哪个好看，我就回去报告给盟主，然后盟主就出来抢人。”

老板大惊失色，“武林盟盟主还干这事儿？”

“武林盟盟主什么不干啊！”药蛮咬牙切齿道，“他最不是东西。”

“我听说新来的这个武林盟盟主人不错啊！”老板凑过来嚼舌头，“不是还给家里修路，又给武林盟开学堂什么的，特别有大侠风范。”

“他修路是为了吃回扣，开学堂是为了给自己家亲戚安排工作，你可别往外说啊——”药蛮拿筷子三两下将剩下的面都卷了起来，一口塞进嘴里，含含糊糊道，“千万别说。”

吃完了面，她从兜里摸出银子递给老板，转身走了。

越走越生气，差一点气得把胃里的面吐出来。

药蛮虽然从未与魔教教主见过面，却对他一直十分心仪，然而在遇到段烈之后，药蛮很快就变了心，她倒不觉得是因为自己善变——她根本不是那种人！那只能说是段烈这个人实在是很讨人喜欢。

但是现在段烈的武林盟盟主已经被那个召尧抢走了。

召尧绝对有问题！药蛮愤愤不平地想着。

赵天池什么来头，她最清楚不过，只不过是一个有点功夫的小混混而已，贪财好色，贪生怕死，但是财色生死四样东西若直白地摆在他面前，他肯定将生放在第一位，他那样的人，怎么可能因为钱就一时冲动，做出这样可能会丢了性命的事情？

再说，若有那个魄力，说杀人就杀人，他早不去做什么小混混了。

当时只有召尧在场，若不是赵天池动的手，肯定就是召尧动的手！

然而，药蛮虽然心里清清楚楚，但是其他人却不会相信，虽然赵天池现在被人给救走了，但她担心召尧不会放过他。

召尧当上武林盟盟主之后，似乎过得很好，春风得意，如鱼得水。

他脾气好，小事一概不计较，大事又能做得公平公正，叫人挑不出错处来，且十分善良，还很喜欢小孩子，据说办了个学堂，将武林盟附近所有愿意过来的小乞丐都安置下来，教他们读读书扎扎马步，还经常和小朋友一起玩。

当上武林盟盟主不到两个月，《武林日报》已经写了十几万字关于他的文章了！药蛮将牙齿咬得咯咯直响，又好气又好笑，什么武林盟最后一个大侠，侠之仁者侠中典范，都是胡扯！胡扯！

走得累了，药蛮一屁股坐在地上，随手从路边扯了根草叼着。

常乐镇离武林盟几百里远，她不必担心自己被人追杀了，就在赵天池被人救走的当晚，药蛮就觉察出危险来——她知道自己其实与赵天池的会面并不谨慎，不可能一个目击者都没有，而万一被人认出了自己，肯定会把自己当成赵天池的同伙，说不定当场就要被戳死。

只是那天深夜，她正要溜到武林盟里去救赵天池出来，就见里面乱成一片，躲在暗处一听才知道，原来是赵天池被人给救走了。

药蛮那时还担心，赵天池走了，召尧就是他们拷问的主要对象，若是召尧心存不轨，说不定就露出破绽来，也能还赵天池一个清白。

哪知道召尧非但没有露出一点惧色，还展露了非常强大的人格魅力，把武林盟那群人糊弄得一晕一晕的，她也觉得不至于有什么后果，无非就是召尧趁机逃跑而已，再之后报仇的机会多的是，可是让她万万没想到的是，召尧居然当上了武林盟盟主！

她一看大事不妙，三十六计走为上，再也没敢在武林盟附近出现过。

她知道召尧肯定不会放过自己的，更不会放过赵天池，只好祈祷赵天池自求多福。

最近夹着尾巴做人，更不敢小偷小摸，她又一贯大手大脚，赚来的钱很快就被花光，只好重操旧业，辗转联系到了常乐镇的书商，给人家当枪手去。

做枪手，是药蛮十五六岁时吃饭的主业，那个时候市场上的志怪小说十分火爆，她每个月都要写一大堆志怪小说，熬夜熬得头发都要掉光了，还因为每天都十分嫉妒那些拿她的书署了自己名字的大作家，而觉得愤愤不平，心态一度失衡。

但是后来朝廷开始整顿巫术余孽，那些人又没了饭吃，她又看得很开了——人生不就是这样，三十年河东三十年河西。

现在她搞不懂什么小说受欢迎，只好和书商先通通气。

书商是个男的，看上去只二十出头，生得丰神俊朗，文质彬彬，不像个死爱赚钱的书商，反而像个教书先生。

见了药蛮，他倒是很客气，问她之前写过什么。

药蛮将书名一一报出，书商了然于胸地点点头，“哦——都听过，我就说他们肯定有代笔，那你写得不错啊，可惜现在都不流行这些了，写得太正经，没人看。”

“那什么有人看？”药蛮撑着下巴，“你说说，我了解了解。”

“你要写爱情，谈恋爱，懂不懂？”

“爱情小说我会写啊！”药蛮说，“我昨天还构思了一个呢，你听听啊，主人公本是个普通人，但是他有一天不小心被蝎子咬了一口，那蝎子还不是普通的蝎子，咬完了这个人就学会了绝世武功，但是匹夫无罪怀璧其罪，他因为自己的绝世武功，又被卷入了一场阴谋当中，他的敌人捉了他心爱的姑娘去，为了去救自己心爱的姑娘，他历尽千辛万苦，打破了这场阴谋，救出了姑娘，又拯救了整个武林——如何？”

“好！”书商一拍巴掌，“虽然套路但是稳妥，有开有合的大情节，可惜，不行。”

“为什么不行？”

“咱这儿没人看啊，来，你看看上个月京城畅销前十都叫什么啊——《霸道王爷爱上我》《霸道皇帝爱上我》《霸道员外爱上我》《霸道宰相爱上我》《霸道锦衣卫爱上我》，哎，不念了，反正，总而言之，言而总之，咱得来点刺激的。”

“……”药蛮说，“怎么刺激。”

“你听我给你分析分析啊，什么是刺激，刺激就是——你的女主角，肯定不能心甘情愿地和你的男主角产生爱情，一定要巧取豪夺，

巧取豪夺，懂吗？就比如说，她走在街上，咣当！被一四轮驱动的豪华马车撞了，撞她的人是谁呢？哦——原来是当今皇上，皇上一看这姑娘，美！带走！就给人带走了，然后女主角以泪洗面，痛苦不堪，但是皇帝呢，又听信了其他人的谗言，觉得这个女主角品德败坏，让人把她给打了，然后女主角一走了之——但是，她走了之后，发现自己怀孕了。”

“怀……怀孕了。”药蛮惊呆了，“为什么？”

“因为刺激啊！”书商一拍桌子，“懂不懂？”

药蛮摇摇头，但是马上又点点头，表示自己很懂，让书商给自己个机会，先写着试试。

“写着试试也成，你先给我个大纲啊！”

药蛮一口答应下来，回到住处抓耳挠腮，突然灵感乍现，第二天兴冲冲地去找了书商，说自己想好要写什么了。

“写什么？说来听听。”

“最近那个武林盟盟主召尧不是人气很高嘛，我相信你也听过的，武林盟那群大侠本来就很有群众基础，写真都卖得超级火，那我们写点和他们有关的小说，是不是就会有很多人感兴趣，肯定要追着买的呀！”药蛮假笑道，“剧情我都想好了，召尧在当上武林盟盟主之后，因为觉得压力很大，决定放下一切公事出门游山玩水，但是不小心被微服私访的王爷见到了，王爷对他一见倾心，于是巧取豪夺，把他掳到了王府之中，但是王府之中暗潮汹涌，武林盟盟主受到了无数的虐待，他奄奄一息，在一个月黑风高之夜爬出了王府，回到武林盟养伤，然而令人惊讶的是，他发现自己怀孕了！”

“……”书商嘴里的茶水漏了下来，“怀……怀孕了。”

“是啊，刺激不刺激！”药蛮一拍桌子，“你放心，这一本我不收你定金，我肯定好好写，写好了我们就卖，卖个一万多本不成问题。”

书商找回了自己的神智，觉得倒是一个很新鲜的题材，试一试也未尝不可，二人拍板决定，当场签了合同，趁着没事闲聊起来。

“你对武林盟好像很熟？”书商问她。

“不是很熟，听过一点儿而已，他们的事情，我们平头百姓哪能知道呢！”

“听说今年的武林大会，本来要当上武林盟盟主的那个人是个无耻的骗子。”

“是吗？”药蛮假笑，“没听说过。”

“他冒充赵狂流的儿子。”书商说，“可惜自己扛不住，杀了薛攀之后给暴露了，听说他还被人给杀了，真是活该。”

“呵呵，没听说过，谁知道真的假的。”药蛮忍着翻白眼的冲动，“我看他怂的，不像是个杀人越货的模样，也许里面有诈也未可知。”

“但是他不应该冒充赵狂流的儿子，赵狂流天上有灵，绝不会允许这种事情发生。”书商若有所思，却很快笑了一下，“不过也不一定，这世上未必真的有报应。”

药蛮觉得这人怪模怪样，瞥了他一眼，想要拔腿就走，突然想起自己还没问他名字。

“干我们这行的，没有拿真名的，你们有笔名，我也给自己起了一个。”他说，“在下走义，赵小猫姑娘多多指教。”

“好说好说——”药蛮站起身来要往外走，“回见。”

可还没等她迈出门去，就听见外面一阵喧哗，走义犹如惊弓之鸟，跳起来锁门关窗一气呵成，又扯着药蛮往地上蹲。

“你干什么！”药蛮小声说，“有毛病啊你！”

“怕是又来收税，最近手头紧，我先躲躲。”走义也小声说，“你别出声。”

两个人听了半天，才发现外面不是有人来收税，而是小流氓为了抢地盘打架。

走义站起来，松了口气，“没事了没事了，你回吧。”

药蛮看傻子似的看他，“回见！”

她走到街上，发现外面已经打得一地鸡毛，要散场了，药蛮肚子饿，去包子摊买包子，偏巧这笼还没蒸熟，只好站在街边等。

等了好久，老板笑呵呵地过来给她装包子，药蛮伸手掏钱递给他，他却不接，直看着药蛮身后。

药蛮往后一看，吓得差点跪在地上，只见两拨人分别从左右两边往中间走，刚刚被打倒在地的小弟们都赶紧去找自己的帮派。她想赶紧拿了包子走，却已经来不及，老头关门躲灾了。

药蛮只好贴着墙走，可是双方人数实在太多，打得血肉横飞，刀光剑影，药蛮一不小心就被一根断指给砸了脸，差一点就要晕了。

一方带头的是个壮汉，骨骼惊奇，肌肉发达，似乎擅长撕人绝技，见到一个就将对方狠狠对折，扯着两只手臂往两边拉，死人都要疼活过来。而另外一方带头的是个瘦子，使一把小刀，俗话说一寸长一寸强，一寸短一寸险，可他这有点过于险，以至于险得有些猥琐，只见他利用自己身材瘦窄的优势，混在人群中进行攻击，看准一个就往人家屁股上戳去，一连戳了一二十个，一直戳到那壮汉，却只戳进去一个刀尖就被捉了个现行，壮汉气沉丹田，大吼一声，居然把刀给震了出来，瘦子一惊，转身想跑，被那壮汉捉住，猛地一扯，当场昏死过去。

壮汉这一招十分长己方志气，形势很快逆转，药蛮本来已经快要溜走，却听到背后有人喊自己，“赵小猫姑娘！”

她回头，看见走义举着本厚书闭着眼睛冲出来，做一副十分英勇无畏的架势，似乎决心要保护她。

然而战场已经趋于平和，他这一喊，吸引了大半注意力，那所向披靡的壮汉冷笑一声，“都给老子带走！”

“大哥，大哥你饶了我！”药蛮哆哆嗦嗦地说，“我就是个路过的，我可什么坏事儿也没干啊！”

走义本来在屋里藏得好好的，却越听越心惊，想到自己一个人让姑娘以身涉险未免太不义气，鼓足勇气冲了出来，哪想到被人和药蛮一起给捉了去。

“都怪你！”药蛮坐在潮湿的牢里冲着走义低声说，“人家都要溜掉了。”

“我也是好意……”走义抱着肩膀左右看看，“这里好黑啊！”

药蛮看他怂得不行，本想骂几句，可是一想到他是为了保护自己才沦落到这里的，就把那话憋了回去，报以一个隐晦的白眼。

“帮派斗争，都这样的。”药蛮说，“过几天他们谈好了就会把我们给放走了，你别害怕了。”

她倒是想得很开，被关了也挺好，还管饭吃，就是牢里潮了点，可是她从前没钱的时候还睡过街头，这也不算什么。

走义却没她能扛，很快就病倒了。

“没用死了，就知道给别人添麻烦。”药蛮虽然嘴上抱怨，但还是将他拉到了自己身边——他似乎对身边那些穷凶极恶之徒很害怕。

“喂！”药蛮摇晃着铁栏杆，“什么时候放我们走啊！”

无人应答，反而激起了一片喧哗，药蛮听着头都大了，又觉得一股馊臭味扑面而来，只好拼命将头伸出栏杆呼吸一些新鲜空气，没想到一不小心卡住了。

“……”药蛮说，“妈的，卡住了。”

走义已经虚弱到了苟延残喘的地步，咳嗽着爬过来帮她把头拔出来，哪知道越拔越紧，根本拔不出来，只好万分紧张地坐在一边看着她。

药蛮就这样面无表情地被卡了大半天，下午的时候，终于有人来看他们。

“带走。”那天打架时的壮汉过来，派人打开了牢门，大手一挥，“全都带走。”

“等一等！”药蛮紧张道，“我卡住了。”

“……”壮汉梗了一下，“那就把头拔出来再带走。”

“要干什么，是不是要把我们放走了？”药蛮期待地看着他。

“送你们回老家。”壮汉大手一挥，“走！罗四儿，你等着这俩，等她把头拔出来一起带走。”

牢房里只剩下药蛮，走义，与罗四三个人，一时之间气氛有些尴尬，药蛮紧张道：“等等，我马上就拔出来了，走义，来！”

走义过来，伸手掐着她的头，奋力往外拔，药蛮尖叫道：“耳朵耳朵耳朵！耳朵要掉了！”

“啊，那怎么办，你把头缩小一点啊，闭上眼睛，一，二，三——”

药蛮又尖叫一声，眼泪哗啦啦地流，她觉得自己的头都要炸开了。

“怎么回事，感觉你的头没有这么大啊……”走义脸色苍白，“你要不要试着站起来，从上面拔？我看上面的缝挺宽的。”

“不要！”药蛮受不了地喊，“罗四——罗大哥！你帮我把这个栏杆砍掉好不好啊？”

她这几天被折腾得没了人样，早就不复平时的娇俏美丽，罗四看她一眼，觉得这姑娘挺丑，不耐烦道：“哪来那么多事！”

可是药蛮也不知怎么，实在是拔不出来，磨蹭了好久，罗四怕自己去晚了挨骂，不耐烦地拿着刀走了过来。

“我砍了啊！”罗四说，“嘿！哈！”

一刀下去，栏杆只折了一半，罗四有些尴尬，又大喊一声，一刀下去，终于将栏杆砍断。

“快他妈出来！就知道给老子搞事情，我告诉你们，今天有个大人物要来，你们都给我消停一点，要不——”

他说到这里，突然停顿了一下，然后仿佛不知发生了什么事一样茫然地看着药蛮，药蛮避开了他的视线，走到了一边，走义被他脖颈中喷涌而出的鲜血糊了一脸。

“……”走义惊恐地盯着药蛮手里的刀，“啊啊啊啊啊啊啊啊！”

“你给老娘闭嘴！啊个屁，你不想活命了你？”

走义腿软地跌倒在地，他慌张地把脸上的血迹擦去，恐惧地看向药蛮，喃喃自语，“你杀人了……”

“你没听到那个大块头说什么了吗？他要送我们回老家，你以为是真的把我们送回家，还报销医药费的？嗯？肯定是谈判不成，把我们统统拉走砍头了，走义，我告诉你，你想死老娘还不想死呢，现在赶紧给我站起来，往外走，遇到谁不要搭话也不要看，看我眼色行事，把你身上的钱掏出来给我，听见没？”

走义仍然沉浸在药蛮刚刚利落地夺刀砍头给自己带来的恐惧中，不敢不听，药蛮扯了罗四的衣服给他擦干净脸和脖子，将带血的衣服往地上一扔，将他的钱抢来，两个人往外走，他下意识地捂住了被阳光刺得生疼的眼睛。

这里更类似于一个山寨，药蛮那天来时已经天黑，并没有记得住具体出去的路，可是今天这边的守卫明显少了许多，大概是因为真的有什么大人物要来，都赶到前面去了。

有人拦住他们，问他们是干什么的。

那人带着的恶犬不知闻到了什么气味，不安分地动了动爪子。

“罗四大哥让我们出来……”药蛮小声说，“他好像喝醉了，也没告诉我们往哪里去，把我们俩赶出来，就不管我们了，这位大哥——你看，我们俩真的不知道你们那天到底为什么打架，只是路过而已，现在别人都给放了，你就让我们走吧，好不好？”

药蛮说着，从兜里摸出了刚刚从走义那边拿来的钱，偷偷塞进对方手里。

“还麻烦您给我们指条路。”药蛮担惊受怕地看了他一眼，“就这么多了。”

对方掂量掂量，也许还算满意，悄悄地一指南边，又大声道：“哪儿来的要饭的，快走快走啊，别在这儿挡路！”

药蛮感激地看他一眼，拉着走义就走，走义闭着眼睛跟她走，哪知道经过那条狗时，狗突然狂吠起来！

走义刚刚看见了一场突如其来的谋杀，早就成了惊弓之鸟，这狗一叫，他好像被人拿着冷水从头浇到脚，狂叫着跑开了。

他一跑，四周的狗都开始叫，药蛮简直要气疯了，心想你自己找死怪不得我！回头看一眼都没有，直奔着南边去了。

可是她走了没几步，就听到对方撕心裂肺地狂吼，药蛮脚步一停，不知为何突然想起了他窝窝囊囊地抱着书出来搭救自己的样子，她忍不住翻了个白眼，在心里骂："老娘今天要是交代在这儿，就算死了也肯定要你给我当牛做马！"

她转身，只见走义被四只狗围着咬，主人拉都拉不住，她快步走回去，豁出去了似的拉着走义的手，拔腿就跑！

两个人被四条狗和六个人追，晕头转向，根本辨别不清方位，哪里人少往哪里去，哪里有路往哪里去，过了一座长长的吊桥，药蛮眼见着前面似乎是出路了，不禁喜不自胜，跑得更快了些。

哪知道峰回路转，她带着走义下了吊桥，顺着唯一的小路一拐弯，正冲进一片空地中。

空地上围满了人，齐刷刷地回头看他们。

空地中间刚才还和药蛮关在一起的人正齐刷刷地跪在地上，不知生死。

药蛮背后一凉，慢慢往后退，"你们慢聊，慢聊。"

"谁把他们放出来的！他娘的，罗四！"那壮汉骂骂咧咧，又看了一眼坐在高位上的人，"没看见教主在这儿忙正事儿吗？"

药蛮顺着他的目光望去，对面的人也看着他，两人对视片刻，都惊愕得说不出话来。

"哦！"药蛮指着他，"你！"

那人脸色变了几变，很快就镇定下来，他说："行了行了，今天先到这儿，有事明天再说，我有点事儿单独问问这两个，回见。"

药蛮和走义被人带走，终于可以找个地方好好坐下休息。

她无比紧张，担心自己看错，不断回忆着刚才的景象，越想越觉得不对劲。正抓耳挠腮地忍受折磨之时，门被打开，有个人走了进来。

“教主万福圣安——”门外的随从大声喊。

“哦——！”药蛮惊得下巴都要掉下来，“赵天池，你居然是——”

赵天池一把将门拍上，隔绝了外面的视线，他啪地一声捂着药蛮的嘴，低声道：“闭嘴。”

药蛮挣扎开来，上下打量他，眼里满是不可置信的神色，“你是教主？什么教的教主？敢情你之前一直都是骗我的，你还是个富二代！”

“嘘——”赵天池坐下，无比紧张地给自己倒茶，“我是魔教教主。”

二人把在武林大会上分开之后的事情各自说明，都了解了彼此的情况，药蛮只觉得世事难料，谁能想到她一直以来都超级喜欢的魔教教主居然长得和赵天池一个德行，真是太幻灭了。然而知道他死了，药蛮还是伤心了半盏茶的工夫。

“好了，我伤心完了，咱们来聊聊正事儿。”药蛮撑着下巴看他，“你下一步什么打算？”

“我得给魔教办事，去武林盟把那半尊神像拿走，然后回到魔教去换解药——话说这位兄弟是谁？”

赵天池看了一眼因为体力不支而晕倒在地的走义。

“他是个白痴，不用管。”药蛮扶着走义躺在床上，又跑过来坐好，“另外半尊肯定在魔教了？难不成里面有什么宝贝，得它者得天下？”

“很有可能。”赵天池喝了一口热茶，神情疲惫道，“我先歇歇，好好想想下一步怎么办。”

其实赵天池没有说的是，他本来是想先找个地方吃喝玩乐，好好休息两天的。

然而刚到常乐镇，他还没找到个吃饭的地方，就被人在大街上给抓走了。

“教主！”对方热情得让人无法招架，“您怎么来了，也不说一声，正好前几天刚刚抓了一批青龙帮的，正在和他们谈判，您若来了，那帮杂碎肯定吓得屁滚尿流！”

赵天池也差一点屁滚尿流了。

他十分紧张，好在对方似乎对魔教教主也不是很熟，只记得清罗南芥长什么样子，赵天池不张嘴，就没有什么破绽，所以暂时还没有出什么差错。

这里严格来说并不属于魔教，只是有些小帮派因为作风问题为武林盟所不容，又没有什么占山为王称霸一方的决心，只好附属于魔教，每年都会给魔教上交一定的好处费，若是有了麻烦，也会去找魔教寻求帮助。

万万没想到会在这里碰到药蛮。

“你下一步有什么计划？”赵天池问她，“要不要和我一起走？”

药蛮与赵天池，并非单纯的朋友，更像是一对合作着什么东西的伙伴，虽然两个人认识不是很久，但是，两人都觉得对方是很适合做自己的伙伴的——尤其是在筹备什么坏事的时候。

二人细细商谈，决定先不急着走，利用这里——也就是金虎寨的势力，先去打听打听他们需要的消息，二人分析，召尧这种心思深沉的人，不可能不知道琉璃佛的消息，很有可能神像已经到了他的手里。

若是正面硬碰，赵天池说不准自己到底会输会赢，毕竟他虽然别的不行，但是对自己的功夫还是有点信心的，可现在召尧代表着整个武林盟，不管他当上武林盟盟主的手段有多下作，他背后都会有武林盟的支持。

“不要慌，问题不大。”赵天池拿手指头叩叩桌子，“小场面而已，小爷什么没见识过啊？”

话音刚落，一阵怪声音传来，赵天池吓了一跳，摔了茶杯钻进了桌子下面，警惕地四处看，“什么什么什么东西？”

药蛮说：“是走义醒了，你嚎什么嚎。”

赵天池从桌子下面钻出来，不知从哪掏出一把折扇狂摇起来，做浊世佳公子状：“哦！”

走义本来就是一介文弱书生，平时出点敏感题材的书都吓得要死，恨不得每天都睡在床底下躲避检查，如果手里宽裕，从不偷税漏税，连续三年被评为常乐镇最佳纳税商户。这次被关在阴冷潮湿的地牢里折磨三四天，吃的是馊窝头，喝的是泥汤水，早就已经精神崩溃，急需一些好菜好饭来填补自己身体的空虚。

赵天池给他叫了饭菜，看他狼吞虎咽地吃了，准备叫人把他送走。

“……我能不走吗？”走义捧着碗，“我太害怕了我，不敢一个人住，你不是赵姑娘的朋友吗？就当帮我一个忙，让我在这里住几天好不好呀？我可以给钱。”

“你快走吧你，蠢死了，要不是你，我根本不会被人抓走，谁知道你跟我们在一起还会闹出点什么事儿？别逼我动手啊！”

走义捂着脸躲开，一边躲一边说：“我知道你们说的神像的事情！”

药蛮与赵天池一起看他，“什么？”

“我真的知道！”走义信誓旦旦，“你们刚才说的话我听到了一点儿，你们不是要找那个东西吗？多知道一点情况，大概会有帮助吧？”

走义说，这神像的消息，还是自己在书里看到的。

“那书早就买不到了，有好些年头了。”走义说到这事，变得气定神闲许多，侃侃而谈起来。

“据说，那东西是从宫里流出来的，本来是个完整的琉璃神像，精致美观，价值连城，最开始拥有这个神像的人，是太祖皇帝，那年叛乱初定，曾经被太祖皇帝打败的附属小国都会献上贡品，以换取和平，这绀色琉璃神像，就是其中一个藩王进贡的。

“最开始，太祖皇帝还很喜欢，因为他大概想，那藩王知道自己尊崇神佛，所以投其所好，是为了讨好他吧，但是后来，太祖皇帝开始觉得不对劲，因为这神像似乎邪性得很，并没有令他万事顺意，反而接连给宫里带来灾祸——两个皇子相继身亡。按理来说，这不是个好东西，但是不知为何，却有很多人都对它十分垂涎，到后来流传出了一些风言风语，说这神像中，蕴含着天地万物间最大的宝藏——至于这宝藏到底是什么，那说什么的都有，有人说是钱，有人说是神兵利器，有人干脆就说，它能让你心想事成。

“太祖皇帝病危，神像就被新皇继承了，新皇似乎对这神像的兴趣更大一些，整天研究，而新皇的弟弟，也就是传说中的九王爷，为了避免这神像再招来灾祸，干脆带着神像出宫，再也没有回来。

“有很多人都说，其实九王爷就是第二任的武林盟盟主，这话我们谁也无法知道真假，但是无风不起浪，也不是完全没有可能，因为这神像，后来就被分成了两半，一半给了武林盟中人保管，另一半给了魔教保管，据说这样做是为了永远不让神像合二为一，但是这么多年，魔教和武林盟其实十有八九都是在为了它争锋，要不然你以为，现在钱这样好赚，他们为什么还要整天闲得没事打架呢？我听说啊，武林盟的那半个神像交给赵狂流保管，赵狂流死了之后，就交给薛攀了，现在薛攀也已经死了，那神像大概被交给了天青道人，或者别的什么地位较高的人，总之不可能交给召尧。”

说完这样多的话，走义喘了一口气，咕咚咕咚灌了一杯茶水，兴致勃勃地看着他们两个，“怎样？怎样？我是不是还有一点用处。”

药蛮勉强承认了，却也不是很热情，因为那神像听起来有一点不祥的色彩。

赵天池其实也是这么想的，却不是很害怕，他觉得既来之则安之，伸头一刀缩头也是一刀，想得太多容易把自己先吓到，那就十分不值得了。

三人商议一番，决定去他娘的，先吃顿好的再说。

金虎寨的寨主，也就是那天将药蛮与走义二人抓来的壮汉，名叫吴刚，知道这两个人居然是教主的好友，当即吓得魂飞魄散，即使知道了罗四死亡的消息也没敢声张，自己收拾好情绪，就跑去见他们几人，非要负荆请罪，正儿八经地大肆道歉一番，然后再设宴摆酒，好好地赎罪。

药蛮与走义，一个假嚣张，一个真怂包，自然不敢手刃仇人，假模假样地摆一阵谱也就鸣金收兵，跟着吴刚去蹭吃蹭喝了。

四人出了金虎寨，前往常乐镇最大的一间酒楼——悦来酒楼。

“怎么又他娘的是悦来……”赵天池嘀嘀咕咕，“悦来到底开了多少家分店，这也太有钱了吧？”

“你懂什么，越有钱开得越多，开得越多呢，就越赚钱。”

二人因为都怕被人认出来，所以都戴着斗笠，虽然反而更加显眼，但是好歹没有露脸。

悦来客栈的老板认识吴刚，无需吩咐，赶紧给他开了雅间，生怕这地痞恶霸一不顺心就砸了自己的店。

四人坐定，点好了菜，药蛮几乎要落下泪来——她上次这样大吃大喝，还是在海边的酒楼里偷人家的钱抵餐费的时候，这样一想，更加坚定了她要跟着赵天池的决心，因为遇到他之后，自己偶尔会生活得还不错。

饭菜上来，吴刚还待举杯敬酒，说几句场面话，哪知道剩下三人都像八百年没吃过肉一样狼吞虎咽起来，吴刚鼓掌致敬道：“不愧是教主的朋友，潇洒！”

其他三人嗯嗯几声，继续吃喝，吴刚暗自琢磨，看来教主平时备受未婚妻虐待这件事是真的，江湖传说虽然很多时候都是假的，但归根到底，还是无风不起浪。

想到这里，他又叫了几个菜，叫人把空盘撤下。

三人风卷残云，纷纷打着饱嗝瘫坐在椅子上，药蛮踢了走义一脚，“你这家伙怎么这么能吃，刚才不是吃那么多了吗？”

“我刚才只吃了三分饱而已。”走义捂着肚子，“我娘说出门在外不能吃得太多。”

药蛮切了一声，还要说话，赵天池突然捂着她的嘴，轻声道：“嘘……”

几人噤声，赵天池指了指隔壁。

隔壁十分喧哗，似乎已经喝多了，变得口无遮拦起来。

赵天池之所以叫药蛮闭嘴，是因为听到了“盟主”二字。

四人听了会儿，却没听到什么有用的消息，都是些喝醉了之后的胡话，赵天池以为自己听错了，摆摆手，叫几人继续闲聊。

四人休息一阵，觉得勉强可以起身走动，都站起身来往门外走，恰巧隔壁的雅间也有四人鱼贯而出，八人碰面，对视一会儿，赵天池猛地转身就跑！

因为隔壁四人打头的，居然是胡一刀！

赵天池还没来得及戴上面罩，就已经跑到了楼梯口，药蛮咬牙切齿地骂：“你跑个屁，给老娘滚回来！”

她已经与胡一刀动起手来，虽然她知道自己打不过胡一刀，但是总不好像赵天池一样丢人地转身就跑，那吴刚也不明就里地加入了战局，赵天池觉得自己是鱼吃多了，吃昏了头，自己跑个什么劲儿呢？他现在是魔教教主！

想到这里，他转身往回返，加入了混战。

赵天池四人中，虽然只有三个会武功的，但是对面四人都喝得酩酊大醉，站在原地都要摔倒，就连怂包走义都打趴下一个，很快就结束了战斗，吴刚找老板要来了绳子，将四人绑在一起，恶狠狠地警告他不要多说，便带着四人抄小路回了金虎寨。

金虎寨中，灯火通明，凉风阵阵，胡一刀四人被吹得难受极了，走一会吐一会，十分恶心。

赵天池不愿意牵着，药蛮和走义也不愿意，吴刚只好带着四个移动泔水桶回到了金虎寨的地牢中。

“教主，怎么办？”吴刚问。

“你拿几个桶在这儿接着，别让他们吐地上……”赵天池要被熏死了，“叫人看好了啊，有事明天再说。”

吴刚听从吩咐，拿了四个桶摆好，赵天池要转身回去睡觉，只听胡一刀突然带着哭腔喊道：“阿湖姑娘！”

赵天池转转眼珠，靠在墙上，轻声问他，“阿湖姑娘怎么了？”

……

第二天，四人虽然痛苦不堪，却总算醒了酒，其他三人被关在别的地方，地牢里只剩下胡一刀。

“你……”胡一刀哑着嗓子说，“赵天池？！怎么是你？”

地牢中除了他之外，只有赵天池与药蛮两个人，赵天池也就不必隐瞒自己的身份，他摸摸下巴，得意道：“呵呵，是我，怎么样？没想到吧？小爷又回来了。”

胡一刀脸色变了几变，却终究选择了负隅顽抗，他说：“和你这种小人没什么好说的，我们几个一时不警惕，居然喝得酩酊大醉，被人逮来，那是我们几个活该，你要杀要剐，悉听尊便。”

“咦，好倔强哦！”药蛮靠在墙上，“和昨天晚上一点都不一样呢！”

“是啊，我也没有想到，居然酒醒了之后会这么倔强，啧啧啧。”赵天池摇摇头，转过去问药蛮，“你记得他昨晚说了些什么吗？”

“我当然记得啦，难不成你忘了？”药蛮捂着胸口，模仿着胡一刀，“啊，阿湖姑娘，阿湖姑娘！你就是那天上的月亮，你就是那山边的星星，阿湖姑娘，我稀罕你！”

“啊哈哈哈。”赵天池大笑，“原来胡大侠祖籍东北，失敬失敬。”

“……”胡一刀俊俏的脸上挂了一层白霜，他愤怒道，“你们说这些干什么？”

“我们说这些，当然是为了威胁你啊！”

赵天池开始与药蛮一唱一和起来。

“胡大侠来到常乐镇，又带着武林盟的其他三人，大概是为了武林盟的公务吧？”

“但是世事难料，公务失败，胡大侠职场失意，情场得意，居然与常乐镇的一个美貌渔女产生了爱情，胡大侠觉得打打杀杀的江湖生活并不适合他，又因为任务失败，害怕盟主责怪，所以干脆就此封刀，留在这里与渔女成亲，晒晒网打打鱼——”

“远离尘世的喧嚣，就此享受宁静的海上生活。”

“胡大侠把这一切都写了下来，做成一封信，快马加鞭，寄给了曾经数次拒绝，羞辱自己的峨眉女侠阿湖姑娘。”

“除了这些，胡大侠还会写，阿湖，你继续呆在武林盟，早晚有一天会被污染，暗潮涌动的武林盟虽然全都是机遇，却是个大染缸，总有一天你会变得谄媚、低俗、下流，为了金钱不择手段——”

“不和我在一起，有你后悔的！——胡一刀亲笔。”

二人说完，疯狂鼓掌，“写得好写得好！太好了太好了，把那种小人得志的心态写得太传神了，我们俩怎么这么有才华。”

胡一刀听完，已经是脸色惨白，痛苦不堪道：“别……别说了……”

药蛮抱着肩膀说：“想我们不说，可以，老实交代，你们四个来常乐镇做什么？”

“来杀你。”胡一刀干脆利落地坦白。

药蛮愣了一下，“杀我？”

“是盟主的命令，他说你和赵天池其实是同伙，薛攀的死也有你一份责任，有人似乎在常乐镇见过你，但是不确定，盟主就叫人细细画了你的肖像，叫我带过来，但是其他三个人不知情，盟主似乎也不想被人知道这件事，他们三个另有任务。”

药蛮与赵天池对视一眼，“什么任务？”

“去给叶孤城的玄孙叶雪祝寿。”胡一刀说，“顺便打探他关于决战紫禁之巅的消息。”

“决战紫禁之巅？”

“西门吹雪和叶孤城两家不是早就握手言和了吗？”

“这不是决战紫禁之巅八十八周年么，他们俩想搞个表演，卖点门票，顺便祭奠一下死去的先祖。”胡一刀有气无力地说，“就这么回事儿，盟主知道叶雪也住常乐镇，才叫我们过来的。”

“人才，人才！”赵天池一拍巴掌，“我怎么早没想到假装西门吹雪的玄孙去给别人表演呢？”

药蛮找了个地儿坐好，撑着下巴想了半天，“那就是说，武林盟很关注这件事，还会参与进去，为了撑场面，为了票更好卖，所有加入武林盟的门派都会派人前往，是不是？”

“是。”

药蛮拉着赵天池，两个人凑在一起叽叽喳喳。

“赵天池，你一定要去。”药蛮说，“还有什么机会比这个机会更好地证明你的清白？若你能在那时把召尧的真面目扒开示众，说不定你就当上武林盟盟主了，也就不用怕什么魔教的蛊毒，我就不信武林盟里没有神医能解了你的毒！”

赵天池点点头，却高兴不起来，“我们怎么揭穿召尧？当时在场的只有三个人，我，他，薛攀，薛攀估计现在骨灰都给洒了，怎么可能有人站出来指证？”

“你是不是还忘了两个人？”

“谁？”

“余雀和乔梓楠。”

第十章　召尧

胡一刀因为自己被人抓到了阿湖这个把柄，几乎把所有知道的消息都吐了出来，老底都被扒干净，赵天池看他倒霉成这样，实在是不好意思告诉他，阿湖是个男人假扮的，那个男人还是个把别人吊起来放血的变态。

赵天池决定在金虎寨住一段时间，并且严格封锁消息，暗示吴刚，自己是和苏妍吵架了才来这里躲一躲，此事关乎魔教教主的颜面，不好张扬，吴刚也十分上道，把消息隐瞒得滴水不漏。

赵天池将自己易容成胡一刀的样子，药蛮则假扮成了个样貌普通的年轻小子，二人一起变了身，找去了叶雪的家里。

叶雪的家很大，因为叶雪很有钱。

此人极具商业意识，头脑超凡，不仅年纪轻轻就拿到了武林盟商号的第一笔天神投资，还靠着这笔投资赚了一大笔，自此一发不可收拾，产业遍布全国各地，而且据说还与魔教有点不可告人的来往。

这次决战紫禁之巅八十八周年庆典，倒真的不是为了赚钱，叶雪其实对江湖上刀光剑影、快意恩仇的生活十分向往，但是他点错了天赋技能，扎马步不到半盏茶准跪在地上，赚钱却是一把好手，想赔都难。偶尔在夜深人静之时，叶雪会看着自己地上铺着的一层金子发呆，觉得这不是自己想要的生活，一想起来，就要忍不住叹气，忍不住觉得生不逢时。

他若是能早几年生，亲眼见到自己曾祖的潇洒英姿，见到决战紫禁之巅时的刺激场面，肯定会觉得没有遗憾的。

但是他一琢磨，要是早几年生出来，那我就不是叶孤城的玄孙了，我可能也不会长了个赚钱的脑子，正所谓有得必有失，算了算了，不想了。

遂躺在钱堆里睡去。

所以这次决战紫禁之巅八十八周年庆典，他准备和武林盟合作，一定要搞好，搞大，要前无古人，要后无来者，要人们谈起这个庆典，就像是想起石崇与王恺斗富一样，感叹一句：真有钱。

但是有钱，还要体现人文精神，要还原当时的场景，要体现江湖儿女的风骨，所以为了还原，他早在五年前就开始准备，选址在了巫岐山上，大着胆子建造了一间极尽奢华的宫殿，最近刚刚竣工。他还邀请了西门春锦一起去自己家开的武馆锻炼身体，减减肥什么的。

这天他锻炼回来，累得满头大汗，刚洗了澡，换了衣服，就听家仆禀报，说武林盟派来的人到了。

叶雪能有今天的成就，和他的为人处世不无关系，无论是谁，哪怕是街边的一个乞丐，他也会以礼相待：一是因为，他觉得自己拥有这样多的财富，不能给自己作孽，会伤财运；二是觉得，多个朋友多条路，万一自己之后沦落到去要饭，这乞丐见了他，也会念起他的好，给他半个馒头吃。

所以武林盟来人，他马上叫人收拾了最好的客房，换了最软的被褥，准备了最美味的酒菜，收拾好自己之后，就忙不迭地前去会客了。

赵天池与药蛮因为这几天在金虎寨蹭吃蹭喝，已经没有刚刚相见时那样馋了，所以面对叶雪派人流水一样呈上来的水果茶点小吃，两个人基本上能做到比较斯文地吃，虽然仍是从头吃到尾，但是好歹没有为了一块点心打起来，丢了武林盟的脸，引起别人怀疑。

“失敬失敬——”叶雪满脸堆笑，“其实我估摸着，二位前天就该到了，但是一直没来，我以为二位是有什么事情耽搁了，没想到今天就来了，有失远迎，有失远迎。”

两人点头，哼哼哈哈地与他打招呼，仍是不停地往嘴里送吃的。

赵天池一边吃，一边偷偷打量叶雪，这人看着热情得很，长相如同弥勒佛一般，似乎是个好脾气的人，然而手上却有个十分别致的刺青——他虎口上文了一个铜钱，手背是招财，手心是金宝，十分特别。

“叶掌柜，此次前来，我们是代表武林盟，与你谈一谈那个决战紫禁之巅八十八周年庆典的事情。”赵天池说。

“晓得晓得。”叶雪说，“这件事倒是不忙着说，好不容易来见一次叶某人，怎么能怠慢了贵客，走，我们先去放松放松。”

赵天池与药蛮跟着他走出去，拐进了一个细长的走廊，走到一个门前，推开，三人一起进去。

“这，这是什么？”

叶雪哈哈一笑，“这是大宝剑。”

果不其然，这间面积很大的房间里，悬挂着一柄巨大的宝剑，闪闪发光，剑柄上镶嵌着各色宝石，看上去很美，也很贵。

“这大宝剑所用的材料，乃是十分难得的黑山玄铁，对人体非常有好处，据说当今皇后就在自己的枕头里藏了一块这黑山玄铁，我没事就要来这里静坐，觉得身体眼看着是越来越好了，在下没什么文化，干脆给这件事起了个诨名，叫大宝剑。”

于是三个人坐在一起，开始享受大宝剑。

赵天池昏昏欲睡，“这大宝剑怎么这么催眠，我好困。”

药蛮倒是很精神，因为她一直盯着剑柄上的宝石，似乎很想跃跃欲试地抠下来几个带走。

叶雪则闭着眼睛，气定神闲地回答：“那大概是因为少侠最近过于劳累，在这里坐上一会儿，身心都有了反应，想要休息休息吧，若困了，睡一觉便是。”

赵天池忍不住倒在地上呼呼大睡起来。

待他睡醒，已经到了傍晚，药蛮还盯着宝石看，叶雪也十分有耐心地坐着陪他们。三人起身走出去，赵天池伸了个懒腰，“舒服！大宝剑，不错不错。”

叶雪一笑，又带他们去吃饭。

两个人吃吃喝喝玩玩，不知不觉已经到了深夜，又饱又累，都困得不行，到了客房门口，赵天池晕乎乎地说：“他这人怎么回事儿，是不是给我们下药了？要把我们宰了？”

“没有下药，没有——”药蛮困得眼睛都睁不开，“咱俩就是吃多了，我也搞不懂他想干吗，这也太客气了，我都不好意思了。”

“你这么不要脸的人都不好意思了，此事肯定有诈，叶雪为什么这么殷勤？”

“他是不是想让我们回去说几句好话，让武林盟里多派几个人气高的大侠来撑场面啊？”

二人互相看看，觉得倒是很有可能，心里的疑惑放下了，觉得暂时安全，好好地睡了一觉。

次日仍旧是一样的流程，吃喝玩乐大宝剑，赵天池和药蛮两个人的脸皮都被磨薄，直让他有事说事，知道他到底想干什么，此二人才好继续蹭吃蹭喝。

叶雪说：“倒是没什么大事——就是想请二位回去多多美言几句，看看召尧盟主是不是有时间光临寒舍？若是可以，那可真是——”

他似乎想找一个合适的词语来形容，却半天找不到，药蛮阴阳怪气地说："要蓬荜生辉了？"

"对对对！"叶雪一拍巴掌，"蓬荜生辉！"

赵天池舔舔嘴唇，沉默半晌，突然笑了，"这有何难？我们后天就回去，到时候肯定会帮您把话带到。"

"太好了！太好了！"叶雪笑得很开心，"那就这样，就这样——走走走，家仆说饭菜做好了，我们快去用饭，明日我备好车马，送二位回武林盟。"

"呃……这就不用了，我们不习惯坐马车的。"赵天池说，"我们去驿站要两匹快马，不到一天就回去了。"

"这怎么能行呢？不成不成！"叶雪大手一挥，"不必再提，给我叶某人这个面子，我肯定会把二位安全送回武林盟。"

药蛮不小心咬了舌头，苦着脸看着赵天池。

叶雪见二人离开，带着笑意转身去给自己倒茶喝，刚刚转过去，脸上的笑意就消失不见，露出一点凶光来。

入了夜，赵天池与药蛮两人凑在一起商量，药蛮说："怎么办？赵天池，要不咱们今天晚上溜了算了。"

"不行！我们来不就是为了不让叶雪起疑心吗？更何况你看我们俩这几天在这儿吃吃喝喝玩玩乐乐，很明显不是什么脸皮薄的人，会因为不好意思坐人家的马车就半夜溜走吗？你别看叶雪那样，他聪明得很。"

"那就这么回武林盟？"药蛮说，"若是回去也好，我们可以找机会见见余雀和乔梓楠。"

乔梓楠正在写字。

月亮很大，屋里的烛火也很亮，将这间屋子晃得宛如白昼。

"师姐，看得清吗？"召尧坐在她对面，头也不抬地说。

乔梓楠没有回答他。

过了半晌，她说：“我不想写了，带我去见阿雀。”

“阿雀很好，你不用担心。”召尧伸手替她剪了剪灯花，“明天再去看也不迟。”

“我不想等到明天，我现在就要去。”乔梓楠面无表情，看一个陌生人一样看他，“我知道他在哪里。”

“知道了你也进不去。”召尧安抚似的轻轻拍了拍桌面，“等明天吧。”

“够了，够了！”乔梓楠拍案而起，“你到底要干什么，你告诉我，你到底是什么时候变成这样的？”

“我没有变。”

召尧微笑着看她，仍旧是和平时一模一样的笑容，谦虚，有礼，带着一股不属于江湖中人的书生气，甚至显得有些腼腆。

“我一直都是这样的。”

乔梓楠坐了下来，拿手盖着眼睛，过了半晌，突然哭了出来。

“你不是这样的，你怎么会做那些事？”她强忍着眼泪，“我根本不知道你什么时候有了那么高的武功，还有薛攀是不是你杀死的，是不是？赵天池他肯定做不出那种事——”

“为什么？”召尧看着她，“你认识我多久，认识赵天池多久，为什么这样笃定我就是罪人，他就是无辜的？薛攀已经死了，事情已经了结，你为什么觉得我就是那个凶手？”

乔梓楠并不知道为什么从小朝夕相处的师弟会变成这样。

在她的心里，他是最好的孩子，哪里都好，不争不抢，不骄不躁，无论他们三个人过的是什么样的日子，他都欣然接受，从来没有与任何人起过冲突。

然而一夜之间，全部都变了，乔梓楠第一次发现他是这样的人，他杀人不眨眼，还若无其事地嫁祸给别人，并且那样平静地当上了武林盟盟主，还把余雀软禁了起来，乔梓楠觉得很害怕，她不知道召尧到底要干什么。

她哭，召尧就沉默，过了一会儿，递给她一条手帕，面无表情地继续看他的书。

乔梓楠实在哭得累了，就趴在桌上睡去，召尧看了她很久，才起身离开了。

他回到自己的房间，仍是没有睡意，坐在床边发了会儿呆，他吹了声口哨。

有人推门进来，问他有什么吩咐。

“胡一刀还没传信回来？”他问。

“暂时还没有。”

召尧挥挥手，让对方离开。

……

“盟主，展信佳……展信佳……你个王八蛋，你去死吧你……”药蛮一边念念有词，一边拿着毛笔在纸上狂写。

“不要闹！”赵天池把纸笔抢了过来，药蛮又抢回去，两个人在马车里打成一团。

“好了好了好了！滚开，我来写！”药蛮踹他一脚，“你那狗刨的字儿，召尧肯定不会看的。”

“盟主，展信佳，您吩咐的事情，已经顺利办妥，属下很快便回，胡一刀亲笔。”药蛮写完了，问赵天池，“这么说行吗？”

“行吧……到时候把它扔进武林盟的院子里，你把你头绳拿出来放信封里，更真实一点。”

药蛮觉得有道理，照做之后将信收好，跪坐在座位上，挑开帘子去看外面的风景。

“居然已经要春天了……”她喃喃自语，“春天来了，秋天还会远吗？”

赵天池不理她，靠着窗户假寐。

“哎，再也不要喜欢一个没有见过面的人了。”药蛮突然说，“还是喜欢能见得到面的好了。”

“魔教教主是个热爱拈花惹草的妻管严，你很失望？”赵天池说，“那你下一个喜欢谁？”

“段烈吧……他就很好啊，超级有绅士风度的，我吃了那么多烤串他都没有黑脸，这么久一点绯闻都没有，《武林日报》不说他是江湖第一好男人吗？喜欢他肯定没错了吧？而且我这又不是像喜欢魔教教主一样，没结果，我可以和段烈结婚啊！”

赵天池听了这话，猛地大笑起来，一边笑一边咳嗽，差点笑吐了。

“你再笑？！”药蛮凶神恶煞，“你看着我的眼睛！”

赵天池看了她的眼睛，笑得更厉害了，因为药蛮昨天没睡好，又吃多了水肿，双眼皮都肿不见了。

“小心我把你眼珠子挖出来……”药蛮咬牙切齿地拿刀比画，“赵天池，你这个小贱人。”

她话音刚落，马车猛地停了下来，药蛮站不稳，往前栽了一下，差点把刀捅进赵天池的胸口！

好在赵天池反应快，矮身滚到了地上，这才避免了一场无妄之灾。

“就知道胡闹，你赶紧把刀收起来，真把我捅死了你就哭去吧你。”赵天池冷汗直流，“快点。”

药蛮心有戚戚焉，不敢再闹，将刀收好。

“怎么驾的车啊？”她冲着外面喊，“喂！”

外面没有回答。

赵天池神色一敛，示意她不要说话，过了片刻，八支长剑突然一起刺进车里！

然而赵天池与药蛮趴在地上，勉强躲过了这场灭顶之灾，外面的人似乎也被示意噤声，过不多时，只听见一阵脚步声，车厢门被猛地踹开，赵天池拎起药蛮破窗而出！

车夫已死，外面有八个手持长剑的人，正虎视眈眈地看着他们。

药蛮与赵天池背靠着背，都握紧了自己的武器。

“赵天池，你是不是在外面装小白脸骗了谁家的姑娘？”

“我还想问你，你是不是找了谁家的有妇之夫，被人家妻子找人过来寻仇了？”

那八人突然齐声一喊，不给二人说话的机会，从四面八方杀了过来！

几个人战成一片，赵天池与药蛮都暗自心惊，因为这八个人使的功夫也不知出自哪门哪派，怪异得很，根本摸不着套路。赵天池虽然武功高超，但是以少敌多，还是有些勉强了，又要顾及药蛮，很快就落败，被人生擒活捉带走了。

两个人都受了伤，药蛮伤得更重一些，腰间一个又深又长的伤口，赵天池也没有好到哪里去，两个人被捆好，堵了嘴，扔进两个大大的木桶当中，又被许多青枣覆盖，也不知去往哪里，颠簸了好久才重见天日。

药蛮已经昏死过去，被人带走，不知是干脆灭口还是带去治伤保密，赵天池则被人带走，又有人过来搜身，过了半晌，直到眼睛上蒙的布被人揭开之时，他看到了一个男人。

“是胡一刀吗？”他说话的腔调很奇怪，“嗯？”

赵天池下意识地否认：“不是不是，你们抓错人了。”

那人站起来，唔了一声，拿出了赵天池与药蛮刚刚写好的信。

“这封信上说，你是胡一刀。”他微笑着，“不要对我说谎，不要学你的主人。”

赵天池越是在危急的时候越机灵，他马上想到，胡一刀的主人是谁？召尧？

“我真的不是胡一刀！我就是个替他送信的！”赵天池说，“我是金虎寨的，那人是武林盟的，他认识我们老大吴刚，所以叫我去给他们送信，我真的什么也不知道啊！”

“金虎寨？”

“对啊，金虎寨。”赵天池转转眼珠，突然福至心灵，“我们是魔教罩着的。”

那人脸色变了几变，终于不屑道："我就知道，中原人都是背信弃义的东西！居然背着我勾搭上了魔教。"

"您别生气——气大伤身，我们老大和召尧其实关系也就一般，他们大人物在筹划什么，我也不懂，但是我们都觉得召尧那人心思太多，得防着点儿。"

那人有些烦心地摆摆手，叫人带他下去，走到一半，突然又用生硬的中原话说："带他和他的同伙去治伤。"

赵天池与药蛮被治了伤，关在一间还算干净的小屋中。

两人无语对视半晌，药蛮说："我真的想打你。"

"为什么？"

"我觉得遇到你之后，这一辈子的倒霉事都被我赶上了，我要是留疤了，我就拿刀把你的肉挖出来。"

"你不要这么不讲理好吧，我还说遇到你之后我就没有好事呢！"赵天池靠在墙上，"也不知道外面的是什么人？"

"高丽人啊，你听不出来？"

"什么？你怎么知道是高丽人？"

"一听就听出来了啊……"药蛮无语地看着他，"高丽人说中原话就是这个腔调的，我在十五岁的时候疯狂迷恋过一个从高丽来中原发展的少侠，那个人当时超级超级火的，你知不知道？他讲话就是这样的，我有一次把他钱包偷了，然后假装好心路过的人帮他找，找了好久，但是后来他好像是赚够钱就回老家成亲生孩子啦！"

赵天池突然想到了魔教教主日记里提到的高丽人，在他的日记里，高丽人……高丽人似乎也在寻找琉璃神像的另外一半？

赵天池心下一凛，仿佛有一道闪电从脑海中劈过，炸得他醍醐灌顶，"……我知道了！"

"你又知道什么了？"药蛮撑着下巴看他，"这么激动。"

"召尧的功夫是和高丽人学的！"赵天池一拍巴掌，"我就一直在怀疑，召尧在沱山派的时候根本就没有机会学功夫，那里一共就三个人，就算他得到了什么传世秘笈，也不可能有这么高的功夫啊？但是如果有人教他，或者偶尔找机会见面指点指点，他又有天赋，又肯吃苦，肯定会进步不小的，这么来说也不奇怪……高丽人肯教他功夫，大概是因为他对对方许诺了什么，许诺的有很大可能就是那个琉璃神像！”

“可是他为了什么啊？”药蛮说，“你不觉得很奇怪吗？就为了当武林盟盟主吗？我看他也不像那种功利心特别重的人啊——你别瞪我，这是女人的直觉。”

“你们女人就是爱瞎猜。”

“你们还不会猜呢！”

“好了，说正事，先不管召尧有什么阴谋，我们现在该怎么办？”

“凉拌咯，人为刀俎我为鱼肉，我们只能态度好点，让人家不要太凶，看在我长得这么好看的面子上。”

“不能凉拌，我们得主动出击……刚才那高丽人说什么来着，是不是说什么中原人都靠不住？”

“啊，说了，怎么了？”

“我们可以出卖一点假情报，比如说——召尧背着武林盟，偷偷和魔教做了联盟，想甩了高丽人。”

“我去说我去说！”药蛮激动得搓搓手，“说别人坏话我最在行了。”

两人凑在一起叽叽喳喳，大致敲定了细节，并且决定由药蛮去说，在他们的谎言里，药蛮是吴刚的情人，所以知道的内幕要比赵天池多一些。

“可我是吴刚的情人，为什么会和你单独出来？”药蛮撑着下巴问。

两个人对视一会儿，都觉得周身一片恶寒。

“那就说你是吴刚的妹妹。”赵天池补了这个漏洞，自觉智商很高，“成了！”

两人虽然还是不晓得为什么高丽人会袭击自己的合作伙伴，却也知道他们之间有了嫌隙，这让他的谎言作用翻倍，几乎不用说得太多，高丽人就相信了赵天池的说辞，他怒极反笑，却又平静下去，与赵天池二人谈起话来。

“你们和魔教到底有多少联系？”

“听说魔教教主前几天还来我们寨里了呢！”赵天池有些洋洋得意，“魔教很罩我们的。”

“那你们和召尧之间，又是什么关系？”

“这个嘛，我就比较清楚啦！”药蛮做天真无邪状，“我偷听过我哥和他谈话呢，两个人一直谈到了后半夜，好像是在密谋，和一个宝贝有关。”

高丽人似信非信，却也没有再问了，对他们俩倒是客气了许多，他相信两国交战，不斩来使，这两个人就是代表魔教的来使，又知道许多和召尧有关的事情，他不能轻易地伤害他们。

药蛮转转眼珠，说：“其实我哥特别讨厌他，感觉他那人不行，辣鸡，鬼主意太多，也都防着他呢，你要是和他有什么来往也小心点儿。”

高丽人对药蛮的态度要好上许多，甚至还会对她微笑，药蛮觉得自己的美貌生平第一次被人认可，不禁摇头摆尾，得意非凡起来。

“中原的少女，很好。”高丽人笑着说，“身体强壮。”

“……”药蛮黑着脸，“谢谢你。”

赵天池憋着笑，任凭药蛮的脚在自己脚背上狂踩。

“我怎么称呼您呢？”赵天池说。

“赤焰冥神。”高丽人口音古怪地重复，“赤焰冥神。”

赵天池与药蛮一起忍笑，恭维道：“好名字好名字。”

“是吧？我也这样觉得，这名字是我的一个中原朋友帮我取的，她很美丽。”赤焰冥神脸上流露出一点向往的表情，“很美丽。”

“是谁啊？”

“你们不会认识的。”赤焰冥神说，“她叫苏妍。”

赵天池脸色古怪地说：“不认识不认识，真的不认识。”

赤焰冥神似乎很快就想清楚了自己的战略，他放赵天池二人离开，且决定与魔教结盟。

“我的诚意天地可鉴。”他说，“但是我知道这件事，要讲利益，若是你们魔教与我联手，在我得到了中原武林之后，我可以许诺，把它分给你们一半，我也劝你们早点和召尧撇清关系，那个家伙是个疯子。”

“此话怎讲？”

“他是个偏执狂，太偏执的人，这里都有点问题。”赤焰冥神指了指自己的脑袋。

赵天池与药蛮的伤还没好，不能马上就走，要在这里多住一段时间，赤焰冥神表示欢迎，觉得自己现在对这二人释放越多的善意，到时候与魔教的合作就会越顺利——肯定会比上一次顺利。

赵天池与药蛮发现每天晚上，这些高丽人都会聚在一个房间里，留下一两个在外看守，屋里的人不知道做什么。

两人实在按捺不住好奇心，偷偷爬上了他们的房顶，将瓦片掀开偷看，发现他们在跳舞。

“哇哦，这是什么舞。”药蛮小声说，“好奇怪。”

“一二三四——二二三四——收腹挺胸——再来一次——”赤焰冥神说，“一二三四——”

“不知道啊，这练的是什么邪门功夫？”赵天池神情严肃，“怪吓人的。”

两个人偷看半天，记住了动作，药蛮回去回忆着练习一会儿，很快就腰酸背痛，体力不支地跌坐在地。

“高丽人好神秘啊……”药蛮眼神空洞地说，“累死我了，是不是吸星大法？”

而此时的神秘房间中，赤焰冥神与一众高丽人鸣金收工，赤焰冥神擦擦汗说："不错，郑燕多神女传授的这套体操，果然能锻炼身体，我们要坚持做，听见没有？"

众人答是，纷纷穿好衣服离开了。

赵天池与药蛮到达武林盟时，已经是三天之后了。

武林盟周围的环境十分好，背靠群山，门前傍水，易守难攻，整个武林盟被巨大的围墙围起来，挡得滴水不漏，虽然大门敞开，却也没有闲杂人等敢经过。

赵天池与药蛮两人也没敢靠近，躲在一棵树上离远了看，药蛮苦恼道："怎么混进去呢？要不然我们去找一条狗，让它叼着信走进去？"

"……去哪里找一条成精的狗啊？你让狗叼着进去它就叼着进去？"

两人讨论半天，决定在附近找个小孩儿，给他买点吃的，让他帮忙带进去，武林盟素以侠义著称，显然不会为难一个小孩子。

赵天池找了半天，才在一条小河边找到了三五个正在玩耍的小男孩。

"小孩儿！"他鬼鬼祟祟，像个人贩子，"过来。"

带头的小胖子走过来，笑嘻嘻道："干什么？"

"哥哥等会给你们买糖葫芦吃，你帮哥哥把这封信送到武林盟去，好不好？"

小孩儿仍然是笑嘻嘻的，他走过来，却没有接信，而是在赵天池脚边站着，赵天池低头看他，觉得腿上热热的。

"啊啊啊啊啊啊啊啊——"赵天池狂叫道，"你对着我撒尿干什么！"

"这附近没有卖糖葫芦的，你骗我。"小胖子傻乎乎地笑。

其他几个孩子也都人来疯似的围过来哈哈大笑，赵天池跑到河边疯狂拿水冲洗裤子，剩下几个小孩笑着喊："我们刚才也尿到那里去啦！”

赵天池强忍着打孩子的冲动，甩脱了他们往河的上游走，看看水还算干净，赶紧走下去狂冲起来。

他看冲得差不多了，松了一口气，刚刚转过身，却听到一个女子惊讶地叫了一声。

赵天池抬头看，那女子也看着他，两人都愣住了。

“你怎么回来这里了？”乔梓楠紧张极了，左右看看，拉着他跑到了一个隐蔽处，“你不要命了？召尧肯定会杀了你的！”

赵天池说：“你怎么会在这儿？”

“我说我实在呆得闷了，要出来散散步，召尧才放我出来。”她神情紧张，“但是附近大概还有人跟着我，你说话不要太大声。”

两人对视一眼，都从对方眼中读出了一样的信息。

“召尧——”

“召尧他——”

乔梓楠叹了口气，“我完全不知情，我们俩从小长到大，我不知道他到底为什么要这么做？他真的不是这样的人。”

“连你都不知道……”赵天池挠挠头，“他当上武林盟盟主之后，有什么变化吗？”

“完全没有，一点破绽也没有露出来。”乔梓楠说，“要不是我太了解他，说不定也会被他的花言巧语糊弄过去，但是后来他看我态度不对，就将余雀软禁了起来，我也不敢轻举妄动，对其他人说什么了，而且我担心，就算我说了，其他人也不会信。你知道他从前是什么样子的，对吧？他现在依然是那样，不争不抢，待人有礼，我要怎么去说服别人去相信我呢？”

赵天池没想到连乔梓楠都束手无策，也不知说点什么好，掏出了身上的信递给她，赵天池说：“不管怎么，你先把这封信交给他吧，就说是胡一刀交给你的，他派胡一刀去杀我的朋友，还好被我们发现了。”

乔梓楠点点头，往周围看看，决定回去，赵天池则蹲在地上再等一会儿。

“不要担心。”乔梓楠攥着拳头，将拳头伸给他看，“邪不胜正。”

她打开拳头，里面是一朵带着水滴的黄色小花。

“幻术吗？”赵天池接过来。

“不是。”她笑了一下，“春天到了，花开了。”

说完，她转身离开了。

药蛮在不远处等了很久，才把赵天池给等回来。

“来——给你一朵小花。”他笑嘻嘻地说，“春天到了，花开了。”

“春天到了，你还是找不到老婆。”药蛮将花插在头上，“不知道下一个春天会不会有呢？”

两人在武林盟附近的时候，特别谨慎，因为悦来客栈也许就是武林盟的产业，谁也不敢保证不会被人认出来，赵天池把自己扮成个丑书生，让药蛮扮成个小书童，才敢去找了家小馆子吃饭，决定稍作休息就择日启程。

这次二人身上的钱有很多，大多数是吴刚的孝敬，还有一些是叶雪的孝敬，在赤焰冥神那里虽然被搜了身，但是为了表示友好，赤焰冥神又还给了他们，所以并不为了钱烦恼，点了一桌菜，慢慢吃了起来。

二人抱着“反正也没人认识我”的心态，菜上来一盘，就吃光一盘，空盘子叠了很高，药蛮叼着一块排骨，凶巴巴地看着对面的瘦弱男子，“看个屁？没见过人家吃饭啊？”

那男子不敢多嘴，讷讷不敢言。

药蛮翻了个白眼，刚要说话，就听见外面一阵喧哗，似乎是隔壁的人打起来了，她有热闹必看，当即叼着排骨跑出去看热闹，赵天池则继续吃自己的，哪知道过了片刻，药蛮神色惊慌地跑回来，低声说：“快走！”

她说完了，拉着赵天池出了门。

赵天池不明所以，却也没有说什么，只是低声问：“怎么了？”

后面的喧哗声越来越大，似乎有人在隔壁店闹事未果，有个带头的人不耐烦地说：“都他娘的给老子闭嘴！”

大街上人虽然不多，却也不少，赵天池与药蛮混迹其中，并不突兀，可两人还没走多远，就听见背后有人大喊：“哎，您二位还没给钱呢！”

二人只装听不到，越走越快，身后的店小二追上来，两人拔腿就跑！

赵天池与药蛮在前面跑，店小二在后面跑，在隔壁店闹事的几人虽然不明所以，但下意识地也跟着跑，拖了那样长的一串，行人纷纷避让。

赵天池与药蛮不认路，只知道见到岔路就走，可是跑来跑去，还是把自己跑进了死胡同里。

二人对视一眼，都问对方：“怎么办？”

“我就知道指望不上你，没用的东西。”药蛮抓狂道，“跳墙！”

身后的追兵眼看着就要来到，没有时间再犹豫，赵天池也不知道墙后面是什么，鱼跃而起，翻墙而过。

“怎样？！”药蛮紧张地站在墙的另外一边喊他。

“……不怎样。”赵天池紧张地咽了口唾沫，看着眼前龇着牙围过来的机智恶犬。

最终两人还是被抓住，扭送回了武林盟中。

第十一章　风雨

赵天池的衣服都被撕破，差点被狗咬了，仍然是惊魂未定，药蛮负隅顽抗，把胳膊扭了，也垂头丧气，两个人对视一眼，都觉得这次大概是要完。

赵天池能从魔教出来，是因为魔教教主刚好死了，苏妍和罗玉为了稳定军心，不得不找一个与他长相相似的人替代。两个人能从赤焰冥神手中逃脱，是因为他本来就与召尧生了嫌隙，自己是召尧的对立方，又有半尊琉璃神像在手，赤焰冥神自然要以礼相待。

但是这几个人加在一起都比不上召尧一个人可怕，因为他们都有明确的意图，无论是想稳定魔教，发展魔教，还是想要那琉璃神像，但是召尧没有。

赵天池不知道他想要什么。

但是他知道，自己与药蛮大概是要交代在这里了。

二人都不是自己本来的样子，所以进入武林盟时，并没什么人关注，而抓着他们的人又挑了小路走，一路上他们连求救的机会也没有。

两个人并没有见到召尧，反而被单独关了起来——武林盟的地牢做得非常保险，面积很大，只有中间一小块凸出的石柱可以站住，四周全都是水，带着赵天池的人用轻功将他放在上面，拿镣铐铐了，一言不发地离开了，任凭赵天池花言巧语，也没有什么施展的机会。

他很快就觉得冷，并且越安静越冷，一动不动怕是要把人直接冻死，然而这地方就那么大一点点，别说跑跳，就算是站不稳都有可能掉下去。

赵天池虽然没有做过梁上君子，但是和药蛮也学过一点开锁的手段，他艰难地从自己腰带中拿出一根细细长长的铁丝来，尝试着将锁打开。

哪知道废了半天的力气，那锁还是打不开，反而把铁丝断在了里面。

赵天池两眼无神地看着水面，“完了，怕不是天要亡我？”

他话音刚落，水牢的门就被打开，一个俊朗男子穿一身不起眼的青衣走了进来，却在这光线暗淡的水牢里显得那样夺目，乃至于有些光彩照人了。

“赵天池。”召尧笑着说，“又见面了。”

赵天池心中紧张，却偏要做出一副不害怕的样子，小混混似的歪着头蹲在石柱上，挑衅道：“怎样？这不是杀了薛攀的武林盟盟主吗？”

召尧仍然是微笑着看他。

“胡一刀死了吗？”他说，“落在你和药蛮姑娘的手里，大概还没什么事情，但是落在吴刚手里，那就凶多吉少了，他们依附魔教，行事作风也像魔教一样狠辣，不择手段。”

赵天池只觉得毛骨悚然，惊愕不已。

“你这话是什么意思……你知道胡一刀出事了，为什么不去救他？”

“胡一刀那种头脑简单的人，怎么斗得过你们两个呢？这不是恭维——你虽然不聪明，但是很机灵，在这个世道，机灵来得更重要一点。”

“你故意要胡一刀死？为什么？”

“他和我交手过，所以要死。”召尧说，“告诉你了，没有吊你的胃口，怎么样？我知道你啊，就算是跑去魔教给人家当教主，也是个沉不住气的人。”

“……”

“不要用那种眼神看着我，你在我面前没有秘密。”召尧随意地找了个石头坐下来，“我不得不说，你看人的眼光很差，而且高那个人也不会保守秘密，你和他结盟，无异于和白痴结盟，没办法成功的。”

“高？”赵天池疑惑道，“高是谁？”

召尧笑了一下，笑得十分腼腆，似乎觉得这个名字很好笑，又不好意思嘲笑人家一样，“就是那个赤焰冥神，他也不是不知道这个名字很搞笑，但是苏妍给他起的，他很舍不得换掉。他那个人就是这样，虽然知道这份感情无望——我和你打赌，即使魔教教主死掉了，苏妍也不会变心的，就算变心，也不会和他在一起。”

赵天池只能击节赞叹：“他不高，你才高，我问你，是不是这世界上没有你不知道的事情？”

“这世界上，有很多我不知道的事。”召尧似乎也觉得冷，将自己的手放在嘴边，轻轻地呵了一口气，淡粉色的嘴唇形状很好看，薄薄的，高挺的鼻梁在脸上投下了一片阴影来。

“但是你没资格说人家。”赵天池说，“你不是也很喜欢乔梓楠吗？但是她和余雀在一起，也不会变心的，我看你还是没放下人家。”

召尧无奈地笑了一下，“是啊，这种事也没什么办法。”

赵天池沉默不语，过了半晌，突然拿脚踢了刚刚用来开锁的铁丝进水里，荡起一片涟漪。

“你要杀要剐，悉听尊便，我也不想多问什么了，你这个人太可怕，我不要和你打交道。”

召尧听他这样说，笑着摇摇头，“今天不能杀人，乔姑娘会不高兴。”

“怎么又叫人家乔姑娘了？”赵天池说，“叫了十几年的师姐，当上武林盟盟主就叫乔姑娘？你这个人啊，变心太快。”

“她不高兴我叫她师姐，所以我就不叫了。”召尧笑了一下，赵天池发现他笑起来的时候，眼睛有一点点往下垂，显得年纪很小，又脾气很好似的，“我有时候叫她乔姑娘，她还会愣一下。”

“你怎么知道我和药蛮会去那里吃饭？这你都算好了？还是那封信给暴露了？”

“是乔姑娘回来的时候，眼睛和平时不一样，虽然没有笑，但是我能看得出来，她比平时开心了一点，我在想，到底有什么事情能让她开心呢？自然是现在的难题解决了一点儿，她现在的难题就是我本人，能对我有影响的，也就只有那天在现场的你了，就是这样，怕你听不懂，仔细给你解释一下。”

“……”赵天池拱手道，“服了。”

召尧来找他，不打他，不骂他。他的一切秘密，在召尧眼里都不是秘密，虽然他不知道到底是谁把自己给卖了，还卖得这么彻底……赵天池实在是想不出到底召尧为什么要来找自己了。

“你是不是在想我来找你干什么？”召尧看着他的眼睛，“我来找你，其实就是想和你呆一会儿，在沱山派的时候，你有一次与我对月饮酒，喝到很晚，记得吗？我这一生很少有开心的时候，那算一次，就冲这件事，我是不会让你受什么不必要的折磨的。”

赵天池差一点就被他给哄骗了，还觉得有些感动，然而很快就反应过来，“你这个伪君子，老子差一点因为你死了啊！那天要不是罗玉来救我，仇重肯定会把我活活打死的，想起来就生气，我告诉你，少在这里假惺惺，打什么感情牌，我要是活着出去，肯定要一剑戳死你。”

“那一天是意外，真的。”召尧说，“你还记得在武林大会的时候，薛攀给你送了一块牛肉吗？其实我觉得，那个时候他就想杀你了，我也不知道为什么会这么想，但是我的预感很准，后来——那天晚上，薛攀肯定是想杀你的，要不是我去杀了他，你早就死了，哪里还有命在？但是我杀薛攀不是为了救你，我只是想杀他而已，你不要多想。”

“为什么？”

“薛攀想杀你，是因为你说自己是赵狂流的儿子啊！”召尧解释给他听，“当年赵狂流意外身亡，就是薛攀干的，好像是因为他那时候因为豪赌，输光了家产，又欠下一笔巨债，根本没办法负担，他就为了这一点钱财，把多年的好友杀害了，还掳走了他的家财，那个小孩子的事情，我不是很清楚，但是薛攀就算没有痛下杀手，大概也没让那小孩子好过了，在这样许多年之后，你贸然出现，自称赵狂流之子，还身怀这样好的功夫，他怎么可能不心虚，不害怕呢？心虚了，害怕了，就干脆先下手为强，到时候可以说，你是个冒名顶替的骗子，露出了马脚，所以就把你杀了。”

赵天池听完，已经是目瞪口呆。

“薛攀就是这样的人，你惊讶什么？能为了一点钱，将自己拜把子的兄弟杀了的人，还被尊称为大侠，真的是非常滑稽。”召尧摇摇头，“但是这天下，多的是这样道貌岸然的人，多的是这种滑稽的事情，从前是，之后还是，没办法的。”

“你还好意思说别人，你不也是吗？”赵天池说，“你不也为了一己私欲把脏水往我头上泼，我还记得你那天是什么德行，欠揍死了。”

“我确实是，和他们比起来，我也没有好到哪里去，都是一丘之貉罢了，你倒是没有说错。”

他这样坦诚，赵天池倒骂不出口了，又不想这样干呆着，搜肠刮肚地找话题。

“你的功夫是谁教给你的啊？”

“高，他来中原有很多年了。”召尧似乎寂寞很久，只想找人说说话一般，毫不隐瞒地说，“那时候怎么说呢？只能算是机缘巧合吧，他也不知道去沱山后面做什么——后来说是去给苏妍捉一只小鹿，也不知是不是真的，总是，他就掉在了后面的陷阱里，还被树枝给刮伤了腿，伤口很深，又爬不出来，差点死了。我去后面捉兔子吃，看见了他，就把他救了，当然，没敢带回去，因为我知道乔姑娘和余雀都不喜欢我带生人回去。”

他闭上眼睛，似乎在仔细回想，“照顾了他有多久？不到七天吧，他就没什么事情了，别看他那样，他的功夫和身体都特别好，最后一天我去找他，他居然杀了一头野猪，还毫发无伤，我很惊讶。

“他说，他要走了，为了感谢我，他决定摘了自己的项链给我，项链也许很值钱，我也不懂，他说他叫赤焰冥神，以后不管出了什么事，可以拿着这项链去找他，他会帮我的。但是我说，我不要项链，我想和你学功夫，请你务必认真地、没有保留地教我，我会更加认真地、全心全意地学习的。

“他想了想，答应了我，当场教我一些简单的招式与心法，没过几天，又给了我一本秘笈，从那之后，他有时间就会过来指点我，而我又很努力，所以进步得很快，但是三年之后，他说他不会来了，因为他没什么东西可以教给我了——可是我们俩现在又机缘巧合地联络上了，我算是他的徒弟，我做了中原的武林盟盟主，有八成是他的功劳。”

赵天池长长地哦了一声，说：“原来如此……哎？可是好像也不对，你和你师兄师姐三个人，就你们仨住一起，可以说是相依为命了吧？他们怎么可能不知道你偷偷练功？”

“如果对方不是很关注你，那你想要避开他们的注意，是相当容易的，很多时候并不用刻意避开啊！”

“我知道了，你肯定是想着不蒸馒头争口气，憋着劲儿要做武林盟盟主，吓他们一跳，让他们两个之前瞧不起你！这会儿还不是做了你的阶下囚。”

“不不不，你怎么会这样想？”召尧觉得好笑，“我看起来有那么小心眼吗？况且，他们俩是我的师兄师姐，无论如何，我们三人都相依为命过，我不会虐待他们的，乔姑娘你见到了，她很好，余雀师兄呢，确实是被软禁了，但是他也很好，每天练剑或看书，我没有伤害他一根头发。”

“那你是为什么啊？你杀人干什么？”赵天池抓耳挠腮，好奇死了，“你难不成心理变态？”

召尧这一次，却没有再如实回答了。

“对不起，这个不能说，我也不想骗你。”召尧说，“我不擅长撒谎。”

“你这个人！”赵天池一激动，差点掉水里去，“你怕不是疯了。”

“算是吧。”召尧勉强笑了一下，点点头，“这么说也没什么错。”

他站起来，似乎要准备离开。

“这里呆着很不舒服，我知道，但是为了不让你出去乱说，我还是委屈你一阵子吧，药蛮姑娘到底是女孩子，身体不好，禁不住折腾，我就把她关在了别的地方，你不必担心。”他说，“我先走了，还有事情要做，再见。”

“……回来！”赵天池吼道，“你给老子回来！”

无人应答。

赵天池每天就呆在那石柱上，觉得自己时刻都有猝死的危险。

召尧这个人，不是什么好东西！他不断地告诫自己，不能被他的外表蒙骗，他只知道嘴上说得好听，什么逼不得已，什么委屈了你——全都是在胡扯，坏事一样没有少做，若不是他，自己可能已经在京城买房子了，怎么会沦落到今天的地步？

他一日三餐的饭，都由一个女子送来，赵天池还以为她是哑巴，毕竟他被关了半个多月，那女子一个字都没说过，然而有一次召尧在那女子离开之前走了进来，她略带紧张地说：“盟主。”

召尧点头，又坐在水边的石头上，她关了地牢的门，离开了。

“她喜欢你。”赵天池坐在地上，把玩着脚上的镣铐，“你是不是最近桃花运很旺啊，我看你要犯桃花了。”

召尧一笑，“你是怎么看出来的？”

“我看你长得帅，怎样？”赵天池拍他马屁，“这还用问。”

“长得帅，就能被人喜欢吗？”

“大概是的。”

召尧摇摇头，似乎不太赞成他的意见，却也没有争论——赵天池早就发现他就是这样的人，从不会与人争论，但是所有的事情都会按照自己的意愿来做，这样的人果然更加让人恨得牙痒。

“兄弟，你要把我关到什么时候啊？”赵天池满脸绝望地看他，“该不会把我关到死吧？”

“我把你关到死干什么？”召尧觉得好笑，“这样吧，我与你约定一个期限，决战紫禁之巅的时候——你就可以从这里出去，好不好？”

“真的假的？！”赵天池吓了一跳，“兄弟，你不要骗我，我这个人没什么文化，很好骗的。”

召尧说：“一言既出，驷马难追。”

水牢外突然有轰隆隆的声音传来，大概是要下雨了。

果不其然，哗啦啦的雨声传了进来，赵天池抱着肩膀下意识地打了个哆嗦，他总觉得每次下雨，这里就特别冷。

“这边的天气真奇怪，为什么这时候还有这么大的雨啊？”赵天池说，“冷死了。”

召尧不回答。

他沉着脸，眼中一点感情也没有流露出来，平时仿佛长在脸上的笑容也不见了，赵天池这才发现，他不笑的时候，看起来一点也不显得脾气好。

反而令人有些害怕。

“是，为什么要这时候下雨？”召尧面无表情地说，“为什么要下雨呢？为什么，这个世界上要有那么多从天而降的灾祸，让人冻死，饿死，让人没办法好好地度过这一生？”

他这样说的时候，眼中的冷冽又退去了，满是哀伤之情，沉甸甸，像要溢出来的湖。

他再没说一个字，起身离开了。

过几天，仍旧是那个不认识的姑娘来给他送饭吃，赵天池因为实在是无聊，变得善于观察了许多，他发现这姑娘好像是一天比一天憔悴了。

知道她不是哑巴，赵天池就找机会逗她讲话，可是任凭说什么，她就是不理不睬，赵天池某天实在是急了，端着碗冲她喊：“你知不知道为什么召尧不喜欢你啊！”

她的表情僵硬了一下，却很快就恢复了平时的冷漠，赵天池喋喋不休，“因为他这个人，不喜欢别人话太少，你知道乔梓楠为什么能被他喜欢这么久吗？因为乔梓楠话特别多，我就没见过嘴这么碎的人，她做一锅饭，你若是吃不干净，她就要唠叨你大半天，唠叨得你头晕，但是你们盟主，我觉得他和正常人不一样，他特别喜欢别人唠叨他，越听越开心，美了，感觉有人关心自己了，恨不得当场就和人家成亲了。”

那姑娘嘴角抽动几下，不知在忍着什么，赵天池继续忽悠：“你不要以为我骗你啊，你看，他现在是武林盟盟主，身边的人肯定都不敢惹他啊，乔梓楠也对他爱搭不理的，但是你，只有你，一枝独秀，敢和他妈一样唠叨他，他还不觉得找到了心灵的归宿，栖息的港湾？”

“你给我闭嘴！”那姑娘几下踏过水面，冲过来狠狠扼着他的脖子，“你少提他，你也配？小心我杀了你！”

她虽然是个姑娘，手劲却十分大，赵天池哪知道她突然发的什么疯，冷不丁就被袭击，差点翻了白眼，想要反抗，还戴着镣铐，眼看着人就要不行了，那姑娘才松开了手，喘着粗气道："你给我老老实实地闭嘴，以后他来看你，不要在他面前乱说话，让他伤心，听见了吗？！"

说完了，她转身就走，赵天池只觉得头晕脑胀，恨自己和这个疯子嘴贱，捂着脖子咳嗽起来。

那姑娘使了轻功上岸，走到门边，突然回头说："我警告你不要和他乱说话，你到底听到没有？"

赵天池爬起来，只顾咳嗽，并没有回答她的问题。

那姑娘柳眉倒竖，刚要说什么，就悄无声息地倒了下去。

乔梓楠站在她身后，紧张地喘了几下，手中举着一个很大的食盒。

"乔姑娘！"赵天池简直如同见到了亲人一般，"救我出去！"

乔梓楠无需他的吩咐，已经来到石柱上，掏出自己藏着的刀，在他的镣铐上狠砍两下，只听几声金石碰撞的声响，赵天池终于重获自由。

"哇，你这刀好厉害。"

"别说话，跟我走。"

乔梓楠嘱咐完，带他回到岸边，脱了那倒在地上那姑娘的外衣，给赵天池穿上，又皱着眉头帮他简单清理了一下头脸。

"脏死了……"她忍不住小声唠叨，"怎么搞的？就算不能洗脸，你在这里又不用风吹日晒，哪会搞得这么脏？别乱动，我给你涂点胭脂。"

赵天池被扮成了个怪模怪样的姑娘，乔梓楠深吸一口气，说："外面有人看着，你低着头走路便是，捂着脸，假装怕晒，要不然他们一眼就会看出来。但是不要紧张，假装没事就好，我在你身边，他们不会多问的，谁也不知道你被抓进来，要不然仇重早就来找你寻仇了。"

二人出来，外面阳光很足，赵天池被晃得睁不开眼睛，乔梓楠拉着他的手，带他一直往前走，神态自若，而武林盟的众人好像和她都不是很熟，或是有些怕她，并没人过来和她搭话。

“乔姑娘，盟主在找你。”一个黑衣男子拦住了他们的去路，赵天池听声音耳熟，看到他腰间的佩剑认了出来，大概是胡一刀的师弟。

“好，我知道了。”乔梓楠冷冰冰地说，“等等我就过去。”

她要往前走，那人却不让。

“你有话就说，不要浪费我的时间。”乔梓楠不知为何突然生了气，“盟主生病了，我很心烦，走开。”

她推开了对方，拉着赵天池前行，赵天池也不知往哪里走，只管闭着眼睛往前走，好不容易能适应了，他发现自己来到了乔梓楠的房间。

“收拾东西，你快走。”她冷静道，“药蛮姑娘还安全，你不用担心，我等等就找机会把她救出去。”

“去哪里？”赵天池居然还笑得出来，坐在凳子上看着自己脸上的胭脂，拿手蹭蹭，又把手放下来，“我暂时还不能走。”

“为什么？召尧他又和你说什么了？你怎么能信他的话，你不走，他早晚有一天要把你弄死！”

“我要搞清楚他到底想干什么。”赵天池说，“我总觉得不对劲，他的眼神，他的话，反正就是很不对劲，你不是也不知道他要做什么吗？”

“他……他不就是要现在的一切吗？”乔梓楠似有疑惑，“还有什么？”

“你还是个姑娘呢，怎么心眼和药蛮一样粗，敢情我的心眼是针尖，你们的是米缸，我怎么认识的都是这种姑娘啊……”赵天池恨铁不成钢，“你看他开心吗？他快乐吗？他满足吗？我天天给关在牢里，他有时间了就跑去找我说几句话，我都能看得出来，他根本一点也不开心，心里的愁啊，都要像一江春水一样挡不住了。”

“……我不清楚。”乔梓楠过了半晌才说，“我不知道他到底在想什么，还以为只是因为他杀了人，后怕了。”

“他还要杀更多人呢，和他交过手的人他都要杀，因为怕人家琢磨出来他的功夫是哪门哪派的，你看他像是会后怕的人吗——哎，这事儿太复杂，改天再说，话说他为什么生病？”

“那天下大雨，他一直在院子里蹲着，不知道挖什么，挖了一会儿，有人劝他回去，他虽然看着不像生气的样子，但是一下子就把那人给推开了，然后就没人敢来劝他，他淋了好一会儿，就生病了。”

“都这样了，那不就是有什么心事吗！他肯定憋着什么坏，如果不搞清楚他到底在惦记什么，我们要怎么阻止他？”赵天池擦了脸上的胭脂，又钻进了她的床下，闷声闷气道，“好了，不和你说了，刚才你那一下打得可不算重，说不定那个暴脾气的姑娘已经醒了，满世界找我呢，你先出去，随便去哪儿，挑小路，他们肯定以为你把我送出去了，要是发现我在这儿也没辙，算我倒霉——好了好了，你快走，回见。”

乔梓楠根本不知道他到底想干什么，就被他给推走了，他想了想，还是不太保险，爬出来四处看看，发现乔梓楠的衣柜大又高，且和多宝阁连在一起，他趴在上面，若往里缩一缩，在下面往上看时，还是不太容易发现的。

他动作利落地往上爬，将自己的身体舒展开来，紧贴着墙，并且暗自庆幸自己年纪还小，正在长身体呢，就算是最近这样胡吃海塞也没有变胖，仍旧是一个苗条的美男子。

外面乱起来时，他已经躺了好一会儿，觉得乔梓楠似乎也挺讨厌那个姑娘，到底——给砸晕了这么久，用的力气肯定不小。

有人进来，喧闹一片，浮皮潦草地掀开了床褥，又打开衣柜看看，就急匆匆道：“没有，快走！”

赵天池想，召尧偷偷关了自己，大概只有几个靠得住的心腹知道，那暴脾气的姑娘为了不暴露这件事，大概是找了个别的理由，闹贼？

也许是了。

就这样在那里缩了一天，直到晚上，他终于等到了乔梓楠回来。

乔梓楠说：“他知道了。”

“生气了吗？肯定没生气，你是他的亲亲好师姐，他怎么会生你的气呢？”赵天池哈哈一笑，“快，找纸笔，给我画个地图来。”

“哦，好，好……”乔梓楠找了纸笔，想了想，一边画，一边详细给他讲解起来。

“这里，就是召尧的住处。”她说，“顺着这条路——”

“嗯嗯，这个不重要，等等再说，你告诉我，武林盟里，藏书的地方在哪儿？”

“藏书的地方……”乔梓楠蒙了一会儿，恍然大悟，“我想到了，就是这里吧，我知道召尧总是会去，之前我也去过几次，这里面除了武功秘笈，还有很多别的杂书。”

赵天池这次认真了许多，看着乔梓楠指出来的路，在心里默默走了几次，又问清楚守卫分布，觉得心中大概有数了，便又跳上衣柜，睡起觉来。

召尧这场病来得很凶险，但是他一向身体不错，没过几天，就痊愈了。处理了手上积攒的大小公事之后，他接到了消息，赵天池还是没有找到。

他倒是不担心对方会坏自己的事，因为比起自己的担心来说，赵天池的担心才更多一些吧，毕竟他若敢在这附近露面，很有可能还来不及逃跑，就被灵雨派的人杀了。

人是乔梓楠放的，召尧也没有和她发脾气，事实上，他已经不太记得发脾气是什么感觉了，人会有七情六欲，只有佛才永远不会生气，但是他虽然会生气，却大概已经失去了发脾气的本领。

事已至此，都怪他考虑不周，他派人出去里里外外不断搜寻，同时也在做自己的事情。

初春的藏书阁里非常冷。

那是一种像是风一样的冷，软绵绵的，一直吹到了你的骨头缝里，将你从里到外都冻住。

也许乔梓楠是看赵天池太冷，才去救他吧？师姐总是那样善良。

想到这里，召尧笑了一下，又摇摇头，否定了自己的想法，她是恨上自己了。

眼前的书籍被摊开，书很旧了，以至于上面的字迹模糊不清，他费力地辨认着，不时在纸上写下一行字。

他看的是一个国家的资料，虽然不是很齐全，但因为这个国家曾经与朝廷打过仗，也不至于像一些寂寂无闻的国家一样，找不到一点记录。

因为夜以继日地赶工，他已经查到了很多的资料。

那国家不大，人口却不少，且十分封闭，很少与别国来往。

他们全民都信奉一个神，据说那个神的真身有十层楼高，总是笑眯眯的，看上去和蔼憨厚，在世界创造之初，那个神会拿着一柄锋利无比的大刀，将刀柄攥在手里，刀尖朝下，不断地迅速旋转，每旋转一次，就有一样东西被创造出来，就这样周而复始地旋转，这个世界就被创造了出来，且每次有一个人死去时，神都会旋转刀柄，那个人就会复活，所以，在那个国家的民众心中，人是可以永生的，只是出现的形式不同而已。

因为你再次被复活时，说不准被复活成什么，也许是一块石头，也许是一朵花，或者是一粒沙子之类。

这里记载的最为神奇的一件事是，这个国家的君主——十分受人爱戴，做了无数造福于人民的事情的君主，因为急病身亡了，这个国家的人都十分悲痛，不想接受，于是集体祈求他们的神，祈求神复活这个应该长命百岁的国王，于是奇迹发生了，国王居然在众目睽睽下复活了。

这件事的细节，被描绘得无比精确，并且无论在哪本书里，时间都对得上，只是在国王复活之后的描述则十分混乱，有人说国王最后还是死了，有人说他一直活着，一直活到王国覆灭。

这个国家的覆灭原因很是简单——当今朝廷与它打了三年，虽然朝廷也算损失惨重，但是那个国家付出的代价无疑更加的多，它直接被灭了国。

而起因就是因为一尊神像。

它把那尊神像送给了朝廷，给皇帝带来了一些灾难，于是皇帝觉得它假意臣服，实际上是想诅咒自己，但是……但是，召尧心想，真的是这样吗？

根据他现在知道的消息来说，并不是的。

那两个离奇身亡的皇子都想拥有这个神像，于是手足之间互相残杀，至于神像是不吉利的这种说法，也许是误传，也许是故意的。

召尧想，那个国家肯定不是在假意投诚，他们是为了讨好朝廷，才将神像当作进贡的礼物，他们的神因为体恤自己的子民，并没有介意这件事，还是让它带上了神力，却没有想到这会给自己招来一场血光之灾。

想到这里，召尧休息了片刻，他盯着烛火看，那烛火暖黄，又带着一点红色，于是给他的眼睛里也染上了这种颜色，越来越浓，越来越艳，乃至于让他看上去有些痴了。

带着神力的，神像，能让人起死回生的神像。

召尧若有所思地盯着它们看了一会儿，突然轻轻地叹一口气，将书稿放下，起身出去吃饭了。

他刚刚关上藏书阁的门，赵天池就将两条腿倒挂着翻了下来，悄无声息地落在了地面，看看四周无人，冲过去拿了召尧的手稿，翻看起来。

他越看越吃惊，逐渐瞪大了眼睛。

第十二章　赌场

赵天池这几天过得不是很好受，因为他时时刻刻都要躲着人，晚上睡厨房的柴火堆后面，地上又冷又硬，比他流浪的时候好不到哪里去。

但是他又觉得很刺激，因为他发现了很多八卦，其中最大的八卦莫过于他发现峨眉的小师姐与武林盟里一个小跑腿的谈起了恋爱，小跑腿的是武当弟子，这几天峨眉和武当的两位长老被召尧叫到武林盟，不知有什么事，那峨眉的弟子就跟过来，假装有事跑开，偷偷与情郎相见。

他躲在柴房里睡觉的时候，听到二人故作镇定地聊天时，无声地狂笑起来，仿佛已经看到了《武林日报》的头版头条。

然而八卦过后，他还是想到了一些正经事——召尧的手稿。

他因为不敢托大，只悄悄在书房里潜伏过几次，并不能近距离地看清楚上面到底写了什么，然而他知道召尧在研究什么也就够了，果然和他想的一样，召尧在找那个神像里的秘密。

起死回生。

赵天池其实之前就已经隐隐约约有过一点预感，只是还没确定，现在确定了，他却更摸不着头脑，召尧到底想复活谁呢？

其实这件事，赵天池觉得过于不靠谱了，以至于不太像召尧能做出来的——他多冷静啊，怎么可能会相信这种传说？且不追究他到底会想复活谁，难不成这么多年来，他苦心孤诣，抓住一切机会达到目标，最终的目的就是为了验证这个传说是不是真的。

那该会是有多强的执念？

想到这里，赵天池只觉得不寒而栗。

可是他仍然不放心就这样离开，虽然大概知道了召尧想做什么，却不清楚那属于武林盟的半尊神像到底在何处，赵天池决定先下手为强，将那神像找到再说。

如果召尧没有骗他，赵狂流真的是薛攀杀的，那么那半尊神像大概也被薛攀给偷走了吧？他会不会干脆给卖了？

对啊，他之前一直都默认，那半尊神像就在武林盟中，召尧只不过是因为时机不成熟，或是不想被别人看出自己的意图，才没有动手，实施自己的计划，但是赵天池突然想到，召尧是这种人吗？对于无所谓的事情，他可能会顾忌，但是对自己势在必得的事情，他什么时候客气过，又什么时候在意过别人的眼光？

他现在还没有把事情搞大，是不是因为他发现薛攀根本就是把神像给卖了，他也在找神像的下落！

赵天池心下一凛，觉得自己再不能浪费时间了，他必须先下手为强，将那半尊神像找到。

自己身上的蛊毒还没解呢，罗玉只给了两个月的解药，那小子疯疯癫癫，拿人命不当人命的，虽然自己长得像他哥，但是惹了他不高兴，怕是像他爹都躲不过一死。

想到这里，他当机立断，决定借着今天的夜色离开这里好了。

武林盟中，最不引人注意的地方就是厨房，赵天池若是能找机会溜到召尧的藏书阁中，就会去呆上一会儿，研究研究召尧的书和手稿。若是那天守卫打了十足的精神，他也不会以身涉险，而是找机会在厨房附近转悠一会儿，偷点东西吃，这让他发现了一个规律，每天的申时，换班的守卫会把刚刚还在巡逻的人替下来，但是因为厨房这边并没什么可巡逻的，所以他们有时候会偷懒，大概半个时辰，这附近是没有人的。可赵天池发现，厨房附近的围墙有一小块空缺处，被杂草给盖住了，大概是个狗洞，他今晚趁着守卫偷懒的时候，从那里钻出去就好了。

果不其然，到了时间，新一轮的守卫并没有如期前来，而旧的守卫已经走了，赵天池躲在暗处，在心里数了十八个数字，外面仍是一片安静，他深吸一口气，警惕地出了门。

左右看看，并无异状，赵天池放了心，冲到那狗洞旁，刚要跪下钻过去，就听到一阵奇怪的声音传来。

可是他凝神静气地听，又没什么声音了，他以为自己听错，继续爬，可是爬到一半，赵天池发现自己高估了自己的身材，那狗洞显然不是给他预备的，他卡住了。

他刚要试着退回去重新钻，就觉得自己身上猛地被砸了一个什么东西，砸得他直接趴在了地上，差一点呕血身亡。

赵天池还以为自己被人发现了，拼了老命往外钻，哪知道砸到他的东西居然惊声嚎叫起来，左动一下，右动一下，就是不肯从他身上下去。

赵天池一半在外，一半在里，根本不知道里面是什么情况，可听着那人的叫声似乎有些耳熟，自己又实在是出不去，只好咬着牙后退，驮着那重物退了回去，他看清了眼前情形，差点气得吐血身亡。

“走义！”赵天池一把将他推下去，“你要干什么，我问你，你要干什么？”

走义还以为自己出师不利，刚刚进来就被人捉包，哪知道他乡遇故知，当场激动得快要落泪，“赵大哥……”

“别叫我大哥，我没你这样的倒霉弟弟。”赵天池尝试着站起来，警惕地扶着自己的腰，“你跳下来的时候不会看看下面有人没？你是傻子吗？”

“我太紧张了，不敢看……”走义还是那副没用的模样，苦着脸，“赵大哥，你这是要去哪里？”

“我这是要逃走，溜了，懂不懂？”

“可是，可是药蛮呢？”走义露出焦急的神色，“我知道她是和你一起来的，你走了，她怎么办，难不成她已经……”

走义说不下去，眼眶居然红了。

“别嚎了，药蛮没事，听见没？她比我安全多了，你少来添乱，快，现在，马上，给我钻出去。”

走义敢怒不敢言，只好学着他刚才一样，跪在地上，使劲往外钻，赵天池在他屁股上狠踢一脚，才算是把他踢了出去，又报了刚才的仇。赵天池自己因为心中很急，怕人过来发现了他，也使出神力往外钻，居然很顺利地钻了出去。

二人在墙外站定，对视一眼，走义突然反应过来，“不对，我要回去。”

“你跟着添什么乱啊？”赵天池啪地一声拍上了他的脑袋，“你会武功吗？你打得过几个人我问你？人家要是问你，你和药蛮怎么认识的，你是不是还要把金虎寨也给供出来啊？”

“……你怎么是这种人？”走义瞪着他，“我看错了你，没想到你这么不讲义气，你放心，就算是被捉住，我也不会将你和金虎寨供出来，我们读书人，这点气节还是有的，不会像你一样没义气！”

赵天池并非没有义气，而是因为知道了召尧并不想杀药蛮，又有乔梓楠在，药蛮在武林盟中，反而比在外面要安全一些，可是他被这样劈头盖脸地指责一顿，反而不想解释了，一把将走义推在墙上，“小爷就是不讲义气，你来打我啊！打不过就滚一边去，少出来添乱。”

走义又急又气，干脆一把推开他，弯下腰，又要从那狗洞钻回去。

赵天池烦他软弱，却也不得不佩服他胆子挺大，为了药蛮那个臭丫头敢只身赴险，刚要说点什么，低头一看，走义又卡住了，却十分倔强，一声不吭地往里钻，并不肯要赵天池踢自己一脚助力。

“行了，兄弟，知道你有胆子，但是你就别跟着添乱了吧？读书人，要不要跟着我一起去拯救武林？”赵天池将他拔出来，蹲下身去与他讲话，“我和你保证，药蛮没事，但是我很有事，有大事了。”

走义犹豫半晌才说了实话，他不敢看赵天池，小声说：“你有事没事关我什么事。”

“……你。”赵天池狠狠抽了他一下，“我不是你的朋友吗？带你出去吃的饭都白吃了吗？你还读书人，也忒不要脸，那么能吃！”

走义故作镇定，闭嘴不答，却也觉得自己这次有些冲动了，他转身就走，一不小心摔在地上，赵天池说：“你吃那么多还营养不良，走路摔跤？”

他爬起来继续走，赵天池跟在后面叨叨叨，“真的，你也多锻炼锻炼，少吃点，看你屁股大的。”

走义也不是没脸没皮的人，没想到吃他几顿饭就被他这样损，脸都要掉到地上了，红着脸大喊一声：“别说了，我吃了你几顿饭，还给你就是！”

“啊哈哈哈，你还给我，我也不要，一顿饭值几个钱，我对你的情义可是值千金，千金难买小爷的真心，你懂吗？”赵天池继续叨叨叨，“你若是帮我去拯救武林，我就不唠叨你这几顿饭了。”

走义没办法，只好点点头，答应了。

二人虽然出来了，却仍然不敢过于招摇，挑了个僻静小路，暂时离开了武林盟的势力范围，赵天池这几天一直提心吊胆，好不容易冷静下来，竟是觉得有些脚步虚浮，摆摆手示意停下，靠着一棵树坐了下来。

“你怎样了？”走义说，“我带了点吃的，你要不要吃。”

他从自己的小包袱里掏出几个糖心酥饼，上面还盖着几朵小花。

“哎哟，你这是来春游了。”赵天池拿过饼，三两口就嚼光了一个。

“你吃了我的饼还敢这样说我，要点脸吗？”走义现学现卖，哪知道赵天池脸皮厚得惊人，装作没听见。

沉默半晌，走义问：“我们干吗去？”

“……对啊，我们干吗去？”赵天池突然觉得心里空落落的，似乎是一直在思考的大脑停了下来一样，他有些无所适从地挠了挠脸，很快就回过神来，“我们得去找找薛攀年轻时候的朋友。”

“薛攀是谁？”

“……薛攀就是，就是。”赵天池不耐烦道，“是你奶奶个腿，站起来，走！先吃顿饱的再说。”

他害怕出现那天与药蛮一起被活捉的惨剧，特意带着走义走了很远，都快要到常乐镇，才停下了脚步，找了家不起眼的小馆子走进去。

里面虽然小，却很干净，只有老夫妻两个在忙，这会儿不是饭点，人不多，只零星几个过路的要了茶水，坐在那里慢慢地喝。

赵天池说：“要两碗米饭，一盘醋熘白菜。”

走义眼珠子都要瞪出来，他只身赴险，身上没带钱，又不好意思说自己吃不饱，只好假装无事发生，这里摸摸，那里挠挠，分散自己的注意力。

“好嘞！”老头年纪虽然大，精神却很不错，行动与讲话都与年轻人无甚差别，很是利落，起身去了后厨，过不多时，就端来很大一盘菜，和两个比赵天池脸还要大的碗。

“这么多！”赵天池惊讶道。

“你们两个小伙子，怕你们吃不饱。”老头擦着旁边的桌子，头也不回地说。

走义痛心疾首，“赵天池，你看看人家老伯与我们素不相识，都能这样善良，你呢？你明明有钱，偏不舍得给你的好兄弟买一盘肉吃，真是——真是，哎。”

“你嚷嚷什么你。”赵天池一拍桌子，“再嚷嚷醋熘白菜也没了，你去一边儿蹲着看我吃。”

那老伯走过来，笑呵呵地看他们吵嘴，打圆场道：“不要吵了，出门在外不容易，不要因为吵架伤了感情。”

走义点点头，出手如电，转眼间白菜已经少了一小半，米饭已经没了一半，赵天池直翻白眼，“兄弟，你在家都吃不上饭吗？你们家几口人，把你给饿成这样？”

走义只吃不答，吃光了碗里的饭之后才说：“我们家就一口人，我一人吃饱全家不饿。”

“我看你一个人饿起来就够呛。”赵天池大肆翻白眼，“老伯，再来一份醋熘白菜，一份辣椒炒肉，分开装，我不要与他一起吃了，和这家伙吃饭太累人，还要抢着吃。”

他说着，起身到了隔壁桌，不再看走义一眼，走义也不搭理他。

饭菜上来，赵天池慢慢地吃，其他的客人也都吃好了茶水走了，那老伯坐在赵天池对面，将一只手搭在了桌面上，另一只手擦拭桌子。

赵天池发现他少了一根手指。

他的小拇指齐根断掉了。

赵天池假装没看见，低头吃饭，却忍不住又看了一眼。

老头发现了，倒是没有不高兴，还冲他笑了一下，说：“年轻时候闯了祸，被人家给砍了一指，老早的事儿啦！”

“这么凶的吗……”赵天池心有戚戚焉。

“是沾了赌，还不起钱。”老头给自己倒茶，“赌可千万沾不得，我后悔啦，好在是痛改前非，要不然，还不知道现在在哪儿呢！”

赵天池听到赌，心中一动，问他：“老伯是本地人吗？”

“是啊，本地人。”他说，“怎么？”

“这儿离武林盟可够近的，他们还敢砍人手指，真是——真是无法无天了。”

“武林盟又不是官府，哪儿会管这些闲事啊？”老头一笑，“就算是官府，也不太爱管这些闲事，再说——我记得当时武林盟还有个人好赌，闹得很大呢！”

“哦？是谁啊？”

“记不清啦，好多年前的事儿了……”老头想了想，“想不起来了，就记得年纪不大，反正比我小几岁，很英俊的一个小伙子，看着很开朗呢，哪知道上了赌桌，就像变了个人，疯的呀，谁都劝不住，后来好像是输得厉害，欠了一大笔钱，好好的人，差点给毁了。”

走义闷头吃饭，听到这里，不禁抬起头来，一边大嚼肉菜，一边眨巴眼睛看着老头，赵天池更是放下了筷子，问他：“那最后怎么摆平的呢？”

“这我也不清楚，大概是有人替他还了？他们混江湖的，讲义气，哪能看着自己兄弟见血呢！”

赵天池觉得他说的有很大概率就是薛攀，却也知道他大概并不是很清楚具体发生了什么，正想问问他，记不记得当年涉事的其他人，老头突然打了个哈欠，起身往后厨去了。

过不多时，一个老婆子走了过来，坐在柜台处眯着眼睛看账本，看了半天，把自己看困了，不住地打起瞌睡来。

赵天池吃完了，也没管走义，起身去给她钱，老婆子醒了盹，慢慢地给他们算账，算了几次，却都没算明白，赵天池倒是不急，与她闲聊：“阿婆，这附近有赌场吗？”

那婆婆听不清，抬头嗯了一声，赵天池大声喊：“婆婆，这附近有没有赌场！”

她倒是听清了，摆摆手说：“别去！”

老头从后厨走出来，笑着说：“你问她？她最恨人去赌，不会告诉你的。你们要去做什么？”

赵天池撒谎道：“我们去找人，家里的亲戚半个月没回家，听人说在附近出现过，我们出来找找，他好赌，才问问附近有没有赌场。”

老头了然，热心地给他指了路，又笑道：“其实这就是我年轻时去过的那个，这样多年，还开着呢，真是好买卖。”

赵天池哈哈一笑，“好！真是巧了。”

说罢，他拖着吃个不停的走义出门，走义挣扎道：“你干什么你，我还没吃饱呢！”

赵天池拖着他走，边走边说：“你再这么耽误我的事儿，我就把你扔到茅坑里去吃屎。”

走义气得要死，却自知打不过他，只好小声说：“我让你去吃屎。”

“你说什么？”赵天池揪着他的衣服，“再说一次？”

“……”走义红着脸狂喊，“我们又不是屎壳郎，吃什么屎？你这人有点功夫就知道欺凌弱小，不就是功夫吗，谁不会啊！”

他说完，咋咋呼呼地抡起了拳头，倒像是在练狗刨，赵天池一把推开他往前走，走义远远跟着，警惕地看着对方。

天色将晚时，赵天池终于找到了老头指路的那间赌坊。

周围的房子都破破烂烂，唯独这里被装修得非常豪华，迎来送往的，看上去有不少有钱人，都是一副醉生梦死的模样。

赵天池会玩一点，并不精通，他兜里有钱，却根本不够玩一把大的，便去了玩色子的地方，跟着众人在投注处扔了一点碎银子，赌大小。

走义非常紧张地左右看看，生怕自己被吃了似的，贴着赵天池，一动不敢动。

赵天池运气不错，连着赢了几次，却十分清醒，有一搭没一搭地玩儿，眼睛不断巡视着周围，赌场里的打手看他不对劲，互相使了个眼色，盯他盯得紧了一点。

走义见状更加害怕，抓着赵天池的腰带小声说：“喂，我们什么时候走啊？”

“你再唠叨我就一刀捅死你！”赵天池突然大喊，“是不是活腻歪了？”

他目露凶光，恐怖非常，周围的人都吓了一跳，纷纷抬头看他，那几个打手几乎是转瞬之间就围了过来，“干什么的？！”

赵天池肩膀被扭得生疼，却也没有反抗，他说：“你们赌坊掌柜的呢，把掌柜的叫出来！”

几个打手押着他就要往外面送，赵天池哪能被他们制住，几下就把他们打倒在地，瞬间扭转了局面，赌场中的赌徒也都知道这热闹不好看，纷纷放下色子牌九，要往外走，一时之间场面乱成一片。

突然，一把飞刀直射过来，直贴着他的脸，戳进了他身后的柱子上，铮铮作响，还在不住晃动。

“各位继续玩儿。”一个霸道的女声传过来，“别坏了雅兴。”

赵天池回头，见到了一个穿红衣的女人。

她很高，又瘦，却丝毫不显得羸弱，反而透着一股爽朗的硬气，和她的脸一样，虽然化了妆，却没有普通女子的娇媚，大概是因为她的眼睛是单眼皮，又是一双吊梢眼，面无表情的时候，显得凶巴巴的。

“来捣乱，是吧？”她突然抓着赵天池的头发，将他狠狠摔在墙上，说罢，对打手说：“带他们两个过来！”

赵天池与走义被打手押过去，走到内屋一个小房间里，这房间装饰得十分简单，只有一个桌子，和两把椅子，桌上放着一套干净的茶具。

“小兄弟是玩得不开心了？”她似笑非笑，“还是找我有事？”

赵天池没想到这是个女的，他最怕与姑娘打交道，因为对方一哭，他就歇菜，可是看这姑娘一副铁血模样，就算被砍个十刀八刀，似乎也不会哭，他放了心，说：“找您有事儿。”

没等姑娘说话，他又说：“早知道是个这样貌美的姑娘，我肯定不会这样叫你出来，真是失礼。”

那姑娘瞪他一眼，“油嘴滑舌什么？有事就说。”

赵天池说：“实不相瞒，我想买了这里。”

那姑娘一愣，而后不屑地笑道：“你想买？老娘还不想卖呢！”

“都赔钱赔成这样了，还不想卖？你对这里感情够深的啊！”赵天池说，“何必硬撑呢，早点脱手，早点轻松，是不是？”

姑娘脸色变了几变，“谁叫你来的？”

“没人叫我来，没人指使我——你看你那几个打手，瘦得和鸡崽子一样，风一吹就倒了，这也能当打手，肯定便宜得不行，还有那几个坐庄的都是你花钱雇来的吧？手可不快，我随便看了一眼就抓了两个现行的，也就是那几个过来赌的，赌到头晕眼花，看不清啦！”赵天池给自己倒了杯茶，继续说道，“还有你，不是我说，姑娘不应该对自己好点儿吗，你看你的衣服，都洗得掉颜色了，头上的钗子也是过时的样式，鞋面脏了也没有换，是不是只有这一双好鞋子啊？要是我的妹妹，我会心疼的。”

那姑娘听他说完，没有窘迫，也没有流露出软弱的神色，沉默一会儿道：“你说得没错，但是我不相信天上掉馅饼的好事情，这赌坊是我父亲开的，我不能让它在我手里没落，赔钱也要撑着，你这样精明，肯定也看出来了，这附近都是些破烂房子，很少有人住了，以后肯定也会越来越差，不比城里那些花街酒巷里的大赌坊，你买了仍然是赔钱，买它做什么？天上掉馅饼的好事情，我从不相信。”

赵天池说：“我是真的喜欢和聪明人说话呀，你坦白，我也不瞒着，我是有事相求，才过来这里的，这件事对我来说非常重要，和那点钱比起来，算不得什么，所以我才会明知赔钱也要买，将这个大馅饼扔给你啊！”

“什么事？”姑娘犹豫着说，“你要先说清楚。”

“不用怕，只是问几句话而已——”赵天池说，“认识薛攀吗？”

姑娘神色恍惚了一下，“谁？”

“薛攀，武林盟里的一个大侠，很出名的，大概与你父亲年纪差不多大。”

“武林盟的……武林盟的，薛……”她微微皱着眉，似乎在仔细地想，过了半天，她恍然大悟，“是不是薛平生？”

“薛平生？不知道，我也不知道他有没有换过名字。”赵天池说，“年轻的时候个子很高，长得不错。”

“那大概是的了，我记得确实是有这么个人，怎么了？”

“关于他的事，你都记得什么？都说一说吧。”

那姑娘一听是打听这种无关紧要的事情，神色缓和了点儿，“我……我想一想，我只记得他生得高高帅帅的，但是好像脾气很不好，每次输了就要闹事，因为他长得好，所以特别显眼，让人印象很深，他总说别人出老千，很玩不起的一个人，若是别人没有出千，他会说，下次你就没这么容易糊弄过去了，若是别人出千了，他就会和别人动手，他身手很厉害的，有几次还差点闹出人命来，但是——但是身手好，父亲也不敢不让他来玩，其实我小时候不懂事，还喜欢过他，但是他这样，我后来就很讨厌他了。”

“嗯嗯，然后呢，还有什么？”赵天池听得很认真，“他就这样一直玩下去了？”

“没有，虽然他脾气那样大，但是赌技其实很一般，又每天都惹事，很快就被人盯上了，那几个赌徒，我猜大概是哪个曾经被他打过的赌徒请过来的帮手吧？都是生面孔，他们给薛平生下了套，你知道的，就是最开始，会一点一点地让他赢，越赢越多，这群人打扮得像是外地来游玩的阔老爷，薛平生可能觉得自己碰到了傻子，一直在跟着他们玩，越玩越赢，赢得越来越多。”

赵天池不住点头，示意她继续。

“然后有一天，我记得很清楚，薛平生特别兴奋，因为他们那次玩得很大很大，如果赢了，他大概后半辈子都不愁吃喝了，但是那次，他偏偏输了，不光把赢的钱都输了，还背了一大笔债，那时候我对钱还没有概念，但是也知道，大概是他这辈子都还不起的债，其实我也很害怕，因为我怕他会暴起杀人，但是那几个人，显然也是有功夫，又防备着他，当即把他围住，绑着手脚，给制服了……其实他们不必那样吧，因为我觉得他当时肯定很崩溃，恨不得一头撞死了，哪还有心思蛮不讲理地打人呢？”

“也对，也对。”赵天池说，“那他没有怀疑这是你父亲做的局？”

“有啊，但是他被制服了之后，那个曾经被他欺负过的赌徒就出来了，很得意地承认了，并且要他赶紧去筹钱，把钱交出来，否则就要挑了他的手筋脚筋，然后再抬着他绕武林盟转一圈，大声把事情经过说出来，让他颜面扫地，再也不敢回武林盟，我第一次看薛平生那样害怕，他还求饶了呢，也不知是害怕被人挑断手筋脚筋，还是怕自己在武林盟的别人面前丢脸。”

赵天池说：“我觉得二者都有，那时候他大概和武林盟中的其他人有矛盾吧？所以他想，自己被人挑了手筋脚筋，非但不会有兄弟出来帮助他，还会被人落井下石，逐出武林盟，所以他才这样怕，其实这种情况很有可能啊，一个赌徒的人缘能好到哪里去？说不定早就臭大街，根本借不到钱啦！”

“嗯……总之，他当时很害怕，但是那些人也不是想要钱，大概他们也知道薛平生没有钱，他们就是想报仇而已，总之就是当时吵得乱哄哄，吓人得很，薛平生突然说，老子有钱！有办法弄得到钱，你们给我十天的时间，我肯定把钱弄到手。”

“他们信了？”

“最开始当然是不信的了，但是薛平生说，自己和谁……和谁来的，是好朋友，那个好朋友肯定不会不管自己的，然后又说了许多很吓人的话，什么若是被挑了手筋脚筋，自己就算是化成灰，变成鬼，也不会放过这里的每一个人什么的……反正那些人看他这样疯，也知道他不是个好惹的人，就算挑了手脚筋，也不一定保证他不会买凶杀人报复，这就是个疯子……然后他们就同意了，但是也没有那么轻易地放人，让他签了好几张不知道是什么东西的纸，又拿了他的佩剑，还去他家里，把他的妻儿都给带走了。”

赵天池听到这里，恍然大悟，薛攀说的那个好朋友，肯定就是赵狂流！他以为，赵狂流有钱，又是自己的好兄弟，肯定不会弃自己于不顾，但是赵狂流那种人，大概早就看不惯这种烂赌鬼了吧？也许后悔与他结拜为兄弟也说不定，或者还是想着兄弟义气，但是越讲义气，越是不能帮他，帮一次，反而会害了他吧？无论是这两个原因的哪一种，赵狂流最后应该都没有拿钱，薛攀想起自己的妻儿都被绑架，自己又前途尽毁，很可能丧失理智，急火攻心，将赵狂流给杀了。

杀了人之后，薛攀干脆一不做二不休，将所有知道他今晚来到这里的人都给杀了，掳走了赵狂流的钱财，还有那半尊琉璃神像。

没错，一定是这样！

走义似乎听得怕极了，没出息地一个劲给自己倒茶喝，头也不抬。

“然后他是不是就带了一大笔钱回来，把这事儿摆平了？”

“他确实是带了一大笔钱回来，但是并没有把这事儿摆平。”那姑娘说，“因为那些人也不知是不是太见钱眼开了，薛平生说自己的朋友多么多么有钱，他们就相信了，偷偷地在薛平生签了字的那张纸上动了手脚，将价钱翻了一倍，薛平生满以为拿着那些钱，就能把事情解决，可是没想到他们来这么一手，当场就要发疯，他们提醒他，妻儿还在他们手里，他才勉强镇定了下来，说，自己有办法弄钱，但是这是最后一次了，再多的也弄不到了，逼急了就让他们把自己老婆孩子杀了，大不了他也把他们杀了，鱼死网破而已！”

赵天池说：“没错，没错，薛攀确实是做得出来这种事的脾气。”

“那几个外地人似乎也没别的地方去，又好赌，吃住都在这里，他们拿了薛平生的钱，出手很大方，虽然我们都觉得有点害怕，但是也不敢赶他们走……后来薛平生就带着一个人过来了，那个人看着非常有钱，和我之前见到的所有人都不一样，总之——就是让人看了忍不住尊敬，又很想亲近的一个人，他带着薛平生回来，把钱交了，当场就把薛平生签字的纸给烧了，又派人去救了他的妻儿，薛平生好像很感激，还要给他下跪呢，但是他没让。”

赵天池听到这里，只觉得心里狂跳起来，是了，这就是那个出钱买了薛攀抢来的神像的人！

“那人长什么样子？”赵天池急忙问道，“有没有什么特征？”

“长什么样子，我记不清了，大概是个平头正脸的男人吧？反正他打扮得很好，看着不会丑到哪里去的，特征……”姑娘皱着眉头，过了半天才记了起来，“哦，我想起来了！我记得那个人右手的虎口那里，文了一个铜钱，很特殊呢，是——”

“是这边半个，那边半个，手背那边是招财，手心那边是金宝。”赵天池轻声说，“对不对？”

那姑娘怔了一下。

赵天池猛地站起来，“叶雪！”

第十三章　猴儿

春天的雨是一场大过一场，雪还没化，雨就落了，满世界都是冰，出去买个烧饼，能摔十几次。

走义前几天就摔了，也不知怎么就摔得那样有技巧，把腰给摔伤了，每天躺在客栈里，等着赵天池给他送吃的。

赵天池回来时，衣服上都结了一层薄薄的冰，他冻得满脸通红，好一会儿才缓过来，说：“冻死我了。”

“饼。”走义虚弱无力道，“饼买了吗？我要吃带肉馅的。”

赵天池从怀里掏出还热乎的葱花饼扔给他，“吃吧！没钱买肉馅的，钱都给那姑娘了，要不然你还想吃饼？屎都吃不上热乎的。”

“天呐，我在吃饭，你总提屎干什么？”走义咬了一口葱花饼，“那姑娘是不是还在等着你给她交剩下的钱呢？你这个人，真是个狠心的骗子，骗人家以为好日子要来了，结果呢？”

“谁说我骗人了？我是那种人吗？还骗姑娘，我可做不出来。”

“哎？那你哪儿来的那么多钱，据我所知，你们这种不搞点副业卖卖写真，或者是搞武术表演巡演的大侠，不都穷得叮当响吗？”

赵天池哈哈大笑，“天真呀，兄弟，我签的你的名字，当然用的你的钱，我和她说好了，最晚一个月之后，我处理好手头的事情，就去把赌坊买下来，你回家了好好安排一下钱款，别让人家久等。”

走义被葱花饼噎住，差点儿翻了个白眼死过去，好不容易被赵天池又是拍胸口又是喂水地救了过来，他咳嗽着说：“你！”

“我！”赵天池说，“我是个大善人，兄弟。”

“你用自己的钱做好事那叫行善，你用我的钱做好事，那叫伪君子，真小人！”

“饼吐出来，还有那天的醋熘白菜和炒肉，吐出来！”赵天池抓着他的衣领，“听见没？”

走义三番两次被他这样说，像是自己脸皮多厚，占了他无数便宜一样，红着脸说：“得了得了得了！买了就买了，你别叨叨了。”

“哇，看不出来啊，兄弟怪有钱的。”赵天池拍他肩膀，“我诈你一下而已。”

“……别说屁话了，下一步我们准备做什么？”

“去找一个非常非常有钱的人。”赵天池摸摸自己下巴，“不过这个人，不好对付。”

“怎么不好对付？”

“有两张脸的人，会好对付吗？”

上次见到叶雪的时候是什么情况，赵天池记忆犹新，他和药蛮脸皮那样厚，都要被他的热情款待给弄得不好意思，怎么形容呢？赵天池觉得，叶雪对待客人的尊敬程度，几乎称得上是谄媚了。

就是这样一个人，看上去软弱又庸俗，居然能将半尊神像藏在手里这么多年，任凭外面风风雨雨，都不显山不露水，若他真的是那个卑微的样子，有可能吗？

再说，薛攀这种人，江山易改本性难移，他就算活到一百岁，骨子里也是一个暴力、易怒，且不讲道理，唯利是图的人，他如果也觉得叶雪是个软弱的人，会不动心思，把那半尊神像拿回来吗？

可是，他没有，这么多年，或许他尝试过，但还是没有把神像夺回。

所以叶雪必定不是个简单角色，赵天池并不很敢贸然前行。

他也没有回到金虎寨常驻，而是回去打了个尖，在吴刚那里拿了点钱，乔装打扮，搬到了叶雪家附近的一个客栈居住。

没有药蛮与他商议讨论，赵天池还觉得有点不适应，这走义实在不是个适合与之共事的人，这人吃饭不剩，干活不行，让他去叶雪的家里应聘家仆，去的半路就给摔断了腿，倒在地上大呼小叫，哪里是个做卧底的材料？

想到这里，赵天池更觉得生气，“要你还有何用！”

“谁让你要我了！”走义喊得比他还要大声，“我是去救药蛮姑娘的，救药蛮姑娘的！你还要我说几次？要不是你拦着我，我早就把人给救出来了。”

“要不是我拦着你，你就会顺利进入武林盟中，然后被巡逻的恶犬一口叼住大腿，狂咬起来，你高声尖叫，涕泗横流，武林盟的护卫前来赶开恶犬，带你去了审讯室，只见那审讯室伸手不见五指，突然窜出来一只吊睛白额母老虎，二话不说，一鞭子抽得你跪下喊娘，还用我继续说吗？”

“不会的。”走义没什么底气地反驳，“我会躲着点的。”

赵天池嗤笑一声，“你呀，你算了吧你，还得看小爷的，走义，你听好了，我要去拿的那东西非常关键，事关好多人的生死——主要是召尧这人可能会弄死很多人，本来我决定让你到叶府去，偷偷探听消息，看看到底叶雪将半尊琉璃佛藏在了哪里？但是很明显，你这个狗东西很不中用，那我只好换个人，这个人是谁？你来回答。”

“……我哪知道是谁！怎么又把责任推脱到了我的头上，我已经被你坑骗去了万贯家财，现在又要坑骗我去做什么？”走义钻进被窝里，警惕地看他，“我不说。”

“我听药蛮说，你是做书商的，是不是？”

“是，怎么。”

“前几年京城抓了一批写巫术小说的，那些人最后都去哪里了呢？好——不用你回答，我早就查清楚了，都去了你的工作室做枪手啦，你那几个畅销书的笔名根本就都是假的，都是他们合作来写的，对不对？”

走义神色紧张，并不敢承认，赵天池一拍桌子，“好，现在就收拾行李，上京城去举报你偷税漏税，弄虚作假。”

走义崩溃地一脑袋钻进被窝里，哭叫道：“我这是造的什么孽啊！”

常乐镇的集市上，最近新来了个带着猴子表演杂技的人。

这个人生得很是瘦弱，又爱佝偻着腰，眼窝深陷，看上去与他带着的猴子没什么差别。

猴子表演的杂技只有一种。

耍猴人的身边，是一根大概有成年人五根手指并拢时一般粗的麻绳，可这粗粗的麻绳非但没有软趴趴地瘫在地上，反而像是一棵笔直的小树苗一般，挺立着。

可是，这并不算什么，耍猴人十分得意地说：“精彩的还在后面。”

他肩膀上的小猴子听见了这话，就会不情不愿地跳到那绳子上面。

小猴子看起来与他并不熟悉，或许是纯粹的惧怕他，因为小猴子瘦得十分可怜，屁股上还有很明显的鞭痕，即使在红彤彤的屁股上也十分显眼。

绳子晃动一下，又很快纹丝不动起来，小猴子就深吸一口气，像是即将启程去做什么大事业一般，表情严肃且坚毅，一下一下地攀着绳子往上爬。

绳子能够在没有依靠的情况下竖立在空中，已经让人觉得足够惊奇，小猴子露出这一手，更让人屏住呼吸，忍不住仔细看。

然而仔细看，也看不出什么蹊跷来，耍猴人随便他们看，只说不要去碰就好。

小猴子眼看着要爬到了绳子的顶端，歇一会儿，突然两只脚勾着绳子，将自己的身体倒吊下来，讨好作揖一般，向着下面的观众讨要赏钱，观众们看它实在厉害，又十分可爱，有钱的往往就不会吝啬，掏出一些钱来扔给耍猴人，那小猴子就会开心地在绳子上跳跃不停，再麻利地下来。

而更加神奇的是，在表演的全程，这耍猴人都会坐在半空中，两条腿盘着，下面空无一物。

因为表演实在是太精彩，每天都会有人过来观看，一传十，十传百，这小猴子的名声很快就传遍了常乐镇。

有一天，这小猴子不知怎么了，觉得十分紧张，它缩在耍猴人的肩膀上，任凭耍猴人一再催促，也不肯下去。

“喂！”耍猴人生出了一点怒气，“小猴儿！”

那小猴子可怜巴巴地趴在他的肩膀上，也不知是饿了还是生病了，两只眼睛水汪汪的，紧紧抓着他的衣服。

这会儿还很早，许多大户人家的家仆，与普通人家的主妇都吃过了早饭，出来采买一天所需要的新鲜蔬菜和瓜果，也想借此机会放松一下，而他们之中，又有许多平时出手大方的人，耍猴人不想失去这个赚钱的机会，不禁着急起来，伸手抓着小猴子的脖子，将它扔在地上。

那小猴子在地上滚了一圈，发出吱吱的叫声来，慢慢地往外爬，耍猴人勃然大怒，掏出鞭子就要往它身上抽去。

然而他的手停在了半空中，一双大手抓住了他的手腕。

“喂！”耍猴人不屑道，“你干什么的？少来管我的闲事！”

拦住他的人，是个拎菜篮子的年轻男子，长得高大敦实，白白胖胖，看起来平平无奇，只是手劲非常大，他刚刚使出了五分力，耍猴人就听见了自己的手腕发出可怖的响声来，他最开始还要忍着，可后来实在是忍不住，高声呼救起来。

那人这才松开了他的手，鄙夷地看着他，小声说：“骗子。”

“说谁是骗子？”耍猴人四处看看，“话不能乱说，饭——也不能乱吃！”

“你就是骗子。”那男子说，“你骗别人，你会悬空之术，是不是？”

“那算什么骗？爷爷我现在就在悬空着呢！”耍猴人得意不已，摇头晃脑地炫耀道，“你行吗？”

年轻男子拎着他的衣服，将他拎到了半空中，众人忽然惊呼起来——原来耍猴人屁股下面有一个小小的铁板，连接着那根小树苗一般的麻绳，想来麻绳里面，也是铁铸的长棍，只是外面用麻绳围了一圈，作为伪装而已。

被人当场戳穿了骗术，耍猴人反倒镇定下来，他不急不气的，突然笑了。

“好小子，来拆爷爷的台，是吧？”耍猴人说，“你等着吧，三天之内，你必有大灾祸！”

年轻男子充耳不闻，弯下腰抱起小猴，大摇大摆地转身走了。

耍猴人这下急了，大声喊：“把我的猴子还我！”

“谁的猴子？”年轻男子说，“你再说一次，谁的猴子？你敢不敢对天发誓，这猴子是你从小养到大的，而不是在什么荒郊野地随便捡来和你一起骗钱的？”

他憨态可掬的脸上露出了笑容，却纹丝不动，耍猴人在他腿上狠狠踢了一脚，他却不动如山，毫无反应。

耍猴人急了，在他身上猛捶数下，他只管抱着小猴，沉默着挨打，哪知道耍猴人打得手脚发疼，他却看起来一点事情都没有。

“走了哦！”那男子看起来十分快乐地说，“七天之后，你会死。”

他虽然看着笨拙，但是意外的十分灵活，且脚程很快，没一会就走出了众人的视线了。

回到叶雪府中，这年轻男子轻车熟路走去了厨房，将菜篮子放在地上，一声不吭地站去了一边待命。

厨房中管事的大娘瞥他一眼，“阿绫——鸡蛋买了伐？”

“买了。”朱绫蹲下去，将鸡蛋拿起来给她看，“看，全是鸡屎，还新鲜着呢！”

“呕！”大娘捂着嘴，“你不好把沾了鸡屎的蛋和青菜放在一起的啊！”

“青菜上也有土，没关系。”朱绫说，“再说，青菜也是屎浇出来的。”

大娘实在是很想呕，如果按照她从前的脾气，说话这样不着调，肯定是要狠狠教训一顿的，但是这个新来的阿绫看起来怪模怪样的，有点怕人，也就只能大事化小，小事化了，最后装作无事发生了。

“你讲话不要这么恶心……”大娘继续在篮子里翻着，“看看鱼怎么样——啊呦！”

鱼突然弹跳了一下，大娘吓得差点坐地上，“吓我一跳。”

然后那鱼尾巴下面伸出了一只毛茸茸的小手，小猴子瞪着两只漆黑的大眼睛探出头来，大娘吓得跳起来，惊叫道：“什么东西！”

“猴儿。”朱绫把沾了鱼腥味的小猴子抱起来，冲着大娘摆摆手，“说奶奶好。”

大娘回过神来，实在是忍不住，将朱绫痛骂了一顿，又要拿鱼抽他的脑袋，好在朱绫灵活，胖胖的身体扭来扭去，招招闪避，愣是一下打也没挨着。

“你早上不许吃饭，听到没有？”

“那我吃包子，茴香猪肉的，我都闻着了，我得吃仨。”

大娘没想到他这么混不吝，反而不敢再发火，忍着怒气扔给他三个包子，“你吃去吧你，不要过来碍我的眼。”

“你小心烫嘴。”他说。

说罢，朱绫拿了包子，抱着小猴走出厨房，找了个僻静之处，开始吃饭。

他掰了包子皮，送给小猴子，小猴抱着吃起来，时不时抬头看看他。

“难办。”朱绫说，“难办。”

小猴吱吱两声，朱绫又说：“但是总会办到，因为找到了你——这就是一个好兆头，对不起，没有看好你，把你弄丢了，你若生我的气，就打我吧，我不会还手的。”

他说着，将包子送进嘴里，嚼了几下就咽到肚子里去。

小猴儿眨着一双天真的眼睛看他，似乎并没有打他的意向，于是他摸着自己的肚子，自言自语道：“因为有你来，事情就能迎刃而解，啊，你就是幸运猴儿，来，再吃点。”

一人一猴分着吃了三个包子，朱绫抹抹嘴站起来，去后院劈了一堆柴，他一边劈柴一边和猴子说话，“晚上吃点什么？”

猴子吱吱两声，他点点头说：“嗯，我也很想吃肉！”

“阿绫！”一起干活的人说，“你哪儿捡的猴子。”

“这个猴子——”朱绫狠狠地劈着柴，“这猴子不一般。”

“怎样不一般？”

“它通人性，听得懂你的话。”朱绫说，“怎样，厉害吧？”

周围的人又哄笑起来。

朱绫从第一天来的时候，就宣称自己能够听懂动物讲话，故作神秘，又看着傻乎乎的，所以实在不是一个讨喜的人。

因为没有挨过朱绫的拳头，他们都觉得他是个傻乎乎的怪胎，虽然知道毕竟都是一起来做工的人，却仍然忍不住笑话他说：“我看你是傻了。”

“就是，这也能信？”

“该不会被人骗了钱才把这猴子买到手的吧？”

“不会这么蠢吧！”

“不一定啊，哈哈！”

朱绫充耳不闻，突然闭上了眼睛。

“嗯，嗯。”他说，“真的吗？”

“你在和谁讲话？和猴子吗？哈哈哈哈！”

“猴子说……”朱绫挠了挠脸，非常困惑似的，“最近我们大家，都要小心身体啊，它说因为昨天孙虎哥在院子里踩死了一只大虫——主要是因为把它的肚子给踩扁了，所以我们都会遭到虫的报复，会肚子疼。”

孙虎就是刚刚带头嘲笑他的人。

听到这话，孙虎笑得更加厉害了，“哎哟，你可真是神了，你怎么不让这猴儿算算，你哪天能赚到我一半的工钱啊？”

朱绫想了想：“它说快了，我很快就会赚得比你多了。”

回答他的依然是一阵嘲笑声，孙虎看他十分不顺眼，以至于有些手痒了，于是说话难免刻薄起来，还是刘缎将他拦住了。

刘缎是和朱绫差不多同时进到府中应聘家仆的人，他生得高瘦，虽然长得一般，但是因为性格很好，待人接物十分有礼貌，所以很得夫人的喜爱。朱绫虽然知道他能比别人多吃点肉又多睡一会的原因是很会溜须拍马，但是自问没有那个能力，也难免对他十分佩服，只是别人未必这样想。所以他们两个，是一样的不受人待见，区别只是朱绫可以骂，刘缎最好少骂几句而已。

所以此时刘缎出来打圆场，众人也就没有再继续玩闹下去，孙虎对着朱绫做了个凶狠的表情，朱绫抱着猴子，冲他摆了摆手。

做完了活儿，朱绫带着小猴子回到厨房，厨房里管事的大娘正在捂着嘴，找凉水喝，见他进来了，不自在地看他一眼。

“烫嘴啦？”他笑着说，“都说让你小心烫嘴了。”

这人古怪得很，大娘不敢和他说话，匆匆地舀了一碗凉水端着出了厨房。

“为什么我会知道她要烫嘴呢？”朱绫摸摸小猴的头，“因为我知道每次做茴香猪肉的包子，她都会偷偷给自己炼猪油渣吃——锅空着，蒸包子用笼屉。今天叶雪老爷回来了，所以厨房肯定会很忙，她害怕厨娘们很早进来，被人发现，肯定会慌慌张张地吃，所以就会烫嘴。万事万物，都有道理可循，如果有一天你去写话本了，一定要记住这一点，知不知道？小猴儿。”

小猴儿也不知听懂了没，眨着一双天真的眼睛看他。

“啊——”他闭着眼睛，深深呼吸，“猪油渣的味道。”

循着味道，他走到了厨房的柜子边上，打开柜子一看，里面摆着许多碗筷，与调料罐子。

找到了盐罐，朱绫从怀里掏出一个纸包来，慢慢打开，递给小猴子说：“抓一把。”

小猴子拿爪子抓了一把，并不多，朱绫把盐罐子放在它的爪下，“松开吧。”

于是那点来路不明的粉末就都掉进了罐子里。

将罐子里的东西搅拌均匀，朱绫又把它放了回去，抱着小猴儿往外走。

“小友，你可一定要帮我。”朱绫捧着它的小脑袋，拿一双深不见底的眼睛盯着它看，“记住了吗？”

小猴儿本来还不安分，这里抓抓，那里挠挠，被他盯了一会儿，动作逐渐慢了下来，恍惚地看着他。

“好——”朱绫说，“成败在此一举！能不能成为这个朝代最伟大的小说家，能不能流芳百世，名垂千古，就看你的了，幸运小猴儿！”

小猴儿回过神来，哧溜一声爬到了他的肩膀上。

当天中午，朱绫听说叶雪回来了。

“做不做好吃的？”朱绫靠在门框上，没脸没皮地说，“老爷回来了呢！”

帮厨的大娘因为烫了嘴，有点儿疼，心情不太好，又因为今天老爷回来了，要大忙一场，心情是双重的不好，朱绫还在这里捣乱，她气得像是要起飞了一般，冲着朱绫狂吼道：“滚出去！”

朱绫抱着小猴儿走了出去，她又吼：“滚过来帮忙！”

朱绫只好抱着小猴儿走进来，动作麻利地削土豆皮。

老爷平时吃饭的规格是八个菜，因为他十分迷信，非常喜欢六与八这样吉利的数字，所以八个菜是最讨他欢心的。将八个菜都端去了用餐的房间，朱绫在出来时碰到了夫人的丫环小鱼儿。

小鱼儿只有十二岁，还是个小孩子，所以并不像其他人一样对朱绫抱有恶意，她看见了朱绫，十分亲热地打招呼：“朱哥哥来送菜呀？”

“是啊，来，给你看小猴儿。”朱绫很热情地说，“喏。”

小鱼儿说：“真可爱！”

她恋恋不舍地要走，因为不敢耽搁，哪知道朱绫把她拦了下来。

“你有没有肚子疼。”朱绫说，“我觉得有一点。”

“肚子疼就去茅厕呀！”小鱼儿天真地说：“怎么了？”

“虫的报复要来了。”朱绫摸摸小猴子的头，“孙虎哥昨天踩死了一只虫，那只虫并不是普通的虫，现在它憋着劲儿要报复我们呢，小猴儿说，它大概会发动自己所有的力量，让这里的所有人腹痛。”

小鱼儿吓得呆了，“啊？”

“就是这样啊！”朱绫说，“我肚子疼死了，先走一步，再见。”

小鱼儿懵懵懂懂地看着他抱着猴儿离开了。

那天中午过后，所有的人都开始腹痛起来，疼得断断续续，又不是吃坏了肚子的那种疼法——因为并不想上茅厕，朱绫倒在床上，装模作样地哼哼着，举着小猴子与它打闹。

孙虎说：“他娘的，怎么回事，中午的饭有问题？”

小猴子突然尖声尖气地说：“是虫神的复仇！吱吱吱！虫神因为孙虎哥闯下的祸非常生气呢！唧唧！”

众人吓了一跳，以为猴子真的显灵，哪知道是朱绫把头藏在小猴身后捣鬼，捏着嗓子讲话。孙虎刚才被吓得缩在被窝里，此时发现真相，觉得十分的丢脸，大声吼道：“你又在捣鬼！”

说完，起身一拳砸向了朱绫。

朱绫自然不可能被他砸到，哪知道孙虎半路改了主意，伸手去抓小猴子的尾巴，小猴子吓了一跳，又被抓疼了，张着嘴大叫起来。

“喂。”朱绫慢慢地站起身来，“你抓疼它了。”

他说话的声音不高，也没有显出怒意，可是他额角和脖子上的青筋全部鼓了起来，看上去十分可怖。

孙虎也吓了一跳，但是周围的人都在看，总不好丢了面子，只好梗着脖子大声说：“我弄死它又能怎么样？”

朱绫大吼一声，白白胖胖的身体居然瞬间鼓出来许多肌肉，像是一个小巨人般，捏着沙包大的拳头，一下一下地捶着孙虎的肩膀，一边捶一边说：“你说能怎么样？”

孙虎吓得几乎腿软，因为他发现朱绫的眼睛里居然很快地爬满了红血丝。

“好了好了——”

就在所有人都被朱绫的样子吓到的时候，刘缎依然没有觉得害怕，出来打圆场道：“不要再吵，你们不难受吗？”

孙虎借坡下驴，松开手，小猴儿一下子钻进了朱绫的怀里，紧张得发抖。

“那就不吵了。”朱绫见小猴儿无事，青筋与肌肉居然神奇般地消退下去，像一只憨厚的狗熊一般笑道，“肚子疼，睡觉了，都不要吵了。”

这场集体腹痛持续到晚饭之前才有所缓解，而在晚饭之前，朱绫已经被叶雪叫过去问话。

叶雪对待所有的人，都是十分客气的，并不因为对方是下人就颐指气使，所以，他很温和地说：“你坐。”

朱绫坐下了。

“你听得懂猴子说话？”叶雪说，“是真的吗？”

“也不是什么时候都听得懂，有时候吧。”朱绫遮遮掩掩，似乎不想被人知道这个秘密。

“孙虎的事情，是它告诉你的？”

“啊——这个倒是的。”朱绫说，“孙虎哥昨天踩死了一只虫子——踩着它的肚子了，那不是个普通的虫子，所以……”

叶雪听完，脸色变了几变，“它什么时候走？”

“很难说啊！”朱绫抱着猴子，“大概是觉得自己还没有真的出气。”

叶雪沉思一会儿，叫他离开了。

于是朱绫抱着小猴子往回走，去了自己的床上，无所事事地躺着。

没过一会儿，孙虎就被人叫走了。

再回来的时候，孙虎垂头丧气的，见了朱绫，抬手就打，“你这狗东西，是不是和老爷说了我的坏话！”

朱绫闪身躲过，居然像个灵活的大马猴一样跳到地上，单手撑着地，两脚贴墙，从下往上看他，“我就是把猴子和我说的话告诉他了而已。”

“老子打死你！”孙虎提着斗大的拳头砸过去，“你别跑！”

他一拳砸在朱绫眼睛上，又是一拳砸在了朱绫脑袋上，只两下，已经砸得朱绫倒在地上，鼻子中流出了鲜血。

孙虎还待再砸，同住的人已经七手八脚地拦住了他，纷纷劝道：“不值得动手，不值得动手！有话好好说。”

“说个屁！”孙虎瞪着眼睛，又狠狠踹了他一脚，“打死你！”

朱绫一动不动，不知是死是活，那小猴子抓狂地跳了起来，抱着孙虎的头狂揍一通，孙虎挣扎不开，却也冷静下来，小猴揍够了，又跳下去看朱绫。

他仍是一动不动。

醒来时，天已经黑透，朱绫睁开眼睛，只见身边有许多人围着，那小猴紧紧抱着他的手不放开。

“醒了就好，醒了就好！”叶雪说，“没出事就好，可把我吓着了——”

说罢，他怪稀罕地摸了摸小猴子的头，起身离开了。

“孙虎哥被老爷赶出去了。”其中一人对朱绫说。

“怎么回事呢？”朱绫坐起来。

“说是因为老爷觉得他不吉利，又总是惹事，老爷信了你的话啦！”

朱绫回过神来，白胖的脸上露出微笑，“我的话还是很准的，你看，我说很快我的工钱就会比孙虎哥高了，现在他丢了工，岂不是赚一个铜板也高过他了？”

众人面面相觑，都不再作声，确认他没事之后，就跑去睡了，刘缎笑了一下，摇摇头。

直到后半夜，朱绫从睡梦中醒来，悄无声息地走到了厨房，在一堆碎砖头中拿了一大包盐，又回到厨房，将盐罐子里的盐替换了，将倒出来的坏盐扔了，施施然地出了门，回去睡了。

次日，众人果然再没有出现肚子痛的情况，叶雪叫他过去，开门见山地说，想要他这只小猴子。

本来以为朱绫会推辞，哪知道他十分大方，摸摸小猴子的头，低声说：“以后和老爷一起生活吧，好不好？”

小猴子竟像是听得懂他的话，大眼睛里蓄满了泪水，依依不舍地抓着他的衣服，拿脑袋蹭着他的胸口。

“听话，和老爷一起生活，要比和我一起生活开心得多了，老爷给你买很多肉吃。”朱绫笑眯眯的，“知道吗？”

叶雪也笑着说：“君子不夺人所爱！但是，君子又成人之美，我自问不是君子，比不上朱绫这样宽广的胸怀啊！”

朱绫心想，好话赖话都让你说了，你倒是把自己摘得一干二净，挺不要脸！脸上却仍然挂着笑，说：“小的不是君子，不敢当，不敢当。”

小猴子依依不舍地又蹭蹭他的脸，慢慢地起身，爬到了叶雪的怀里。

“再见啦，幸运小猴儿。”朱绫说，“记得想我啊！”

他走出了房间。

送走小猴儿之后，朱绫过了几天十分孤独的生活。

家仆之中流传着关于他的古怪传说，神神道道，就连老爷也信了他的那一套，老爷这样的聪明人都信了，肯定有七成真，所以在这个时候去招惹朱绫，肯定不是什么好主意。

但是朱绫与小猴其实每天晚上都会相见，他躲在叶雪的房门外，唧唧地轻叫两声，小猴子听见了，就会从窗户中爬出来找他，朱绫抱着小猴子满府乱转，若是白天来过这里，小猴子就会很兴奋地伸手去抓那间屋子的门，这样几天过去，朱绫逐渐摸清了叶雪平时都喜欢带着小猴子去哪里。

找回小猴儿的第八天，朱绫起得很早，出门买菜，他瞧着买菜的人议论纷纷，脸色不太好，凑过去问："兄弟，怎么了？"

搭话的人是个小个子男人，无精打采道："出人命咯！"

"怎么说？"

"那个耍猴的，你见没见过？"小个子男人说，"今天早上被人发现淹死在后面的小河里了，满身的酒气，大概是喝酒喝醉了，以为回家上床睡觉，一头栽倒在里面，你说吓人不吓人！"

朱绫说："哈，吓人的啊，给我来点茄子。"

买好了菜，朱绫又往茶馆走，早上的茶馆还没营业，几个无所事事的小混混蹲在门口谈话，朱绫路过，拐进了那条小巷，吹了声口哨，只听呼啦一声，一个人从天而降。

"等了你好久。"赵天池不耐烦道，"你干吗去了？"

"我买菜去了，去晚了又让那帮老娘们儿把新鲜的挑走了，我也抢不过她们，回去又要挨骂。"朱绫挠挠脸，"怎么？"

"不怎么不怎么，把那黄瓜给我，都等渴了。"赵天池拿了根顶花带刺的黄瓜咬了一口，一边吃一边说，"事情办得怎样了？"

"这几天我偷偷看过，叶雪除了在书房里看书算账，就是回到卧房睡觉，剩下的时间都去做大宝剑了。"

赵天池翻了个白眼，"这我也知道啊！他一个做买卖的，当然要好好过账，睡觉就更不用说，还有那个大宝剑，我看他很惜命，说大宝剑对身体好，当然要多做了。"

"哦。"朱绫也拿了根黄瓜吃起来。

两个人对着吃了半天黄瓜，赵天池突然反应过来，"你不是说你有办法知道那神像藏在哪里吗？！”

“我这不是派了我的幸运小猴儿去给我打听嘛！”朱绫说，“小猴儿肯定能打听出来。”

“真的？”赵天池啃完了黄瓜，狐疑地看着他，“兄弟，不要耍我。”

朱绫说：“我只耍对我不好的人。”

赵天池听他这么说，倒是看他顺眼了一点，笑道：“你知道就好，不说了，我回了，若有情况，依然是在这里的墙根处画个圆圈包着三角的图案，我每天都会来看看，若是见到了，就会第二天的这个时候在这里等你的，好了，我走了！”

朱绫摆摆手，叼着黄瓜离开了。

他回去之后吃了五个包子，劈了一堆柴，打了两缸水，一边干活一边思考，终于，他决定不能再这样等下去了。

当天晚上，夜已经深了，众人都在熟睡。

朱绫盖好被子，觉得身上的寒气已经散去，他眨一眨眼，开始在心里数数。

数到七十九的时候，外面传来惊叫，一个女孩尖叫着：“走水了！快起来！”

她这一喊，惊扰了无数人的好梦，叶府瞬间骚动起来，所有人都从梦中惊醒，衣服也顾不上穿，慌张地跑出去救火。

着火的地方有两处，一是书房边的杂草丛处，另外就是厨房边的小栅栏处，火势都不大，但是因为此时风大，若是风一吹，很容易酿成大祸，众人都紧张起来，叶雪连鞋袜都没有穿好，就噔噔噔地跑了出来，大喊：“哪里着火了？”

家仆回答他，他问：“就这两处？”

“就这两处！”家仆百忙之中抽空回答他。

叶雪仿佛还没回过神来，突然，他拔腿就跑，众人还没来得及反应，就见他消失在了众人眼前。

朱绫猛追过去。

只见叶雪在大宝剑室外停下了脚步，见到这里没有事，他松了一口气，却又不放心地推开门看了看，里面漆黑一片，他彻底放了心，松一口气，回头，只见朱绫站在他身后。

“啊！”叶雪吓了一跳，“你干什么？”

朱绫若无其事道：“来保护老爷的安危。”

叶雪慢慢地点点头，说：“回去吧。”

朱绫回头，只见刘缎站在自己身后，也把他吓了一跳，“你干什么！”

刘缎无辜道：“我看你们跑这么快，还以为见到什么可疑的人，就跟过来看看，没事就好。”

三个人回去的时候，火已经被扑灭，家仆检查了一圈，并没有新的着火点，叶雪本来想查出这场来路不明的火是谁放的，但他实在是太困了，找了几个人轮流值班守夜，就回到了卧房，继续休息去了。

朱绫作为第一个守夜的人，精神还好，他坐在了门口，轻轻打个响指，没过一会儿，那小猴子就慢慢走出来，很亲昵地钻进他的怀里蹭蹭。

“啊，找到了，大概就在那里吧。”他说，“接下来的事情，就交给那个姓赵的好了，我回去继续写书，小猴儿你呢？你想做什么？”

小猴儿挠挠自己的头，一脸懵懂，朱绫说：“你是要跟我走，还是要自己走呢？但是外面的坏人太多，我还是有些不放心你啊！”

“若是跟我走，你就伸出左手，若是不跟我走，你就翻三个跟头，再倒立一炷香的时间，开始了——我问你，跟不跟我走？”

小猴儿打了个哈欠，缩在他怀里睡着了。

“没有翻跟斗也没有倒立，那就跟我走吧。”朱绫笑呵呵道，“不错，不错。”

第十四章　败逃

第二日，赵天池见到了朱绫，朱绫开门见山地说："在大宝剑室里。"

"嗯？"赵天池吃了一惊，"真的假的？"

"当然是真的，昨晚我放了火——这个不重要，总之，他第一反应就是跑去大宝剑室看看，那里可没有着火啊！"

赵天池了然于胸，"不错嘛，挺聪明。"

"幸运小猴儿教我的。"朱绫说。

"好，那就今晚——"赵天池拍拍他的肩膀，"兄弟，见机行事。"

朱绫点点头。

他自觉自己的任务已经完成，彻底松懈下来，不再思考任何事，吃了饭就去干活，干了活再去吃饭，就这样过了一天，朱绫觉得自己像是个行走的饭桶，然而他必须腾出精神来观看晚上的好戏——此时他已经可以置身事外了，所以有热闹不看白不看，若是能把热闹搞得再大一些就好了。

入了夜，朱绫打个哈欠，觉得困意顿生，他想，要不要给赵天池去开门呢？赵天池大概不会从正门进吧，早上也没说呀！再说正门还有狗，咬一下可挺疼，赵天池大概不会那么傻吧？

然而赵天池傻不傻，他也不敢保证，想来想去，他反倒没了睡意，翻身下床。

刘缎也没有睡着，轻声问他："你干吗去？"

"我尿尿去。"朱绫说完了，像个即将出门去看戏的大姑娘一般，按捺不住自己激动的心情，唧唧唧地笑了起来。

走出去，外面还挺冷，他有点儿后悔出来看这个热闹了，然而既然已经出来，万万没有中途停止的道理，所以他在手上哈了一口气，琢磨着找一个最佳的观看地点，以便十分清晰地将这场热闹尽收眼底。

思来想去，他还是觉得大宝剑旁边的那棵大树上最为稳妥，虽然此时并非夏天，树叶子都掉得差不多，但是那树毕竟十分的大，曾经也十分旺盛茂密过，枝枝杈杈多得不得了，若是他能忍住不动，藏他一个人，是没什么问题的。

想到这里，他拿了自己的主意，矫健地爬上了那棵高高的树，找了个粗壮的枝干躺好，想了想又翻身抱着它，像一座雕像一般，一动不动地俯视。

虽然天冷，可是他没一会儿就困了，毕竟此时此刻大家都在睡觉。

然而，就在他忍不住睡去的时候，他听到了一阵脚步声响起了，不多时，他看到一个熟悉的身影鬼鬼祟祟地出现，因为实在是过于鬼祟，显得十分猥琐，他左右看看，高抬脚轻落地，比做贼还稳妥地来到了大宝剑室门口。

这里有锁，但是赵天池因为有一手溜门撬锁的好功夫，所以没一会儿就将其破解了，他钻进去，轻轻关上了门，朱绫捂着嘴打了个哈欠——就这样吗？

他在心里数数，数到了三百的时候，大宝剑室内突然发出砰的一声响，朱绫打起精神来，那边却仍然是一片漆黑，他觉得无聊，又趴了下去。

赵天池怀里藏着个什么东西，猥琐地走了出来。

朱绫正想下去和他打个招呼，哪知道又有个人现身了，他看起来并不像赵天池一样猥琐，因为他并没有贼眉鼠眼地乱看，也没有弯腰，反而挺直了背，正大光明地走了出来，居然是刚刚还和他说话的刘缎。

“赵天池。”刘缎说，“好久不见了。”

“……”赵天池吓了一跳，“你谁？”

刘缎伸手揭下了脸上的人皮面具，赵天池和朱绫同时说：“我X！”

朱绫惊讶的，是刘缎居然这样帅，完全可以出道去做京城第一小白脸了，只见他星眉剑目，高挺的鼻梁，嘴唇削薄，完完全全的是一副倜傥模样。

赵天池结结巴巴地说：“段烈？！你怎么会在这儿？”

“和你一样。”段烈伸手揉了揉因为长期戴着人皮面具，而相当不舒服的脸，正色道，“把它给我。”

赵天池很快就反应过来，抱着那神像后退几步。

“你想得美！”他说，“你要它做什么？你不是退休了吗？”

“不要把退休这么老气的词，用在我身上！”段烈咬牙切齿地说，“召尧有问题，我知道你知情，少废话，它在你手里，又有什么用？你能找到另一半吗？”

“另一半在魔教，你当我不知道？”赵天池得意扬扬，“老子是魔教教主，傻了吧！”

“什么魔教教主？”段烈愣了一下，“……怪不得他们说魔教最近不对劲，原来是你小子搞的鬼，救走你的那个人是不是魔教的？要你装魔教教主做什么，魔教里面变天了还是魔教教主死了？”

赵天池一时嘴贱，觉得区区一个过了气的武林盟盟主，怎么能和自己这个正当红的魔教教主相提并论，就将这事说了出来，哪知道段烈脑袋转得这样快，居然凭自己一句话就把事情给推论了出来，不禁下意识地否认道：“放屁！少废话了，现在不是争这些的时候，小爷先溜了，再会！”

他刚刚说完，段烈就拦住了他，两个人短兵相接，打得不亦乐乎，正僵持时，火光照亮了两个人的脸。

“二位晚上好啊！”叶雪仍然挂着自己招牌的笑容，怀里抱着那只小猴子，他伸手摸了摸小猴子的头，说：“有什么事，不如我们坐下说？”

他身后浩浩荡荡地跟着一帮人，朱绫挨个看过去，居然一个都没见过，他们穿着一样的衣服，个个膀大腰圆，高大魁梧，手持的兵器，也是一样好的长刀。

大概是叶雪养的打手。

赵天池与段烈停止了打斗，两个人并排站着，面对叶雪。

“没想到你是这样的人啊！”段烈说，“他们都说，武林中脾气最好的人就是你，因为你从不计较，还有人说你很傻——但是现在我知道了，你不计较，是因为你已经拥有了武林中最大的宝贝，你还计较什么呢？傻的是他们。”

“没想到你是这样的人啊！”赵天池说，“你怎么那么有钱啊，天呐，你的大宝剑上镶的都是好东西，要不是时候不对，我就全扛起来带走，我辛辛苦苦为了什么，我为什么要看到这些东西？我下半辈子还怎么过？”

“在下是怎样的人呢？”叶雪微笑着说，“这神像，是我真金白银从薛攀手里买回来的，至于为什么他会有这神像，那我就不知道了，你们应该去问他啊！我花了钱，救了人，又落了一身不是，你们是不是有点太不讲理了？”

他一边说话，那些打手一边靠近，赵天池与段烈对视一眼，突然一起出声道：“是你教唆薛攀去杀赵狂流的！”

“非也非也——”叶雪一笑，“此话怎讲？什么叫教唆，我若是说，薛攀，你现在没钱，但是赵狂流有钱，你去杀了他，抢了他的钱，那么或许赵狂流的死我也有责任，但是我这么说了吗？我敢指天发誓，我没有，你们红口白牙地诬赖好人，我可不答应。”

“……怕不是你早就知道赵狂流手里有神像，盯上了它，想要趁机做套设计薛攀吧？借刀杀人，你玩得好啊！”赵天池猛地反应过来，“当年那几个赌徒莫不是你找来的？”

叶雪的嘴角往下耷拉，不再假笑了，他摆摆手，说：“我都说了，你们不要污蔑好人，红口白牙一张嘴，我跳进黄河也洗不清啊，为了维护我的名誉，我也只好让二位把话吞进肚子里去了，嗯？”

他一声令下，那些人齐声大吼，冲上前来，赵天池与段烈奋起反抗，一瞬间这小小的走廊满是兵器碰撞时发出的声响，朱绫看得愣了一下，只见赵天池与段烈二人背靠着背，几乎是一刻不停地使出杀招，虽然对方人多，但是明显不如他二人厉害，赵天池因为拿着神像，更是被人重点照顾，他手臂与小腹皆被割伤，虽然穿着夜行衣，却也能看得出鲜血四溢，段烈也没有好到哪里去，虽然看起来并不吃力，还有余力招架，然而仍然抵不过四面八方砍来的刀剑太多，身上大大小小的伤口逐渐增多，二人且打且退，却没有逃脱的余地。

叶雪早已经看穿了这点，所以看起来不急不缓，抱着小猴子在一边看戏，他的脸上又挂起了笑容，对小猴子说：“看见了吗？这就是人间的道理，人间的道理——就是弱肉强食，只是很多人不明白什么是强，什么是弱，他们太傻了。”

小猴子看起来十分紧张，不安地挣扎几下，想要跳到地上，逃离这个是非之地，然而还没等叶雪将它按住，它就听见扑腾一声巨响，一个大汉猛地现了身，大吼一声，冲过去将叶雪怀里的小猴子抢过来，塞到了自己怀中，又抢了一个打手的刀，便不分青红皂白地大砍起来。

“朱绫！”赵天池眼看着神兵天降，自然是觉得喜不自胜，他边打边说，“你怎么来了？”

“我过来看热闹，还以为你拿了神像，就能大杀四方地溜掉了呢！”朱绫边打边说，“哪想到你是这样的废物。”

叶雪见了朱绫，也吓了一跳，不过他也许是想到了后招，所以并不惊慌，很快就镇定下来，对朱绫说：“好小子，我待你不薄，哪想到居然养了条白眼狼。”

朱绫说：“你对我好个屁啊，老子还给你做工了呢，是不是你给我发工钱，我也要感恩戴德啊？不知道的还以为你是开善堂的。”

叶雪气得要命，指着朱绫说：“杀了他！”

朱绫周遭很快就多了几把长剑，招招致命，哪知道他看着笨拙，行动却十分灵活，居然轻松闪开，且功夫很高，三人这样背对着彼此，护住了命门，居然逐渐将形势扭转，眼看着叶雪的人就不中用了，赵天池虽然受了伤，却愈战愈勇，一柄长剑使得风生水起，段烈也不逊色。

叶雪见势头不对，突然大喊一声：“朱绫！”

朱绫看他，只见他从怀中掏出一把刀来，一手拿着刀，一手拎着小猴的脖子，小猴吓得叫了起来，不住地挣扎。

朱绫这才发现小猴儿已经不在自己怀中了，大概是受了惊吓，不知什么时候溜掉的，他急得大喊，“你跑过去干什么！”

“因为它和你一样，是个不懂事的畜生啊！”叶雪笑道，“你现在把刀放下，我就留你一条狗命，要不然我就把这猴儿的脑袋切了炖汤给你喝。”

赵天池心里一惊，还以为朱绫会犹豫一下，正想看他作何选择，却发现朱绫已经干脆利落地把刀扔了。

“……”赵天池崩溃道，“喂！”

“不要伤害小猴子啊！”他一拳打飞了面前的打手，面无表情地说，“否则我把你剁了喂猪。”

叶雪拿不准他这是投降了还是在挑衅，迟疑道：“把赵天池的剑给我夺了！”

朱绫站在原地，半天不动，叶雪狠狠抓着小猴子的脖子，手上青筋鼓了起来。

“等一下！”朱绫火速叛变，一脚踹在赵天池的肚子上，赵天池还没反应过来，已经贴在了墙上，他伸手拿了赵天池的剑，“好了吧？”

段烈和赵天池一起崩溃地喊：“你搞什么？”

“他要杀了小猴子啊！”朱绫理直气壮地说。

叶雪掌握了三个人的生杀大权，想一想事情经过，不禁觉得实在是妙极了，连老天都在帮他，拍一拍巴掌，对着仍然有余力的打手说：“把他们三个绑起来！”

府中杀人，仍然是不太吉利，叶雪知道这会影响财运，所以打算明天夜深时，悄悄拖出去，统统按在河里淹死。

三个人连着一只小猴子被关在暗室里，谁也没有说话，只有小猴儿偶尔唧唧叫几声。

过了半天，赵天池才恨得咬牙切齿地说：“朱绫。”

“啊啊？”朱绫好像睡着了，晕乎乎地说，“吃饭啦？”

“你去吃屎吧！”赵天池气得头晕，“我们找你来帮忙是做什么的，是让你帮忙打我们的？”

“你只是让我帮忙查清楚神像在哪里啊，我没做到吗？”朱绫说，“他拿小猴子威胁我，我还能眼睁睁看着它死？敢情不是你的猴儿。”

“……”赵天池无话可说，愤愤不平地骂了一句。

“好了，不要吵了，事已至此，多说无益，朱绫的心情也可以理解。”段烈恢复了一贯的冷静，“想想怎么才能出去。”

“少来装老好人！”赵天池鼻子不是鼻子脸不是脸的，“过了气的武林盟盟主好了不起啊！”

“你心情不好，我不和你一般计较。”段烈说，“若要骂街，有机会出去的话随便你骂，若是出不去，你骂也没用。”

赵天池死命地翻了个白眼，“怎么出去啊？”

他狠狠地想挣脱自己身上的绳子，却越挣扎越紧，也不知给绑了多少层。

挣脱不开，他仍然是越想越气，又要和朱绫吵架。

正热闹着，门被打开，叶雪拿着蜡烛走了进来，笑呵呵地看着他们。

“诸位还好吧？”叶雪说，“没想到我叶某人的寒舍，有一天也会光临这么多贵宾，段烈，之前你做武林盟盟主时，我邀请你那么多次，你却一次都不肯赏光，现在坐在这里，心情如何啊？”

“我只觉得，当初不与你交好，实在是对的。”段烈笑着说，“别的倒是没有什么好说，成王败寇而已。”

叶雪拍拍手，“好！别人都说你是伪君子，我倒是没有相信过，现在看来，我的直觉倒是没错，从这点来说，我们俩还是很相似的。”

“少啰唆了，你这个臭老头。”赵天池不耐烦道，“过来耀武扬威个什么劲儿啊，快去睡你的觉好了，睡得晚小心长满脸褶子，给你曾祖丢脸。”

叶雪冷下了脸，哼笑道：“丢脸？我叶某人，从不怕丢脸，至于我曾祖，你还没资格提他。”

赵天池忍住了一个哈欠，往墙上靠一靠，不再讲话，段烈也一言不发，朱绫则是从头到尾都没有发出过声音，只有那小猴子，也被五花大绑地扔在地上，因为害怕而小声哼唧着。

“乌合之众。”叶雪突然哈哈大笑，“这天下属于谁？我告诉你们，天下属于我，魔教根本不足为惧，召尧那个毛头小子，似乎也有信心将魔教的那半个神像拿走？且等着吧，决战紫禁之巅那日——我会让你们看看，谁才是真正的胜者！”

外面猛地打了个惊雷。

叶雪被吓了一跳，差一点把烛台掉在了地上，赵天池毫不留情地嘲笑他。他弯腰将烛台捡起来，又恢复了淡定。

“我回去睡了，各位也早点休息。”他说，“外面有几位兄弟陪着，漫漫长夜，不要害怕。”

说罢，叶雪转身离开了。

三人一猴继续沉默着，赵天池越想越气，又开始骂朱绫：“你这个狗贼！”

朱绫说：“嘘。”

“嘘什么嘘？”赵天池鼻子不是鼻子脸不是脸。

“小心我出去不带你啊！”朱绫说，“呵呵呵。”

他话音刚落，就听见小猴子兴奋地叫了一声，将自己身上的绳子扔了，跳起来活动手脚，长长的尾巴不住扭动，显然是很高兴。

“……”赵天池说，“它怎么回事？”

“我的猴子比你们都要聪明而已。”朱绫招呼它，“去把桌子上的茶杯拿来。”

这里之前不知道是做什么的，虽然满是灰尘，家具也旧了，但是装修得还不错，桌椅板凳都看起来价格不菲，茶桌上还有一套积了灰的茶具。

小猴子走过去，跃跃欲试地想往上跳，但是它毕竟不高，第一次没有成功，朱绫说：“不急，慢慢来。”

小猴子又试着跳了一下，这次成功了，开心得唧唧乱叫，又赶紧闭紧了嘴巴，小心翼翼地拿着一个茶杯放在头顶，四爪着地地向着朱绫走去。

赵天池和段烈已经看得呆了，朱绫说：“哈，怎样？救它比救你们俩有用多了吧。”

小猴儿拿着茶杯绕到了朱绫身后，递给了他，朱绫虽然手腕还被捆着，手掌却能勉强活动，他捏着茶杯，慢慢将它攥在手里，咬着牙闷哼一声，将它捏碎，瞬间将手掌割破，鲜血直流。

小猴儿吓了一跳，惴惴不安地看着他，他却笑了，小声安抚：“没事没事。”

他慢慢地拿碎瓷片在自己手腕的绳子上磨，赵天池和段烈紧张地等着，哪知道他半天不吭声，赵天池忍不住问：“兄弟，怎样了？”

朱绫手上剧痛，也感知不到到底怎样了，只能慢慢地磨，不耐烦道："你兄弟不在，狗东西不想搭理你。"

"别这么小气啊兄弟。"赵天池没脸没皮的，"加油啊你。"

"……不要和我讲话。"朱绫说，"我都要疼死了。"

段烈说："你这样太慢了，能不能让小猴儿也给我一个杯子？"

话音刚落，朱绫就猛地松了一口气，他的双手终于获得了自由，在衣服上随意抹了两把，他又拿着瓷杯子的碎片割断了脚上的绳索。

赵天池欣喜道："喂，厉害啊兄弟！"

哪知道朱绫根本没理他，而是直接去解开了段烈身上的绳子，转身对赵天池说："我们需要一个人引开外面的人。"

"……"赵天池说，"别说了，我去。"

段烈赶紧站起来，手脚利索地帮赵天池解了绳索，"我和天池兄一起去，朱绫兄弟受的伤重些，你带着小猴子先在这里等等，我们若引开了外面的人，你再走。"

朱绫说："好的。"

说罢，他便抱着小猴子坐在了地上，悠闲地晃着腿。

赵天池与段烈对视一眼，慢慢地走到了窗边，段烈轻声说："一、二——"

他猛地冲了出去，赵天池站在原地没有动。

"喂，不是要数到三吗？"赵天池说着也跳了出去，而段烈已经与外面的人缠斗起来。

也许是对自己绑人的技巧过于自信了，叶雪只留下三个人在这里看守，段烈轻易地放倒了两个，赵天池也两拳就将剩下的那个打晕，两人看看，都觉得有些不可思议，对视一眼，二人转身对着窗户里面小声说："朱绫，出来吧。"

朱绫站了起来，怀里的小猴子突然吱吱地叫，赵天池刚想让它不要出声，在他脚边躺着的那个人就猛地跳了起来，一边跑一边喊："来人啊！"

三人对视一眼，"跑！"

夜里风大，赵天池灌了一肚子的冷风，只觉得自己快要吐了，后面杂乱的脚步声响成一片，段烈在他身边，而朱绫已经不知道去了哪里。

叶雪的家实在是太大，岔路又多，赵天池和段烈实在是晕了，叶雪带着追兵已然赶到，喘息着说：“两位少侠，别跑了吧，门已经关了，你们现在插翅难飞！”

赵天池跑着跑着，居然哈哈大笑起来，叶雪还不明所以，赵天池拉着段烈使了轻功蹿上了房顶，他简直得意得尾巴都要翘起来，“谢谢提醒，打了一晚上才想起来，小爷还会飞！”

说罢，他和段烈犹如两只蝙蝠一般消失在了夜色里。

叶雪一愣。

积蓄了好几天的春雨终于落了下来，打湿了他干裂的嘴唇。

赵天池与段烈逃出叶府时，天已经快亮了。

二人不敢停下，因为叶雪的追兵转瞬即至，赵天池边跑边说：“去哪里？”

“坐船！”段烈果断道，“去码头。”

这是段烈一直顺风顺水的人生中做出的极少的错误决定。

他本来以为，自己与赵天池若是骑马或者步行，走得又慢又不安全——陆地上追兵太容易找到他们了，赵天池腹部与手臂刀伤十几处，背上还有一处特别严重的，而段烈自己腿上和腰上都有伤，行动非常不方便，比起步行或者骑马——如果他们能找到马，坐船显然是一个更好的选择，他们一直向南划，路标就是远处山顶被雪覆盖的地方，在那个小岛停靠，稍作休整，再回到陆地上不迟。

他们到了码头，随便找了一艘渔船，跳上去，只管朝着南边拼命划桨，等到终于看不见陆地，两个人才冷静了下来。

二人对视一眼，都放开了船桨，倒在了船舱里用力喘气。

渔船不大，却也不小，两个人躺在船舱里也不显得挤，因为旁边还放置了一些简易的炊具和食物，大概是渔民剩下的。

“武林盟盟主……”赵天池挠挠耳朵，迷迷糊糊地说，“我们把船划走了，渔民是不是要丢饭碗了。”

“不……不会。”段烈又疼又困又累，眼睛都睁不开，却仍然保持着翩翩佳公子的模样，睡得端端正正，“我特意看过，这不是渔民私人的船，这是大鱼商出租的船，我们划走也没关系……所以，先睡一觉吧，就一小会儿，要不然我们就不知道漂到哪里去了。”

此时虽然下着雨，但是还算风平浪静，赵天池咕哝一声，挠挠脸，点头称是。

段烈强行让自己清醒一会，和赵天池说了风里和现在船前行的速度，经过一番缜密计算，他作出了不会偏离路线的结论。

“兄弟，你快歇了吧！”赵天池快要困疯了，“再唠叨我把你扔水里去。”

于是两个人挨着躺好了。

夜里是风平浪静，赵天池还做梦了，他十分开心地梦到了自己重回魇教，苏妍和罗玉都不知道去了哪里，山中无老虎，猴子称大王，他躺在吊床上，周围有两个漂亮姑娘一边咯咯娇笑着，一边给他摇晃吊床，正在享受着，哪知道吊床越摇越厉害，赵天池整个人都要飞出去一般，他说：“别摇了别摇了！”

哪知道漂亮姑娘变成了两个络腮胡壮汉，摇得正起劲，一人说：“嘿！”一人说：“哈！”一边孔武有力地喊着号子，一边疯狂地摇起吊床来。

赵天池被颠了出去，那两个大汉又把他抓回来继续狂摇，瞪着牛一般大的眼珠，手臂上肌肉虬结，一人抓着他的手臂一人抓着他的脚腕，哼哼哈哈地折腾他。

“赵天池，快醒醒！”

有人喊他。

赵天池醒过来，只见到一张小白脸，恍惚了一下才知道刚才是做梦，却来不及松一口气，因为此时此刻船舱正在疯狂摇动，外面狂风大作，豆大的雨滴落下来，瓢泼一般洒进了船舱，赵天池与段烈对视一眼，赶紧拿起了还没摔碎的饭碗往外舀水。

“小心，不要掉下去！”段烈大喊。

“知道了！”

海面上漆黑一片，只有在闪电的时候才能看清楚片刻这可怖的景象，只见狂涛劲浪，犹如小山一般在海面上席卷而过，天上的乌云几乎压顶，星月也不见了踪影。

赵天池自问虽然平时胆小，但并非贪生怕死之辈，此时此刻见了这样可怖的景象，也没有觉得多么害怕，他只是觉得震撼，仿佛自己所在的小船只是沧海一粟，而自己更是一粒灰尘般微不足道。段烈似乎也十分震惊，两个人的头不住地磕在船舱墙壁上，几次三番都要掉到海里去，十分凶险。

外面忽然安静了一瞬间，赵天池喘了口气，问段烈：“雨停了？”

然而漆黑一片，段烈并没回答，只是紧张地咽了口唾沫，他一动不动，往外看去，轻声说：“没有。”

轰隆隆的雷声伴随着海浪打过来的声音轰然而至，像是无数只小手抓着人的脑袋要将它捏碎，赵天池只能紧紧抓着手边的什么东西，可是在他还没有来得及分辨出抓了什么的时候，黑暗再度笼罩了他。

天地倾倒。

他口鼻之中都灌进了海水，腥咸的味道冲得他头晕，窒息的恐惧桎梏了他，赵天池仿佛想起了世间的一切，又仿佛什么也来不及想，朦胧之中有什么东西在他头上狠撞了一下，他晕了过去。

……

药蛮从梦中惊醒，迷迷糊糊地看看周围，发现自己还被关着，双眼无神，随手擦了擦流出来的口水，把被子盖得紧了一点。

外面风雨交加，屋里却很暖和，武林盟中的房子最近似乎翻新了，住起来舒服得很，药蛮伸了个懒腰，心想，今天是来的第几天了？

她刚想到这里，就听见外面响起一阵敲门声，不轻不重，敲三下停一下。药蛮警惕地看着门口，平时若是有人来送饭，向来都是推开门就进的，再说这大晚上的，难不成给她送伞来?

药蛮下了床，警惕地按住门，低声问：“谁？！”

“药蛮姑娘，是我，乔。”

药蛮眨眨眼睛，这才想起谁是“乔”，她打开了门，只见乔梓楠打着一把小小的白伞，半边身体都被雨淋湿了。

“乔姑娘，你怎么来了？”药蛮赶紧拉着她进屋，又出去左右看看，才把门关好。

“不用看了，我给他们晚饭的酒里下了药，一时半会，他们不会醒来的。”乔梓楠脱了外衣，紧张道，“药蛮姑娘，我不知道你认不认识我，但我先介绍一下自己，我是沱山派的掌门，也就是召尧的师姐。”

“我知道你的，赵天池可喜欢你了。”药蛮笑嘻嘻地说，“怎么？”

“我来找你，其实是想问你，赵天池走之后，有没有偷偷给你递过消息？”

“啊？”药蛮惊讶道，“他走啦？他什么时候走的，这小子也太不够意思，走了也不和老娘说一声。”

乔梓楠神色一僵，药蛮自知失言，撇撇嘴，老老实实地说：“我天天被关在这里，除了吃饭他们会给我送东西来，剩下的时间我又没机会出去，哪知道他走没走啊……”

“药蛮姑娘，”乔梓楠说，“你们有没有什么常去的地点？或者联系的方式，现在情况有变，大事不妙，我一个人的力量实在是没办法扭转局面，我要找赵天池来帮我。”

“怎……怎么了……”药蛮被她说得后背发凉，“啊？”

“召尧他——”乔梓楠犹豫再三，还是开了口，“他好像要把武林盟和魔教的所有人都召集在一处，一起杀了……”

第十五章　溺死

赵天池醒来的时候，已经是天光大亮了。

他头疼欲裂，好不容易才爬起来，看见自己身边的段烈额头上撞了好大的一个包，正倒在船板上昏昏欲睡。

“喂，兄弟。”赵天池推推他，“你没事吧？先别睡了，你头上的伤包一下。”

段烈清醒过来，生无可恋道：“你还说我，你头上最少八个包。”

赵天池一抹，果然坑坑洼洼的，疼得要命，他无精打采道：“怎么回事儿这是，咱们现在走哪儿去了？”

“我也不知道。”段烈说，“反正在海上。”

赵天池站起来，将身体探出去看了一圈，只见四面八方都是海，无边无际，也没有任何参照物，天上碧蓝如洗，漂亮得像是假的。

“好！”赵天池一拍巴掌，“其实我从小到大，最大的梦想就是攒点钱，买一艘渔船，没事了就出海打鱼，打鱼累了就睡觉，没想到提前实现了这个梦想，现在我看是不打鱼也不行了。”

“你倒是想得很美……”段烈说，“我们怎么回去？”

赵天池却已经开始找渔网了。

他挽起裤脚，坐在船边，发癫一样狂笑起来，“老段，昨天的收成怎么样？打了几斤鱼？”

说完，他又凑到段烈身边，换了个语气说：“老赵，我一条也没打上来，还是你厉害。”

“你不要再吵了！”段烈大喊一声，“小心我把你扔下去。”

赵天池撇撇嘴，却一点也不担心似的，饶有兴致地哼起歌来。

“我媳妇她怎么办？”段烈喃喃自语，“我不该蹚这浑水……”

“我 X，你有媳妇了？”赵天池吓了一跳，“你什么时候成的亲，《武林日报》不说你单身好多年了吗？”

一不小心说出实情，段烈也有点蒙了，但是他很快反应过来，佯装镇定道：“关你什么事。”

“你不说，等我们回去之后我就把这个消息捅给《武林日报》的人。”赵天池贱笑着说，“虽然已经不是武林盟盟主了，但肯定还是值点钱的。”

“……我说还不行吗？”段烈无奈道，“我早就成亲了，但是当时我是武林盟盟主啊，之前我和别人传了绯闻，就有姑娘说要去跳河，我还哪里敢公布自己成亲的消息，只能悄悄地办了喜事，只是委屈我媳妇。”

“你媳妇是哪个？脾气这么好。”

“峨眉的大师姐。”

“把无相神功练到第九层，吓得魔教高手屁滚尿流的那个大师姐？！”赵天池肃然起敬，“兄弟，你可以的。”

“小柔她其实很温柔的。”段烈失魂落魄地说，“她明明可以一掌把我打死，但是从来没有用内力打过我，每次打我，都是拿鸡毛掸子而已。”

“我要是她我也打你，你这个人，不老实，四处留情，不地道。”

“什么时候四处留情了？”

赵天池将药蛮的事说给他听，说到“吃了好多烧烤的姑娘”时，段烈就想起来他说的是谁了，只装作没听见，倒在地上装死。

赵天池从前觉得他风度翩翩，是个浊世佳公子的样子，现在只觉得他十分欠揍，以至于有些面目猥琐起来。

“你不懂的。”段烈突然说，“全武林的眼睛都盯着你，你去医馆开药治失眠，第二天就有人说你精神失常，第三天就有人说见到你夜里裸奔。你今天说错一句话，说我们可以学习魔教的先进经验，明天就有人说你和魔教教主拜把子，要把武林盟卖给魔教，这种事情太多太多了……其实见到你的时候，我是很开心的，因为我觉得你的性格很适合去和这些人周旋，所以我把武林盟交给你，我很放心，哪知道最后阴差阳错，被召尧给骗走了，其实我当时就觉得他有点问题，但是那么多眼睛盯着，我没办法，若是不让，我会被千夫所指，所以我只有把这盟主之位给他，现在他不知道又搞什么鬼，有人和我说，他似乎想打那神像的主意，那东西是能随便动的吗？我才安置好家里，前来常乐镇，想先他一步将叶雪手中的神像偷走，哪想到……哎。”

他说了这样一大串，赵天池什么也没听进去，只说：“你别避重就轻了兄弟，叨叨什么呀，你叨叨得再多，你也背着全武林偷偷成亲了，啧啧。”

“……”段烈恼羞成怒道，“你给我闭嘴！”

于是赵天池闭了嘴，休息过后就去了船舱，将里面的东西收拾好，开始琢磨一些现实问题。

昨天那样的惊涛骇浪后，人和船都在，已经算是奇迹，船舱里剩下的东西，已经摔得差不多，小小的泥炉子被打了水，和炭一起湿答答地倒在地上，但是晒晒还能用，虽然坚持不了几天，但有总比没有要好。碗已经全部打碎，赵天池将碎片收拾好，以免扎到人。

筷子有两副，还能用，盐罐子洒在地上碎了一堆，不能再用。再就没有什么东西了。

赵天池收拾好，又用手将船舱里的水一点点舀了出去，之后自己躺在甲板上，晃着脚说："昨天下雨，今天就有这么大的太阳，正所谓阳光总在风雨后，美哉美哉，此时不晒晒太阳，放松心情，难不成要等着风暴再来的时候愁眉苦脸地抱头痛哭吗？"

段烈翻了个身，看他一眼，嗤笑一声，"你一句话还用了两个成语，很厉害。"

"我可是很有学问的。"赵天池指指自己的头，"不，不是学问，其实我最爱读的是小人书，秀才的那种学问，我可没有，但是我有的是无上的大智慧！懂不懂，大智慧！"

段烈闭上眼睛不看他，伸手揉揉眼睛，放平了语气说："若是真的回不去了，怎么办？"

"那我下辈子不要在江湖上混了，太难了，我要投胎到个什么财主家，做做纨绔子弟，每天带着几个只知道帮着我欺男霸女的人渣一起去欺男霸女，还有花不完的钱，岂不美哉？"

"……你不会投那种胎的，你这辈子又没积什么德。"

"我怎么没有积德呢？"赵天池在灿烂的阳光中几乎有些恍惚了，"我这辈子投胎也不算差啊！"

"嗯？"段烈说，"愿闻其详。"

"难不成你都没有怀疑过，我这样高的功夫，都是从哪里来的？"

"想过，但是你路子太野，都是杀招，想必是跑江湖时偷学了不少。"

"也算是吧，但是我小时候的功夫可是很扎实的，我爹花了重金，请了好多武林高手来教我，只因为我说，我想当个侠客，就因为这一句话。怎样，这算不算是投了好胎呢？"

"……算是。"

"但是我这人，小时候又很不是东西，总是惹我爹生气，因为一些鸡毛蒜皮的小事，很少让他开心，真的让他开心的，大概就是我功夫学得不错，那些师傅夸我的时候吧。”

“后来有一天，我爹在半夜被人叫走了，然后就再没回来过，他在朝廷当官，大概是被谁给下了黑手，陷害了吧，其实我到现在都不清楚当年到底是怎么回事，反正他就那么走了，然后我家就被抄了，我娘连夜把我送走，匆匆忙忙的，啊……这么一想，我和我的爹娘离别时，居然都一句话也没有说啊，哪怕是说一句保重呢？”

段烈没想到赵天池会和自己说这些，一时之间有些蒙了。

“这些年颠沛流离，我也算是吃过不少苦，但是真的让我难过的还是这件事……我居然和我爹娘离别时都没好好说过一句话，但是仔细想一想，又能说什么呢？世事难料，天意难违而已。”

他再睁开眼睛，眼白已经布满了红血丝。

“所以，人世间，也就是那么一回事儿而已，你哪会知道下一刻发生什么，你觉得你是很有力量的一个人，其实呢，人世间若是海，你连一艘船都算不上，顶多算是个破碗，想要打碎了你，简单得很。每个人大概都觉得自己的命很贵重，其实呢？天上打下来一道惊雷劈死你，还不是喝口水的工夫，所以若是死了，那就死了，又能怎样？又想怎样？”

段烈不知说什么好，只能沉默，赵天池伸了个懒腰，开始研究如何打鱼了。

……

药蛮其实已经觉得自己逐渐麻木了，所以听到乔梓楠的话，她第一反应就是，“啊？你别闹了，怎么会。”

她一边说，一边摸摸自己发凉的手。

“我没有骗你……我现在真的不知道要怎样去阻止召尧了，他前几天与人谈话，被我听到了……你知不知道，叶孤城的玄孙叶雪，在巫岐山上，花费了无数金钱，建造了一座极其豪华的宫殿，他对外宣称，想要在下个月与西门吹雪的后人一起，重现当年西门吹雪与叶孤城决战紫禁之巅的景象，别人都以为他只是想哗众取宠，炫耀自己的财力而已，但是叶雪有其他不可告人的目的……召尧现在与叶雪合作，他们俩似乎还联系了在魔教的内应，我只听到他们想把武林中人都集合在一起，我担心召尧现在那么疯狂，他就是想把那些人都杀掉！”

“你想得太多了吧。”药蛮不自在地假笑道，“把全武林都给灭了，他图什么啊？谁还找他当武林盟盟主啊？难不成他勾结叶雪，就是想把全武林都给灭了，然后自己一个人守着武林盟这么多房子，今天睡这间，明天睡那间？”

“药蛮姑娘，这不是开玩笑的事情！”乔梓楠抬高了声音，“现在赵天池因为卷入这件事已经不知所终了，我和他只认识短短数月，对他的一切都不了解，我也不知道他有什么打算，更不知道如何联系上他，所以我来找你，这不是关乎我们一个人两个人的事情，这事关全武林，那么多条人命！”

“你怕他们去送死你就站在巫岐山上大声喊说不要进去，召尧要杀你们，不就得了吗？！”药蛮心烦意乱，“我认识赵天池也没有很久，我哪知道他到底去哪里了。”

“难不成你不顾他的死活吗？”

“我就是不想让他死！你少管天管地的，拉着别人掺和到那些事情里去了！”药蛮听着外面淅淅沥沥的雨声，开始头疼起来，“我不想和你提赵天池，我刚才梦到他死了，我梦到他掉进了一个好深好深的坑里摔死了，说不定他现在已经死了，就是因为我们俩掺和这些烂事，所以，请你，不要，再来，打扰我了！”

乔梓楠满脸的不可思议，“你怎么是这种人？”

“那我是什么样的人？！”药蛮面无表情的，歪着头看她，“我是正义的化身，还是能够阻止这个世界上一切罪恶的人？这件事我不想再管，我也没有能力去管，请你不要再来找我了，至于你想怎样看待我，那随你的便。”

乔梓楠的眼中猛地蓄满了泪水。

“我不会怎么看你。”她说，“你没有资格。”

说罢，她起身离开了。

药蛮背对着她，做了个请的手势。

门被关上之后，药蛮呆呆地在原地坐了好一会儿，她觉得后背发凉，却又一动也不敢动，仿佛周围的空气能够给她一些强力的保护一般，她狠狠地伸手搓了搓脸，露出一张有些疲惫的少女的脸，她的眼睛映着烛火，却一点也没有被照亮。

她流出泪来，并且很快地流了满脸，她像是要找到什么依仗似的小声哭着喊：“喂！”

无人回应。

过不多时，雨停了下来。

召尧推开门走进来，脸上还有些没散去的睡意，他拍了拍药蛮的背，轻声说：“怎么了？”

“你怎么来了。”药蛮低声说，“你不睡了？”

“我梦到你叫我。”召尧打了个哈欠，轻轻摇头，“过来看看你。”

“我没有事啊，我才不叫你，你还有心思梦到我？真是稀奇，我还以为你天天都梦到乔梓楠呢！”药蛮看着他，突然想起了什么似的，“你真的和叶雪结盟了？叶雪那个人——那个人疯疯癫癫的，又把钱看得比天还重，你到底许诺他什么了？”

“我只是许诺他，魔教的那一半神像，能在决战紫禁之巅的那天被送往巫岐山而已。”召尧说，“他自己以为我许诺了什么，是他自己的事情——好了，你问这些干什么，这不是需要你操心的事情，早点休息吧。”

“我们会成功的，对不对？”药蛮突然握紧了他的手，“对不对？”

召尧温润如玉的脸露出了一点笑容来，他点头，说：“对。”

“我们会成功的。”药蛮似乎从他的笑容中找到了一点安慰，“我也这么觉得，我们会成功的，哥。”

“对。”召尧拍了拍她的头，“去睡吧。”

说完，召尧就起身离开了。

药蛮倒在床上，半天都没有闭上眼睛，但是在刚刚闭上眼睛的一瞬间，她就睡了过去。

她梦到了很多似曾相识的场景，下雨天，大海，小河流，蛤蟆和在泥里爬的小蛇，一只蝴蝶飞起来时，它翅膀上抖落了无数个太阳和星星，它们给世界带来了光辉，但是光辉很快变成了火，赵天池的脸从火中探出来，他说：“药蛮，你要不要吃肉饼？我们一人一半。”

药蛮在梦里不敢看他，赵天池却一直举着那半块肉饼，药蛮只顾做自己的事情，她故意在赵天池的必经之路倒下，缠着他，与他交朋友，又带着他来到了沱山脚下，暗示他，欺骗他，场景一转，她低着头，将自己知道的关于赵天池的一切写进信中，寄给了召尧，做一个拿刀的告密者，她写着写着，笔下的墨汁流出血来，赵天池的声音在她耳边说：“喂，药蛮。”

他很轻松，又带着一点调笑似的，“你这次可把我害死了，再饿肚子的时候，可没人给你吃肉饼了，你保重啊！”

药蛮承受不住，在梦中猛地大哭起来。

在下了大雨的第二天，乔梓楠就生了病，她很想去见余雀，她甚至觉得召尧说余雀还活着是在骗自己，可是她知道召尧并不会给她这个机会，前所未有的无力感紧紧裹着她。

她从没有遇到过这种情况——完全束手无策，她的敌人是召尧，但是她甚至不知道召尧到底最终的目的是什么。

虽然难受，但她还是坚持着把饭吃了，因为此时此刻，她不能允许自己的身体拖累自己。

到了下午时，乔梓楠决定出门去走走，虽然她也不知道自己到底能做些什么，但是总不能就这样干耗着，浪费时间，也许出去走走，事情就会好起来，就会有转机呢？她这样想着，又走到了那间关着药蛮的房子。

里面安安静静的，一点声音也没有。

她昨天确实是恨上了药蛮，因为她觉得做人不能这样不讲义气，但是——但是，她想，她永远也不能强迫别人改变自己的想法，也许赵天池就是有眼无珠认错了人。

她深吸一口气，决定回到房间里，把她所经历的事情全都写下来，无论这封信最后会落到谁的手里，她觉得自己都不算在坐以待毙。

她回到了房间里，却发现自己的桌子上多了一盘小点心。

乔梓楠以为是召尧送的，随手拿起一个来咬了一口，却觉得有什么硬硬的东西，她略显惊讶地把嘴里的东西吐出来，竟是一个裹得紧紧的纸条。

“午时三刻，厨房。”

那字迹十分娟秀，虽然乔梓楠从未见过，但是她下意识地知道，这大概是药蛮的字。

午时三刻，乔梓楠出了门。

她十分紧张，有些患得患失，也完全不计后果了，就算不是药蛮想帮助她，就算是有个心怀不轨的人想把她杀掉呢？乔梓楠深吸一口气，推开了厨房的门。

还好，她见到了药蛮。

药蛮看起来无精打采，黑眼圈都快要掉到地上去了，她随手拿了个晚饭剩下的凉包子塞进嘴里，嚼了几口咽下去，略显疲惫地说：“你收拾收拾，跟我走，我们去找赵天池。”

“我没什么好收拾的。”乔梓楠舔舔嘴唇，眼里突然闪着光，“随时都可以走。”

药蛮与乔梓楠离开武林盟的过程还算顺利。

乔梓楠似乎对各种小路与很少有人把手的地方都十分清楚，甚至可以称得上是了如指掌，她提着一口气，果决地带着药蛮左拐右拐，在一处药蛮见都没见过的小栅栏边上停下了。

“迈出去。”乔梓楠说，“千万小心，外面没有路，只有一点点凸出来的石壁，但是顺着石壁走一会儿就看得见路了。”

药蛮转过去看看，下面虽然算不得万丈深渊，但是也让人眼晕，这才想到大概两个人所在的位置是武林盟的后山，这边守卫较少，大概也是不害怕别人从这里出逃。

毕竟太危险了。

“这里其实安全一些。”乔梓楠说，“我知道赵天池是从哪里逃出去的，他走了之后，召尧就加强了守卫，我们再从那里走，没什么可能了。”

药蛮忽然捂着嘴打了个哈欠，含糊道：“早知道这么麻烦我就多吃几个包子了。”

她迈开长腿，跨了出去，因为觉得太冷打了个哆嗦，差点没掉下去。

“小心！”

“没事。”药蛮摆摆手，深吸一口气，拿手扶着墙，一点点往下走。

乔梓楠也迈了过来。

两个人谁也没有说话，只有冷风小声地吹了过去，再无其他。

终于离开武林盟时，两个人都松了一口气，药蛮说：“往前走走，雇个马车。”

“去哪里？”

“去金虎寨，找吴刚。”

“那是哪里？”乔梓楠问她。

“……不。”药蛮突然想起了什么似的，“去找走义。”

两个人走了很远，在天亮时稍作休息，买了几个包子做早饭，雇了马车前往常乐镇去了。

药蛮带着乔梓楠奔波了大半日，找到了当时和走义谈话的地方，但是那里大门紧闭，她深吸一口气，将门踹开，带乔梓楠走了进去，又回身关上门，大声喊："走义，你给老娘滚出来！"

乔梓楠尴尬地看着她。

过了会儿，一阵踢踢踏踏的脚步声响了起来，走义还是那副窝窝囊囊的样子，像是受到了极大的惊吓一样跑了过来，看见是药蛮，当场差一点给她跪下，"姑奶奶，你可算是来了！"

"坐起来，看你那窝囊样儿。"药蛮拉着他坐好，"我问你，赵天池有没有来找过你？"

"……有，有过。"走义不敢看她，"是我想去武林盟将你救出来，他当时正想跑，我们遇到了，他就把我给带走了。"

"然后呢？"药蛮今天火气很大，戾气很重，"他现在在哪儿？"

"我也不知道他躲去哪里了，叶雪正在满世界找他，其实我也很怕叶雪找到我这里来……"

"到底怎么回事，你给老娘说清楚了！"药蛮差一点就要去敲他脑袋，被乔梓楠给拦住了。

于是走义竹筒倒豆子一般，将自己如何偶遇赵天池，又是如何一起知道了当年薛攀把神像输给叶雪的真相，还有找了人进入叶雪府中打探的事情全都说了，甚至包括赵天池以及段烈遇害的当晚发生了什么，也和药蛮一一坦白。

药蛮上次也算是与叶雪相处过几天，万万没想到对方是一个这样心机深沉的人，但是惊讶之情很快过去，她问走义："那个朱绫在哪里？你怎么会知道当天晚上发生的事情？"

"老板，什么时候吃饭啊？"朱绫抱着小猴儿撩开帘子探出头来，"饿了。"

"……"走义假笑道，"因为他跑来我这里躲着了。"

药蛮在得知那神像又被叶雪拿走了之后，倒是没有作出什么反应，乔梓楠却十分激动地说："我们有没有可能再把它偷出来？不能让叶雪拿着那神像去和召尧见面。"

“你到底是想救赵天池还是想干别的？”药蛮冷冰冰地说，“我直接说了吧，召尧和叶雪有什么打算我不知道，我也不想知道，我和你出来，只是为了救赵天池，我不想让他死，仅此而已，别的忙我没能力帮也不想帮。”

乔梓楠还从没被人这样当面落过面子，但是她一向不喜欢与别人争执，虽然不是忍气吞声的性格，却比药蛮要来得温柔许多，她说：“好，我们先想办法找到赵天池的下落。”

走义胆小如鼠，不敢出门，朱绫因为在叶雪家里当过差，露过脸，现在大概一出门就要被人绑走带给叶雪，也不能出门。而乔梓楠也不是什么生面孔，经常去武林盟的，都知道她是召尧的师姐，哪怕是小猴儿也因为太有辨识度不好出门，四个人中算来算去，能出门的居然只有药蛮一个人。

“你们两个废物，这几天居然就知道躲在这里坐吃山空，门都不敢出，怕不是赵天池已经死透了你们也不知道！”她愤愤不平地说，“拿钱，我出去打听打听消息，顺便把晚饭要用的东西给买回来。”

走义虽然觉得她凶巴巴的，但是因为心怀爱意，又觉得凶得怪可爱，心甘情愿地把钱掏出来供她使用。

药蛮出了门，倒是一点也不想去金虎寨了，她也不知道现在金虎寨里的人知不知道赵天池是假冒的魔教教主这件事，虽然苏妍有很大可能会和罗玉一起保守着这个秘密，但她毕竟不知内情，不敢托大，还是靠自己想想办法吧。

这么想着，药蛮去了集市，找了家卖菜的摊子蹲下来挑土豆。

摊主是个很胖的中年妇女，正坐在小马扎上嗑瓜子，招呼药蛮随便看。

药蛮挑了几个土豆，起身付钱，掏出怀里的小布包，打开，里面又是一层布包。

摊主继续嗑瓜子，药蛮继续打开，里面还是一层。

“哪用得着包这么多层的！”摊主瓜子嗑个不停，“小姑娘防贼啊？”

“啊哈哈哈，是啊，防贼呢，最近镇里不是挺乱的吗，我怕丢钱。”

“你包一百层，人家一偷，你该丢不是还得丢吗？”摊主说，“好端端的船绑在岸边说没就没了，你这包钱算什么哦！”

药蛮终于打开了最后一层，将钱递给她，抱着土豆走掉了。

“岸边的船……”她闻着土腥味，小声说，“坐船跑了？”

抱着土豆走到了岸边，药蛮挠挠脸，觉得这里看起来倒是一切正常，刚好有几个渔民拿着空网上岸来休息，药蛮凑过去打听：“老哥，我想问问，前几天这儿是不是被偷了一艘船？”

“是啊！”那渔民看看药蛮，“大半夜的就给偷着划跑了。”

“没人看见往哪里去吗？”

“都睡着觉呢，谁去看？”渔民说，“不过那天晚上风大雨大，说不定被吹到哪儿去了呢！”

药蛮心里咯噔一下，她隐约记得有一天确实是下了非常非常大的雨，那天她躺在床上睡着觉都活活被吵醒了，要知道她睡觉很沉的……若是真的被逼到走投无路上了那艘船，就算是他和段烈两个人在一起，也不一定能安全地上陆吧？再说，就算是现在人还活着，万一不知道被吹到了哪里，被活活饿死，岂不是更可怕？

她打了个哆嗦，不再与那渔民讲话，转身离开了。

回到走义的家里，药蛮手起刀落切了一堆土豆，加一点油盐炒一炒，又洗了一锅米，放在一起煮，走义站在一边探头探脑地看，小声说：“能吃吗？”

“吃不死你！”药蛮咣当一声把菜刀砍在了菜板上，“你给老娘闭嘴。”

走义最近可以说是十分的发贱了，但是他并不以为耻，反而觉得陷入了爱情中的人就该发贱，不贱才不正常，所以他十分享受地挨了药蛮的骂，将自己的手洗洗干净，找到了家里最后一个蔫巴巴的苹果，削了皮，切成块，拿了个碗洗洗干净递给药蛮，笑嘻嘻地说：“你吃。”

药蛮接过来看他一眼，“你干什么？”

“我看你做饭累了。”走义说，“给你补充一点体力。”

药蛮狐疑地看着他，“你到底想干什么？”

走义觉得药蛮今天不正常，好像是比平时更加暴躁了，但是他知难而进，并不畏惧，大不了挨顿打，那样药蛮姑娘就可以正大光明地拿拳头捶他了，若是能骨折在床上躺几天，药蛮姑娘可能还会心怀愧疚地给他端茶倒水，那就更加完美了，想到这里，他露出了十分灿烂的笑容，“我真的不想干什么。”

药蛮本来就觉得赵天池生死未卜，与自己有很大关系，又自责，又担心好友，又很心烦，见到走义没脸没皮的模样更觉得暴躁不堪，一把扯了他的衣领大吼：“你有事就说，没事就给我滚到一边去！”

也不知是走义身上的衣服太薄了，还是药蛮的力气太大了，这一扯，居然把衣服从中间扯破，露出了他瘦弱白皙的胸膛。

“……”药蛮松开了手，“你快滚。”

走义摇头摆尾，“我不。”

药蛮看他一眼，突然皱了下眉头。

“你胸口什么东西？”

走义将衣服拉开看，一道长长的疤痕横贯了胸口，虽然是陈年旧伤，但是因为当年伤得十分严重，到今天还是这样显眼。

“小时候我贪玩，从房顶掉到了地上，被立着的梯子给划的，差点给我捅穿了。”走义说。

药蛮翻了个白眼，“你从小就欠，行了，快走吧，等着吃饭。”

吃饭的时候，四个人坐了一桌，药蛮与乔梓楠因为赵天池生死未卜的关系，都没有说话，也没有吃多少，而朱绫和走义则一个比一个吃得香，小猴子趴在朱绫背上，闭着眼睛在睡觉。

“决战紫禁之巅——”走义突然说，“是什么时候？”

“下个月初三。”乔梓楠轻声说，“怎么？”

“你们到时候会去吗？”

“大概会。”乔梓楠说，“我必须知道召尧到底想做什么。”

“那也带着我，成吗？”走义黏糊糊地看着药蛮，“我想和药蛮姑娘一起。”

药蛮想打他，忍了又忍，没有动手，恶狠狠道：“再说话我把碗塞进你的嘴里。”

赵天池觉得很疼。

他说不出来是哪一种疼，也说不出来到底是哪里疼，因为全身上下，从指尖到耳垂都在疼，似乎在血液里有什么东西一直蠕动，顺便啃食着他的骨肉似的，让他疼得几乎要晕厥过去。

“你怎么了这是？！”段烈吓了一跳，因为刚刚赵天池还好好的，坐在甲板上钓鱼，虽然饿得没什么力气，但是还有心思和自己斗嘴，只一会儿不见，他就变成了这样。

赵天池想说话，但是说不出，他知道自己被苏妍下的蛊正在发作，这还是第一次发作，他疼得几乎要晕死过去——也许已经晕了，但是他又被活生生地疼得醒了过来。

……好想死了算了。

这种想法在他脑海里挥之不去，他觉得自己的瞳孔正在涣散，眼前的所有景色都变成了一片模糊，他看不见天和海，只看见一片混沌。

段烈不敢碰他，正在急得无计可施之时，赵天池突然猛地喘了一口气，像是溺水之人刚刚上岸一般疯狂地呼吸，他手指头紧紧抓着甲板，无名指上的指甲瞬间断裂，鲜血直流，然而他已经感觉不到疼了。

段烈突然看到了他腰间挂着的小葫芦，那葫芦做工粗糙，不像是装饰品，而赵天池本人活得更粗糙，也不像是会佩戴装饰品的人，段烈迟疑着将葫芦从他腰间拿下来，扒开塞子，试着倒了一下，里面是一粒浅棕色的药丸。

他紧张地把药丸放了回去，盖好盖子，因为怕赵天池不小心把药丸打掉，他举着那小葫芦到赵天池眼前，大声问他："是这里的药吗？"

赵天池已经疼到神志模糊，见到了那葫芦才清醒一点，只是他不知怎么，又发起疯来，一掌打飞了那葫芦，段烈骂了一声，毫不犹豫地跳到了海里，将那葫芦抓着扔到了船舱里。

他会水，但是这几天二人只能吃一些处理不干净的生鱼——那个小炉子里的煤早就用完了。他根本吃不惯，所以身体眼看着就要垮了，就连扒着船板的手都在抖，过了好半天，他才慢慢地爬上来，拿着那粒药，强硬地塞给赵天池吃掉了。

赵天池终于不再疼得发疯，不知是晕了还是睡了，段烈也没有力气，倒在船舱里一睡不起。

他们俩几乎是同时被饿醒的。

赵天池还如坠梦中，不知道刚才的疼是真的假的，捂着肚子坐起来，头发乱七八糟，像个野人一般，木着脸说："好饿啊！"

段烈浑身都湿了，没力气搭理他，摆摆手说，"唔。"

"你怎么湿了？"赵天池嘿嘿直笑，"跳下去抓鱼了？"

"你还有脸说……刚才你发的什么疯？"

他这一说，赵天池才知道自己的疼痛不是假的，于是将自己中了魔教蛊毒的事情说给他听，段烈听完，脸色变了几变，小声说："下个月的药，怎么办？"

"下个月？"赵天池哈哈大笑，"兄弟，你想得好远啊，还下个月，我们不如想想下午的饭怎么解决？"

然而看段烈一副要死的样子，赵天池自告奋勇地站起来，拿起了渔网，往下面一撒，开始盘着腿，坐在原地安静地等待。

"哎，你在想什么。"他说，"聊聊天吗？"

"在想我媳妇。"段烈闭着眼睛，"我媳妇她若是知道我死了，会恨我的吧。”

“哦？”赵天池说，“怎么说？”

“我确实不是什么好人。”段烈说，“虽然我没有做过什么真正出格的事情，但是我确实对不住她，我也闹不明白自己是怎么想的……但是我若是她，如果知道自己的夫君死了，肯定会难过，若是知道自己的夫君不像自己想的那样好，大概会更加难过吧？我说不好……是不是很多东西只有人在快死了的时候才明白？”

“你一上来就和我说这么高深的问题，我也说不好啊！”赵天池挠挠自己的脸，“其实她也未必会恨你，说不定还会偷偷高兴你死了——哇啊，不要打我，我就是随口一说，随口一说……”

“你这人——”段烈睁开眼睛看他，“你是不是不知道什么是难过？”

“知道啊！”赵天池说，“嘿嘿，但是我正是因为知道什么是难过，反而不难过了，因为我觉得，做人就是要难过的，人一生下来，就注定要有各种各样的烦心事，只不过穷人的烦恼更琐碎无望一点，有钱人的烦恼……唔，有钱人的烦恼，我还真的一时之间想不到，叶雪那人有什么烦恼呢？我猜大概是觉得自己不够长寿，想要长生不老之类的吧？”

“至于我嘛，”赵天池说，“我的烦恼，就是自己长得太帅。”

他哈了一声，满怀信心地站起来，将网拉上来，一看，赵天池吓了一跳，“螃蟹！”

段烈一看，那网上确实挂着一只大螃蟹，因为没有其他东西，而显得一枝独秀，正在慢慢地挪动。

赵天池兴冲冲地将它抓在手里，“来吃？”

“就这么生吃吗！”段烈说，“你疯了？前几天的鱼生吃都差点吃死了，这螃蟹你也敢生吃，不怕吃得脑袋生虫吗？”

“……也是。”赵天池拿着螃蟹坐在船板上，深思熟虑了半天，突然大喊一声，“有了！”

他将螃蟹递给段烈，“我怎么早没想到，段盟主，快，用你的内功！”

“什么……”段烈看他，“用我的什么？”

“你的内功把螃蟹弄熟！我怎么早没想到？”

段烈无语地看着他，对自己的内功能否弄熟螃蟹这件事，还是持怀疑态度，但是赵天池眼里的期待实在是太热烈，他只好敷衍道：“我试试。”

于是他深吸一口气，握着螃蟹运起功来，赵天池的眼睛亮极了，在看到螃蟹真的变红了的时候，他突然狂笑一声，“哈哈哈哈，真的可以！”

段烈似乎也没想到自己的功夫有朝一日真的可以救命，他蒙了一会儿才回过神来，将螃蟹一掰两半，递给赵天池一半，狐疑道：“你先吃吃看？”

赵天池已经开始吃了，并且觉得非常美味，他感动不已，眼泪都要流出来，心想自己真是世界第一聪明。

然而他没想到的是，吃完了螃蟹之后，他和段烈就忍不住剧烈地呕吐起来，而且两个人的肚子都开始火烧火燎地痛，就连喉咙和鼻腔里都开始疼起来，赵天池觉得自己头晕又恶心，恨不得把头摘下来扔到海里去。

段烈紧紧攥着拳头，觉得自己把五脏六腑都要吐出来——他这辈子还没吃过这种苦！

可是这只是一个开始而已。

最开始，两个人还能互相埋怨，赵天池坚持螃蟹没事，是上一顿吃的生鱼有问题，段烈则坚持就是螃蟹的事情，赵天池表示说不定是你半吊子内功把螃蟹搞得中毒了……两个人吵来吵去，也没有结果。但是过了不到两刻钟，他们俩谁也没有力气去吵架了。

强烈的濒死感笼罩了他们。

第十六章　邪物

叶府今天，一直热闹到深夜。

舞姬们在小长廊里舞蹈，因为小长廊的入口处隔着一层薄纱，她们的身体显得朦胧而美丽，乐师所弹奏的音乐和着小桥流水，传到了宴席上。

席间只有两个人，是叶雪与一个年轻男子，那男子生得阴柔俊秀，倒比他身边站着过来陪酒助兴的女子还要精致几分。

“叶某敬你一杯。”叶雪笑道，“我万万没有想到，你能光临寒舍……”

那年轻男子敷衍地笑笑，与他碰杯，喝了一杯烈酒，咂咂嘴，他又说：“这酒不够烈。”

“不愧是……不愧是——”叶雪似乎拿捏着用词，然而那年轻男子哈哈大笑着打断了他，“不愧是魔教来的？”

“罗玉公子性格洒脱，在下喜欢！”叶雪赔笑，自己也喝了一杯，又招呼家仆，把珍藏多年的好酒拿出来。

“我倒是还想不明白，你为何反水召尧？”罗玉已经有些醉意，眼神却还很清醒，“敢私下里和我结盟，不怕我一刀杀了你，抢了你的神像？”

“不怕，不怕。”叶雪说，“罗玉公子志不在此，这点东西，我还是看得出来的，你要的，是挫败武林盟，否则你也不会与我约定好，在决战紫禁之巅当天成事了，那一天武林盟的所有有头有脸的人都会到场，如果他们中了魔教的埋伏，那武林盟肯定会元气大伤，不中用了。”

“你好聪明。”罗玉说，“其实我有时候很喜欢聪明人，有时候又不喜欢。”

叶雪不知他言下何意，只觉得冷汗涔涔。

“当然了，我现在还是很喜欢的！”罗玉一笑，像是个顽劣少年一般，“你知道我想什么，那我就不怕实话告诉你，最开始我知道那半边神像在你手里的时候，我想的就是直接冲过来，将你杀了，夺走便是，但是我又想想，我得到了一个完整的神像，然后呢？若我和它祈愿，还不知道会发生什么，结果要是不在我的掌控当中，岂不是赔了夫人又折兵？但是和你合作，就稳妥得多，因为我不怕你卖了我，你帮我把武林盟的人引到巫岐山去，我给你剩下的半尊神像，你想长生不老，想要万贯家财，随你的便就是，我不在乎，我也不想管。而你也势必会答应我的请求，因为你知道召尧也想要那尊神像，他许诺你的东西，也许很诱人，但还是差那么点儿意思。”

叶雪拱拱手道：“佩服，佩服，魔教有您这样的人才，何愁不能兴旺长久呢？实不相瞒，那神像，即使我现在给了你，我们的神像能够合二为一，你也没办法使用。”

“此话怎讲？”

“你知道为什么，我将假皇宫的地址选在了巫岐山吗？”

“为什么？”

“因为那里，据说邪门得很，之前是个乱葬岗，而这神像，非要在那种至阴之地才能起作用，不瞒你说，最邪门的事儿你知道是什么吗？巫岐山上，也就是我那假皇宫的正中央，有个一人多高的石像，就是个骷髅的模样，歪歪斜斜地站着，两只手交握，那两只手空出来的形状，居然与那神像差不多……”

罗玉听了，自然也是啧啧称奇，不过他一向不是很信这种怪力乱神的东西，又怕是叶雪在唬自己，眼珠一转，将话题扯到了召尧身上。

“哈！”叶雪笑着说，“召尧这人，我看比我聪明不少，要说人才，他才是，可惜他这人也不知道想干什么，疯疯癫癫的，我看不透他，要不然我还想撺掇着他背叛武林盟呢！”

罗玉觉得自己这话说得像个阴谋家，然而他又不是很喜欢把自己比作一个阴谋家，想了想，他摇摇头说：“不说他了，喝一杯，顺道祭奠一下赵天池和段烈两位少侠，可惜啊，他们俩我还都挺喜欢，要不是赵天池和我哥长得太像，我怕见了伤心，我都想拜他为义兄了。”

这话说得肯定没有多少真情实感，叶雪也知道，但是他仍然吹捧道：“罗玉兄弟，重情重义！来，为了赵天池和段烈，干一杯。”

罗玉笑着点点头，将酒喝了，突然摔了杯子，忍不住高声笑起来。

他这次来中原，带了魔教里所有的高手，他想得很清楚，不成功，便成仁，若是这次他看着召尧得到神像而自己无动于衷，那等待魔教的只有灭亡罢了。若是这次失败，只不过早点死而已，他已经安排了人照顾苏妍，将她送得远远的，带着足够的金钱好好过完这一生。若是成功，从此江湖上再没武林盟，魔教就可以繁荣昌盛，一统江湖。

月亮照着大地，也照着海面。

赵天池和段烈正靠在一起等死。

说是等死，并非夸张，他们真的感觉自己快要死了，虽然不知道到底是吃了什么中毒，但是确确实实是中了毒没跑了，此地没有大夫，也没有解毒的药，两个人双双歇菜，连互相抢救一下都不行。

赵天池的嘴唇麻麻的，手指头也麻麻的，他不知道自己现在看起来是什么样儿，他也看不清段烈是什么样儿，因为他眼前花花绿绿，仿佛掉进了染缸里，动了动嘴唇，他什么也没说出来。

段烈也是一样，而且比赵天池更严重点儿，他甚至开始出现幻觉，觉得眼前有很多小人儿正在跳舞，手拉着手，连成一排将他围绕，过不多时，那小人儿又变成了自己的媳妇，他的媳妇正在低头剁肉，一刀两刀三刀，几十刀下去，将肉剁碎成了肉馅，段烈仔细看那堆肉馅，居然在里面看见了自己的脸。

他吓了一跳，正要发作，突然觉得自己被什么东西给狠狠地撞了一下头，这动荡让他忍不住呕吐起来，而赵天池显然也与他五感相通，两个人一起趴在船板边上呕吐。

吐完了，两个人被冷风一吹，都精神了不少，段烈抬头一看，当场呆住。

“赵……赵天池……”他捂着肚子嘶哑着嗓子说，“你看。”

赵天池已经快要翻白眼了，他强忍着抬头一看，发现自己的船，居然撞在了岸边上。

赵天池与段烈对视一眼，都觉得欣喜若狂，但是这点欣喜若狂又没力气表现出来，只好通过眼神和表情展示自己的喜悦，两个人对视一会，全都吐了，互相搀扶着走下了船，赵天池还因为过于激动，不小心掉到海里去了。

段烈使了吃奶的力气把他拉起来，两个人跌跌撞撞地走上了岸，因为都眼前发花，谁也没有走快，过了好半天，两人才勉强看清了眼前的景象。

这岛还算不小，至少一眼望不到头，也不知有没有人居住，然而岛上至少会有除了鱼和毒螃蟹之外的东西，所以赵天池与段烈都很受鼓舞，两个人踩到了地上，还觉得身体仿佛漂在海面上，晃晃悠悠的。

然而还没等两个人高兴起来，就突然觉得脚下一空，居然懵里懵懂地摔到了一个大坑里。

召尧正在低头写字。

他的字不算好看，但是也不算难看，若带着批评的眼光来看，顶多有一点蹩脚，像是极力想要把字写好看，写得横平竖直，意气风流，但是因为缺少长年累月的练习，只能做到这个程度。

召尧觉得，他的字，就像他的人一样，如果想要改变，那必须是要下很大很大的工夫才可以，几乎要达到了壮士断腕一般的惨烈。

可是他想，自己不是壮士，顶多就是个小人，蝇营狗苟，被人唾弃。

但是如果能够达成自己多年以来积压在心中的夙愿，若是做小人，也没有什么。

他在给乔梓楠写信。

师姐，见字如晤……

只写了六个字，他就不知道如何继续了，只好伸手将纸揉成一团，扔到地上，另写一封。

但还是一样的情况。

虽然他知道乔梓楠已经很厌恶他，更加不想听到自己叫她师姐，但是他还是觉得，自己有千言万语说给她听，即使她不愿意听。

想到这里，召尧决定算了，他站起身来，叫了自己的心腹进来，筹备商议决战紫禁之巅那一天的事情。

而此时，赵天池与段烈正抱在一起，对着大坑上面的一张人脸瑟瑟发抖。

“你们两个是从哪里来的？！”那人说，“不要撒谎！”

这人看不出年纪，因为他穿得实在是破烂不堪，头发胡子长成一片，看得出很久没有打理过，一双虎目瞪着两个人。

“……我们俩从中原来的。”段烈说，“在下是前任武林盟盟主段烈，曾经荣获武林中最受欢迎的少侠第一名，前途无量少侠评选大赛金奖，倚天剑杯武林之星风采大赛第一名，而且蝉联了三届！”

赵天池也不甘示弱，“在下是沱山派赵天池……”

然而他话还没说完，就被那老头打断，他看上去欣喜若狂，以至于有些疯癫了，他蹲下身去，双手紧紧扒着坑边，大声问：“沱山派的，你真的是沱山派的？！”

“真的！”赵天池说，“乔梓楠你晓得吧？那是我师姐，我们俩关系特别好！”

提起乔梓楠，老头的眼中落下泪来，他说：“好！好！”

说完，他起身跑走了。

“跑哪儿去了？”段烈绝望道，“都怪你，提什么乔梓楠。”

“那你还提什么倚天剑杯武林之星风采大赛第一名呢！也太掉价了吧，你怎么不说你是小葵花学堂好宝宝比赛第一名啊？”

段烈哪想到他快死了还这么牙尖嘴利，恨不得给他一巴掌，又实在没力气，只好鸣金收兵，闭嘴不语。

然而没过多久，脚步声又响起来，那老头居然又回来了，拿了根绳子放了下来，冲着他们两个说：“上来！”

赵天池与段烈对视一眼，激动不已，二人抱着绳子往上爬，终于上了坑时，赵天池深吸一口气，只觉得眼前一黑，彻底晕了过去。

……

他是被一阵食物的味道给熏醒的。

赵天池睁开眼睛，发现自己躺在床上，那老头正背着他们熬粥。

三人所处，乃是一间小屋，这小屋盖得有点粗糙，但还算暖和，赵天池与段烈身上盖的都是兽皮，硬硬的，很厚。

老头听到他的声音，转过来看他，似乎心情不错，忍不住笑了几声，“起来起来，叫你的小友一起过来吃饭。”

赵天池推推段烈，两个人下床，行尸走肉般地开始喝粥，赵天池烫了嘴，却没有停下，他一边喝一边说：“好喝好喝！”

“好徒儿！”老头笑道，“好喝就多喝点。”

听闻这话，赵天池和段烈都是一愣，“什么好徒儿？”

“我是沱山掌门乔三十，你是沱山弟子，怎么不算是我的好徒儿？”

赵天池被呛着了，咳嗽了好半天才说：“你你你你，你不是死了吗？！”

“胡说！”乔三十一拍桌子，“没大没小，谁说我死了？”

赵天池仔细一想，好像确实没人说他死了，众人都说，他可能云游四海去了，只是暂时下落不明而已，但是这么多年毫无消息，又从来没有报过平安，赵天池默认他就是死了。

想到这里，赵天池有些底气不足，他摆摆手道：“是我自己想歪了……嗯……”

“我的女儿梓楠，她现在如何？沱山派，又怎样了？”乔三十满脸期待地问。

赵天池一时语塞，舔舔嘴唇，说：“有一个好消息是，你的徒弟召尧他当上了武林盟盟主，你的女儿……也暂时挺好的吧，大概是。”

“嗯？”乔三十说，“还有呢？”

段烈擦擦嘴，拍了拍赵天池的肩膀，把召尧的所作所为，仔仔细细，毫无遗漏，从他借机杀害了薛攀，到他当上了武林盟盟主，再到他似乎酝酿着什么不可告人的阴谋，一五一十，全部说给了乔三十。

乔三十听完，已经呆立在当场，他久久不能言语，满脸迷惑地问：“你们说的这个人，是召尧？”

赵天池与段烈一起回答：“是啊！”

“怎……怎么可能是召尧呢？”他似乎百思不得其解，“召尧是我亲手带进沱山派的，他的心性我最清楚不过，怎么可能做出这些事来？”

“哇，这就很难说了吧，师父！”赵天池捧着碗说，“说不定他之前都是装的，也不是什么不可能的事情啊，他装来装去，终于等到这一天，因为平时装得太像，所以今天才反弹得这么厉害而已。”

“不可能！”乔三十一拍桌子，脸上竟然露出一些癫狂之色，“召尧是心境最纯良的孩子，我绝对不相信他会做出这些事来！说不定他有同伙，又或许是有人在逼迫他，你们又不是他肚子里的蛔虫，怎么会知道得这么清楚？”

赵天池与段烈对视一眼，觉得这老头儿忒犟，劝是劝不听的，然而事实摆在那里，赵天池说：“我亲眼看见的，你的好徒弟召尧杀死了薛攀，难不成还是我眼花吗？当然，你信与不信，都不管我的事，我又没有必要必须说服你，我和你说句实话，我进沱山派，才两个月不到，你女儿想找个功夫好的人代表沱山派参加武林大会，让沱山派能够重新在武林中崭露头角，以便振兴而已。我呢，就是找个愿意收留我的门派借个壳子，有了名声好赚钱，我们各取所需，你不必当我是你的好徒弟。”

乔三十也许本来心性就是如此，也许是这么多年自己一个人在岛上居住，疯疯癫癫的习惯了，此时听赵天池这样说，居然大发雷霆起来，“你放屁！进了我沱山派，就是我沱山派的人，死了也是我沱山派的鬼！我不管你是因为什么才进的沱山，但是你既然还没死，我就是你的师父，你小子这是欺师灭祖！”

他发了好一通火，突然猛地从腰间拔出一把长刀来插在桌上，那桌子是用木头做的，厚厚一层桌板，居然就这样被刺穿，一直刺到了长刀的尽头，只差一点就要把赵天池的大腿刺穿。

赵天池哪想得到这老头这么疯，他一向是见人说人话，见鬼说鬼话；遇强则弱，遇弱则强。此时一见情况不妙，赶紧变了一张脸，按着乔三十的手说：“师父莫气，师父莫气！刚才是徒儿讲话冲动了，您老人家不要发怒。可是召尧的所作所为，现在江湖上与武林盟打过交道的人，都知道一点，他有什么难言之隐呢？我看他是有什么不可告人的阴谋！”

乔三十神色稍缓，却仍然看起来怒气冲冲，过了半晌，他才说：“反正老子也不会踏出这座岛一步，哪里知道武林里的其他人怎样想？还不是你们说什么就是什么？”

“那您大可以和我们出去亲眼见见啊！”赵天池挠挠下巴，“对了，还没问您，这是哪里？”

“这岛没名字，我给它起了个名儿，叫沱山岛，反正这是我的地盘，听我的就是。”乔三十说，“还有，我说过不会踏出这座岛，就永远不会出去，就算我死，我也不会再回到中原武林去。”

“为何？”段烈问他。

乔三十没有回他，他神色变了几变，又像个不讲理的顽童一般说道：“老子就是不爱出去，关你们什么事？两个小瘟神，快吃了饭滚去睡觉。”

赵天池虽然知道自己与段烈两人合伙，肯定能打败这老头，但是第一，他对乔梓楠还很有好感，总不能对人家老爹动手；第二，他觉得这老头只是脾气坏了一点，对他们还是很好的。所以他转过头去，使了个脸色给段烈，暗示他少安毋躁。

段烈小心地点点头，拿起碗来，继续吃他的粥。

因为只有这一间房，三人不得不睡在一起，赵天池与段烈觉得好了很多，在船上时不管吃了些什么中了毒，都已经吐了出去，喝一点稀粥垫垫肚子，瞬间就觉得重获新生一般，虽然这老头脾气古怪，他们到底是两个年轻人，决定还是他们睡在地上，让乔三十睡在床上。

哪知道乔三十说自己睡在地上就行，段烈还要推辞，他就马上变脸，气得胡子都要飞起来，大声喊道：“再啰唆，小心我把你们两个按在海里淹死！”

两人马上闭了嘴，讷讷不敢言。屋里熄了灯，漆黑一片，赵天池伸手去抓段烈的手，段烈啪地一声拍在他手背上，疼得他嗷了一声。

“不要说话！”乔三十像是学堂里的先生管教学生一般大声喊

道，“好好睡觉，不睡就都滚出去呆着！”

赵天池趁机抓着段烈的手不放开，段烈捏着鼻子忍了，以为今晚就会这样过去，哪知道过了没多久，乔三十突然出声问道：“召尧他是怎样当上武林盟盟主的？”

段烈与赵天池在月光中对视一眼，轻声说：“打败了我。”

“你？”乔三十说，“段胜竹的儿子，是不是？”

段烈说：“是。”

“不可能。”乔三十态度果决地说：“他小子有多少功夫，我最清楚，段胜竹当年勉强能和我打个平手，你是他教出来的儿子，召尧却不是我教出来的，有什么可比性？”

“哈，你还不知道吧？召尧他认贼作父了。”赵天池胡乱用了个成语，“他找个高丽人当作师傅去学功夫，那高丽人可厉害得很，一手把他调教出来，我看江湖上能打得过他的，没几个。”

乔三十既惊且怒，“他怎么会认高丽人做师傅？我……我，他娘的！”

赵天池舔舔嘴唇，问他：“那你当初为什么要走？他们说你是因为你大徒弟七巧犯了事，你觉得没有颜面面对别人才假称云游走了之的，真的假的？”

乔三十沉默好一会儿，突然叹了口气，“告诉你们，也没有什么，我当年出走，确实和七巧有关系，但并不全是因为他，我是觉得无法面对自己而已。”

赵、段二人异口同声道：“嗯，此话怎讲？”

“……不说也罢，不说也罢。”乔三十竟然面有愧色，“不说也罢。”

连着说了三个不说也罢，看来是真的很不想面对了，赵天池知道这老头脾气古怪，不敢多说惹他生气，转转眼珠，他说：“对了，你可知道那神像？召尧似乎在找它呢！”

他这话讲完，只听地上咣当一声响，乔三十似乎跳了起来，又使了内功，嗖的一声，将烛火点燃。

小屋里瞬间明亮起来。

“你说什么？”乔三十惊讶道，“神像？是武林盟与魔教人手一半的那个神像？”

“是啊！”赵天池说，“他在武林盟的时候，每天都在研究这东西，我们怀疑他从头到尾做的这些事，只是为了要这神像而已。”

“不，不能！”乔三十状若疯癫，在原地转起圈来，他胡子翘起，就连花白的头发都要炸开一般。

外面的雷声突然响起，犹如霹雳一般，将三人都惊了一跳，雷电照亮了乔三十的脸，那张虽然年老但是总带着顽童模样的脸上，居然流露出深深的恐惧来。

“怎么回事？”赵天池着急地询问，“老头儿——不，师父，您不要大晚上的急死人啊！”

乔三十似乎是真的害怕了，过了半天才缓过一口气来，他焦虑不堪地坐在了椅子上，垂着头说：“那神像不是宝物，而是邪物。”

“我和赵狂流和薛攀三人，是结拜过的兄弟。”乔三十说，“所以这神像的来历，我比你们要清楚一些……召尧既然在武林盟，那么肯定能查到武林盟里的书籍和笔记吧？那里面肯定说了一些关于这神像的来历，其实那些说的都没什么错，但是有一点，也是最重要的一点，完完全全地理解错了……神像根本不是什么能让人心想事成，甚至起死回生的宝贝，它只会给人带来灭顶之灾。”

赵天池惊讶道：“什么？”

……

巫岐山上很冷。

召尧上山的时候，正是月上中天。

他仰起头望着那座富丽堂皇的宫殿。

那是多么多么的豪华啊！精雕细琢的屋檐与窗框，宽阔的大门，崭新的地毯在月光下熠熠生辉，抬头看一看天花板，居然也雕刻着张牙舞爪的猛兽，那花纹栩栩如生，像是要把人吞噬一般。

可是，这座宫殿又是那样的可笑，它存在的意义，不过是为了满足一个浑身浸染着铜臭味道的小人的一点点不足为外人道的小心思罢了，他想凭借着还原当年的场景，来肖想自己就是当年那个人，肖想那些快意恩仇、江湖义气与自己紧密相关，甚至觉得，自己就是江湖本身……他真的是吗？召尧知道，他不是，他与自己一样，都是一粒微不足道的小沙粒而已，天地之间，这星空浩瀚，月光璀璨，与它们相比，叶雪就是那一粒沙。

可是，就这么一粒沙，居然拥有这样多的财富，能够支撑着他编造出这样一个可笑又绮丽的梦境，召尧真想永远地记住这一刻，在他见识过那样多的幻境之后，在他经历过那样多不可言说的事情之后，召尧觉得自己第一次感受到这样的触动。

很可笑。

他忍不住低低地笑起来，而后就是忍不住地大笑，寂静的夜里，只有风声与他的笑声回荡在这里。

叶雪站在一边，被吓了一大跳，又开始提心吊胆，他紧张得不得了，因为他心中有鬼，那鬼就是魔教的罗玉，罗玉看得透，召尧他却看不透，万一惹怒了召尧，后果可不是他承担得起的。

可召尧很快就停下了笑，他扶着墙，慢慢地席地而坐。

“为什么要建造一个这样的宫殿呢？”召尧似乎真心实意地不理解，“只是为了有机会重现当年紫禁之巅的样子吗？可是，可是你也知道，这没什么意义，叶孤城和西门吹雪已经死了，这座光秃秃的小山头，乱葬岗，也不是巍峨壮阔的紫禁城。”

叶雪虽然不知道他这话什么意思，但是看他没有生气，大概是自己与罗玉的事情没有穿帮，于是松了一口气，随口回答道：“只为了好玩儿而已，意义？意义这种东西，哪里有当前的快乐来得实在呢？只不过是花钱买个乐而已，若是有机会，召尧盟主想要建造一所比这里大十倍，又华丽十倍的宫殿，那也不是什么难事。”

“我？”召尧笑道，“我就算了吧，暂时还没这个想法。”

叶雪讪讪一笑，不敢与他搭话，在心里盘算着自己的一些七零八碎的小事情。

月亮很快就被云遮住了，于是整个天地间都朦胧了起来，召尧拿手搓一搓脸，靠在墙壁上不动了。

叶雪于是对他难免看轻了一些。

在他的心中，所有不懂得享受当下快乐的人，都是傻子，所有因为一些莫须有的东西而拒绝实实在在的快乐的人，更是傻得没有边际了。

一声口哨突然从远处传来，将叶雪吓了一跳，甚至因为脚滑不小心摔倒在地，狼狈极了。

召尧却没有嘲笑他，反而像是什么也没看见一样，慢慢地站起来，吹了个长长的口哨以做回应。

不多时，这座宫殿的门就被打开了，两个身材高挑的少女走进了院子，因为这里实在是太大，叶雪只能看见两个小小的人影，等她们俩走近了，叶雪才发现，她们手中捧着两束巨大的鲜花，因为那些花实在是太白了，显得与这个夜晚有些格格不入。

“你们来了。”召尧将身体挪开，给她们让了路。

那两个少女恭敬地对他点点头，同时跨进了大殿中，拿自己手中的花将大殿中所有的空花瓶插满，叶雪突然觉得毛骨悚然，因为他这才反应过来，少女拿来的是白色的菊花。

那是只有在祭奠的时候才会用到的。

“没什么味道。”召尧说。

“菊花味道不重。”其中一个少女快速又利落地将花瓶里的花朵调整好了角度，带着一点娇俏回答他说，“不过仔细闻闻，还是有一点味道的呢！”

叶雪看她们俩，虽然都是肤白貌美，可没什么活人气儿，虽然涂了薄薄的胭脂在脸颊和嘴唇上，却仍然显得死气沉沉。

他害怕了，找了个借口，说这里太冷，他年纪大了受不了，便要溜之大吉。

召尧走过去，帮着那两个少女摆好了菊花，冲他挥挥手，再没有同他说一个字。

赵天池与段烈正在劈柴。

两个人都累得汗如雨下，却仍然不敢懈怠，因为乔三十现在掌握着他们的生杀大权，若是不劈柴，晚上就没有饭吃，赵天池和段烈都被饿怕了，为了吃饭，干得比谁都拼命，乔三十就像个老太爷一般，歪在椅子上，捂着嘴打了个长长的哈欠，又将烟杆放进嘴里，含含糊糊地说："快点干！"

"已经够快的了……"赵天池回头看看他，"喂，师父，您看在我们把这一年的柴都劈了的份上，就和我们说说，那神像到底是怎么回事啊？"

乔三十不想说，每次提到这个话题，他都会暴跳如雷。

段烈踢了赵天池一脚，小声说："你这人，非要惹他？又想挨揍了？"

果不其然，乔三十马上从座位上跳起来，掐着腰大骂："就知道打听这些没用的，你小子晚上别吃饭了！"

赵天池来了脾气，一把扔了手里的斧子，大声说："不吃就不吃！反正老子下个月也要死了，死之前还要受你的气？"

"哦？我没听错吧？"乔三十掏掏耳朵，"你怎么下个月就要死了？"

"我中了魔教的蛊毒，最后一点解药吃完了。"他说，"所以你少来让老子干这个干那个！你这臭老头儿——"

话音刚落，乔三十就哈哈大笑起来，突然窜到了赵天池的面前，大吼一声，拉着他的手臂，让他舒展开来，极快地在他肩膀与胸口和小腹处按了数下，又两脚踢在他腿上，让他跪倒在地，一掌拍在他背上，又顺着腰线游弋，赵天池只觉得上半身一阵剧痛，几乎已经痛到麻痹的程度，他忍不住大叫起来，而乔三十拿了斧子，在他右手中指上横切一刀，切了好大的一道伤口，几乎已经变成黑色的血液瞬间流了出来。

那血滴在了地上，地上刚刚冒出新芽的草瞬间萎靡了，段烈见到，吓了一跳，“赵天池，你怎么回事！”

然而赵天池已经没有力气去回答他了，因为乔三十的手一直在逼着他身体里的东西往右手游动，他第一次发现自己身体里有会动的东西！这让他十分惊恐，苦着脸大叫：“啊啊啊啊啊啊啊啊！”

段烈也忍不住跟着大叫，他看见赵天池的右手中指居然有东西冒了出来，因为被血裹着，看不清模样，可是张牙舞爪的，实在不像什么好东西。

“嚯！”乔三十像是见到了什么有趣的东西一般，“到底是年轻人身体好，都给养这么大了！”

那蛊虫突然一顿，发出一点细微的声响，就要扭动着往回钻，哪知道乔三十眼疾手快，硬是拿两根手指夹着那虫子的头，活生生地往外拽。

“啊——”赵天池痛苦得长叫一声，脸色惨白地看着自己的手，乔三十已经将蛊虫拽出了大半，赵天池已经快要晕厥过去，段烈紧张地舔舔嘴唇，眼看着乔三十将那蛊虫一点点拽了出来，发出一点令人齿冷的咯吱咯吱声。

血已经在地上汇聚了一小滩，赵天池双眼无神地看着地面，只听“啵”的一声，那蛊虫被拽了出来，他猛地松了一口气，倒在地上，而那条几乎有他的小臂长的虫子，则见到阳光就死了，不多时就变成了干巴巴的一小条，像个小小的树枝。

“大恩不言谢……”赵天池闭着眼睛说，“我是不是不会死了？”

乔三十哈哈大笑，“这虫子还有几条，我也不知道，没事的时候你感受一下，若是发现它们在你身体里游动，你就叫我帮你逼出来，若是在下个月发作之前没有弄干净，那就听天由命吧。”

赵天池在心里骂了一声，当即觉得困倦极了，倒在地上昏睡起来。

段烈脱了自己的外套，垫在他的头下，对乔三十说："你又吓唬他。"

"哈！是他自己不经吓，脑子又傻成这样，怪不得我！"乔三十十分得意，"这小子哪里像我们沱山派的人，真是丢人。"

"是不太像。"段烈笑道，"我爹说，沱山派的人最会仗势欺人，他并不是这种人。"

被人当面说了坏话，乔三十却没觉得不高兴，反而兴致勃勃道："哦？你爹还和你说过这话？不过，这话确实像他说的，他当年就很看不惯我。"

"不光是你，还有灵雨的薛平生，峨眉的天青道人，平安谷的吴岚，还有……"段烈想了想，"记不清了，记不清了。"

"为什么？"乔三十抽了一口烟，咳嗽两声道，"他有没有告诉过你为什么？"

"他说你们结党营私，仗势欺人，败坏了武林盟的名声。"

乔三十突然大笑起来。

"他说得没有错。"他点点头，"所以我今天才龟缩在这里，不敢出去，不敢面对。"

"所以你年轻的时候不是英雄好汉，老了也不过如此。"段烈笑着说，"怪不得能教出七巧和召尧这样的徒弟来。"

乔三十的脸上颜色突变，像是听到了什么禁忌般的名字，他深吸一口气，将段烈狠狠推开，狠声道："滚开！"

第十七章　出岛

武林盟中的许多人，都收到了叶雪的请帖，邀请他们，在七日之后，前去巫岐山，到时候他将会与西门吹雪的后人一起，重新演绎当年决战紫禁之巅的盛况。

若是有雅兴，大家还可以轮番上阵，一起将瘾过足。

收到请帖的许多人，其实对这件事都很不屑，以至于觉得可笑的——他叶雪何德何能，敢夸下海口，说自己要重现当年决战紫禁之巅的盛况？可是虽然大家心有芥蒂，却纷纷接受了邀请，回禀前来送请帖的叶府家仆，恭恭敬敬，满面笑容地说："到时一定前往。"

叶雪已经在自己家中，挑选着那一天要穿的衣服。

他要穿得潇洒帅气，又不能影响行动，于是花重金订了一套黑底绣银边的衣服，可是他突然想到，那时候是夜里，夜里穿黑，那不就相当于隐形了吗？于是又紧急派人去找了成衣铺，加班加点地赶制一套白底绣金边的衣服。

罗玉看他忙得不亦乐乎，觉得好笑，跷着腿坐在一边喝茶。

“啊，罗公子。”叶雪满怀歉意地说，“把您给忘了，您的衣服我这就让他们送过来。”

“唔，没有关系。”罗玉说，“反正我就上去比画着玩玩，穿什么不重要，你务必要将我带到召尧面前，千万不能露出一点犹豫或者紧张的神色，不能引起召尧的怀疑，这才是最重要的，你知道了吗？”

他说完，回头看看被绑在椅子上的西门春锦，笑着说：“麻烦西门公子辛苦几天，在这里安生呆着，若是我们事成，会马上放你回家去的。”

西门春锦狠狠挣扎，叶雪看了看罗玉，罗玉说：“把他嘴上的布解开吧。”

叶雪照做，西门春锦瞬间得了一点自由，忍不住破口大骂起来，哪知道罗玉不知从哪里掏出来一个蜘蛛放在他面前，他瞬间吓得不敢再说了。

“不要说脏话，我不太喜欢。”罗玉将蜘蛛放在了自己手背上，“他X的。”

西门春锦猛地喘了一口气，却真的不敢再骂。罗玉笑了一下，“你们这群人啊……好了，那我现在就送你回家。”

他无奈地摇摇头，突然将蜘蛛塞进了西门春锦的嘴里，又拿了布条将他的嘴堵住，西门春锦疯狂地挣扎起来，连带着椅子都翻倒了，弄出了很大的声响，外面有人轻轻敲门，不放心地问叶雪：“老爷，没有事吧？”

叶雪紧张道：“没事没事，你们走远一点，不要过来！”

打发走了家仆，叶雪才转过去看地上的西门春锦，却发现西门春锦居然在这短短的几句话之内就死去了，此时此刻，正瞪着一双眼睛，惊愕地看着叶雪。

“阿弥陀佛！”叶雪吓了一跳，拿手捂着胸口不住地喘息，而后，他又转过去看罗玉，似乎在责备他，“罗公子，你为什么非要杀了他？”

“不是我杀的，是我的蜘蛛杀的。”罗玉弯下腰，将西门春锦嘴上的布条扯下来，轻轻吹了个口哨，只见西门春锦的嘴里慢慢爬出来一只蜘蛛，看起来比刚才爬进去的时候更加饱满了，很有精神地回到了罗玉的怀里，“再说我不杀，你早晚有一天也会杀了他，你能留下这个活口吗？”

叶雪咬了咬牙，却不敢反驳，他觉得罗玉今天也许是心情不好，还是少惹他为妙。

“我要走。”罗玉突然说，“我要去巫岐山，见见召尧，现在。”

这几天召尧就在巫岐山住下了，每天将自己关在房间里，大门不出二门不迈，谁也不知道他在做什么。

“怎么这么急？你现在去见他，他——”

“我没有急。”罗玉说，“现在不是动手的好时候，我知道，我只是想见见他而已。”

叶雪没有办法，只好应允，他安排了几个心腹，告诉他们趁着天黑处理了西门春锦的尸体，便收拾好东西，带着罗玉出发。

常乐镇离巫岐山不算远，这两处地方与武林盟差不多形成了一个三角形。

罗玉在马车上将自己的人皮面具戴好，微微笑着问叶雪：“怎样，像吗？”

那几乎与刚刚死去的西门春锦一模一样，叶雪不敢看，冷汗涔涔道：“像，很像，几乎就是同一个人。”

罗玉又按了按自己的脸皮，突然大笑起来，他说：“你害怕？”

叶雪怕他随时掏出个蜘蛛塞给自己，哪里敢说一个怕字，只能挤出一个难看的笑容，“不怕，不怕，我怕你做什么？”

马车一路前行。

三个人见面的时候，召尧正在和那两个来路不明的姑娘一起，将花瓶里的花换新。

见到了叶雪二人，召尧一愣，问叶雪："这位是？"

"这位就是西门春锦了！"叶雪还算是胆大，看上去无比自然，"我与他交好多年，他对我算是无话不说，刚刚我们正在喝酒谈心，他突然说，很想见见武林盟盟主，一睹您的风采，于是我们就坐上马车，连夜过来了。"

"原来是这样。"召尧笑道，"幸会，幸会。"

他恭敬地抱拳行礼，罗玉也赶紧回礼，脸上满是兴奋与期盼的笑容，似乎激动得不知道如何是好一般。

"既然酒喝了一半，却因为我被打断了，那么就让在下设宴，继续喝一会儿，怎样？"

召尧这样说，其他二人自然是不会拒绝，于是很快酒菜就被摆放好，三人就坐在了月下，举杯痛饮起来。

罗玉似乎真的很开心，虽然他从头到尾都没有说什么，可是眼角眉梢都透着笑意，召尧与叶雪谈话的时候，他就一边喝酒，一边看着。

"趁着月色正好，我和你们说一件喜事。"召尧微微眯着眼睛，拿一只手托着下巴，笑着说，"魔教教主罗南芥，大概是死了。"

这话犹如一道惊雷，在叶雪与罗玉耳边炸开，叶雪是因为惊讶，他下意识地看了罗玉一眼，又觉得自己这样做不妥，生怕被召尧看出破绽，赶紧转移了目光，低声问："真的假的？"

"真的假的，并不重要。"召尧说，"其实都没有什么意义，罗南芥那种无足轻重的人，活着并不足以成为我们武林盟的宿敌，死了也不算是一个让人尊敬的对手，所以，死了就死了，来，喝酒。"

罗玉的手紧紧地攥成了拳头，叶雪偷偷见到，紧张得汗水都要流下来，他转转眼珠，拼命把话题往别的地方扯，"喝酒喝酒——话说，家仆前几天去发请帖时，遇到了灵雨派的陈逐胜，那老小子，谱儿还摆得挺大，当场就扔了请柬，说不来。"

"他和段胜竹是好友，大概是看不惯我吧？"召尧笑道，"不来就不来，不来也好，其实，我倒是知道一点陈逐胜的事情，他和武林盟里的很多人都不和，大概是因为，他之前和魔教教主交好过吧。”

叶雪几乎要觉得召尧是故意的了，为什么故意把话题往那边扯？可是他这次再扯开话题，又显得太过不自然，想了又想，叶雪勉强笑道：“大概是谣传吧？要是真的，武林盟哪还能容他？”

“武林盟为什么不能容他？”召尧喝了一杯酒，轻轻吐出一口热气，“武林盟和魔教有什么区别？魔教确实上不得台面，可武林盟也没有好到哪里去，蝇营狗苟的事情多了去，话说，西门公子，你的义兄素玉堂当年割袍断义，与武林盟一刀两断，其中内情，你大概是知道的吧？武林盟中，也不全是好人，有人的地方就有纷争，此话从来不假。”

罗玉虽然心思狠毒，但是毕竟年纪不大，考虑得不周全，他想来就来，哪会想到居然会被问及西门春锦的事情——西门家远离武林很久了，可是既然被问，又不能傻乎乎地发呆，他赶紧做了个讳莫如深的表情，小声说：“这事倒是知道，只是不好细说。”

召尧突然舔舔嘴唇，说：“哦，是吗，怎么不好细说？”

罗玉心里暗骂一声，刚要继续扯谎，就听见噼里啪啦一阵狂响，屋顶的瓦片接二连三地掉落，三人回头一看，一个白衣男子从天而降，蹲在了门口的石狮子上，手握长剑，表情诡异地对召尧说：“喂，召尧，你还有心情在这里喝酒？你这个欺世盗名的贼！”

“啊，是师父。”召尧似乎有些微醺了，“您怎么来了？我的请帖，还没送出去呢！”

“废话少说，召尧，你这个骗子，你欺骗我神像一半在你的手里，骗我与你合作，可是你根本没有！我辛辛苦苦为了你搜集的情报，在武林大会上帮你作弊——结果呢，你现在告诉我，神像根本不在你的手中？！”

这是召尧的同伙来狗咬狗，叶雪知道，他紧张得不知如何是好，左看看右看看，生怕将自己的身份暴露，引来杀身之祸。

好在召尧没有暴露他的意思。

“师父说得没有错。”召尧笑着说，“我就是这样的人，您第一天知道吗？可现在知道也不算太晚，以后少与我来往就是了。”

赤焰冥神突然发了疯一般怒道，“你，老子杀了你！”

他看起来疯疯癫癫，不正常得很，然而罗玉知道，此人武功高超，绝对不在在场的任何一个人之下。

可召尧一出手，他就暗自吃惊——召尧的功夫居然不在他之下，甚至因为喝醉了酒，招招显出一点疯癫的淋漓来，居然没几下就将对方打倒在地。

召尧的剑逼着那人的脖子，将脚踩在了他的胸口，那人十分惊讶，暴躁地反击，却没有成功，反而被召尧给踩得更重了一些。

“我不想杀你，你是我的师父，是我的恩人。”召尧慢慢地蹲下身去，将他的剑调转，戏弄对方一般，拿剑柄抵着他的喉咙，“只要你别来打扰我……别来影响我的计划，我与你，还是可以谈一谈师徒之情的。”

“你……”那人瞪着眼睛，不住粗喘，突然变了脸色，大笑起来，“好，你小子，好，你们中原人……哈哈哈哈！”

说完，他慢慢地拿两只手撑着地往后退，而召尧也没有步步紧逼，反而拿着剑站起来，居高临下地看着他。

“你走吧。”他微笑道，“我们中原人，若是杀了自己的师父，那就是做了不忠不义的事情，所以你现在要是走，我放你一马。”

“好，好，我现在就走，我现在就走……”他也站起来，很局促似的舔了舔自己干裂的嘴唇，“但你是不是有东西要还我？”

说完，他突然从袖子中甩出一把短剑来，猛地朝着召尧冲了过去。

罗玉屏住呼吸，心念电转，只刹那之间，他就伸手进了自己的腰间，想要拔出短剑将召尧杀死！

然而他快，叶雪更快，他的手刚刚攥住了短剑剑柄，叶雪就一脚踢在了他的手腕上，罗玉一愣，咬牙切齿道："你？！"

可是突然，他听到了扑哧一声，很轻，被一阵风裹着，钻进了他的耳朵里，转过去一看，召尧居然已经将那人击杀。

召尧闭着眼睛，在原地站了一会儿，慢慢地将眼前的尸体推到了一边去，那个曾经不可一世的高丽人就这样死在了巫岐山的冷风残月中，因为惊愕连眼睛都没有闭上，露出了一些密密麻麻的红血丝。

叶雪起了满背的白毛汗，极其小心地将自己的腿拿回了原位，而罗玉也没有好到哪去，佯装镇定地将自己的手拿了回来。

"抱歉，打扰了二位的雅兴。"召尧慢慢地走了过来，似乎完全不想对刚才的人和事作出一点解释，也任凭那具尸体大剌剌地躺在地上沐浴着月光，"继续喝酒。"

三个人沉默一会儿，叶雪突然干巴巴地笑了起来，"喝酒喝酒！西门老弟，别愣着，来，喝酒！"

三人各怀心事，召尧看上去倒是十分冷静，其他二人难免神色有异，召尧似乎也觉得索然无味，喝光了壶里的酒，并未叫人再续，叶雪带着罗玉告辞，他也没有挽留。

"再会。"召尧看着罗玉，嘴角和眼中都有笑意，"西门公子，改日再见。"

罗玉平时五毒俱全，又因为外表阴柔，最恨别人说他胆小，所以十分爱耍帅斗狠，血腥的事情见得多了，可不知为何，见了召尧，他就总觉得不自在，似乎被压了一头似的。

不，似乎更像是怕对方会随时暴起将他砍头一般。

他勉强笑道："再会，再会。"

说罢，他与叶雪一起，走出了这个富丽堂皇的宫殿。

二人的马车在山下，而山路已经被完全修好，铺上了材质上佳的大理石，走起来没有尘土飞扬，没有泥水四溅，只有两个人一轻一重的脚步声回荡在山间，过了许久，叶雪才说话。

"他刚才使的招式，你看见了吗？"

“看见了。”罗玉答，“我们托大了。”

“怎么说？”叶雪不安地摸了摸自己养尊处优的手指，“难不成他比当选武林盟盟主的时候，又精进了一头？”

“肯定如此，虽然我看不出来他到底练了什么门派的功夫，可是既然高丽人是他的师父，那么他没道理能够一刀杀了高丽人，也许是偷学了哪门哪派的功夫，或者是修炼了什么邪门武功。”

叶雪偷偷看他，罗玉大怒道：“看我干什么？邪门功夫就一定是魔教的吗？有那功夫老子早就练了，用得着等他出风头？”

叶雪不爱和人硬顶，赶紧服软道：“息怒息怒，我又没说什么，既然今天见识了他的深浅，我们又能全身而退，也算是件好事，回去以后，你好好想想他的招式套路，我们见招拆招便是。”

罗玉看上去脸色缓和了不少，点点头，不再与他搭话，叶雪则松了一口气，过了半晌，罗玉突然在他颈后猛抽了一下，“刚才是不是踩了老子的手？！”

叶雪缩缩脖子，不敢讲话，而此时，天上的云彩遮住了月亮，他迷信惯了，更觉得不安，小声说：“云遮月，不是好兆头，快走。”

……

“什么云遮月啊？”赵天池睡得迷迷糊糊，抓了抓自己的脸，也不知冲着哪里回话，“你不好好睡觉，瞎琢磨什么呢！”

“你还有心思睡！”段烈在他屁股上踹了一脚，“你师父又发疯了，你不出去看看？他是不是让什么脏东西缠住了，要变身了？”

赵天池耻笑一声，“你就是那个脏东西。”

段烈勃然大怒，在他屁股上连踩十几下，赵天池死了一般一动不动，等他踩完了哼唧几声，“好舒服哦！”

“你别在这儿舒服了，快去看看吧，行吗？”段烈一把将他抓起来，“他要是再发疯，明天我们没饭吃了怎么办？”

没饭吃是个大事儿，赵天池不得不严肃对待，他拍拍屁股站起来，穿好衣服，与段烈一起走出门去。

果不其然，乔三十在发疯。

他蹲在地上，左一下右一下，狠狠地锤着地面上的几块硬泥，赵天池过去看，那硬泥已经被压扁，碎屑四溅，把地上压出一个大坑来。

“师父？”赵天池试探着问，“干吗呢？”

乔三十吓了一跳，似乎被猛地惊醒，他喘着粗气问：“你叫我什么？”

赵天池说：“叫您师父，怎么？”

“师父……师父！”乔三十突然一拳砸在树上，老泪纵横道，“我不是师父，我不配做别人的师父！！”

他此言一出，整个人都摇摇欲坠一般，往地上落去，而赵天池下意识地将他扶住，小声嘟囔，“这又是怎么了？”

乔三十不答，只顾发疯，赵天池终于忍受不住，拉着段烈说：“走走走，随他发疯去，我们不陪他玩儿了，厨房有米，我们自己做饭吃便是！”

段烈还没说话，乔三十就紧紧抓着他的手腕说：“不准走！七巧，乖徒儿，你往哪里去？”

赵天池许久听不到七巧这个名字，冷不丁一听，还有些愣住，他小声嘟囔，“七巧不是死了吗？师父您老人家清醒一点儿。”

他说七巧死了，是因为想到了在沱山派的后山上，与药蛮一起见到了对方的尸体，虽然没有确凿的证据，但是从衣着打扮上来看，对方是七巧无疑了。

哪知道乔三十听了之后呆立当场，过了半天才喃喃道：“谁死了？”

“七巧死了……”赵天池看他神色不对，紧张地咽了口口水，“怎么了？”

“死在哪里？！”乔三十愣愣地问，“死在哪里……”

赵天池下意识地往后退一步，也不敢保证他见到的到底是不是七巧的尸体，但是乔三十状似癫狂，他下意识地大喊：“在沱山后面！”

“不可能！”乔三十狠狠一掌向着赵天池拍过去，赵天池哪里想到他这招，慌忙躲避，屏住呼吸连翻了三个跟斗，而乔三十状似癫狂，一掌又一掌接连不停，赵天池慌乱之中猛地窜到段烈身上，骑马一样大喊：“快跑，快跑！驾驾驾！”

段烈勃然大怒，一边骂他一边跑，两个人颠三倒四地跑出了院子，赵天池指挥：“树树树，上树！”

“你给我闭嘴！”段烈咬牙切齿，“你怎么不上？”

然而乔三十就在身后紧追不舍，癫狂之色几乎要溢出，段烈顾不得让赵天池从自己身上跳下来，深吸一口气，猛地蹿到树上攀爬起来！

他脖子上挂着一个赵天池，倒是没有多么吃力，因为赵天池也跟着他一起攀爬，两个人连体的猴子一般蹿了又蹿，倒是把乔三十激得红了眼睛，站在树下一掌又一掌地狠狠拍打树干。

两个人已经爬了一大半，纷纷抱紧树干以免摔下去，赵天池眼疾手快，一个倒挂金钩，将两腿挂在一个粗粗的树枝上，垂着头倒吊，冲着乔三十大喊：“喂，你又发的什么疯？”

乔三十边打边喊：“七巧不会死！我下山时，他亲自送我，口口声声答应我，会保护好自己的师弟师妹，他哪里会死，有谁能杀了他？”

“送你下山的时候当然好好的，那还不准他回去了有人把他杀了？再说我又没一口咬定那尸体就是他，你激动个什么劲儿呢？”

“回去……回去的路上……”乔三十喃喃自语，过了半晌，他突然脸色灰败，似乎刚刚想起了什么似的，“回去的路上，召尧陪着他……”

说完，他猛地一窒，喉咙咯咯作响，只过了片刻，就猛地喷出一口血来！

这一口血吐得吓人，赵天池和段烈纷纷跳下树来，扶起他关切道："老头儿，没事吧？"

乔三十一口血吐完，竟是当场晕了过去，赵天池和段烈赶紧扶着他回房休息。赵天池只会打人，不会看病，还是段烈凝神静气地给乔三十把了脉，才说："不碍事，急火攻心，休息休息就行。"

两个人把老头儿放好，相约去了厨房，开始收拾东西做饭。

厨房里剩下的东西数量不多，种类却不少，干肉青菜凌乱摆放，许多菜叶子都发黄变干，赵天池挠挠脸："老头儿平时把东西都给放哪儿啦？要不然咱们把东西都给收拾出来，看看还能吃多久？"

乔三十吃得并不好，也许是他在岛上种地困难，也许是他不重视吃食，总之赵天池与段烈，吃得一直不太好，能吃饱就算不错。只是二人刚从船上死里逃生，没心思去琢磨这些，这会儿二人都算是养精蓄锐够了，也不打算在这里多呆，想着尽快离开这里，去找召尧，吃得好或不好，倒是小事情了。

前前后后搜罗了一通，二人坐地上清算，还剩一个缸底的大米，两把蔫巴巴看不出种类的青菜，一大块硬邦邦的熏肉，还有几个烂了一半的苹果。

赵天池与段烈两个正值壮年的大小伙子，其实都觉得这些东西还不够放开来吃一顿，但毕竟不是自己的东西，总不好和人家老头儿抢饭吃，二人对视一眼，赵天池先开了口。

"熏肉切一半，这几个烂果子吃了，咱们俩再出门弄点能吃的，剩下的肉和米给老头儿留着，怎么样？"

"可以。"段烈点点头，"我们等会出去找点吃的，回去的路上也要吃，总不能还吃你抓的臭螃蟹，吐了满地，把大海都给吐脏了。"

"怎么又是我抓的臭螃蟹？！"赵天池不服气，"那螃蟹明明是你给弄熟的，你也有责任。"

"你们两个臭小子在这里嘀咕什么？"乔三十扶着门框，声音暗哑，倒是将那两个人吓了一跳。

"我们当然是在琢磨怎么回去啦！"赵天池反手拿手背咣咣咣

地敲着熏肉，“您老人家发够了脾气，又没事儿了？”

乔三十走过来，呼哧呼哧地喘气，似乎刚刚那一口血，吐得他元气大伤。他走过来，慢慢蹲下，将熏肉搬起来，放在灶台上。

“全都吃了，不用再留。”他拿起刀来，猛地向着菜板上一砍，“吃过这顿，我们上路。”

赵天池与段烈对视一眼，不放心地试探道：“您老人家怎么想通了？”

“我非要去问个清楚……”乔三十咳嗽两声，“我亲手带回沱山派的孩子，那样尊敬我，叫我师父，答应我会好好保护师姐……怎么就变成了这样？若是你们冤枉他，我决计不会放过你们！”

“好好好！”赵天池抚掌大笑起来，“我们还愁回去找不到路，正巧有了瞌睡来枕头，您老愿意陪我们回去，再好不过了，看看您的好徒弟是怎么欺师灭祖，怎么祸乱武林的！”

乔三十垂着眼睛，沉默不语地剁起肉来。

三人饱餐一顿，虽然都有些困倦，却谁也没有提出去休息，赵天池说：“您老什么打算？”

乔三十坐在椅子上出神，不知道在想些什么，过了半天才说：“和我出去，把这里能吃的东西都带走，修修船，准备好，马上出发。”

“您老知道怎么走吗？”赵天池叼着一块肉嚼了半天，腮帮子都要嚼疼了，“我们俩可是误打误撞进来这里的，也说不准是天意还是见鬼了，您老是怎么过来的？”

乔三十心情不佳，似乎多说一个字都犯懒，一拍桌子大声道：“嚼不烂就吐出来！这么大的人，饭都不会吃？”说完，起身便走。

赵天池与段烈这几天以来第一次这样放肆地饱餐一顿，还以为老头儿要不过了，哪知道他还留有后手，二人跟他去了后山查看，一个简陋的地窖里存放着许多食物，都是些容易保存的干果和熏肉。三人将食物收拾好，带足了水，又把船修补一番，于晨曦初升之时，坐船离开了。

而巫岐山上，此时已经不复之前的冷清，各路人马纷至沓来。

若说去参加武林大会时，众人有忐忑，有期望，有欢喜，那是因为他们知道，自己身处武林，如果能够在武林大会上挣得名次，那就是至高无上的荣誉，是每一个行走江湖的侠客都渴望被人认定的佐证。而这次来巫岐山，他们的心里则复杂得多，有一半人，是抱着一种看笑话的心态来的，因为他们都出于种种原因，或是受过叶雪的恩惠，或是和武林盟有这样那样的关系，不好推脱，但是心里都觉得这件事就是一个笑话。

叶雪就是个没脑子的暴发户，想一出是一出，仗着自己有钱，就想着再造一个紫禁城，再重复当年决战紫禁之巅的潇洒与威风。可是——可是，他们不能，也不敢说什么，虽然嫌弃，却总归觉得，不好得罪，顶多是关系好的人在私底下议论一番，发发牢骚罢了。虽然叶雪的钱和他们毫无关系，但他们终究还是不愿意去得罪一个有钱人，或许以后就有关系了呢？这种事情，说不准。

而剩下的人，则是完全被叶雪一掷千金的豪气折服了，他们跑江湖的，谁没有经历过一分钱难倒英雄汉的窘境，叶雪有钱，是他的本事，他怎么挥霍，是他的自由，就这么简单，至于这件事本身是否哗众取宠，是否可笑，倒不是他们考虑的重点。

真正觉得这件事彻头彻尾可笑，连敷衍都不愿意的人，干脆没有前来参加。

药蛮与乔梓楠还有走义，也前来参加，三人悄悄下手，暗算了收到请帖的三个人，将他们迷晕，偷了请帖，乔装打扮一番，混在众人之间上了山。

走义则纯粹是凑热闹来的，他一路上都十分闲不住，忙着给药蛮献殷勤，虽然遭到了多次拒绝，却也没有改变自己的心意。药蛮踹他两脚，他欣然接受，就差说出“虽九死其犹未悔”了。

三人到了巫岐山下，才知道自己担心会严格盘查来宾身份的顾虑是多余的，只要有请帖，就不会有人多问什么，众人挤在一处休息，有人坐在床边擦剑，抱怨道：“还他妈的大户人家，造了个皇宫就让我们住这儿？”

和他一起来的人似乎很怕这话传到叶雪耳朵里，赶紧拍了拍他的手说：“你说的什么话！这么多人，人人都住上房，巫岐山还能挤得下吗？”

那人露出一点不忿的表情来，抬头看看，却终究是没说什么，过了半晌，众人熟络起来，有人找走义搭讪，“小兄弟，你们是哪里来的？”

走义正忙着给药蛮叠衣服，翘着小指头回答：“我们从常乐镇来，看热闹的。”

搭讪的人笑：“我们也是来看热闹的。”

药蛮踹了走义一脚，“你少在那里乱搭话，快点收拾好，我们出去转转。”

走义赶紧答应，嬉皮笑脸地做好了活儿。

三人出去，找了个僻静地方坐下，你看看我，我看看你，都不知说什么好。

“赵天池还活着吗？”药蛮挠挠脸，情绪低落，“明天就是三月三，我怕他回不来了。”

其实他们心里都隐约觉得，赵天池和段烈大概是已经死了，两个人匆匆忙忙跑上了船，没有吃的又没有水，还遭遇了一场大风暴，就算当初有计划要去哪里，这一场风暴也就早把他们吹得偏了，这么久一点消息也没有，也只能是凶多吉少了。

乔梓楠却说：“不必担心，吉人自有天相，我们担心也没有用，反倒自乱了阵脚，等明天晚上警惕一些就好。”

头上有一群乌鸦飞过，呱呱乱叫，十分聒噪，药蛮咬牙切齿地骂了声：“晦气！”

她拿起几个小石子甩到空中，只听两声凄厉惨叫，几只乌鸦落在地上不动了，黑色的羽毛落在走义脚上，他说：“不要杀生。”

“要你管！”药蛮攥着拳头要打人，“闭嘴。”

剩下的乌鸦一哄而散，呱呱的叫声更加响亮了。

第二天刚刚入夜，那个富丽堂皇的宫殿下就站满了人，吵吵嚷嚷，乱得要命，药蛮因为满脸的穷凶极恶，能够蹲在前面，走义陪在她身边。乔梓楠则是害怕自己被召尧认出来，默不作声地混在人群中，盯着前面的人的一举一动。而叶雪请来的贵客们，则坐在一边，身前的小桌子上摆放着茶点。

日落月升，叶雪从大殿中走出，身边的随从拿着他的外套与佩剑，派头十足。

“叶孤城！”大殿顶端突然有人喊话，“你来了吗？”

那人嗓音清亮，似乎带着满满的少年意气，众人吓了一跳，都抬头向上看，只见一人站在上面，看不大清楚面目，站得笔直，竟有一股遗世独立的意味。

众人低声议论道：“西门家的公子吗？”

“是吧……”

“怎么觉得不像？”

“看样子就是！”

召尧与他的心腹坐在空旷的角落，周遭围了一圈侍从。叶雪似乎很听他的话，在讲话之前，还回头看了看他，见他点头，叶雪才应答：“正是在下！”

他说完这话，身形利落地翻身上去，众人叫了声好，药蛮偷偷和身边的走义说：“他这会儿倒是看着没那么油腻了……”

走义沉着脸，紧紧盯着叶雪，并不作答，还是药蛮又在他肋骨上捅了几下，他才回过神来，敷衍笑道：“是吧。”

叶雪其实有些心不在焉，他最开始的目的只是出出风头，过一把江湖侠客的瘾，可是自从罗玉来找他结盟，他就总是担心计划失败，被召尧砍死扔到后山去喂狗，倒是罗玉很轻松地冲他吹了个口哨，笑道："叶兄。"

叶雪回过神来，清了清喉咙，大声说："西门吹雪，这世上没人能赢得过我叶孤城。"

"是吗？"罗玉吃吃地笑，似乎听到了什么大笑话一般，"赢了你，可有什么好处？能长生不老，得道成仙，还是有万贯家财？"

"这——"叶雪一时语塞，不知道罗玉突然说这个做什么，"熙熙攘攘，利来利往，难不成你来找我，不是为了争名逐利吗？"

药蛮捂着嘴小声说："这两个人讲的什么屁话。"

走义没有说话，只那么沉默地看着上面，药蛮去他怀里掏瓜子吃，他看了药蛮一眼，伸手接住了她吐的瓜子皮。

"话不多说，出招吧！"叶雪说，"就让大家—— 一一见证！"

罗玉突然收敛了神色，看着下面的人，他们都是为了武林盟而来。而更远处的阴影里，藏着他们魔教的勇士，过不了多久，武林盟会被毁灭，武林中再没有正邪之分，只要他杀了召尧，扫清了阻碍。

"一一见证！"

罗玉喊出这一声，突然抽出剑来，势如破竹，猛地冲到了叶雪面前！

剑只差一指的距离，就要刺进叶雪的脖子里去。叶雪大吃一惊，下意识后退两步，踩掉了几块瓦片。

"你干什么！"叶雪低声道，"疯了？"

罗玉但笑不语，出招越来越快，却每一招都留有余地，叶雪的衣服被划了十几个口子，越躲越慢。他气喘吁吁道："罗玉，你出来！"

他刚说完，就瞥见了罗玉的手，他发现罗玉的手在微微颤抖。

"我只是太兴奋了。"罗玉因为刚才的动作急促喘息，眼睛里闪着激动的光，他低声说，"要杀了召尧。"

他说完，一个鹞子翻身越过了叶雪，台下众人不明所以，只见他稳稳地站在了房顶的龙头上，寒风吹过，吹得他的衣服猎猎作响，还以为是故意做出样子给众人看，不禁大声拍手叫好。

“这个姓西门的有两下子啊！”药蛮说，“你看他一招一式，像那么回事儿。”

“不错……”走义点点头，“是个练家子，以前还真不知道。”

召尧低头喝茶，有些心不在焉，他抬头看天，月亮周围已经围了一层云。

毛月亮。

罗玉和叶雪依然在缠斗，虽然一滴血都没有见，但是很明显可以看出，是罗玉一直压着叶雪，叶雪虽然之前做了些准备，但终究不是个常年练武的人，又只知道每天琢磨一些阴谋诡计，心眼儿坠得个子都长不高，哪里还有余力和罗玉缠斗。他比画了几个回合，急得冷汗直流，小声催促：“我要赢的，你悠着点！”

罗玉越打越兴奋，听他这样一说，突然眼冒精光，大声说：“谁输谁赢？！”

众人只以为两个人在做戏，看得津津有味，药蛮也嘻嘻哈哈跟着凑热闹，她转过去看走义，突然发现他神色不对，正要开口问问他怎么了，只见他突然冲了出去！

而与此同时，大殿顶端传来了一阵稀里哗啦的瓦片碰撞和破碎声，叶雪居然惊叫一声跌落下来！

可众人还来不及慌乱，就看见一个人冲过去将叶雪接住，两人在地上滚作一团，那人的两条胳膊都抬不起来，叶雪似乎还蒙着，过了半天才反应过来自己差点摔死，顿时吓得冷汗直流。

“走义！”药蛮瞪大了眼睛跑过去，将走义拉回来，“你怎样？”

走义疼得冷汗直流，却勉强活动了一下胳膊，低声说：“我没事，回去吧。”

两人回去，药蛮点着他的脑门低声骂了很久，一边骂人，一边给他按摩胳膊，走义又恢复了那副贱样，笑嘻嘻道：“你轻点。”

药蛮狠狠瞪他一眼，再不说话。

“你服输吗？”罗玉慢慢地蹲下来，看着下面犹如蝼蚁一般的众人大声问，“若是服输，我们就此别过。”

叶雪看看他，又看看召尧，脸色灰败得厉害，颤声道：“我服输。”

罗玉在上面哈哈大笑，突然翻身下来，稳稳落地，对着叶雪行了个礼，笑道：“得罪了。”

叶雪深深呼吸几下，觉得心脏跳得没有那样快了，突然大声说：“哪里的话！我们今日虽然不能重现当日决战紫禁之巅的威风，在这样一个有意义的日子里，在这样一个有意义的地方决斗一番，也算是圆了我心中的一个梦了！”

召尧慢慢起身，带着众人开始鼓掌，虽然大家都有些摸不着头脑，却有人低声说道：“这就完了？”

叶雪看了罗玉一眼，心中凛然，刚刚在大殿顶端，对方虽然一直在戏耍他，却一直都没有下过狠手，可是最后那一下却是实打实的，罗玉要害了自己的命！这个认知让他不寒而栗，可是现在众目睽睽之下，他什么也不敢说，只能咽了口唾沫，打起精神，用他最擅长的语调，热情又谄媚地说：“今日武林盟的英雄们齐聚一堂，叶某感激不尽，然而我最要感激的，还是今天在百忙之中抽出时间来到这里的武林盟盟主——召尧。”

召尧似乎是听见了，又像是没听见，脸上的笑容就没有变过。

药蛮觉得召尧似乎在人群之中看了自己一眼，她不自在地垂着头，紧紧抿着嘴唇。

叶雪看了罗玉一眼，示意他跟着自己走，走了两步却觉得不放心，慢下了脚步，故意走在罗玉后面。

“你怕我在背后捅你一刀？”罗玉讽刺地笑，“我不会的，刚刚只是意外。”

叶雪只觉得后背发凉，低声说：“你不要胡来。”

两个人与召尧的距离越来越近了。

他回头瞥了一眼罗玉，只见对方攥紧右手，神色肃穆，心中的担心卸下三分，因为他知道罗玉右手藏了匕首，只要先解决了眼前的问题，将召尧杀死，他和罗玉的人手能够控制住局面，那么他和罗玉的账，大可以慢慢清算。

想到这里，叶雪心中有了底，将头抬得更高了一些。

罗玉也把头抬了起来，与召尧对视。

召尧今晚情绪不高，但又不是萎靡，仿佛沉默着想事情，只分出了一半心思游离在外面，看到叶雪带着罗玉来了，笑道："辛苦了。"

叶雪不高兴，因为觉得今晚自己才是主人，这里也确实是他的产业。只是他不敢反抗召尧，哪怕对方过不了多久，就会变成罗玉的刀下亡魂。

"今天是个好日子。"罗玉说，"召尧盟主，你觉得呢？"

他这样说着，慢慢将右手攥紧，一点一点，毫不引人注意地拿小拇指勾着短刀上附着的丝线。

两个人的眼神对视，几乎要粘在一起。

"确实是个好日子。"召尧突然一改刚才的颓色，笑得眉眼弯弯，像个十分得意的少年一样，他突然退后两步，打了个响指，大声说，"把人带上来！"

第十八章 七巧

罗玉一时之间有些发愣。

而一阵杂乱的脚步声响起，众人都好奇地朝着声音源头看去，只见两个男人一左一右，架着一个姑娘走过来。那姑娘表情迷离，似乎快要晕了过去。

众人喧哗不止，有人眼尖又嘴快，认出了她，当即大喊：“那不是魔教的苏妍吗？！”

叶雪一听这话，下意识地朝着罗玉看去，不看不要紧，一看却把自己吓了一跳，只见罗玉脸色铁青，乃至于有些黑气缭绕了，他紧紧攥着拳头，眼睛里全是不可置信。

被发现了！叶雪紧张地想，饶是他玩了一辈子的心眼，这会儿也想不到一个万全之策把自己摘出去，如果现在马上反水，说自己和罗玉毫无关系，召尧肯定不会相信，怎么办？

哪知道召尧没看见他们一样，转过身去，对着看热闹的众人说：

“大家猜得没错，这就是苏妍。”

下面众人议论纷纷，吵闹得几乎翻天，过了好一会儿才平静下来。

“你们知道苏妍做过什么吗？”召尧坐下来，高声说，“她曾经把我们武林盟的三个兄弟吊在魔教的大门前，当着魔教所有人的面，将他们勒死，又斩首，听说当时斩首的刀不快，苏妍还走过去不紧不慢地磨刀，而其中一具尸体的脖子被砍断了一半，就那样不上不下地吊着，苏妍，这件事不是我瞎说吧。”

苏妍的嘴被堵着，那两个壮汉一听这话，伸手将她嘴里的白布拿开，苏妍几乎快要窒息，断断续续道：“你要杀就杀……少给老娘扯这些没用的东西，我杀过的人多了去了，一个一个回忆，要等到哪年哪月才能说完？”

众人一片哗然，紧接着，就是群情激愤，不知谁带头高喊：“杀了她！”

“杀了她，血债血还！”

“对，血债血还！”

在群体中，往往第一个带头煽动的人的态度就是决定接下来事件的走向了，武林盟又和魔教结仇已久，杀死苏妍的呼声一浪高过一浪，如果此时把苏妍送到他们面前，大概她会被生吞活剥了也说不定。

好在召尧没有那样做，他只是让人带着苏妍回到刚刚的僻静处，状似不经意地看了一眼罗玉，笑着说：“杀，还是不杀？”

“杀！”

“杀！”

众人回应。

罗玉刚刚的暴戾神情已经褪去，他深吸一口气，似乎突然有些迷茫了，身边站着的不是和他立场不同的武林盟中人，而是一片竹子，风一吹，竹叶唰唰作响。

他这次来中原之前，苏妍并不知情，他特意叫人看住苏妍，并不想让她掺和这些事情。

到底是哪一步做错了？什么时候暴露的？

因为过于震惊，他只能反复地想这两个问题，循环了又循环，似乎这两个问题要变成一个巨大的漩涡，将他拖下水去，令他窒息。

“诸位！”召尧突然转过身去，大声说，“你们知道，苏妍她为什么会出现在这里吗？”

众人茫然，不知如何应答。

“因为她与我们武林盟中几个德高望重的长老沆瀣一气，企图在今日动手，覆灭武林盟！”

此话一出，激起了轩然大波，而与此同时，召尧身边的侍从突然开始动作，两个一组，将叶雪与罗玉，还有坐在矮桌前的三位武林盟长老齐齐压制住！

众人哗然！

所有人的目光都集中在那三位武林盟长老身上，叶雪和罗玉反而没什么人注意，四个人压制着他们二人走到一边，和苏妍站在一起。罗玉急得顾不了许多，低声说：“苏妍！”

苏妍不知道是挨了打还是被吃了药，神情萎靡，昏昏欲睡，听他说话，只勉强抬头看了他一眼，并没什么其他的反应，罗玉又喊了一声：“妍姐！”

“……”苏妍终于有了反应，抬起头来仔细看了好久，才猛地挣扎了一下，她含糊道：“不是！”

“不是什么？”罗玉喘得很急，“你说话！”

“他撒谎……”苏妍继续挣扎，“我没有和武林盟的人——”

话音刚落，她就挨了一个耳光，罗玉红了眼，一脚踢向了动手那人的膝盖，只听一声骨头碎裂的轻响，那人哀号着跪倒在地，马上有人跑过来将他替换，还不放心地将罗玉的双手反剪，紧紧捆绑起来。

召尧从头到尾都没有看这边，反而慢慢起身，走到了那三位长老的面前，一个一个向他们看去。

“武林盟有训，你们还记得吗？”召尧说，“人生在世，忠义二字，敢问几位，你们勾结了魔教妖女，背叛武林盟，不忠不义，该当何罪？”

那三人中，有天青道人，平安谷吴岚，般若大师，都是在武林盟中有头有脸的人物，而其中又以天青道人为首，在许多年之前，和赵狂流、薛攀、乔三十，并称中原四侠，是很多初出茅庐的江湖新人崇拜的楷模。

“召尧，你少在那里胡言乱语。”天青道人神态还算自若，“你这是血口喷人，武林盟有训，不忠不义该当死罪，可是欺瞒弟兄，打压弟兄，谎话连篇，又该当何罪？我不知道你今天出于什么理由这么做，但是我看你年纪不大，也许是被谁迷了心，一时糊涂。如果你现在停下这一切，我们可以既往不咎，我天青道人一辈子行得端，坐得正，问心无愧。这里的所有人，都可以给我作证！”

召尧没有说话，突然扑哧一声笑了出来。

“你，行得端，坐得正？”召尧越笑越厉害，“你，问心无愧？”

偌大的空地里，只能听到他在狂笑，过了半天，他才慢慢地收敛了笑容，从怀里掏出了一个小小的锦囊，解开了绳子，把里面的东西拿出来给众人看，“那这封信，你又作何解释？”

他修长白皙的手指，捏着一个小小的纸卷，召尧慢慢打开来看，是一张巴掌大的信纸。

“信里写的，是天青道人和苏妍密谋，要趁着今晚行事，若能杀了我最好，若不能杀了我，也要将我控制住，这笔迹是不是她的，见过她写字的人心中自有论断，而她想拉我下台，也只不过是因为我不像段烈一样，睁一只眼闭一只眼，纵容他们做蝇营狗苟之事，断了财路罢了。”

天青道人怒极反笑，“召尧，你少在那里大放厥词！模仿我的笔迹写一封信有多难？红口白牙地污蔑我，也不过是凭你一张嘴罢了，你今天说我暗中牟利，有什么证据？我可不可以也说你暗中牟利，败坏了我武林盟的基业？”

“有道理。”召尧阴沉着脸，盯着她看，“我红口白牙，当然作不得数，可如果人证物证俱在，你是不是还要抵死不认？”

说完，就有两个人带着一个姑娘走过来，众人看清了她的脸，都吓了一跳，对方正是最受天青道人宠爱的小弟子。

“晴儿？”天青道人脸色铁青，语气也没有刚才那样强硬了，“你来这里干什么？”

“我来作证。”那姑娘不去看她，“师父曾经信任我，什么事情都不避讳我，按理来说，我现在说这些话是对您的背叛。可是您做的事情实在过分，我也是武林盟的一员，不能、不能看着您败坏武林盟的基业……”

天青道人虽然没有和魔教勾结，但是召尧倒没有完全冤枉她，以权谋私的事情，她做了不少，否则她心高气傲，贪图享乐，光凭着她自己的本事，是没办法支撑现在的生活的。

那姑娘神情淡漠，一桩桩一件件，把天青道人的事情都抖了出来，其中不乏一些令人惊掉下巴的秘辛，人证物证俱在，天青道人从脸色铁青到面色惨白，听她说到最后，差一点晕过去。

召尧听得饶有兴趣，等那姑娘说完，他似乎还有些意犹未尽，慢慢走到天青道人面前，轻声说：“这还是红口白牙，还是造谣污蔑吗？你自诩一代宗师，位高权重，受着那些吹捧和尊重，私下里做事却这样污秽，我问你一句，你这些年来睡得安心吗？你怕不怕你死了以后，你害死的人会找你报仇？！”

“我没有害死过人！”天青道人突然挣扎起来，那两个压制住她的侍从不是对手，被她两剑划伤。召尧没有躲开，反而上前一步，紧紧捏着她的脖子将她压制住，面目狰狞地低吼：“你再说一次，你没有？”

“我没有……”天青道人重复一次，明显的底气不足，“我说一百次、一千次也是一个答案，我没有——”

她说到这里，突然滞住，然后就捂着右手哀号起来，召尧收了手上的匕首，轻轻踢了踢地上的断指，轻声说：“既然手脚不干净，手留着也没用。”

走义已经看得傻眼，紧张地攥着药蛮的手，他还怕药蛮见了血害怕，哪知道药蛮神情呆滞地看着地上的断指，眨了眨眼睛，一言不发。

“这就是一代宗师。”召尧看着不断哀号的天青道人，突然抬高了声音，“一代宗师，备受尊敬，其实呢？背地里做了多少恶事，是披着人皮的恶鬼，还是会说人话的狗？”

药蛮的手紧紧攥着走义的手，走义吃痛，头也不回地拍了拍她的手背，眼睛紧紧盯着召尧。待他发现药蛮不动了，才回过神来，小心翼翼地说：“你生气了？”

药蛮却不像是生气，更像愣住了一般，神色复杂。

召尧砍了天青道人一根手指，却没有停下的意思，反而说：“不忠不义，人面兽心之人，会落得什么下场？”

下面的人听了刚才的指证，已经被其中涉及的巨额金钱惊得说不出话，听召尧这样一问，纷纷回过神来，似乎是突然涌起了对自己生活的不甘一般，不知谁带头，高声喊：“打死她！”

群情激愤。

召尧看着一张张狂热的脸，扫过一双双狂热的眼睛，突然止不住地抽动嘴角，眼圈分明红了，尽是悲伤之情。

眼看着暴动就要发生，召尧一点也没有阻拦的意思，而人群中已经有人想要上前来，暴动一触即发。就在此时，一个女声高喊：“你们住手！”

召尧愣了一下，向着人群中望去。

乔梓楠走出来，居然已经泪流满面，她既惊且怕，不知道召尧这是要干什么。

“天青道人做过什么，我不清楚，我不做评价，但是！”乔梓楠勉强平静了情绪，尽量不让自己在大庭广众之下过于失态，“既然你刚刚说了，有的人当面一套背后一套，人面兽心，是不是代表你不喜欢这样？那我想要问你，你不喜欢，为什么还要做？你和你骂的人有什么区别？”

召尧似乎有一瞬间的恍惚，他看着乔梓楠的脸，轻声说：“是师姐啊！”

“是，我是你的师姐！”乔梓楠深深地吸了一口气，“诸位，我是召尧的师姐，沱山掌门乔三十的女儿，我和召尧从小一起长大，我们两个亲如兄妹，可是我万万没想到，他是那样的人，你们知不知道，灵雨派掌门薛攀，就是召尧亲手杀的！”

也许是今晚的变故太多，每一个都犹如惊雷一般炸得人耳根发麻，众人谁也来不及反应，就听到了这样惊人的逆转。

“人是赵天池杀的。”召尧说，“他见财起意，一时冲动，就将薛攀杀了，不是吗？”

“我有证人，药蛮姑娘……”她紧紧咬着嘴唇，回头在人群里慌乱地寻找药蛮，“药蛮姑娘！”

药蛮站起来，走上前去，走义突然觉得她的手很凉很凉。

“乔姑娘叫我吗？”她说，“有什么事情？”

“你告诉他们，告诉他们——”乔梓楠手指颤抖地指着召尧，“赵天池都和你说过什么？”

“他说他很害怕，很后悔。”药蛮垂着眼睛，“不该见色起意，不该做那个卑鄙小人。”

乔梓楠和走义都愣住了，异口同声道：“你说什么？！”

“药蛮姑娘是赵天池的好友，在武林大会之前，我们有幸见过几面。”召尧说，“师姐你觉得我不配坐上这个位子，或许是对我本人能力的不信任，或许是因为旧事我们有一点嫌隙……但这并不是很重要的事情吧？何必去找一个人过来泼我的脏水呢？我不妨和你说句实话，药蛮姑娘刚刚来找过我，这段时间你们一起密谋的事情，她都已经告诉了我。”

“……药……药蛮姑娘？”乔梓楠愣愣地看着她，“他在说什么？”

药蛮不回答，故意转过头去不看她。

乔梓楠突然紧紧咬着嘴唇后退几步，召尧摆摆手，“带师姐下去。”

两个黑衣男子走过来，乔梓楠尖叫道：“别碰我！”

她边说边打，出招凌乱，却十分狠辣，那几个人似乎知道召尧不想伤她，并没有反击，只是躲避，而乔梓楠突然转过身去，将手中的剑刺向了召尧的胸口！

众人惊愕。

血滴答滴答地落在地上，召尧明明可以躲开，却空手攥住了那把剑，他似乎感觉不到疼痛，低头看着乔梓楠，慢慢地把手松开了。

“师姐。”他慢慢地把头低下去，用非常轻微，差一点点就听不到的声音对乔梓楠说，“对不起。”

“……为什么？”乔梓楠扔了剑，崩溃地大喊，“我只想知道为什么！”

“因为召尧盟主和那几位长老有仇吧？”一个少年的声音从半空中传来，“是吧？召尧？”

听到这声音，召尧与药蛮都是一惊，他们二人抬头看去，只见刚刚罗玉和叶雪缠斗的大殿顶端，不知什么时候蹲着一个人，嬉皮笑脸地看着他们。

“……赵天池？”乔梓楠不确定地说，“是你吗？”

“是我啊！”赵天池笑嘻嘻地说，“嗨，召尧盟主。看我看我，怎么样，是不是没想到我还没死？”

召尧抬头看他。

“没有很意外。”他说，“好人不长命……”

他语气很轻快，似乎在和他开玩笑，赵天池叉着腰站起来，“祸害遗千年？你这话说得我可太不爱听了，明明你才是那个最大的祸害，好吧？”

薛攀的弟子们见了他，早就已经红了眼，纷纷拔剑高喊：“你给我下来！”

“你们给我上来啊！”赵天池说，“一群傻子。”

召尧脚下的血打湿了他的鞋面，他随意地踢开了一具尸体，似乎是觉得有些疲倦了。

“来人，把赵天池带走。”

“带走我做什么？”赵天池说，“带走我，再带走别人，只剩下叶雪和魔教中人，因为他们一人拥有一半的琉璃神像，你就可以正大光明地把那神像合二为一，实现你不可告人的愿望，对不对？”

召尧这一晚上第一次露出慌乱的表情，但只是一瞬，便收敛了起来，他面无表情地看着赵天池，“我听不懂你在说什么。”

“你当然是不想被人知道你不可告人的秘密了。”赵天池挠挠脸，“你为什么要做武林盟盟主，是不是为了当众把这几个武林盟的长老杀死，你为什么要那神像，是不是想要复活什么人……还有，你为什么要杀了七巧，把他扔在后山的土坑里那么多年，这些事情，我是真的很想知道真相。”

“七巧？”召尧听见这个名字，猛地沉下了脸，“七巧他是死是活，与我何干？他当年自己下山去了，我哪知道他去做了什么？”

“老头儿！”赵天池突然大喊一声，“别在那里躲着看热闹了，你出来，告诉大家，当年是不是你派召尧送你大徒弟七巧下山，那天七巧穿的什么衣服？和我在沱山后边的坑里发现的尸体，穿的是不是同一件？”

此话一出，召尧与乔梓楠都愣住了，乔梓楠急匆匆地抹了抹脸上的泪水，颤抖着问：“爹，是你吗？”

这么多年来，乔三十音信全无，乔梓楠其实不止一次想过他已经死去了，但是谁也没有提起过这件事，只能安慰自己，没有消息就是最好的消息。只是这么多年来看着别人团聚安乐，总会不由自主地想，自己像一叶浮萍，无依无靠。此时突然得知自己的父亲可能还没有死，当即心中狂跳起来。

空中安静了半晌，无人应答，赵天池不耐烦地跳在地上，使了轻功跳到角落里，把不知为何执意躲避起来的乔三十捉了出来。

这许多年来，乔三十风吹日晒，老了不少，但众人还是一眼就认出他。乔梓楠猛地挣脱了束缚着自己的人，跑过去抱着他大哭起来：“爹！”

乔三十垂着头，眼中泪花涌动，轻轻抚摸着乔梓楠的后背，颤声道：“哎……”

“别哭了别哭了。”赵天池吊儿郎当地说，“你们父女以后有的是机会说话，来，给召尧盟主个机会叙叙旧。”

召尧看乔三十的眼光十分奇怪，过了半晌，他才开口道：“师父。”

乔三十冷静下来，慢慢地推开了乔梓楠，看了看召尧。

“召尧，你还肯叫我一声师父，是不是念着我对你的情谊？”他低声说，“当年你无父无母，无依无靠，我看你可怜，就把你救了回来，带到沱山好好养育，你是个好孩子，性格好，天赋高，从未惹我生气，我可不可以认为，你也对我有那么一点尊敬和感激？那我今天能不能听到你和我说一句实话，七巧他——”

“……不要提七巧！”召尧突然发起狂来，随手抓了在他身边瑟瑟发抖的吴岚，一刀抹在他的脖子上，狠狠一劈，居然当众把他的头颅砍了下来！

血猛地喷了出来，周围的几个人都被喷了一脸，众人吓得瑟瑟发抖，一动不敢动。召尧随手把那具还在抽动的尸体扔在地上，突然变得癫狂起来。

“你当年为什么要救我这种无父无母的孤儿回沱山，为什么要养育我们，难道只是因为你的善良吗？！当年到底发生了什么事情，你难道不知情吗？”召尧手握着短刀，直指向乔三十，“师父你来了，那好，我就把当年的事情一五一十地说出来！”

他周围散开了一片空地，谁也不敢接近他，只有药蛮站在他身边，两个人并肩而立，仿佛两株孤零零的花草。

“师父问我七巧，那我们就说说七巧，他是我们的大师兄，是师父最疼爱的弟子，也是以后会坐上掌门之位的人，是不是？师父你最偏心大师兄，对不对？”

他咄咄逼人，乔三十点点头道：“没有错，难不成你就因为这个？”

“笑话！”召尧突然冷笑一声，“你那么偏爱七巧，无论他做错了什么事情你都会原谅，哪怕他草菅人命，你也会原谅，你会和你的朋友们一起保护他，不让他受到惩罚，甚至谴责也不行，被他害过的人都白死了……白死了！只有七巧的命是命吗？我问你，师父，你回答我，你摸着良心回答我，为什么你当年要袒护七巧，为什么！”

他状似疯癫，脸上的血落下来，滴在了胸口。

“……你在说什么？”乔三十震惊地看着他，“这和七巧又有什么关系？”

“好，师父年纪大了，记性不好，那我可以帮你回忆。”召尧抬起手擦干净脸上的血，深吸一口气，勉强冷静道，“七巧他本来如日中天，突然之间销声匿迹，不在江湖上行走，想必上了点年纪的人都知道是怎么回事吧？你们不知道，我可以帮你们回忆一下。当年七巧他武功高超，又精通幻术，经常以作弄人为乐。有一天，他去了一个正在遭灾的小镇，那里因为连着下了很久的雨，粮食发霉，地里毫无收成，城里的人已经饿了很久了，所有人都饿得面黄肌瘦，穿得破破烂烂，更别提生病了……七巧他去了那里，也许是误打误撞，也许只是想去看看那些痛苦的人是怎么过的。”

“他去了以后，四处巡视，不仅没有一点悲悯的感情，反而觉得十分有趣似的，他穿得那样好，光彩照人，大家都以为他是什么有钱的老爷，纷纷过去恳求他给一点食物，但是七巧统统没有搭理。在他走出去之前，他看见了三个聚在一起的小孩子，其中一个已经饿得快要昏倒了，那个小孩子哭着说，他想吃肉，七巧就过去问他，你想吃什么肉？”

“那小孩说，想吃猪肉，七巧突然抚掌大笑起来，说可以，他是天上下来的仙人，能够点石成金，也能把泥巴变成猪，说完了，他就果真蹲下身去，把地上污秽的黄泥捏成了一个小猪，又吹了一口气……果真，那泥巴变成了猪，七巧还贴心地帮他们杀了猪，给了火，让他们烤着吃，那个说要吃肉的小孩子非常开心，还跪下来感谢他，狼吞虎咽地把肉给塞进嘴里。”

“然后，你知道发生了什么吗？”召尧突然高声说，“没过多久，那个小孩子就捂着肚子吐了起来，他说他好难受，说他肚子好疼，别人还以为是饿得太久突然吃了这么多，一时之间觉得不适应。其实呢？是因为他吃下去的就是污秽的泥巴，不是什么猪肉！师父，这就是你最疼爱的大弟子的所作所为，我问你，你知不知道？！”

众人惊讶，议论纷纷，一时之间仿佛冷水泼向油锅。

“当年的事情，都只是以讹传讹而已……”乔三十突然显出老态来，他强撑着说，“谁也没有亲眼见过——”

“我和药蛮的弟弟因为吃了七巧给的泥巴死在我俩眼前，亲眼所见字字属实！”召尧攥紧了拳头，“以讹传讹？哪里来的以讹传讹？”

刚刚还议论纷纷的众人突然之间沉静下去，一时之间，安静得可怕。

“赵天池，对不住了。”药蛮伸手抹去了脸上的泪水，面无表情地说，“一直在骗你，我是故意把你带去沱山的，因为我们需要这样一个人，武林大会时的手脚也是我和哥哥联手做的，否则你怎么会那么顺利地当上武林盟盟主？你把我当朋友，我却一直在骗你，实在是对不起。”

“……”赵天池过了好半天才说，“所以那天在沱山后面的坑里发现你，不是因为你不小心掉了下去，是你故意去的？你只是为了看一眼七巧的尸体解恨，对吗？召尧知道的一切事情都是你告诉他的？”

“是。”药蛮承认，“没有错。”

“七巧是我杀的。”召尧说，“他见事情不妙，想出去避风头，我送他下山的时候就杀了他，就是这样。”

“……所以那具尸体死的时候捏着自己的脖子，你拿了泥浆，活生生地把他呛死了，是吗？”赵天池挠挠脸，觉得恶寒极了，“那家伙确实该死没有错……可是你今天搞这么大阵仗又是干什么？”

“为了报答师父的养育之恩，可以吗？”召尧笑了一下，“当年这件事不知怎么传了出去，版本五花八门，却都在说，七巧害死了一个无辜的小孩儿，可是他毫无悔过之心，而师父，你却助纣为虐，你为了维护他，居然帮他想出了那么可笑的借口，你说他痴迷幻术，已经是半仙之体，以为自己真的有把泥巴变成猪的本领，只是因为那里阴气太重才失去了效果，这种笑话你居然也说得出口！可是你的好朋友，天青道人、薛攀、吴岚……他们因为平时和你交往密切，不想被这件事引火烧身，居然异口同声地承认了这个说法，所以到头来，有罪的只是那个贪嘴的小孩儿，是不是？你为了做样子，四处搜罗孤儿，说要好好养育，替七巧赎罪，可是你没想到，居然会把我带进沱山派吧？我本来不愿意和药蛮分开，但是我见到七巧第一眼的时候，我就愣住了，没想到居然会见到他……可是你知道我为什么会留下吗？因为七巧他居然没有认出我来，当时我就在弟弟身边蹲着，他居然没有认出我来！就那样高高在上地看了我一眼，点点头，就算打过招呼了。我突然觉得很恨，恨得我牙痒，恨得我骨头疼……他认不出我，他根本就没有把这件事放在心上，我弟弟的死对他而言什么也不是！”

乔三十大受震动，张着嘴，喃喃道：“不是这样……”

“不是这样，那是哪样？！”药蛮冷笑，眼中却有泪水凝结，“不是这样，是我们冤枉他不成？乔三十，我哥哥尊敬你，当你是师父，他难道能指着你的鼻子骂你？不过他不能，我能，乔三十，你这老贼，七巧死了，没办法再死一次，否则我肯定会当着你们的面把他抽筋扒皮，看他到底有没有一点良心一点人性，知道自己做错了没有！”

“还有——”药蛮拿剑指着还未死去的两个长老，恨声道，“你们几个在想什么？是不是很怕我继续说，把你们做过的更恶心的事情都说出来？”

乔三十突然说，“不要再说了！”

“老娘凭什么不能说？当年和我哥一起到沱山派的几个小孩儿，为什么都不见了？你知不知道？老头儿，你不知道，我告诉你，因为他们都被七巧给杀了！他迷上了不知什么歪门邪道，联合这几个老不死的东西，拿人命作法——十三个小孩儿，全都死了，要不是我哥知道七巧不是什么好东西总躲着他，说不定他也死了！因为什么呢？因为他们想长生不老，想永远不死！我甚至怀疑，我弟弟的死就是七巧的一个试探，要不然他们为什么要那么维护七巧？你们一个一个披着人皮，从未做过人事，你们全都该死，全都该死！”

她一边说，一边发起狂来，红着眼睛，在别人还没来得及反应过来的时候，突然向着乔三十冲了过去！

乔梓楠下意识地抵挡，但是药蛮武功高她一筹，又因为过于生气，显出一种势如破竹的力量来，乔梓楠很快就不敌对方，药蛮一脚踹开她，“滚！”

赵天池和段烈一人缠住了药蛮，一人缠住了召尧，只想着先把他二人制住，不要再开杀戒，但是因为听了刚才的种种往事，下手时都有一些犹豫，他们到底行走江湖，身上还有些侠气在，饶是一个吊儿郎当，一个表面正经，听到这种残忍的事情，还是觉得动了恻隐之心。

而那几个被杀死的长老所在的门派弟子，都躁动不安起来，不知谁带头喊了一声：“杀了召尧！”余下众人突然被点醒一般，最开始还有些底气不足，到后来声势壮大，每个人的脸上都露出了激昂的表情，仿佛刚刚听到的一切都是假的，都是召尧编出来扰乱人心的，而只要把召尧杀死，这件事情就会平息，谁也不会再记得了。

他们下意识地相信了，却又不敢相信，因为如果那是真的，就代表他们所信仰的一些东西毁灭了，为了保全那种东西，他们在狂乱的情绪中最先想到的，只能是把召尧杀死，永绝后患。

召尧身边的亲信都拼命保护着他，还有些人一时之间不敢轻举妄动，在一边隔岸观火。一时之间场面乱成一团，不时有人痛嚎一声，触目所及，全是血腥的场面，刚刚那个第一声喊出杀死召尧的人，右腿被人齐根割断，不敢置信地捂着残肢大叫起来。

召尧也没有好到哪里去，他腹部不知被谁捅了一剑，血流如注，手臂脸上也是伤痕累累，却不知疼痛一般反击。天上的一轮明月模糊不堪，乌云飘来又飘走，只有阴风阵阵吹过。

赵天池和段烈也不轻松，二人已经被冲散在人群中，赵天池突然瞥见了一双眼睛，他愣了一下，那双眼睛的主人也愣了一下，不敢与他对视，把头转了过去。

“药蛮！”赵天池高声喊她，“你这个骗子！”

药蛮咬牙切齿地说：“我是骗了你，怎么样？你要杀我先等一等，老娘现在还有事情要做！”

赵天池一咬牙，硬是拿手臂隔开一把峨眉刺，在一片混乱中拉着药蛮跑到了一边，让药蛮靠着墙，掐着她的脖子低声说：“你们到底想干什么？”

药蛮狠狠在他肚子上踢一脚，眼看着他捂着肚子闷哼一声，烦躁地大喊：“滚开！”

“不滚！”赵天池说，“你想死吗？”

“你才想死！”药蛮红了眼睛，狠狠一巴掌打到赵天池的脸上，“疼不在你身上，你知道个屁，滚开！”

“我不想让你死。”赵天池突然深深喘息一口气，“现在停下还有机会补救，我保证你和你哥不死……你们仇也报了，人也杀了，那些事情也当着别人面说出来了，到底还想怎么样？把今天在场的人都杀了不成？！”

“叶雪在哪里？！”药蛮突然如同醍醐灌顶，左右看看，正巧看到叶雪贼眉鼠眼地往宫殿一边磨蹭，他和苏妍罗玉三人本来都被捆着，有人看着他们。但是现在看着他们的人都前去支援召尧，叶雪虽然被捆得和粽子一样，却仍然坚持着蠕动，只差一点就要够到了大殿的边缘。

药蛮一个箭步窜过去，抓着叶雪的衣领一个耳光甩过去，“神像的另外一半呢？交出来！”

叶雪被吓了一跳，看清楚眼前人是个小姑娘，态度就强硬起来，泼皮无赖似的说：“哪儿来的臭娘们儿？滚一边去，滚开！”

他一边说，一边用头狠狠地撞药蛮的肩膀，药蛮被他撞出了火气，噼里啪啦十几个耳光甩了过去，把他打得面红耳赤，脸几乎肿成了猪头。鼻子里也流出血来，叶雪当即怂了，蹲在地上边躲边说：“别别别，别打别打！”

“那半个神像在哪里，说！”药蛮不放心地瞥了一眼苏妍和罗玉，“X的，快点！”

苏妍和罗玉都看着赵天池，赵天池尴尬地左顾右盼，不想和他们对视，按理来说，苏妍和罗玉和他有那么点交情，却不是很深，苏妍拿蛊虫威胁过他，罗玉拿邪术吓唬过他。赵天池倒不是记仇，只是觉得这两人并非善类，惹了反倒要生事端。

哪知道苏妍盯着他，突然就流下泪来，哭得凄凄惨惨，赵天池一想到她还是个弱女子，未婚夫英年早逝，又被卷入了这许多纷争里来，再泼辣也会觉得害怕，他犹豫半晌，咬着牙跑过去，解开了苏妍和罗玉嘴上的带子，低声说：“你哭什么？”

“赵天池！”苏妍泪眼蒙眬，“你放开我们，召尧是个疯子，他想把他弟弟复活，他想把我们的这一半神像和叶雪的那一半合在一起——太危险了，我们全都会死在这里，你信我一次，放我们走，我马上就把你身上的蛊毒解了！”

她不提蛊毒还好，提起这个，赵天池就觉得生气，他一拍大腿，不小心拍到了伤口，疼得龇牙咧嘴，恨恨地说：“你还敢提！不是当初压着我，往我嘴里灌毒药的时候了？召尧不是好东西，你们更不是好东西，谁知道憋着什么坏，先消停地呆着吧！”

“赵天池。”罗玉突然抬头看他，低声说，“过来，我和你说句话。”

赵天池将信将疑，“你干什么？要咬我？”

“我不咬你。”罗玉说，“咬你给钱吗？过来一点，我和你有话要说，很重要，如果你不想死的话。”

“……干什么？”赵天池凑过去，“说啊！”

“你记不记得，你当初从魔教离开之前，我请你吃了一份点心？绿色的，有点甜的那盘。”

赵天池想了半天，怀疑道：“记得，怎么了？”

“我给你下了一点料。”罗玉舔舔嘴唇，“你……”

他说话的声音极其轻微，除了赵天池，谁也听不清，苏妍惊疑不定地看着他们，赵天池突然变了脸色，大声说：“放你奶奶的屁，不可能！”

“可能不可能，你好好回想一下就是了。”罗玉还有心情笑，“嗯？”

赵天池脸色铁青，突然狠狠给他一拳，苏妍吓了一跳，赵天池却已经伸手把罗玉的绳子解了开来。

“给我！”赵天池踢他一脚。

“不急。”罗玉看他一眼，“没在我身上，等我们活着出去，我肯定给你。”

他刚把这话说出口，就被一具从天而降的残肢砸中，罗玉的衣服上染了血，腥臭的味道在这个狭窄的角落里弥漫开来。赵天池今晚看了太多血腥的东西，这会儿反倒不怕了，他回过头去看，却是吓了一跳，召尧和他的几个亲信，居然以少胜多，把刚刚还在叫嚣的几大派弟子打得差不多，乔三十和乔梓楠被人控制住，只剩下几个高手被段烈带着缠斗，段烈显然已经累到快要支撑不住，忙里偷闲回头看一眼赵天池，见他竟然在优哉优哉地看热闹，不禁大为光火，怒道：“赵天池，你小子在干什么呢！”

他刚刚说完，就差点被人一剑封喉，还是他反应快才躲了过去，赵天池赶紧回应：“来了来了，别急！”

那个缠着段烈的，正是一直跟在召尧身边的人，看上去武功最高，也幸亏有他缠着段烈，召尧才能游刃有余地应对几个大弟子的围攻。段烈一边痛骂赵天池，一边挥剑与对方缠斗。

然而赵天池还没来得及走过去，只听扑哧一声，那人居然已经被一刀刺穿胸口，段烈愣了一下，眼看着面前的人倒下，背后站着的，是薛攀的大弟子，仇重。

他表情阴沉得很，段烈都吓了一跳，后面有人追过来，被他头也不回地一刀砍死。

药蛮和叶雪在大殿门口，叶雪今天倒是硬气，死活不松口，药蛮和他杠上了，拳打脚踢个不停。

她正生气，突然觉得脖子上一疼，还没来得及反应过来，就被人强硬地掐着脖子拖走了。

叶雪也和她一样的待遇，大概是因为脖子没有她的细软，被掐得更紧了一些，疼得直翻白眼，又惊又怕，只觉得自己做什么搞这许多事情，简直是聪明一世糊涂一时，后悔得差点哭出来。

仇重拖着这两人走到了一片还没被血染红的空地上，突然大吼一声：“召尧狗贼！”

召尧已经近乎疯魔，听了这一声，半天才反应过来，手下不停，一刀砍断了灵雨派一个弟子的脖子。

周围的人伤的伤，死的死，这会儿已经没剩几个还能活动的，召尧看见药蛮和叶雪被他挟持，一言不发地上前一步。

他手上更加用力一些，药蛮瞪大了眼睛，脸憋得通红。

召尧逐渐冷静下来，示意自己的人停手，而剩下的人都谨慎且略带恐惧地往后退，双方逐渐分了两个阵营出来。召尧深吸一口气，略显疲倦地说：“怎么？”

“放他们走。”他说，“否则我杀了她，这女的和你一伙的，是吧。”

召尧沉默许久，突然笑了一下。

他轻声说："你们看，今晚的花开得好吗？"

院子里的花瓶有几十个，错落有致地放在角落，每个花瓶都有半人多高，里面插着的花朵郁郁葱葱，因为开得太好，近乎颓败了。

众人看看花瓶，都有些不明所以。

花瓶是召尧自己带人布置的，叶雪以为他喜欢花，又不敢忤逆他，随他折腾，这会儿却觉得不对劲了，阴森森的白花在夜空中格外显眼，像是给死人扎的纸花。

"你们知道花瓶里有什么吗？"召尧随口咳出一口血来，不在意地用手擦去了，"叶雪，你这样聪明，你猜一猜。"

"老子哪里知道有什么！"叶雪急了，官话都不会说，觉得仇重的手掐得更紧了一点儿，突然咳嗽起来，崩溃道，"你发什么神经，快放我们出去啊！"

"把神像交给我。"召尧轻声说："否则谁也别想活……花瓶里装的是火药，看到了吗？"

他伸手一指，果不其然，那个花瓶附近的地砖缝隙里都黑黑的，在月亮的照耀下闪着一点光，而所有花瓶附近的地砖缝隙都是这样，犹如一张稀疏却紧密相连的网，赵天池也给吓了一跳，悄悄伸出脚将一个花瓶踢歪了一点，只听一阵轻微的沙子落地一般的响声，蓝黑色的火药就这样流了出来，那花瓶下面竟是中空的。

他背上瞬间冒出冷汗，若是沾上一点火星，这里的所有人估计都会被炸得粉身碎骨，谁也逃不出去。

"你——你你你，你疯了不成？"叶雪两腿发抖，"你别冲动！神像就在大殿里，我给你，给你就是！罗玉，罗玉！你快告诉他你的在哪里？不要因小失大，快说啊！"

罗玉和苏妍显然也受到了一点惊吓，但是比叶雪看起来要镇定得多，罗玉说："召尧，你不要这样冲动，我的那一半神像被我带来了，就在我身上，你自己过来拿也可以，将我的手放开，我自己拿给你也可以——总之，你不要轻举妄动，嗯？"

召尧笑了一下，没有理会他，突然转过去看乔三十，他说：“师父。”

乔三十也受了伤，正被乔梓楠扶着，勉强站立而已，他不说话，只那么看着召尧。召尧说：“若是将神像合二为一，能否逆天改命，起死回生？”

“……你不要乱来！”乔三十紧张道，“上一次这神像被合在一起，还不知道是哪年哪月的事情，再说你弟弟已经死去了那么多年，怎么还可能活过来？你千万千万不要冒险，会招来灭顶之灾的！”

召尧也不知听了那句话触痛了神经，突然发疯一般地说：“他死了多少年？！有谁在意过他的死，有谁在意过他的活？叶雪，罗玉，把神像交出来，快！”

罗玉看出来他快要疯了，心想留得青山在不怕没柴烧，保命要紧，心一横，说:“那神像就在我养的蛇的肚子里装着，我把它从小养到大，那神像一直就在那里放着，你把我手上的绳子解开，我这就吹笛叫它过来。”

召尧走过来，丝毫没有拖泥带水，将罗玉手腕上的绳索解开，只差一点点就要将他手腕划破。罗玉转转眼珠，慢慢伸手到怀里去掏东西。

所有人的眼神都集中在他的手腕上，罗玉好不容易掏出来一只玉做的小笛子，磨蹭着转动一下方向，放进嘴里。

笛子声诡异又尖锐，一条通体银白的大蛇不知从哪里钻出来，慢慢地爬了过来。

“乖。”罗玉放下笛子，小声说，“过来……”

那蛇突然眼睛一亮，昂首快速往前滑，召尧却比他更快，一把抓住了苏妍，拿刀卡着她的脖子。

“看好你的小畜生。”

罗玉骂了一句，暴躁地说：“你别伤她！”

“我再说一次，看好你的小畜生！”召尧手上继续用力，一缕细细的血线流下来，苏妍吓得闭紧了眼睛，两只手都在发抖。

那条蛇嘶嘶两声，一直在摆动尾巴，罗玉伸手摸了摸它的肚子，小声说：“乖，吐出来。”

大蛇似乎感觉到危险，警惕而犹豫，召尧脸上满是寒霜，盯着它黄色的眸子。

“……乖，吐出来。”罗玉一边这样重复着，一边伸手去摸它，哪知道大蛇突然转身就跑，召尧一脚踩着它的尾巴，手起刀落，居然就这样将它斩首了。

罗玉差点没气昏过去，但是此时此刻，谁也不敢招惹召尧。他拿起大蛇的残尸，在上面随意摸了几下，拿刀慢慢地将它剖开。

召尧就那样直接把手伸进血肉里摸索。

过了半晌，他才捏着一个东西出来。

赵天池离得远，看不清，只隐约瞧见它亮晶晶的，只有人的巴掌大，召尧看了一会儿后，猛地把苏妍推开了，转身看着叶雪。

叶雪倒是十分乖觉，赶紧说：“我带你去找！就在里面，你不要着急，不要生气。”

叶雪是个软骨头，但是软得很及时，罗玉第一次觉得他这身软骨头长得好，众人也都跟着松了一口气，毕竟大家都知道，召尧这种平时正常的人疯起来最可怕。

召尧点点头，又转过身去对自己的手下说：“看好他们。”

能够进入大殿的人，只有叶雪、召尧、赵天池与罗玉。

几人走了进去，里面灯火通明，富丽堂皇，处处都是金黄的颜色，叶雪本来最喜欢金黄色，就连饭碗都要镶一圈金边，哪想到这会儿命被捏在别人手里，看见这金黄色竟然觉得眼晕想吐，眯着眼睛走到了大殿中央，嘴里不动声色地慢慢点着地砖的数量，也不知点到了第几块，他闭上眼睛掐指细算，拿脚尖在地上左右点了几下，轻声说：“在这里。”

只见他脚尖所在位置，是四块地砖的交汇处，并没什么稀奇，赵天池狐疑地问："真的？"

"千真万确！"叶雪这会儿也顾不得像平时一样讲话了，坦承，"关系着我自己的命，我还敢骗人不成？"

召尧听罢，讽刺地笑了一下，对着门外剩下的几个帮手做了个手势，几人过来，召尧说："把这几块地砖撬出来。"

几人说是，便开始动手，一时之间只听刀剑与那几块上好的玉石碰撞时发出的刺耳响声，叶雪忍痛去看，小声说："轻一点，轻一点，这是我花了大价钱买回来的……"

然而他话音刚落，其中一个脸上有疤的就一剑狠狠将一块玉石砍碎，碎石打在叶雪脸上，他倍觉屈辱，却不敢再说话了，贼眉鼠眼地扫视四周，赵天池突然觉得荒谬又好笑，眼看着那几块石头被损坏，下面的土层也露了出来，召尧看叶雪一眼，叶雪说："往下挖，我给放在一个盒子里。"

罗玉忍不住讽刺："你还藏得挺尽心。"

"……那总比你放在蛇肚子里好！"叶雪反唇相讥。

"你敢和老子顶嘴？"

"我说个事实而已，也叫顶嘴？"

召尧突然低声说："闭嘴！"

二人讷讷不敢言。

召尧的帮手虽然都身负重伤，却个个动作利落，叶雪的宝贝埋得很深，他们没过多久就给挖了出来，拍落了上面的尘土，盛放那东西的容器是个不大不小的盒子，外形精巧，上面有一把小锁。

叶雪大概是清楚自己没有那个逆天改命的能力，能把自己的小命保住就算好了，所以十分配合，从衣服里掏出一把小小的钥匙插进锁头里，只听嗑哒一声，锁头被打开。

赵天池终于看清了里面那半尊神像的模样。

它做工粗糙，造型古朴，在烛光下反射出了非常纯粹的银白色，让人见之生喜，召尧抓着它，突然猛地后退了两步，他的帮手都与他心有灵犀一般，将大殿中几人全部制住。

众人不敢反抗，也不想反抗，召尧怀中藏着火折子，惹急了他，拿出火折子往地上一扔，所有人都要跟着陪葬。

于是他一路畅通无阻地来到了大殿外面，又走到了庭院的正中央，对着那块骷髅形状的奇石观摩许久，拿手在上面细细抚摸，仰起头看了半晌，轻声说："沙耶。"

"什么？"赵天池说，"什么沙耶？"

"沙耶就是当年制造这神像，并且将神像送给当时皇帝的人，据说他后来被皇帝找到，活生生勒死了，将尸骨扔到一片荒郊野外的乱葬岗……"段烈说到这里，不禁大惊失色，"难不成就是这里？"

赵天池一听乱葬岗，心想难不成召尧的弟弟当年死后也被扔在这里？只是他紧张得很，不敢乱问，看召尧神色，大概就是了。

那骷髅形状的奇石从远处看去，仿佛一个伶仃高大的人在抬起一条腿跳舞一般，两只手合在一起放在小腹前，似乎还在托举着什么东西，然而两手之间是空的。

召尧从远处看它，忽然落下泪来，他嘴唇嚅动，无声地祈求，赵天池看了觉得心中不忍，忍不住叹了口气。

召尧听见他叹气，慢慢地转过去看他，虽然赵天池的模样十分狼狈，被人押着，身上受了很多伤，连日来在海上风雨兼程地往这里赶，也从未打理过自己，胡子都长长了，看起来却仍然十分的意气风发，且眼神干净。召尧的眼里本来毫无光彩，见了赵天池，却顿显怜爱，他就那样面无表情地流着泪说："若是我弟弟还活着，大概有你这么大了。"

赵天池说："是吗？"

召尧转过去，从怀中掏出两半神像，极慢极慢地，把它们合上。

第十九章　毁灭

“……召尧！”乔梓楠突然带着哭腔喊他，“不要，你听到我父亲说什么了，它不会让你逆天改命，也不会让你的弟弟起死回生，它只会带来灾难，你放下它，好不好？你看看我，看看师姐，师姐答应你，我不会让你死的，我也不会再怨你——召尧，我求求你，好不好？你看我一眼，召尧！”

召尧看她，眼中似有无限温情，又带一点痴狂神色，他伸手，似乎要去抚摸乔梓楠的脸，却终究是隔了一层，没有触碰到。

“余雀在等你。”召尧说，“师姐，对不起。”

说罢，召尧将自己手中的神像放在那骷髅手中，那一刻，所有人都屏息以待，乔梓楠的眼泪落下来，不敢置信地看着他。

天地之间一片安静。

在那一瞬间，赵天池觉得什么也听不到了，就连山上凛冽的风声也无，仿佛世界上的一切都被冻结，空气都被抽走，他茫茫然地往前看，眼前的一切依旧，却又好像全都变得不一样了，朦朦胧胧中罩上了一层恍惚的色彩，他的心脏突然漏跳了一拍，就在那片刻之间……赵天池很难说明为什么自己对时间的感知突然就变慢了，他知道所有的一切只过去片刻，但是在这片刻中，他认知到这世界的变化，并且感觉到了强烈的不安，几乎是下意识，他猛地带着身边泪流满面的药蛮倒在地上。

谁也没有看清发生了什么，只觉得天地之间猛地亮了起来，饶是众人下意识地闭上了眼睛都觉得刺目，而后仿佛是刚刚被拘禁裹挟的声音全部一起释放，刺耳高亢，那声音来得又快又猛，从天际往下，犹如山洪暴发时一般，犹如声音有了实体一般。

一道谁也没有见过的惊雷直直劈了下来。

赵天池下意识地按下了药蛮的肩膀不让她起身，自己则呆呆地看着那道雷落下来，准确地，毫无偏移地，劈向了最大的那个花瓶。

上面的花朵瞬间萎靡枯黄了。

所有人的心都猛地坠了下去。

召尧后退一步，再后退一步，他似乎看到眼前的石头骷髅逐渐有了血肉，变成了和它手中捧着的那个神像一样，那神像笑着，却没有笑意，它睥睨众生，人的喜怒哀乐与悲欢离合在它的眼中全然被视若无物，召尧只看着它，将自己与周围的一切全部隔离，他满是悔意，有千言万语想说，终究一句话也没有说出来。

他想，你是神吗？你是吧，你知道吗？让我从这无限的痛苦和后悔中解脱出来，给我一个理由……让我明了这世间的因果，或者干脆让我回到过去，回到那个肮脏泥泞的日子，我不会让他把那些泥巴吃进肚子里去，哪怕是我们一起饿死，哪怕是我们会像瘦骨嶙峋的野狗一样倒在泥巴里，像是草芥一样逝去，也不要让我变成现在这样，我不知道为何我会存在，在我狂乱地做这一切的时候我是全然狂乱的，我不是我，我也从来没想过是自己……就这样吧，请你给我一个结果，神，请你，做出决断吧！

他想到最后一句话的时候，只觉得自己与周围的罩子猛地被撤掉了，他又能看见，听见，又能感知到，众人在大吼大叫，在恐慌害怕，一道雷劈了下来，劈进了花瓶中。

那朵他很喜欢的白色菊花不复存在了。

是夜，巫岐山脚下安静荒芜。

一个大汉从一块避风的巨石后站起来去树下撒尿，他睡得迷迷糊糊，眼睛都没张开，因为对不准，差点儿把自己唯一一双鞋毁了。

好不容易快尿完了，他突然听到一阵巨响，几乎称得上是石破天惊，且持续不断，大汉愣了一下，破口大骂："他奶奶个熊！"

尿在鞋上了。

大汉这才清醒，转过去看巫岐山，那上面据说新造了个皇宫，大汉过来瞧个热闹，然而来了才知道，哪怕是民间的皇宫也不是轻易能进的，他连夜赶来，吃了烧饼喝了凉水，本是准备席地睡一夜就打道回府的。

哪儿想到遇到了这种事。

大汉脱了鞋，小船似的大脚踩在地上，因为怕山上掉落的碎石把自己砸死，撒丫子就跑，还以为闹了地震或者山洪暴发，跑了一会儿才觉得不对劲，山下可是风平浪静，这才开春，水都没降下来几次，哪儿会有山洪暴发，思至此，大汉停了下来，一个转身又往回跑。乱起来了！肯定是山上的武林中人闹内讧，他倒不如趁此机会去瞧一瞧看一看，若是能捡个漏，得到什么宝贝也是极好的。

于是他便上了山。

越上山，他心里的鼓敲得越响，爬了一半，上面的喧闹彻底寂静，大汉转转眼珠，心想开弓没有回头箭，三步并做两步，气喘吁吁地爬了上去。

刚一上去，大汉便傻了眼，站在原地久久没有动弹。

只见眼前高耸华丽的大门已经被炸得裂开，残破的一个大洞与他正对着，而那大洞里面的景象，仿佛人间地狱一般，四处都是被炸得破烂不堪的砖石，残肢与鲜血更是随处可见，饶是他一贯傻大胆，也被吓得大叫一声，急急后退两步。

那几个大花瓶早已经粉身碎骨。

他再不敢见财起意，想转身就跑，突然，他听到一声清脆的响。

当啷一声，一个绿色的小葫芦被扔出来，大汉仔细看去，那小葫芦甚是眼熟，想了半天，恍然大悟，这不是自己曾经送出去的吗？那小葫芦从一个形状奇怪的巨石下滚出来，大汉自言自语："这石头倒像个人。"

一边说，一边谨慎地避开残肢断臂和血迹，踩着碎石走到了那里，他扶着那大石慢慢蹲下来，小心翼翼地喊了声："喂！"

过了半晌，里面才有人回应他，那声音虽然虚弱，却能听得出是个少年发出的，他艰难地说了声："救命。"

大汉将手伸进去乱掏，掏到一些温热的身体，他心下安定，不管三七二十一地站起来，将大石猛地推开，大石滚了一圈，将两具尸体压扁，大汉喘一口气，看着巨石下的几个男女不知所措。

"赵小猫，赵小狗！"他认出了老熟人，扶着二人起来，"你们俩怎么会在这里？"

赵天池只看见眼前这人嘴巴在动，他在说什么却是一句话也听不清楚，因为大脑过于混乱，对方的样貌虽然熟悉，却是想不出来这人是谁，姓甚名谁，他只能紧紧抓住对方手臂，以祈求的眼神看他。

"X！"大汉将赵天池和他身边的药蛮扶起来，"怎么回事儿？"

赵天池站起来之后，突然就能听清楚了，他下意识地往后看，却是愣住，不远处，召尧的尸体被插在了石头像上的长刀上，他仰面躺着，死不瞑目。

药蛮本来也差点晕倒，看到此情此景，突然愣住，尖利地哭叫一声："哥！"

她右腿鲜血淋漓，却仍挣扎着往那边跑，赵天池拉住她，她狠狠咬赵天池的胳膊。

“哥……”药蛮崩溃地看着那具尸体，眼泪混着血流下来，不过片刻，她鼻孔中都流出血，赵天池勉强提起胳膊帮她擦了擦，她没有躲开，盯着召尧的尸体看了半晌之后，突然直挺挺地晕倒在地。走义不知从哪个角落爬起来，当啷一声扔了手里带血的刀，一脚踢开了脚边叶雪的尸体，紧张地跑到了药蛮的身边。

那石头刀上，召尧的头歪向了一个奇怪的角度，若是顺着他的目光看，能看见奄奄一息的乔梓楠，召尧的尸体逐渐僵了，冷了，一颗活泼会跳的心也一动不动，他看着那个方向，仿佛看着自己的寄托和归宿，因为有了这一点寄托与归宿，死亡也不是什么令人害怕的事情了，即使他永远也不能到达那个地方，永远也无法感知那温度……

山顶突然起了风。

没被烧焦的花瓣被吹起，晃晃悠悠地在低空中飞舞几圈，猝然落下。

一切就这样猝然结尾，活下来的只有赵天池与药蛮、走义、乔梓楠、魔教二人，还有几个其他门派的低级弟子。前任武林盟盟主段烈受了重伤，好歹是捡回一条命。一代名商叶雪，和沱山掌门乔三十，却都死在了巫岐山上，死在了这曾经的乱葬岗中。

赵天池想，召尧到底是没有完成自己的愿望，他没有回到过去，没有见到自己的弟弟，没有挽回自己的错误，但是他得到了解脱，也许这就是他的愿望呢？也说不准，那个来路不明的神也许知道他一心求死，那就让他死了算了。

然而他总是想着召尧与自己对着月亮把酒言欢时的模样。

一个月后，常乐镇。

酒楼中人声鼎沸，赵天池与乔梓楠、苏妍、罗玉，还有廖元武在一起吃饭，乔梓楠虽然故意不去与魔教中的二人谈话，却也没有对他们二人释放出恶意，酒菜上齐，众人开始吃喝，赵天池吃了一会儿，突然敲敲肩膀说：“骨头痒痒。”

“你小子活下来就算命大，以后有的疼和痒呢！”廖元武给自己倒酒夹肉，大口吃喝，“你们几个，都算是命大——不过话说回来，那么大的雷，百年难得一遇吧？你们几个也是够倒霉的。”

“不是我们倒霉……”赵天池拿了个鸡腿咬一口咽下去，转转眼珠，却又不知道说什么了，“行吧，就算是我们倒霉，估计也没谁比我们几个更倒霉的了。”

罗玉伤了一只眼睛，左眼仍然贴着纱布，他听到这话笑了一下，“这话说得也没错，天池兄，来吃菜。”

罗玉本来是一肚子的雄心壮志，却都被这石破天惊的一炸给打消了，他心想，留得青山在不愁没柴烧，更何况这次武林盟实力大减，魔教也被炸死了许多高手，双方谁也讨不到好，他又总是想着召尧死时的惨状，觉得那神像不是宝物，而是邪物，再不敢打它的主意，与苏妍商议一番，二人决定养好了伤后，与赵天池告别，有缘再会。

赵天池看上去和从前没什么区别，嘻嘻哈哈的没有个严肃的时候，他吃菜喝酒，不亦乐乎。坐在他对面的苏妍看起来却有些低落，自斟自饮。

“苏妍，你怎么了？”赵天池问，“你是不是被炸得脑子坏了？”

苏妍瞪他一眼，“你才脑子坏了，我好着呢！”

沉默一会儿，苏妍又说，“我好像见到他了。”

“谁？”罗玉回头看她。

“你哥。”

此话一出，众人皆沉默了，苏妍说：“就在——就在那道雷打下来以后，我不知道是不是我出幻觉了，就是突然觉得时间变得好慢好慢，然后他就从那个石像下面走出来，还是我第一次见到他的样子，文质彬彬，笑起来眼睛弯弯的……他和我说……”

“说什么？”众人一起问。

“说个屁！”苏妍脸色一变，“吃你们的，少打听。”

她像个母老虎，众人一时之间敢怒不敢言，赵天池吃饱喝足擦擦嘴，说：“那咱们就走了，就此别过？”

众人说好，纷纷起身，苏妍与罗玉二人的马正在外面拴着，赵天池陪着他们去取马，突然想起来什么似的，伸手拍拍罗玉肩膀，“喂，你过来一下。”

罗玉与他走到一边，不耐烦地问：“怎么？”

“解药给我！”赵天池凶神恶煞，“快点，防得住苏妍防不住你，你们魔教真是没救了。”

罗玉愣了一下才哈哈大笑起来，“哦，给你。”

赵天池看他从怀里拿出一小包药丸，狐疑地观察许久，才吃下去。

“你少拿什么没用的东西糊弄我……”赵天池仍然是不放心。

“你可以去找个地儿那个一下，啊？”罗玉说。

苏妍走过来看着他俩，问：“你们干吗呢？”

赵天池说：“我们俩说说临别赠言。”

“阿玉，你帮我回去看看，我的香囊好像落在饭桌上了。”苏妍说，“那个粉红色的。”

罗玉应了一声，转身离开，苏妍盯着赵天池看了很久，说：“你是不是把我相公的日记拿走了。”

赵天池说：“是……不是，没有没有，我拿那玩意儿干什么。”

“你记不记得你说过，我相公托梦给你，说他去青楼喝花酒，做了对不起我的事情？”

“是，是吗？我记不清了，哎哟，喝酒喝多了，我有点儿头晕。”赵天池眼珠子乱转，“你问这个干什么？”

“……我，我不是和你说，我那天晚上在那骷髅神像下面见到他了，你说，这是我的幻觉吗？”苏妍眼角微微发红，却带着一点儿笑意，“他还穿着离开家那天的衣服，好像匆匆忙忙从很远的地方跑过来一样，二话不说就抱住了我，他说，自己是被坏人害死，但是坏人也死了，所以叫我不要执著报仇这件事……还有一件事必须和我解释，关于你说的，那个他对不起我的事情。”

“什么？”赵天池一问，倒是想起来了，罗南芥说自己去喝花酒，喝多了，做了对不起苏妍的事儿。

“他说，那天他喝多了，对别人说了喜欢，说完了，他倒头就睡过去了，他以为那个人是我。”苏妍的眼泪欲落不落，“他说，对不起，喜欢这两个字只能和我说，就这样。”

“姐！”罗玉回来了，远远地喊她，“你那个香囊落在哪里了？我没找到。”

“不用找了！快走，等会儿天黑了。”苏妍冲着赵天池摆摆手，潇洒一转身，走了。

赵天池还在想那个喜欢不喜欢，顿觉好笑，他摇摇头，小声说：“真搞不懂。”

乔梓楠与余雀没过多久，也来与他告别，余雀看上去沉稳了许多，乔梓楠似乎一直都没有从那种低落悲伤的感觉中走出来，赵天池与他们道了别，约定有机会再相见，便孤身一人，漫无目的地走。

“哎……”他走到小河边，突然说，“出来吧，你跟了我一路了。”

药蛮的声音过了会儿才响起来，她说：“赵天池。”

化了冻的河水奔流不止，哗啦啦的，似乎令枯草也充满了生机，赵天池转过身去，看着药蛮说：“你这几天躲到哪里去了。”

“哦。”

“你哦什么哦？我问你躲哪里去了？”

“对不起。”

“……”赵天池彻底无语，“你不好好讲话，我走了，别跟着我。”

“等一等！”药蛮跑过去拦住了他，“我说，对不起。”

赵天池眨眨眼睛，“哦。”

“你……算了，我走了。”药蛮舔舔嘴唇，“你忘了我便是。”

然而她走了几步，赵天池没有阻拦，一言不发地任她走了，她忍不住回头看看，见赵天池还站在原地偷笑。

“第一次见你吃瘪。”他说，“有趣。”

药蛮终于是忍不住，跑过去问他：“你不生气？”

“当时那样子，我也来不及生气，等事情过了，我也忘了生气，药蛮，我只问你，你有没有拿我当过好友？”

药蛮呼吸一滞，突然红了眼圈，她忍了又忍，还是没有忍住，趴在他肩膀上哭了起来，边哭边说：“我怎么没有拿你当过好友？我后来还是从我哥身边溜走，带着乔梓楠去找你，我梦到你死了，你说以后要我照顾好自己，因为你死了，就没人给我肉饼吃了……”

最开始还是小声抽噎，直至后来就是号啕大哭，赵天池拍拍她肩膀，做贼一样左右看看，“好了好了，别哭，叫别人看见不好。”

药蛮这几天哭了不止一场，有时梦醒时眼角都会挂着眼泪，她大仇得报，却仍然觉得心里空空如也，召尧死了，从此以后在世上确确实实只有她一个人了，这种空落落的感觉缠绕着她，又很想见见赵天池，却怕对方记恨自己欺骗而不见自己，今日相见，赵天池神色如常，她放下心来，但是仍然觉得心中胀痛，不知道如何是好。

等她哭够了，赵天池肩膀已经被打湿，他无奈地拍拍自己肩膀说：“我真是没想到你这样能哭。”

药蛮嗓子沙哑，也不知说什么好，并没有回答他，赵天池坐在地上，她也跟着坐下，二人看着眼前奔流的河水，久久没有说话。

“不要总是想着以前的事。”赵天池说，“过去就让它过去，人总要往前看，我怎么样你才能好过一点儿？你别哭了就行。”

药蛮哑着嗓子说：“我不哭了。”

“啊……你不哭就好，人的眼泪总不是好东西，我觉得会招灾的。”赵天池揪了根枯草叼着，“嗯，你觉得呢？”

药蛮过了半晌才说：“嗯，我知道了……”

赵天池问她：“你准备去哪里呢？”

“我？”药蛮垂下头，“我要带我哥和我弟去南方，我哥他最喜欢温暖的地方了，我现在走的话，到了那边大概正好能赶上花期……我想带他去看看花。”

“看看花，很好啊！”赵天池跳起来，“你是不是这几天已经把走义给打发走了？他不能陪你去看花了吧？那我等会儿就带着他走了啊！”

药蛮脸上闪过一丝不自在的神色，“我和他总归不是一路人。”

“哪儿来的那么多一路人呢？大家不都是将就将就，就在一起了，但是你不想将就也好，我们以后就有缘再见，啊——”他跳起来，拍了拍身上的碎草和尘土，“我走了，你走吗？若是我和走义以后想去找你玩儿，我们俩就往南方走，找花儿最多的地方，成吗？”

“嗯。”药蛮眼圈又红了点儿，她说，“好，去花儿最多的地方找我。”

她微微踮起脚尖抱了抱赵天池，过了好久才分开。

飞鸟归巢，晚霞满天。

三日后。

赵天池堵在了走义家门口，疯狂敲门，“走义，走义，你少给我装缩头乌龟，快出来，人家姑娘还等着你去买赌场，听见没！”

走义不开门，还是朱绫把门打开，小猴儿圈着他的脖子吱吱乱叫。赵天池问：“走义呢？”

朱绫一指里面：“被窝里缩着呢，他这几天大概是失恋了，总是哭，饭也不给人好好做，真是岂有此理。”

赵天池去掀了走义的被窝，果不其然，见到个眼睛红肿的男人，他唉声叹气道：“你这人，我还以为你终于硬气一回。”

“老子硬气不起来！”走义肿着一双眼睛看他，“你干吗？”

“你都敢杀了叶雪给你爹赵大侠报仇，怎么硬气不起来？”赵天池小声说，“嗯？”

走义看他一眼，仿佛没听懂，仍然沉浸在失去药蛮的伤心中。

赵天池不由分说将他拉起来，逼着他收拾了家里的所有金银细软，非要他兑现承诺，去买了赌场，走义自然是不肯，大闹起来，赵天池说："我让吴刚过来揍你一顿你就舒服了？"

走义缩缩脖子，像是被吓到，过了会儿才说："朱绫在这里，我怕什么。"

"你再不给我做饭，我第一个抽你！"大猴儿说。

"你看见了？"赵天池拎着他的衣领，"别挣扎了，快走吧，我们俩去一起置办个赌场，不是很好吗？等药蛮回来了……"

"什么？"走义精神大振，"她还会回来？"

"等我们有钱买了这——么大一所宅子，比叶雪家里还大，全都给种上花，药蛮就会回来了，她说她最喜欢花儿。"赵天池说，"嗯？"

走义沉默不语，过了半天，也不知是在想什么，突然点点头，"好。"

朱绫抱着小猴儿凑过来，笑嘻嘻道："带我一个。"

赵天池说："好好好，朱绫可以带着小猴儿，帮我们看场子，谁捣乱就揍谁。"

走义说："你倒是看得很开，武林盟盟主也不当了，魔教教主也不当了。"

"哈，本来也都不是我的，我当个什么劲儿？"赵天池嬉皮笑脸，"我这叫，过尽千帆……成败转头……什么什么空。"

走义看他，似乎是觉得十分不忍直视，"哎，就你这个没文化的样子，还真的适合开赌场。"

赵天池一笑，"你知道什么呀！"

……

三人离开时，正迎着朝阳，赵天池还是那副少年意气风发的模样，似乎发生在他身上的一切事情都对他毫无影响，走义回头看他，忍了好久，仍然忍不住问："你真的不想再去做武林盟盟主了？"

"你看，这是什么。"赵天池从怀里掏出了一个香囊，"喏，眼熟吗？"

“这是药蛮的东西，她给你这个做什么……”

“我偷来的，你要吗？”

“我要。”

“不给你。”

“……”走义无语，“那你问我干什么？”

“那你问我干什么？”赵天池将香囊绕在手指上转了几圈，“嘿嘿，快走，你追上我，我就将香囊送给你，怎样？”

说罢，他突然拔腿就跑。

走义一时没有反应过来，过了会儿才叫朱绫一起去追，赵天池跑得欢脱极了，一边跑一边狂笑，像是《西游记》里重获新生的孙悟空一般。

“快跑！”赵天池嘻嘻哈哈道，“花有重来日，人无再少年。你若不跑快点儿，就不是少年了！”

走义虽然觉得他在胡说八道，却也跟着笑了，大喊一声：“来了！”